英国十八世紀文学叢書｜3

ダニエル・デフォー　武田将明 訳

ペストの記憶

Daniel Defoe

A Journal of the Plague Year

研究社

目次

※原注は各セクションの末尾にまとめた。

『ペストの記憶』を読むための地図

本書には、ロンドンの通り・建物をはじめ、十七世紀イギリスのさまざまな地名が頻出する。なるべく場所が把握できるよう訳文を工夫したが、視覚的に位置関係を理解することで、読者が意外な発見や楽しみを見出すこともあるだろう。そこで、本書となるべく近い時代の地図をもとに、次の三種類を作成した。いずれも地名は五十音順に並べている。

A 市街地《シティー》を中心とするロンドンの地図。これはジョン・リーク(John Leake)が一六六六年に刊行した地図にもとづいて作成している。この地図は、ペスト流行の翌年にロンドンを襲った大火の直後の様子を示したもの。ロンドン大火(一六六六)は、本書の内容と直接関連はないが、ペスト流行に一番近い時期の地図であるために採用した。なお、もとの地図では火事で焼失した地域を示しているが、本図には反映されていない。地図AとBにおける場所の特定については、次の二つの地図も参照した。リチャード・ブローム(Richard Blome)によるロンドン全図(一六七三)、およびジョン・ロック(John Rocque)によるロンドン全図(一七四六)。このうち後者については、次のサイトで詳しく調べることができ重宝した。*Locating London's Past.* URL: https://www.locatinglondon.org/index.html.

B 市街地《シティー》の外も含むロンドン広域図。これも右記のリークの地図にもとづいている。

C 本書に登場するイングランドの州と主要都市を示した地図。トマス・クロス(Thomas Cross)によるイングランド全図(一六五〇)をもとに作成した。

※地図Ａ・Ｂに座標を加えたＰＤＦが以下のサイト(右端のリンク)からダウンロードできます。
http://www.kenkyusha.co.jp/modules/lingua/

A　市街地《シティー》を中心としたロンドン

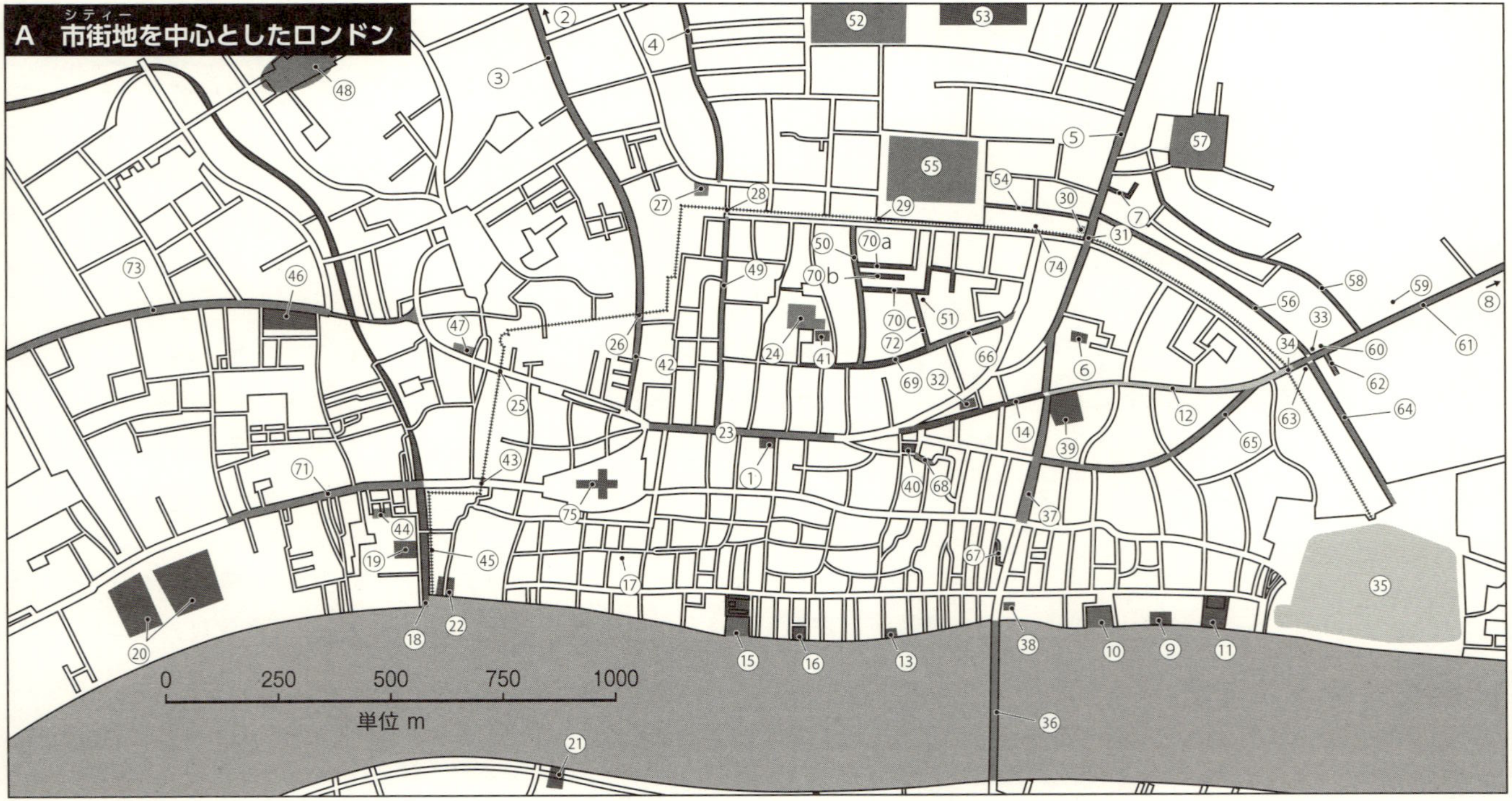

B　ロンドン広域図

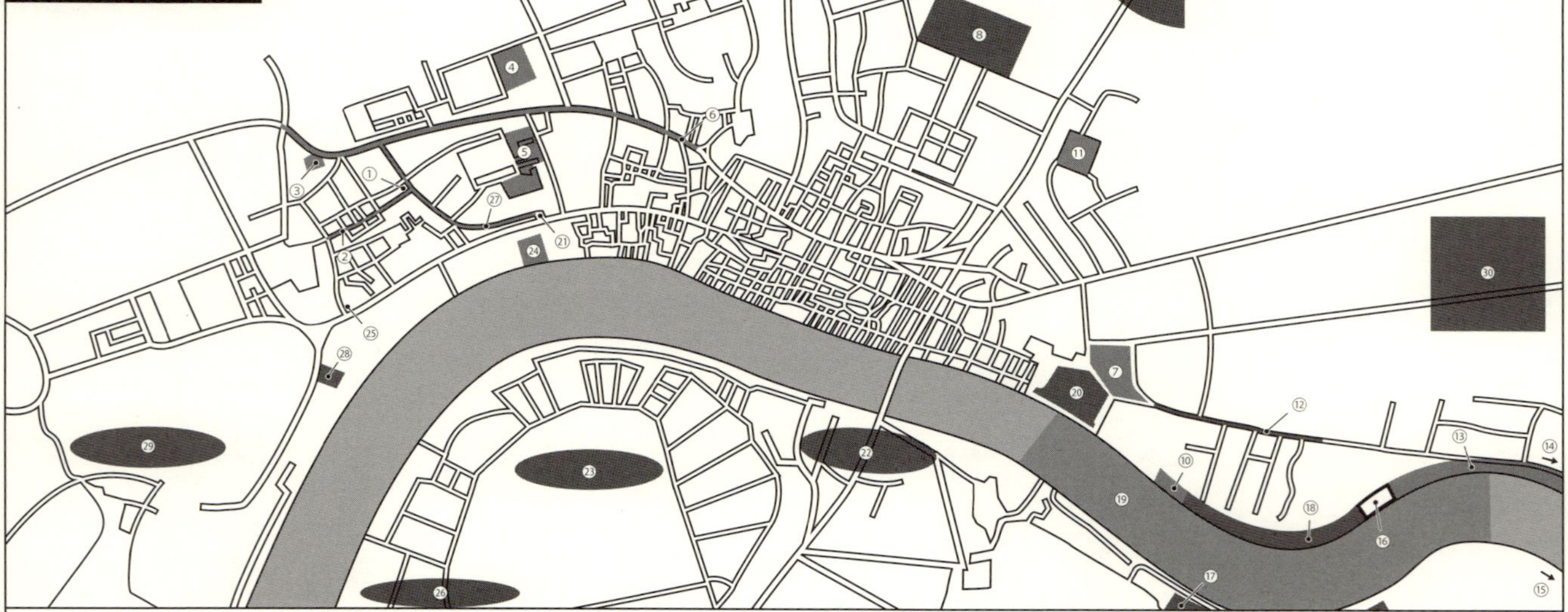

イースト・スミスフィールド⑦
ウェストミンスター（この一帯）㉙
ウォッピング⑱
グレイ法学院④
サザーク（この一帯）㉒
シャドウェル⑯
ショアディッチ⑨
ステップニー（この一帯：当時はウォッピング、シャドウェル、ラトクリフなど、市街地［シティー］より東のテムズ川北岸はステップニー教区に含まれていた）㉚
スピトルフィールズ⑪
セント・クレメント・デインズ教会㉑
セント・ジャイルズ・イン・ザ・フィールズ教会③
セント・ジョージ・フィールズ㉓
セント・マーティンズ・イン・ザ・フィールズ教会㉕
デットフォード、グリニッジ方面⑮
テンプル㉔
ドルリー小路㉗
ハーミティッジ⑩
バンヒル・フィールズ⑧
プール（テムズ川の船だまり）⑲
ペストの発生地①
ホウボン⑥
ホワイトホール宮殿㉘
ライムハウス、ブラックウォール、ポプラー方面⑭
ラトクリフ⑬
ラトクリフ・ハイウェイ⑫
ランベス（この一帯）㉖
リンカン法学院⑤
ロザーハイズ（レッドリフ）⑰
ロングエイカー通り②
ロンドン塔⑳

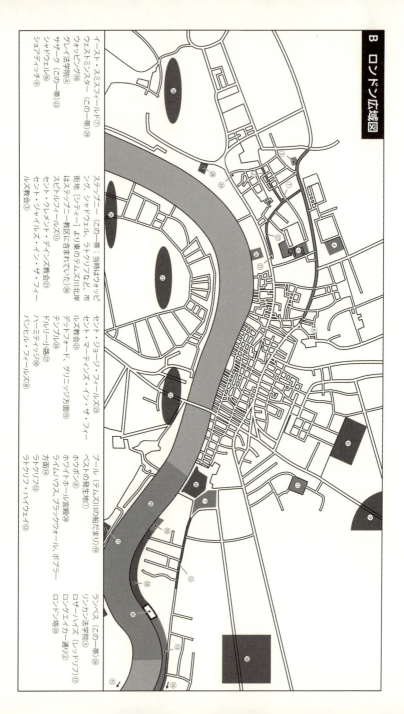

C　イングランドの州と主要都市

- イプスウィッチ⑫
- エクセター㉒
- エセックス州⑭
- オックスフォード㉑
- グレーヴゼンド⑱
- ケント州⑰
- コルチェスター⑬
- サフォーク州⑩
- サリー州⑲
- サンドイッチ⑯
- ニューカッスル（ニューカッスル・アポン・タイン）①
- ノーサンプトンシャー州⑥
- ノーフォーク州⑧
- ノリッジ⑦
- バッキンガムシャー州⑳
- ハル③
- ブリストル㉔
- プリマス㉓
- ベッドフォードシャー州⑪
- ミドルセックス州⑮
- ヤーマス⑨
- ヨークシャー州②
- リンカン④
- リンカンシャー州⑤
- ロンドン㉕

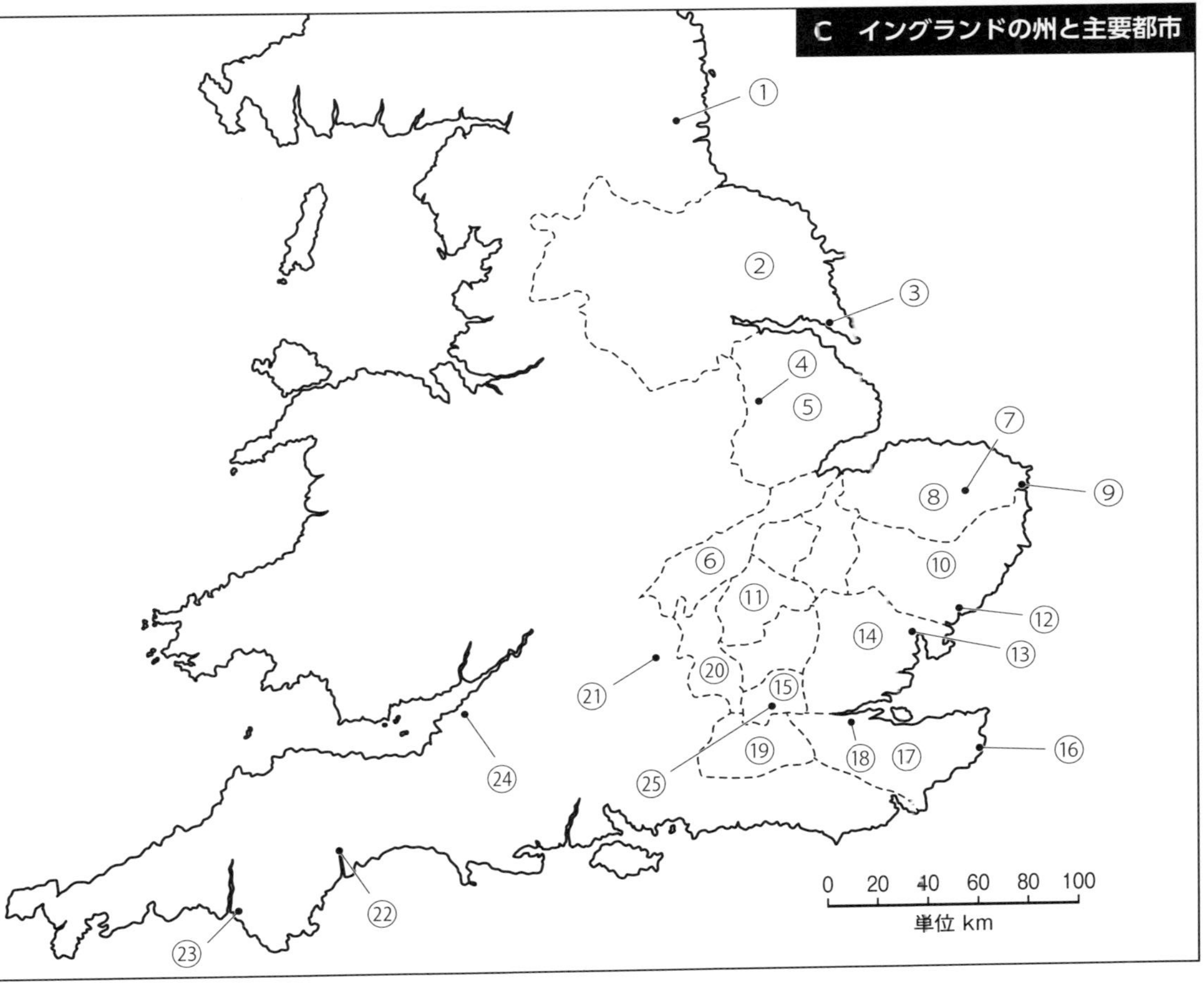

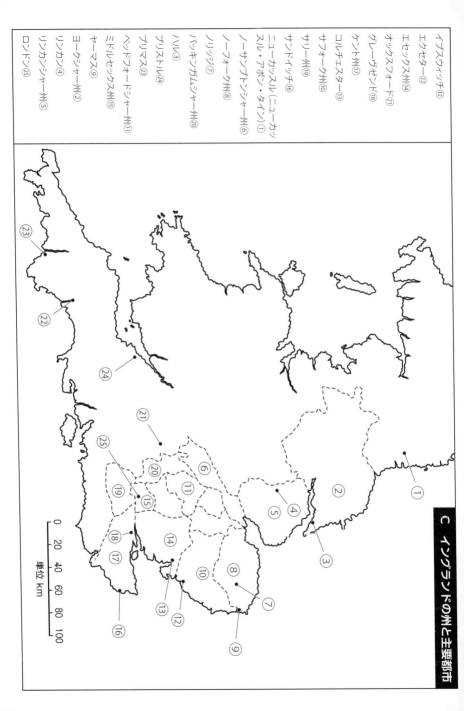

ペストの記憶

ペスト流行の年の

記録

1665年の

最後の

大いなる災厄

に襲われた

ロンドン

における

公的および私的な

もっとも驚くべき

出来事の

報告あるいは覚書

その間ずっとロンドンに留まっていた一市民による未公開の著作。

ロンドン
王立取引所のE・ナット、
ウォリック小路のJ・ロバーツ、
テンプルバーの外のA・ドッド、
セント・ジェイムズ通りのJ・グレイヴズ
の依頼を受けて印刷。
1722年

前兆

あれは確か、一六六四年の九月はじめのことだった。近所の人たちと寄り集まって雑談していると、こんなうわさを耳にした――ペストがまたオランダに戻ってきたらしい。実はその前年の一六六三年にも、あの国でペストが大流行していた。特にアムステルダムとロッテルダムはひどかった。それでオランダのペストはどこから来るのかが話題になり、誰かがイタリアだと言うと、いやトルコから帰るオランダ商船の荷物に紛れて地中海を渡ってきたのだとか、いやクレタ島からだ、いやキプロス島だとか、いろいろな意見が出た。でもどこから来たかなんてどうでもよかった。いずれにせよ、あれがまたオランダに来たことに変わりはないのだから。

そのころは新聞みたいにさまざまな事件やうわさを広めるための印刷物がなかった。つまり、後の時代に見られるように、誰かが事実を好きなように書き換えることもなかったわけだ。事件やうわさは、外国と連絡をとっている貿易商などの手紙から集められ、あとはただ口から口へ伝えられていた。なのでいまみたいに事件がたちまち国中に拡散することはなかった。けれども政府には事実が報告されて、あれがこっちに来るのを防ぐための対策会議が何度も開かれたようだ。ただし、すべてが極秘のうちにおこなわれた。それでこのうわさは徐々に絶え、市民の記憶からも消えはじめた。イングランドにいるぼくらには関係なさそうだったし、誤りだったほうがありがたくもあった。ところが、一六六四年十一月のどん詰まり、いや、十二月のはじめだったろうか、二人の男(フランス人と言われている)がペストで死んだ。場所はロンドンの市街地《シティー》を囲む壁よりも西にあるロングエイカー通りで、より正確にはこの通りとドルリー小路の交差点の北側だった。二人の死者のいた家は、なんとかして事実を隠そうと努めた。けれども近所からうわさが漏れ広がり、国務大臣の知るところとなった。念のため調査して真相を確かめようと、二人の内科医と一人の外科医が呼び出され、その家に行って検死するよう命じられた。検死の結果、死人の身体のどちらにもあの病の徴《しるし》となる斑点がくっきり現れていたから、二人の死因はペストであるとの見解を医師たちが公にした。それがセント・ジャイルズ教区の事務員に伝えられ、事務員は組合本部に報告を出した。するとその週の死亡報告書には、いつもの書式でこう印刷された。

ペスト 2　感染教区 1

不安が人びとのあいだから巻き起こり、市中どこでも警戒しはじめた。恐怖はさらに募った。一六六四年十二月の最後の週、同じ家で、同じ病気で、もう一人の男が死んだからだ。それから六週間は平穏な日が戻った。感染を疑わせる死者が出なかったので、病魔は去ったとうわさされた。だがそれから、あれは二月十二日くらいだったか、別の家でもう一人死んだ。同じ教区で、同じ死に方だった。

ロンドン市民の目がこの街はずれをじっと見守るようになった。毎週の死亡報告によると、セント・ジャイルズ教区では死者が異常に増えていた。街はずれの人ごみにはペストがうようよしている、ほんとうはペストでたくさん死んでいるのに、なるべく一般人に知られないよう情報が隠されているのだ、という疑いが生まれていた。みんなが不安にとり憑かれて、ドルリー小路など疑わしい通りは、どうしても行かなければならない大事な用でもないかぎり、まず誰も足を踏み入れなかった。

死亡報告の増え方を見てみよう。セント・ジャイルズ・イン・ザ・フィールズ教会の管区（すなわちセント・ジャイルズ教区）と、その東どなり、ホウボンのセント・アンドルー教会の管区（あるいはホウボン教区）で一週間に死ぬ人の数は、普通はどちらも一二名から一七名、せいぜい一九名といったところだった。ところがセント・ジャイルズ教区でペストが発生したときから、ありふれた死因で亡くなったとされる人の数がすさまじく増えていた。たとえば——

	セント・ジャイルズ	セント・アンドルー
12月27日〜1月3日	16	17
1月3日〜10日	12	25
1月10日〜17日	18	18
1月17日〜24日	23	16
1月24日〜31日	24	15
1月31日〜2月7日	21	23
2月7日〜14日	24※	

(※うち1名の死因はペスト)

これと似た死者の増加は、ホウボン教区の南側と接するフリート街のセント・ブライズ教会の管区でも、逆にその北側と接するクラーケンウェルのセント・ジェイムズ教会の管区でも見られた。どちらの教区でも毎週亡くなる数は四名から六名、あるいは八名だったが、当時はこれだけ増加した。

	セント・ブライズ	セント・ジェイムズ
12月20日~27日	0	8
12月27日~1月3日	6	9
1月3日~10日	11	7
1月10日~17日	12	9
1月17日~24日	9	15
1月24日~31日	8	12
1月31日~2月7日	13	5
2月7日~14日	12	6

しかもこの時期は、例年だと報告内容があまり悪くないはずなのに、毎週の死亡報告がどこでも増えていたので、市民は大いに不安に駆られた。

一週分の死亡報告に載るロンドン全体の死者の数は、いつも二四〇名ほどで、多くても三〇〇名だった。この三〇〇でも、とても高い数値だと見られていた。ところがペスト発生のあと、死亡報告はずっと増え続けた。

	死者／増加
12月20日〜27日	291／
12月27日〜1月3日	349／58
1月3日〜10日	394／45
1月10日〜17日	415／21
1月17日〜24日	474／59

最後の週の数値など本当に恐ろしいもので、前回の大流行があった一六五六年からそれまで、こんなに大勢の死者が一週間で出た記録はなかった。

しかしこの騒ぎもまた鎮まった。その年の冬は気温が低く、十二月にはじまった凍えるような寒さは、二月の終わりごろでもかなり厳しく、そこに激しくはないけれど身を切るような風が吹きつけていた。すると死亡報告の数が減ったので、ロンドンの街は健康になり、危険は去ったみたいなものだ、と誰もが思いはじめた。ただ、セント・ジャイルズ教区の死者の数は多いままだった。特に四月のはじめからは毎週二五名で変わらず、十八日から二十五日までの週になると、セント・ジャイルズ教区で埋葬された者は三〇名に増え、うちペストによるものが二名、発疹チフスによるものが八名だった。ただ、この発疹チフスは実はペストだと思われていた。並行してロンドン全体でも「発疹チフス」による死者の数は増え、この前の週は八名、いま話した週は一二名だった。

これでまた、ぼくらはみんな警戒した。巷《ちまた》にはおぞましい不安が渦まきはじめた。いまや気候が変わって暖かさを増し、夏もそこまで迫っていた。でも翌週にはまた少し希望が見えた。死亡報告が減り、全体での死者の数はたった三八八名、うちペストの死者はなく、発疹チフスの死者も四名だけだった。

逃げまどう人びと

ところが次の週になると元に戻り、病魔は他の二、三の教区にも広がった。ホウボンのセント・アンドルー教区、その南西のセント・クレメント・デインズ教区、さらに市民を恐怖に陥れたのが、市街地《シティー》の壁の内側で一名死んだことだった。セント・メアリ・ウールチャーチ教会の管区、よりくわしくは、株式市場近くのベアバインダー小路である。ロンドン全体でペストの死者九名、発疹チフスの死者六名だった。調査したところ、ベアバインダー小路で亡くなったのはフランス人で、ロングエイカー通りの感染者の出た家の近所に住んでいたが、病魔を恐れて引っ越していた。ところが自分もすでに感染していたのに気づいていなかったのだ。

五月のはじめだったが、気候は穏やかで、寒暖の変化はあるけれどまだ涼しく、市民は希望を失わなかった。強気になれたのは市街地《シティー》が健康だったからだ。全部で九七ある教区で死者の数は五四だけなので、あれはもっぱら街はずれの連中がかかっていて、もう広がらないんじゃないか、と思うようになった。翌週、つまり五月九日から十六日にはさらに望みが出てきた。ペストの死者は三人のみで、しかも市街地とその周囲の特別行政区《リバティーズ》には一人もいなかった。セント・アンドルー教区の死者はたった一五名で、とても低い数値だった。確かにセント・ジャイルズ教区では三二名が死んだけれど、ペストの死者は一名だけだったから、みんな安心しはじめた。全体の死亡報告の値もかなり低く、一週前は三四七名に止《とど》まり、いま話した週もたった三四三名だった。ぼくらは希望を抱いて数日をすごした。でも、それはほんの数日で終わった。市民はもう報告書の数字に騙《だま》されなかった。みずから家々を調べ、本当はペストがすみずみまで拡散し、たくさんの人が日々死んでいることを知ってしまったのだ。こうしてすべての希望的観測は色あせ、事実を隠すことはできなくなった。それどころか、すべてが急に明らかになった。もはや感染は収束する見込みがないほど広がっていること。そしてセント・ジャイルズ教区では、いくつもの通りに病が侵入し、何組もの家族がそろって病に伏していること。これに応じて、翌週の死亡報告でも真相が姿を見せはじめた。いや、そこではペストで一四名が死んだと記載されていたのだが、実はこれさえも完全に歪められ、操作された情報だった。セント・ジャイルズ教区では、総計四〇の死体を埋めていて、そのほとんどがペストで死んだのは明白だった。なのに報告書には他の病名が記されていた。すべての死者の数はせいぜい三二名の増加に止まり、全体の死亡報告もまだ三八五名だったけれど、うち一四名の死因が発疹チフス、同じく一四名がペストだった。こうした状況から、その週にペストで死んだ実数は五〇名にのぼると誰もが考えていた。

次の死亡週報は、五月二十三日から三十日までのもので、ペストによる死亡数は一七名だった。しかし、セント・ジャイルズ教区の死者は五三名――ギョッとする数だ！　このうち死因がペストと記されたのはたった九名だった。ところが、市長《ロード・メイヤー》に頼まれて、治安判事たちがもっと厳密な検査をおこなった結果、実はこの教区でペストにより亡くなった者はさらに二〇名いたが、発疹チフスとか他の病名を記されていたことが分かった。この他にも隠れた症例はあっただろう。

でも、この直後の状況と比べれば、これもささいなことだった。いまや暑い季節が来て、六月の最初の週から感染がすさまじい勢いで広がり、死亡報告の数値も上がり、死因として熱病、発疹チフス、乳児の高熱*の項目が脹《ふく》らみだした。誰もが病魔を隠せるかぎり隠した。近所づきあいを避けられたり、断られたりするのはご免だったし、行政当局によって自宅に閉じこめられるのもまっぴらだった。家屋の閉鎖はまだ実施されていなかったけれど、今後そうなるおそれはあり、市民はそれを思うだけで心底ゾッとするのだった。

六月の第二週、まだ疫病の主戦場だったセント・ジャイルズ教区では一二〇名が亡くなり、週報には、そのうち六八名だけがペストで死んだ、とあったけれども、少なくとも一〇〇名はいるはずだ、とみんなが言っていた。こう見積もったのは、前に述べたように、この教区でのふだんの死者は二〇名以下だったからだ。

この週のはじめまで市街地は安全で、九七ある全教区の内側では、さきほど触れたフランス人ひとりを除《のぞ》いて、まったく犠牲者が出なかった。でもついに、市街地の内側で四人が死んだ。ウッド街で一人、フェンチャーチ街で一人、そしてクルキッド小路で二人。テムズ川の南に広がるサザークはまったく安全だった。川のあちら側では、まだ誰ひとり死んでいなかった。

ぼくが住んでいた場所は、市街地の東にあるオールドゲート門を出て、オールドゲート教会とホワイトチャペル関門とを結ぶ通りの中間点あたりで、歩く方向の左手、つまり北側にあった。病魔はロンドンのこちら側まで達していなかったから、うちの近所はまだけっこう暢気《のんき》だった。でも同じ町の反対側では、みんながパニック状態だった。金のある人たち、特に貴族とか上流の紳士たちは、家族や召使もひき連れ、いつもの奥ゆかしさはどこへやら、市街地の西側からひしめきあって街を駆け抜けた。ロンドンの東の出口であるホワイトチャペル、つまりぼくの住んでいた大通りでは、そんな姿が特に頻繁に見られた。まったく、目に入るものといったら、家財道具や女や従者や子供を積んだ二輪や四輪の荷馬車、もっとお偉い方々が詰めこまれた立派な馬車、それと馬を操る御者たちばかりだ。これがみんな急いで逃げていく。道の向こうからは空の荷馬車が次々にあらわれ、従者の引く無人の馬たちもやってくる。残された人びとを運び出すために田舎から戻されたか、新たに送られたものらしい。他には、馬に乗った人も数えきれないくらいいた。ひとりで行く者もいれば、従者を連れた者もいたが、馬に荷物を載せ、旅支度を整えていると一目で分かるのはどちらも同じだった。

これはとても恐ろしく、気の滅入る光景だった。朝から晩までこればかり見せられると――他に見るものもなかったから仕方がないけれど――市街地に迫っている苦難や、とり残された人びとの惨状を思い、事態の深刻さを痛感した。

急いで脱出する人びとの勢いは何週間も衰えなかったので、市庁舎の門にたどり着くのが途轍《とてつ》もなく大変になった。そこでは、市外への通行を許可する健康証明書を発行してもらおうと、群をなす人びとがぶつかりあっていたのである。この書類がないと、街道沿いの町を通ることも、宿屋に泊ることも、断られてしまうからだった。この時期、市街地ではペストによる死者が一人も出なかったから、管轄の九七教区に住む人ならば、市長は誰にでもあっさり健康証明書を出してくれた。いっときは特別行政区《リバティーズ》の人たちにもそうしていた。

この人びとの勢いは、いま言ったとおり何週間も続いた。つまり五月も六月もずっとこうで、そこに風評が流れていっそう激しくなった。市民の移動を抑えたい行政府が街道に尖った柵を張り巡らし、たくさん関所を設けるよう条例を出すだろうとか、街道沿いの町はペストが持ちこまれるのを恐れてロンドン市民の通行を許さなくなるだろう、といったうわさが流れたのだ。でも、それはいずれも根拠のない憶測にすぎなかった。少なくともはじめのうちは。

逃げるべきか、留まるべきか

こうなると、ぼくは自分の身が心配になり、どこにいればよいか真剣に悩みだした。すなわち、ロンドンに留《とど》まるべきか、それとも近所の大勢の人たちのように家を閉ざして避難するべきか。この問題について、なるべく詳しく書き留めておくが、それは後の時代の人たちが同じ災難にみまわれ、同じ選択を突きつけられたとき、ひょっとして意味を持つかもしれないと思ったからである。つまりぼくが望むのは、この記録が後の人びとの行動の指針になってくれることで、自分の行動を歴史に残すことではない。ぼくになにが起きたかなんて、後世には一文の価値もないことだから。

ぼくにとって大事なことは二つだった。まずは仕事と店を続けること。ぼくはかなり手広く商いをしていて、全財産をこれにつぎこんでいた。もう一つはロンドンの全市民を襲いつつあるように見えた悲惨きわまりない苦難のなか、自分の命を護《まも》ること。それは確かにひどかったけれど、ぼくは恐怖のあまり、(たぶん他の人と同じように)現実の可能性をかなり超えた苦難を思い描いていた。

一番目の問題は、ぼくにとってすごく重要だった。ぼくの仕事は馬具の販売で、ふらりと店に来てくれる客よりも、アメリカにあるイングランドの植民地に物を売る貿易商人を主な得意先にしていた。こういう人たちの手に、財産のかなり多くが握られていたわけだ。実はぼくは独身だったが、それでも家には使用人たちがいて、彼らは商売で必要だったし、屋敷、店、それに品物でいっぱいの倉庫もあった。ということは、これらすべてをいまみたいな状況のなかで残していく、つまりあとを託せる監督者も誰もいないまま放り出してしまうと、ぼくは商売だけではなく品物まで失い、まさに全財産をなくすかもしれなかった。

ちょうどそのころロンドンには、何年か前にポルトガルから帰ってきた兄がいた。この兄に相談すると、実に手短な答えが返ってきたが、それはかつて、まったく違う状況で発せられた言葉と同じものだった。すなわち、「主人《マスター》は自力で助かるものだ」*。つまるところ、兄はぼくに田舎への疎開を薦めた。彼も家族と疎開するつもりだという。「俺が外国で聞いたところだと、ペストの最善の予防策は逃げることらしいぞ」と付け足した。「そうしたら商売も品物も失って、負債を出してしまうよ」と応じると、兄は強く反論した。「お前はロンドンに留まるつもりで『身の安全と健康は神にお任せする』と言ったが、これはそのまま、商売と品物を失うという、お前の不安をはね飛ばす言葉じゃないか。ここまで危険の迫った地点に留まって命を神に預けるくらいなら、商売を失うかどうか、思い切って運を神に委ねても一緒だろう。」

疎開先については、行き先に困っているとは言えなかった。ぼくらの一家の出身地である、ロンドンの北西一〇〇キロのノーサンプトンシャー州*には何人も友人や親類がいたし、特にその北東のリンカンシャー州にはただ一人の女きょうだいがいて、喜んでぼくを迎え、もてなすつもりでいた。

兄はすでに妻と二人の子供をノーサンプトンシャー州の南東にあるベッドフォードシャー州に送っていた。自分もあとから一緒になるつもりだから、お前も早く出発しろ、と熱心にぼくを急《せ》き立てた。それで一度は兄の言うことを聞こうと決めたのだが、そのころには馬が手に入らなくなっていた。実際のところ、人間の方は全員がロンドンから出て行ったわけではなかったものの、馬はすっかりいなくなったと言ってもよい状況だった。数週間はロンドンのどこでも、馬を買うのも借りるのもめったにできなかった。いったんは、一人の使用人を連れて徒歩で旅に出ようと決意した。多くの人がしていたように、兵隊用のテントを持参して、旅館には泊まらずに野宿するつもりだった。気温はとても暖かく、風邪をひく心配はなかった。多くの人がしていたというのは本当で、最終的にはかなりの人たちが、特にまだ遠くない昔にオランダとの戦争*に従軍した人たちなどは、野宿をしていた。ここで言っておきたいのは、ペスト流行の人為的な原因を考えてみると、もしも避難をした人びとのほとんどが野宿をしていれば、ペストがあんなに多くの地方都市と家屋に感染を広げ、おびただしい数の人たちがひどい目に遭い、それどころか身を滅ぼすはめには陥らなかっただろうということだ。

だが決心をした矢先、田舎に連れていくつもりだった使用人がぼくを裏切った。恐ろしい病魔が広がっているのに、主人はいつ出発するのか分からないので、考えを変えてぼくを見限ったのだ。こうなると、しばらく行く気がなくなった。その後もなんだかんだで、退去の日を決めるといつも必ず邪魔が入り、予定を取り消しては期日を延ばしていた。やがてぼくに、ある考えが浮かんだ。こんな状況でなければ、無意味な気まぐれと言われても仕方ないが、これだけ予定が先延ばしになるのは天の声ではないか、と思いはじめたのだ。

いまから話す考え方は、似た状況にある人にぼくがお薦めする最善の対処法でもある。なかでも義務を果たすことを善とみなし、良心の声に従おうとする人にはよく聞いてほしい。こういうときは、神のご意志を示すできごとの一つひとつから目を逸《そ》らさず、それらが互いにどう関わり、また全体として目の前の問題とどう関わっているかをさまざまな面から観察するべきなのだ。やがて、それらのできごとが天からの確かな報《しら》せとなり、この状況で果たすべき義務が紛れもなく明かされるだろう。つまりこうして、伝染病に襲われた際、自分の住む場所から避難すべきなのか、そこに留まるべきなのかが明らかになるのだ。

ある朝、自分のとるべき行動をじっくり検討していると、こんな考えが熱く心に湧いてきた。神の力に導かれるか許されるかしなければ、何事もぼくらには起こらない。ならばきっと、これだけ予定どおり行かないのには、なにか普通でない意味がこめられているに違いない。まさに神のご意志が、ぼくに行ってはならないと指し示し、告知しているのは明らかではないか。するとたちまち、このように思い至った。留まれというのが本当に神の命令ならば、いまからどんな死の危険に取り巻かれようとも、神はぼくをしっかり護ってくださる。ところが、住み家を逃げ出して身の安全を図り、繰り返されるお告げに反して行動すれば、それを神のお告げだとぼくが信じている以上、いわば神から逃亡することになる。そして神の裁きの手は、いつでもどこでも好きなように、ぼくを捕まえることができるだろう。

こう考えたぼくは、また決意を翻し、ふたたび兄と話し合って、「自分はここに残り、神にあたえられた境遇のなかで運に身を委ねるつもりだ」と告げた。いま話した理由を挙げながら、「この選択こそぼくに課された義務だと思う」とも言った。

ぼくの兄は信仰の篤《あつ》い人だったけれど、これが神のお告げだという、ぼくの意見をことごとく笑い飛ばした。そして(兄に言わせれば)「お前みたいな無謀な連中」の話をいくつも語り、こう付け足した。「お前が病に冒されてどうしても身体を動かせないというなら、確かにそれを神の御業《みわざ》として受け容れるのがよいだろう。もはや逃れられない以上、神の導きに黙って従うべきだ。創り主である神は、至高の存在として、お前の運命を左右する権利を間違いなくお持ちなのだから。このとき、神のご意志がなにを告げ、なにを告げていないか、判断するのはちっとも難しくない。ところがお前は、乗る馬を借りられなかったとか、一緒に行くはずの男が逃げたとか、つまらない理由を並べて、町を出てはいけないと神が報《しら》せているなどと考えるのだから、まったく馬鹿げている。だって、なにがあろうとお前は健康だし、手足もあるし、使用人もほかにいる。一日か二日、徒歩で旅をするのは簡単だ。そうすれば、健康そのものだと証明する確かな書類をもっているのだから、道中で馬を借りるなり、駅馬車に乗るなり、好きにできるじゃないか。」

次いで兄は、彼の訪れたアジアや他の地域で、トルコ人などイスラム教徒が思いこみから行動して陥った悲惨な末路について語った(前にも話したように、貿易商人の兄は、リスボンを最後の滞在先として、数年前に外国から戻ってきていたのだ)。連中の奉じる予定説、つまり、すべての人の最期はあらかじめ神によって定められ、変わりようがない、という信念に凝り固まっているイスラム教徒は、平気で感染地域に足を運ぶし、感染者と会話もする。その結果、連中は毎週一万人から一万五千人もバタバタと死んでいった。これに対してヨーロッパ人、すなわちキリスト教徒の商人は避難したまま外に出ないので、ほとんどが感染を免れたのだ。

兄のこうした説得によって、ぼくは決意をまたしても覆した。出発しようという思いが高まり、その勢いで準備もすっかり整えた。実はぼくの周りで感染が拡大していたので、それも心変わりの理由となった。毎週の死亡報告はほとんど七〇〇名まで上昇し、兄は、「もう一刻も留まるつもりはない」とぼくに告げた。「明日まででいいから、考える時間をくれよ。きっと覚悟を固めるから」とぼくは頼んだ。仕事についても、あとを託す人についても、すべてに最善の手立てを講じていたので、あとはぼくの覚悟次第だった。

夕方、心がひどく塞ぎこんだままぼくは帰宅した。どっちつかずで、どうしたらよいか分からなかった。その晩は他になにもせず、ただこの件をじっくり考えることにした。誰も邪魔する者はいなかった。このころには、みんなで示し合わせたかのように、日没のあとは戸外に出ないのが習わしになっていた。その理由はいずれ話す機会があるだろう。

この晩、家にこもって最初に解き明かそうとした課題は、自分のなすべき義務はなにかだった。まず、田舎に行けと急き立てる兄の主張をぼくは整理した。次にそれを、ここに留まれという、心に強く刻まれた感情とつき合せた。神のおかげで順調な、仕事のいまの状況と、全財産ともいえる商品をしっかり管理する責任が自分にあることを思えば、神のお望みが目に見えるようだった。そこに、天のお告げと思われるできごとも生じたので、危険を恐れるな、と命じられている気がした。するとこんな考えが浮かんだ。ここに留まれ、と命令されているようなものだから、その声に従ったときの身の安全は、約束されていると思っていいんじゃないか。

この考えが頭から離れず、よし残ってやろう、という思いが、いままで以上にどんどん高まるのを感じた。ぼくは護ってもらえるはず、という秘かな確信に支えられている気もした。そして、この問題で異常なくらい深刻に悩んでいたぼくは、目の前にあった聖書をめくりながら、思わずこのように叫んだ——「ああ、いったいどうしたらいいのでしょう。主よ、わたしを導いてください！」たまたまそこで聖書を繰る手を止めると、『詩編』の第九一篇のページだった。その第二節が目に入り、そのまま第七節まで続けて読んだ。それから第十節まで読み進めた。それは次のような詩句*だった。「主についてわたしはこう言おう。わたしが難を避ける場所、わたしを護る砦《とりで》、わたしが信じる神と。確かに神はあなたを鳥撃ちの罠から救い出し、悪臭を放つ疫病からも救い出してくださる。神はあなたを羽根で覆い、その翼の下であなたは護られる。神の真理があなたの盾《たて》となり干《こだて》となる。夜の恐怖に怯《おび》えることも、昼に飛ぶ矢に怯えることもない。闇を歩む疫病も、昼に襲う破滅も畏《おそ》れることはない。千人があなたのとなりで斃《たお》れ、万人があなたの右手で斃れる。それでも災いはあなたに近づかない。ただあなたはその目を向け、悪い者たちへの報いを見るのみだ。なぜなら、わたしが難を避ける場所にして至高の存在でもある主を、あなたはおのれの住み家としたのだから。あなたに災いが降りかかることはなく、あなたの家にペストが近づくこともない。」

読者に言うまでもないだろうが、まさにこの瞬間、ぼくはロンドンに留まろう、この身の一切を全能の神の善意と庇護のもとに投げ出し、ほかのどこに逃げこむのもやめようと決断した。「わたしの時はすべて神の手にあり」（『詩編』31:15）というように、病めるときも、健やかなるときと同じように、神はぼくを護ってくださるのだから。もしも神がぼくを救うのを良しとしないとしても、ぼくがその手にあることは変わらない。わが身がどうなろうと、神の思し召しであればそれが正しいのだ。

こう決意して床に就いた。翌日になると、決意がいっそう固まることになった。家とすべての用事を任せるつもりだった女性が、病にかかったのだ。しかも、ロンドンに留まらねばならない事情が他にも生じた。この次の日、ぼく自身までひどく体調を崩してしまったのである。これでは出発したかったとしても、できはしなかった。不調は三日から四日続き、いよいよこれで残留する腹が決まった。そこで兄に別れの挨拶をした。兄はロンドンの南にあるサリー州のドーキングへと去り、そこからロンドンを迂回して、北のバッキンガムシャー州だかベッドフォードシャー州だかに入り、家族のために見つけていた疎開先に向かった。

こんなときに病気になるなんて、よっぽど運が悪かった。不調を訴えたりすれば、たちまちあいつはペストだと言われてしまうのだから。実際、疫病の症状はまったく現れていなかったのに、ひどい頭痛と胃の不調に悩まされたので、これは感染《うつ》ったんじゃないか、と不安に駆られなくもなかった。しかし三日くらいすると気分がましになり、その晩には熟睡でき、いくらか汗もかいたのでかなり快復した。不調と一緒に感染の不安もきれいに消え去り、ぼくはいつもどおり仕事に精を出した。

辛かったけれど、これで田舎に行く気持ちはすっかり消え去った。もはや兄もいなかったので、この問題を議論することも、自分で考えることもなくなった。

感染の拡大

もう七月も半ばだった。ペストがひどかったのは主にこの町の反対側で、前に話したセント・ジャイルズ教区、ホウボンのセント・アンドルー教区、さらに南西のウェストミンスターにも広まったのだけれど、いまやぼくの住むロンドンの東側にも向かいつつあった。ただ、言っておくべきなのは、ペストはこっちに真っ直ぐ来たわけじゃなかったことだ。市街地《シティー》、つまり壁の内側は、まだそこそこ健康だったし、そのころは病がテムズ川を越えてサザーク地区に達することもあまりなかった。その週、病気で死んだのが全部で一二六八名、そのうち九〇〇名以上がペストで死んだと言っていいだろう。でも、壁の内側の全市街地ではたった二八名、またサザーク(ウェストミンスターの対岸のランベス教区を含む)でもわずか一九名だった。これに比べて、セント・ジャイルズと南どなりのセント・マーティン・イン・ザ・フィールズの両教区だけで、四二一名も死んでいた。

ただし、感染の範囲は、もっぱら壁の外側に留まっているように思われた。人がひしめき合い、とくに貧しい者が多く住んでいたこの地域では、市街地よりも多くが病魔の餌食となったのだが、詳しくはあとで話そう。ここで話を戻すと、病魔がぼくらの地域へ手を伸ばしているのが明らかになった。すなわち、壁より北側の教区、クラーケンウェル、クリップルゲート、ショアディッチ、ビショップスゲートをめぐって、東に向かっていた。このうち最後の二つの教区は、オールドゲート、ホワイトチャペル、ステップニーという東側の教区に接していて、とうとう疫病が来たと思ったら、極めて激烈に感染が拡大した地域だった。そこでは、最初に患者の出た西側の教区で勢いが衰えたあとでも被害が止《や》まなかった。

ほんとうに不思議なのだけれど、七月四日から十一日の一週間をとってみると、いま言ったように、セント・ジャイルズとセント・マーティン・イン・ザ・フィールズの二教区だけで、ペストの死者がおよそ四〇〇人いたのに、オールドゲート教区では四人だけ、ホワイトチャペルの教区では三人、ステップニー教区ではたった一人だった。

同じように次の週、七月十一日から十八日には、死亡週報には一七六一名とあったのに、テムズ川の南側全域においてペストで死んだのは、十六名しかいなかった。

でも、こうした状況はすぐに変わり、特にクリップルゲート教区で、*それとクラーケンウェルでも深刻さが増していった。八月の第二週のあいだ、クリップルゲート教区だけで八八六体を埋葬し、クラーケンウェルでは一五五体だった。前者のうち八五〇名はペストによる死者と数えてよさそうだった。また後者のうち一四五名がペストで亡くなったことは、他でもない死亡週報が伝えていた。

七月のあいだは、前に話したとおり、同じロンドンでも西側とは違って、こっちはまだ大丈夫だと思っていたから、ぼくはふだんどおり外を出歩いていた。商売の用もあったし、特に一日か二日に一回は市街地に入り、兄の家に寄ることにしていた。兄から管理を任されたので、安全を確認しに行っていたのだ。ポケットの鍵で家に入り、大方の部屋をまわって、なにか変ったことはないか確かめていた。こんなひどい状況のなかでも、強盗やこそ泥を働くような、悪に凝り固まった心の持ち主がいると聞いたら、ちょっと耳を疑うだろう。でも間違いなくこれは事実だった。あのころ町ではあらゆる類《たぐい》の悪が横行し、不謹慎な遊蕩さえも常に劣らず大っぴらにおこなわれていた。さすがに回数こそ減ったけれど、それは人がとても少なくなったせいだった。

しかしいまや、市街地までも襲われつつあった。ついに病魔が壁を突破したのである。ただ、あんな巨大な群衆が田舎に出ていったあとで、人の数はもう極端に減っていた。前ほど大勢ではなかったけれど、この七月のあいだもずっと、人びとは脱出をやめなかった。八月になっても脱出が続いたので、市街地に残るのは行政の担当者と召使だけになってしまうんじゃないか、と本気で思うようになった。

人びとが市街地を脱出したのと同様に、宮廷*も早くから、具体的には六月に場所を移し、オックスフォードまで行ったことも話しておこう。かの地では、神のご加護により廷臣たちは無事だった。聞くところによると、病魔は彼らに触れもしなかったという。なのに、あの方々が深い感謝を示した様子も、少しでも心を改めた様子も、ぼくには窺えなかったと言わねばならない。廷臣たちの悪い評判が天にまで鳴り響いたせいで、全国民にこの苛酷な審判が下されたと言っても、決して大袈裟ではないのに、彼らは批判に耳を傾けようとしないのだ。

いまではロンドンの外観が異様なほど変わってしまった。立ち並ぶ建築物のすべて、市街地《シティー》、特別行政区《リバティーズ》、郊外、ウェストミンスター、サザーク、一切が変わった。市街地と呼ばれる特殊な地域、つまり壁の内側については、まだそれほど感染が広がっていなかった。しかし全体を見れば、状況はすっかり変わってしまった。みんなの顔に深い悲しみが刻まれていた。まだ病魔に呑《の》みこまれていない地域もあったけれど、誰もが重い不安を抱えて見えた。こっちに広がる様子を目にして、みんなが自分と家族に最悪の危機が迫っていると感じた。あの時代を直《じか》に知らない人たちのために状況を正確に再現できれば、そしてあちこちで目の当たりにした恐怖を読者にしっかり感じてもらえれば、生々しい印象が心に刻まれ、驚きで満たされることだろう。言ってみれば、ロンドン中が涙にくれていた。といっても、喪に服す人びとが通りを行き交っていたわけではない。肉親が死んでさえ、誰も黒いものを身に着けず、正式な喪服も着用しなかった。しかし、紛れもない哀惜の声が通りまで聞こえていた。家々を通りすぎると、最愛の家族が死にそうなのか、それとも死んだばかりなのか、女性や子供の悲痛な叫び声が、窓や玄関から聞こえてきた。あんまり頻繁に聞こえるから、この叫び声だけで、世界一の強靭《きょうじん》な心臓さえも貫かれてしまったことだろう。ほとんどすべての家で涙が流れ、嘆声が響いた。とりわけ病魔が襲来した当初はそうだった。というのも、終わりのころには人びとの心が感覚を失い、死を目の当たりにするのにすっかり慣れてしまって、近親者を失うのをそれほど恐れなくなったからだ。ただし、自分がもうじき天に召されるとなると、話は別だったけれども。

もっぱら町の反対側で病気が広がっていたころも、ぼくは仕事でときどきそちらに行かねばならなかった。

ぼくにとって(いや他の誰にとっても)はじめての事態だったので、いつも人であふれていた通りが、いまや閑散としているのを見ると、ひどく驚いてしまった。ほとんど人影が見られなかった。もしもぼくがこの土地に不案内で、道に迷っていたなら、通りを端から端まで歩いても(あくまでも脇道の話だが)、道を案内してくれる人が見つからない、なんてことがあったかもしれない。見つかるとしても、それは閉鎖された家の玄関に立つ監視人くらいだろう。この監視人についてはいずれお話しする。

ある日、大事な用があって町のそちら側に行ったとき、好奇心に駆られて、いつも以上にいろいろ見てまわった。それで用事と関係のない方面をずいぶんと歩いてしまった。ホウボンに出ると、通りは人でいっぱいだった。けれどもみんな通りの真ん中を歩いていて、端は両方とも空いていた。どうやら、どの家が感染しているか分からないので、外出する人に接近したり、家から漏れる臭気を浴びるのを避けているみたいだった。

ホウボンの近くにある法学院*はどれも閉まっていた。テンプルの二つの法学院、リンカン法学院、グレイ法学院に属する弁護士の姿も、あまり多くは見られなかった。誰もが安らかに眠っていたので、弁護士の出番はなかったのだ。しかも休暇の時期だったので、彼らの大多数が田舎に行っていた。軒を連ねる家々が、すべて厳重に閉鎖されている一帯もあった。住民はみんな脱出し、監視人がひとりかふたりいるだけだった。

軒を連ねる家々が閉鎖されたといっても、このあたりの家は行政の担当者によって閉鎖されたわけではない。宮廷に雇われていたり、他の用事があったりしたので、とても多くの住人が宮廷を追ってロンドンを出なければならなかったのだ。他の人たちも病魔に怯えて逃げたので、何本かの通りは一帯が廃墟《はいきょ》も同然となった。ただし、他所《よそ》と区別して市街地《シティー》と呼ばれる地域では、恐怖はまだそんなに膨らんではなかった。最初は、とても言葉にできないほどの動揺が生じたが、前に話したとおり、そのあと疫病の勢いは何度か弱まった。

警戒しては気が緩むことの繰り返しがしばらく続いたので、人びとはだんだん疫病に慣れてしまった。さらには、ペストが猛威をふるっているときでも、すぐに市街地やロンドンの東と南まで広がることはないと思いこんで、みんなは元気を取り戻し、ぼくに言わせればちょっと鈍感になりはじめた。さきほど言ったように、大勢の人びとが逃げ出したのも真実だった。だがその人たちは、主にロンドンの西側や、市街地の心臓と呼ばれるところに住んでいた。要するにもっとも裕福で、商売や仕事に煩わされない種類の人たちだったのだ。でも他の人びとは大半が留まり、最悪の事態に立ち向かう姿勢を見せていた。特別行政区《リバティーズ》と呼ばれる地域、郊外、サザーク、さらにはウォッピング、ラトクリフ、ステップニー、ロザーハイズなど東の地域では、多くの人びとが残った。ところどころにいる少数の金持ちは去ったが、これもまた商売に頼ってない人たちだった。

ここで忘れてはいけないのは、この災厄の襲来したとき、すなわち疫病が発生したとき、市街地と郊外は異様なまでに人であふれていたことだ。今日まで生きられたおかげで、ロンドンの人口がさらに増加し、大勢の人びとがひしめきあって暮らすのを目にしているけれど、ぼくらの世代の頭から消えないのは、数々の戦が終わり、軍隊がいくつも解散し、王室と君主政が復活した*のを受けて、ロンドンに押し寄せた膨大な数の人たちの姿だ。事業に取りかかろうとする人もきたし、勲功への報酬や昇進など、良いことを当てにして宮廷を訪ねる人もきたから、この町の抱える人口は、過去のどの時期に比べても十万人以上*は増えたと見積もられていた。それどころか、人口が二倍になったと自信たっぷりで言う者もいた。なにしろ、没落していた王党派の一族が、そろってこちらに集結したし、退役した兵士は、みんなここで商売を始めたので、実に多くの家族がロンドンに住みはじめた。しかも、宮廷が戻るのと一緒に、豪華な趣味や新たな流行が大量に流れこんだから、全国民が快楽と贅沢《ぜいたく》にふけるようになった。こうして、王政復古のお祭り騒ぎが、大勢の家族をロンドンに引き寄せていたのである。

　こんなことをよく考える。エルサレムが古代ローマ人に包囲された*のは、ユダヤ教の過越しの祭を催すために、ユダヤ人たちがみんな集まったときだった。この作戦によって、ふだんなら別の土地に住んでいたはずの、信じがたい数の人びとが不意を衝《つ》かれてしまった。これと同じように、ペストがロンドンに侵入したのは、いま述べた特別な状況のために、たまたま信じがたい人口の増加が起きたときだった。若やいで快楽に満ちた宮廷に人びとが流れこむと、市街地では商売が大いに栄え、なかでも服飾関連の華美な製品はなんでもよく売れた。その結果、大勢の職人や手工業者などが集まってきたが、そのほとんどは日々の労働で生計を立てている貧しい人たちだった。ぼくの記憶に焼きついているのは、貧民の境遇に関する市長《ロード・メイヤー》への陳情書のなかで、市街地とその周辺に十万人ものリボン職人がいると見積もられていたことだ。そのうち主な人びとは、当時ショアディッチ、ステップニー、ホワイトチャペル、およびビショップスゲートの各教区に住んでいた。これはつまり、絹織物で有名なスピトルフィールズの辺りだ。ただしこれは当時のスピトルフィールズのことで、いまと比べると五分の四くらいの大きさしかなかった。

　とはいえ、これによって全体でどれだけ多くの人がいたか分かるだろう。はじめに途方もない数の人びとが立ち去ったのに、まだこんなに大勢が残っているなんて、実はぼくにも不思議だったのだが、実際そうらしかった。

不吉なうわさ

　しかしここでもう一度、この驚くべき時代の最初に戻らなくてはならない。市民がまだ恐ろしさに慣れていないころ、いくつもの奇妙なできごとのせいで、異様なまでに恐怖心が高まったことがあった。あまりに次々に起きるので、ロンドンはこの地上から抹消される宿命を負った、神から「血の畑《アケルダマ》」*として定められた土地であり、そこにいるのを見つかったら最後、誰でも町もろとも滅ぼされるのではないか、と思った市民が全員一体となって立ち上がり、家を捨ててこの地を去ろうとしないのは、まったく驚くべきことだった。そんな奇妙なできごとのうち、ほんの二、三の例をいまから挙げる。ただし、とても多くの変事があったのも確かだし、それと同じくらい多くの魔術師や詐欺師が盛んに異変を唱えていたのも確かなのだけれど、疫病の流行後、果たして誰が(特に女性で)残ったろうと、よく不思議に思うのだ。

　はじめに、燃えるように輝く星、すなわち彗星がペストの数ヶ月前から現れていた。この二年後に起きるロンドン大火の少し前に彗星が現れたのとちょうど同じだった。老婆、それに性は男でも粘液質で憂鬱*な、老婆と見紛うような連中が、(この二つの天罰が下る前ではなく、むしろすべてが終わってから)こう論評した。あの二つの彗星は、ロンドンの真上を通り、しかもあんなに家屋に迫っていた。ということは、あれがこの町だけになにかを告げているのは明らかだ。ペストの前に出た彗星はぼんやりとかすみ、生気のない色を帯び、その動きはとても重々しく、荘厳で緩やかだった。ところが、大火の前の彗星は明るく火花を散らし、燃え盛っているという人もいたほどで、動きは敏速で荒々しかった。ここから分かるのは、片方は重い天罰を予告していたことで、それは速くはないが厳しく、ゾッとするほど恐ろしいもの、すなわちペストのことだった。これに対し、もう片方は一瞬の打撃を予告していて、それは突然起こり急速に燃え上がるもの、つまり大火災を指していたのだ、と言うのである。いや、もっと細かく、こんなことを話す者までいた——大火の前触れの彗星を眺めると、そいつが猛々《たけだけ》しいまでの速さで飛んで行くのが見えたものだ。それも肉眼ではっきりと分かっただけじゃなく、音だって聞こえてきた。とはいえ、遠く離れているから、微かに聞き取れるくらいだけど、激しくて恐ろしい、夜空を裂く轟音《ごうおん》を響かせていた。

ぼくもこの二つの星を見た。正直に話すと、ぼくの頭はこの手の俗な思いつきでいっぱいだったので、これは最後の審判の予兆と警告じゃないか、とよく思ったものだった。最初の彗星のあとペストが発生したのに続けて、また似たものを目にしたときは特にそうだった。神はこの町をまだ十分には懲らしめていないのだ、と口に出さずにいられなかった。

でも同時に、一連のできごとを他の人たちほど畏れ奉ることもできなかった。こういう星を天文学者が自然現象として説明していることも、いまや星のさまざまな運動が計算可能で、公転さえ例外ではないこと、少なくともそういう学説*があることも知っていた。だから彗星をペストや戦争、大火といったできごとの前兆とか予告と見なすのは必ずしも正しくないし、ましてこれらの元凶とは言えないと思っていたのだ。

だけどぼくや学者の考えがどうであっても、一般人の心にはこういうできごとが尋常ではない影響を及ぼしていて、ほとんど例外なく、なにかおぞましい災害と天罰がこの町を襲うんじゃないか、と不安で落ちこんでいた。その主な原因は彗星が現れたことと、はじめに話したように、十二月にセント・ジャイルズ教区で二人が亡くなって少し警戒させられたことだった。

人びとの不安が異様に高まったのは、誤った考えがこの時代に広まったせいでもあった。当時の人びとは、どういう信念からか想像もつかないけれど、予言や星占いの呪文、夢占いや根も葉もない俗説にかぶれていて、これほどひどい時代はあとにも先にもなかった。こんな嘆かわしい状況の元をたどると、占いで金儲《もう》けをするやつらのバカげた所業のせいなのか、つまりこの連中が、予言やら予知やらを続々と出版したせいなのか、ぼくには分からない。けれども、本がみんなの恐怖心を悪化させたのは間違いない。『リリーの予言暦』、『ギャドベリーの占星暦』、『貧乏ロビンの予言暦』のようなものもあり、さらには信心めかした本もいくつかあった。『わが民よ、その女から離れ去れ。その災いに巻き込まれぬようにせよ』という題名のものもあれば、『正しい警告』や『イギリス国民の覚書』というものもあり、ほかにもこの手の本[*]がたくさん出まわった。そのすべてとは言わなくともほとんどが、あけすけに、あるいは曖昧に、ロンドンの滅亡を予告していた。それどころか、神がかった厚かましい連中は、この町に神の言葉を説くために遣わされたと言い張って、予言を唱えながら街を駆けまわった。なかでもある者は、ニネベの滅亡を説いてまわったヨナのように、「あと四十日すれば、ロンドンは滅びる[*]」と街なかで叫んでいた。いや、あれは「四十日すれば」と言っていたか、それとも「数日すれば」と言っていたか、ちょっと自信がない。裸で、ただ腰に下着だけつけて走りまわり、昼も夜も叫んでいる者もいた。「エルサレムに災いあれ！」と町の滅ぼされる少し前に叫んだという、ヨセフスの『ユダヤ戦記』に出てくる男さながらだ。でも今度の哀れな裸体の男は、「ああ！　偉大なる、恐るべき神よ！」と叫び、それ以上はなにも言わず、ただこの文句をずっと繰り返していた。その声と表情には恐怖があふれ、足どりは速く、彼が立ち止まる姿や、休息したり食事をとる姿は決して見られなかった。少なくとも、ぼくの聞くかぎりはそうだった。この哀しい男を街で何度も見かけたから、一度話してみたかったのだけれど、彼はぼくとも、他の誰とも会話をしようとせず、ただあのおぞましい叫びを浴びせるばかりだった。

　こうしたできごとが、ロンドン市民をとことん震え上がらせた。なかでも、前にお話ししたように、セント・ジャイルズ教区のペストによる死者一名、あるいは二名と死亡週報にあるのを、二度三度と見つけたときの反応はすさまじかった。

迷信と幻影

こういう公共の場で見られる迷信のほか、「おばあさんの夢占い」なるものもあった。正確には、他人が見た夢をおばあさんが解釈するのである。おかげでたくさんの人びとがすっかり正気を失くしてしまった。「去れ、ロンドンに大変なペストが来る、生き残った者が死者を埋葬できなくなるほどひどいものだ」と警告する声を聞いたという者や、空に幻影を見たという者が現れた。心の冷たい人間と思わないでほしいが、このどちらについても、音のしない声を聞き、姿のないものを見たのだ、とぼくは言わずにいられない。実際、当時の人びとの想像力は常軌を逸していて、なにかに取り憑《つ》かれたようだった。こんな人びとがずっと雲を眺めていれば、なにかを象《かたど》った姿や形が現れたように見えても不思議ではない。しかしそれは、なんら実体のない、宙に浮いた妄想にすぎないのだ。こちらには、「燃え上がる剣を持った手が雲のあいだから飛び出した、切っ先はこの町を真上から窺ってるぞ」と言う者たち。あちらには、「霊柩車《れいきゅうしゃ》と棺が見える、埋葬するために走っているんだ」と言う者たち。さらにあちらでは、「埋めずに放りだされた死体の山があるぞ」という声。こんな調子で、気の毒にも恐怖に駆られた人たちの想像は、怖がるための素材を勝手に生み出していたのである。

憂いを帯びた空想は、天空に
艦隊、軍団、戦闘を描き出す。
しかし冷静な目は、昂《たかぶ》る心を落ち着かせ、
すべては元の材料の、雲へと戻り消えていく。*

こういう連中は毎日、こんな不思議なものを見たという話をしていて、それだけでこの記録を埋めつくせるほどだ。しかもみんな、この連中は本当にそういうものを見たのだと信じて疑わなかったから、反論でもすれば友情にひびが入るのは避けられなかった。無知で礼儀を知らぬやつ、というだけでなく、神を冒瀆し、その声に耳を傾けない悪人とまで見なされてしまうのだった。ペストが威力をふるい始める前(ただしセント・ジャイルズ教区ではもう流行が始まっていたが)、確か三月だったと思う、街角に人だかりがあるのに気づいて、好奇心をそそられたぼくは、その群に加わった。すると、みんな空をじっと見上げていて、ある女がはっきり見えると言うものを見ようとしていた。それは白い服に身を包んだ天使で、炎に包まれた剣を握って振りまわしている、というより頭上から振り降ろしているらしい。この女は天使の姿をこと細かに、生き生きと描き出した。こう動いたとか、こんな格好だとか、いちいち示してくれるのである。哀れな人びとは、この話に引きこまれて夢中になった。また、それを強く望んでいるみたいだった。「ああ、全部はっきりと見える」とひとりが言う――「間違いなくはっきりと、剣が見えてるぞ。」天使が見えると言う者もいた。なかには天使の顔まで見える者もいて、「天使って、なんて神々しいんでしょう」と叫んでいた。誰かがなにかを見れば、ほかの人が別のなにかを見た。ぼくもみんなと同様、熱心に観察したけれど、騙されたい気持ちが十分ではなかったらしい。それでこう言った。「ぼくにはなにも見えないな。見えるのは白い雲だけだ。確かに一部が明るいけれど、あれは雲の向こうにある太陽の光を受けてるんだろう。」女はぼくに天使を見せようとがんばってくれたが、確かに見えると認めることはできなかった。実際、そう言ってしまえば嘘になっていた。ところがその女はこちらを向き、じっと顔を眺めたところ、ぼくが笑ったように見えたらしい。このときの女もまた、想像に騙されていたわけだ。だってぼくは笑ってなどいなかったし、可哀そうな人びとが自分の想像に圧倒され、恐れを抱いているのを見て、とても深刻に悩んでいたのだから。けれども女は顔を背け、「あなたは神を敬わず、笑いものにするけれど」とぼくに呼びかけ、こう語った。「いまは神がお怒りのときで、恐ろしい裁きが近づいてるんだ。あんたみたいな信仰を嘲笑うやつは、『驚き滅び去る』*だろうよ」

この女の周りの人たちも、同じく不愉快な様子だった。それを見たぼくは、いま自分が笑っていないと言い張っても無駄で、この人たちの目を覚ますどころか、袋叩《ふくろだた》きに遭うだけだと気づいた。だからその場を立ち去った。そしてこの幻覚は、あの彗星のように実在するものとしてうわさが広まった。

これとよく似た光景に、真っ昼間から出くわした。市街地の北東にある小《ペティ》フランスからビショップスゲート教会の墓地に抜ける狭い路地を歩きながら、立ち並ぶ救貧院のかたわらを通ったときのことだ。ビショップスゲート教会、というよりその教区には二つの墓地があった。ひとつは小《ペティ》フランスと呼ばれる地域からビショップスゲート通りに行くあいだに通るもので、そこを抜けるとちょうど教会の門前に出た。もうひとつはこの狭い路地の片側にあった。路地の左手に救貧院が並んでいるのに対し、右手には柵のついた低い壁があった。この壁の向こうが墓地で、ずっと奥には市街地の壁が見えた。

この路地にひとりの男が立ったまま、柵のあいだから墓場を覗《のぞ》きこんでいた。さらには、どうにかほかの人の通行の邪魔にならないようにしながら、狭い路地からあふれるほど多くの人たちが立ち止まっていた。この男はすごく熱心に人びとに話しかけ、こちらを指すかと思うとあちらを指して、「あの墓石の上を亡霊が歩いているのが見えるぞ」とキッパリ断言した。男は霊の外見や姿勢、動きを実に正確に描き出してみせ、「あれがみなさんにはっきり見えないなんて、そんな奇妙なことがこの世にあるだろうか」と言っていた。いきなり男は叫び出す。「あそこだ。ほら、こっちに来るぞ。」その次には、「やつが向きを変えて戻って行った」と叫ぶ。ついには、みんな彼の言葉によって亡霊の存在を固く信じてしまい、ひとりが「わたしには見えるかもしれない」と言うと、もうひとりが「わたしにも見えているみたいだ」と語りだした。こんなふうに、あの狭い路地で、男は毎日奇妙な騒ぎを巻き起こした。しかし、いつもビショップスゲート教会の鐘が十一時を打つと、亡霊はハッと驚くらしかった。そして呼び出されたかのように、突然消え失せてしまうのだった。

この男の指さすまま、慌ただしくあっちこっちを熱心に眺めたのだけれど、ぼくにはまったくなんの影も見えなかった。しかしこの男があんまり強く主張するので、人びとは妄想を膨らませ、身を震わせ、怯えながら立ち去るのだった。ついには、亡霊のことを知る人たちはめったにこの路地を通り抜けようとしなくなった。特に夜には、どんな理由があろうと、まず誰も近づかなかった。

この亡霊は、哀れな男の言い張るところだと、指で家並みを指し、地面を指し、さらに人びとを指したという。この墓地にたくさんの人びとが埋葬されることを予告しているのは明らかだった。というか、人びとはそう解釈した。確かにそれは現実となった。だがあの男が幻影を見たというのは、はっきり言ってぼくにはまったく信じられなかった。見えるものなら自分も見たいと思って、よく目を凝らしたけれど、ぼく自身にはなにも見えなかった。

どれだけ当時の人びとが妄想に振りまわされていたか、ここから生々しく伝わるだろう。ペストが襲来すると思いはじめると、みんなの予測は最悪の疫病への不安に取り憑かれ、このロンドンの町が、いや国全体が廃墟と化すだろう、そして人も獣も、この国のほとんどすべての生きものを滅ぼすだろうと思いこんでしまったのだ。

これに加えて、さっき話したように、星占いの連中が惑星の合《ごう》、つまり観測上で複数の星が重なって見えることを不吉な徴《しるし》だとでっちあげ、世間に悪い影響を与えた。この合が十月に、さらに十一月にも生じると言われていたが、実際にそうなった。すると占い師どもは、この天の徴に関する予言をみんなの頭に吹きこみ、今回の合は旱魃《かんばつ》と飢饉《ききん》、そして疫病の到来を告げていると説いた。ところが、最初の二つについては、この連中の予想は大外れだった。というのも、その年に旱魃は起きなかったし、むしろ年のはじめは霜が降りるほど寒さが厳しく、これが前年の十二月から三月に入るころまで続いたのだ。そのあとも気候は穏やかで、暑いというより暖かく、爽やかな風も吹いていた。要するに、とても恵まれた気候が続いた。しかもかなりの大雨も何度か降った。

人びとを恐怖で惑わすような本の印刷を取り締まり、販売する者を抑えつけようとして、いくつか手が打たれた。それで連中の何人かは捕まったものの、ぼくの知るかぎり大した罰を受けなかった。市民の怒りに火をつけるのを政府が望まなかったためである。確かにぼくから見ても、みんなもう完全に正気を失っていた。

恐怖と信仰

問題があったのは、一部の聖職者も同じだと思う。この聖職者たちの説教は、聴衆の心を高めて元気づける代わりに沈ませてしまった。その多くはきっと忍耐力を鍛えるため、またとりわけ悔悛の情を引き出すために説かれたのだろう。しかし明らかに彼らの目的は実現しなかった。少なくとも別の害の方がはるかに大きかった。聖書を読むと、いろいろな箇所で、ほかでもない神が、恐れと驚きによって信仰を強制するよりも、優しくご自身へと誘《いざな》い、「立ち帰って生きる」*ことを呼びかけている。聖職者たちも同じようにすればよかったのに、とぼくが思ったのは紛れもない事実である。ぼくらの聖なる主、イエス・キリストは、「あなたたちは、命を得るためにわたしのところへ来ようとしない」*と苦言を呈しつつも、いつも天国からの報せとして神の恵み深さを語り、悔い改めた人びとを喜んで迎え、赦しをあたえてくださったではないか。だからこそ、主の福音は平和の福音と呼ばれ、さらには慈愛の福音と呼ばれている。聖職者たちもこのようにふるまえばよかったのだ。

ところが、善良なはずの聖職者のなかに、宗派や教義に関わりなく、恐怖に満ちた語り口で不吉なことばかり話す人もいた。この人たちは、予言と称して悪い報せばかりを伝えたので、聴衆の全体が一種のショック状態に引きこまれ、涙を流しながら家に帰ることになった。なにもかも滅びるという不安から、人びとはなによりも恐怖に駆られてしまい、慈悲を求めて天に訴えるよう導かれはしなかった。導かれたとしても、決して十分ではなかった。

実はこの時代には、宗教をめぐってとても不幸な分裂が生じていた。人びとのあいだで数えきれない宗派が対立し、教義もバラバラだった。この四年前に王政が復活したことで、確かにイングランド国教会は甦っていた。けれども長老派《プレスビテリアン》や独立派《インディペンデント》、その他あらゆる宗派の牧師や説教者が別々に集会を開きはじめ、争うように祭壇が乱立した。それぞれの宗派が礼拝のための集まりを独自におこなっていたのは現在と同じだけれど、信者の数はそれほど多くなかった。非国教徒がひとつの集団として確立したのはもっとあとのことで、いま話した集団での礼拝もまだ数は少なかった。その少ない礼拝さえも時の政府は認めず、彼らの活動を弾圧し、会合を封じるための手を打っていた。

しかしペストの来襲が、一時的かもしれないものの、分裂した信仰をふたたび一つにした。非国教徒のうちもっともすぐれた、立派な牧師や説教者たちが、国教徒の教会に入ることを許されたのだ。こうした教会の元の司祭は(実はよくあったことなのだが)、ペストの恐怖に耐えられず逃げ出してしまっていた。信者の人たちは、代わりに来た牧師の説教を聞くために、前と変わらない様子で集まった。牧師が何者で、どんな教義を信じているかなんて、あまりこだわらなかった。ところが病がすぎ去ると、助け合いの精神は薄れてしまい、どの教会にも本来の司祭が復帰し、司祭が亡くなった場合も他の司祭を国教会が推挙して、すべてが元の流れに還ってしまった。

過ちはいつでも別の過ちを生んでしまう。恐怖と不安に駆られた人びとは、あやしく、馬鹿馬鹿しく、しかもたちの悪い、いろんなものに飛びついた。なにしろ、この手のものを巧みに薦める本当に悪いやつらはいくらでもいた。それでみんな占い師や魔法使い、占星術師のもとに走った。彼らは自分の運を知りたがった。俗っぽく言うと、運勢を診てもらったり、生まれたときの星図を作ってもらおうとした。こんな馬鹿な流行のせいで、たちまちロンドンには、魔法や黒魔術の使い手と称する悪の一党が群がるようになった。いや、魔術どころか、こいつらはもっと邪《よこしま》な、巨額の取引を悪魔とおこなっていた。こんな商売がおおっぴらに、また手広くなされたために、あちこちの家のドアにさまざまな看板や表札が掲げられるようになった。「あなたの運勢を占います」、「星占い致します」、「生まれたときの星位を算出して運勢を当てます」、などなど。ベーコン修道士の真鍮製の首がほとんどの通りに顔を出したが、これはこういう連中の住まいの看板*としてよく使われていた。ほかにもシプトンばあさんの看板とか、魔法使いマーリンの首なども見られた。

どんな無知で、愚かで、嗤《わら》うべきたわごとを並べて、こういう悪魔の使者たちが人びとを喜ばせ、安心させたのか、詳しいことは分からない。でも確かなのは、数えきれない客がこの連中の門前に殺到したことだ。勿体ぶった様子の者が、ただビロードの上着に幅の広い襟、さらに黒いマントを羽織り(当時のインチキ魔法使いたちはたいていこんな格好をしていた)、街角を歩いているのを人びとが見つけると、たちまちみんなが群れをなしてあとを追いかけ、一緒に歩きながら質問をしたものだった。

これがどれだけ忌まわしい幻覚で、どんな結末が待っているかは言うまでもない。でも、これを治療する方法はなく、まさにペストがすべてを終わらせるのを待つしかなかった。ペストが来ると、この手の計算高い連中は町からきれいにいなくなるものなのだ。悪質だったのは、哀れな市民が贋の占星術師に「いったいペストは来るのですか？」と訊ねると、連中が口を揃えて「来ます」と答えたことだ。これは連中の商売を守るためだった。みんながペストを怖がらなくなれば、たちまち魔法使いたちは無用になり、彼らの巧妙な技も出番を失うのだから。そこでやつらは飽きることなく「これこれの星の影響で」とか、「これこれの惑星の合のせいで」なんて理屈をまくしたて、「健康がさまざまな形で害され、ついにはペストが来ます」と説くのだった。なかには厚かましくも、「すでにペストは来ています」と断言する者もいた。実は大正解だったわけだが、こう話した本人は真相をなんにも知らなかったのだ。

誤解のないように言っておくと、牧師や説教者のほとんどは信仰も思慮もある方々で、いま挙げたような邪《よこしま》な行為を声高に非難し、その馬鹿馬鹿しさと邪悪さをあばきたてた。市民のなかでも、冷静で分別のある人たちはそれを軽蔑し、嫌悪していた。でも普通の庶民や貧しい商工業者には、正しい判断を植えつけることなどできなかった。そのあらゆる感情を恐怖が抑えつけていた。そして彼らは、狂ったように次々と、あの手の際物《きわもの》に金をつぎこむのだった。男女の奉公人、特に女の方が、連中のお得意さまだった。彼女たちのお決まりの質問は――もっともこれはあの「ペストは来るのですか」という最初の問いに続く二番目の質問になるけれど――こういうものだった。「先生、神さまに誓って、わたしはどうなるのでしょう？　奥さまはわたしをこのまま雇ってくださるでしょうか、それともクビにされてしまうのかしら？　奥さまはここに残るでしょうか、それとも田舎に行かれるでしょうか？　田舎に行かれるのなら、わたしも連れてってくださるかしら。それともここに置き去りにして、飢え死にするまで放ったらかしでしょうか？」男の奉公人も、言うことは同じだった。

実際には、可哀そうな奉公人たちは、とても惨めな運命をたどった。あとでまたこの話題に戻る機会もあるだろう。大変な数の奉公人が暇を出されるのは明らかだったし、実際にそうなった。するとその多くがペストで死んでしまった。なかでも、例の贋予言者に希望を吹きこまれ、奉公を続けられるし、主人や奥さまと一緒に田舎に連れてってもらえるものと信じてしまった人たちの被害は大きかった。この哀れな失業者たちに政府が救いの手を差し伸べなければ、その途方もない数からして(この種の災害がある場合はいつものことだけれど)、彼らはロンドン市民のなかでも最悪の境遇に置かれていただろう。

こうしたことが、何ヶ月にもわたって一般の人びとの心を掻き乱していた。ちょうど不安が漂いはじめたけれど、まだペストが発生したとまでは言えない時期だった。ただし忘れてはいけないのは、町の住民のうち特に信仰心の篤い人たちは、違った態度で生活していたことだ。政府は人びとに信仰を奨励し、公式な礼拝について定め、断食して謙虚に自省する日も決めた。市民の頭上に迫っていた恐ろしい裁きを避けるために、彼らが罪を告白し、神に慈悲を訴えられるようにしたのである。すべての宗派の人たちが、どれだけ熱心にこの儀式に協力したか、とても表現できない。教会の礼拝にみんなで集い、人の群れがあまりに膨れ上がったために、いちばん規模の大きい教会でも、しばしば入口の周りに近づくこともできなかった。毎日、多くの教会で朝と晩に礼拝がおこなわれ、それ以外の場所でも仲間で集まって祈りが捧げられた。どの集まりであっても、人びとは特別な熱意をこめて参加していた。多くの家でも、教養とは特に関係なく、近親者だけを集めて家族で断食を守っていた。ひとことで言うと、まじめで信仰の篤い人たちは、真のキリスト教徒らしく、悔悛と反省という正しいおこないに身を捧げていたのだ。これこそキリスト教を信じる民のなすべきことだろう。

公共の場でも、みんなそれぞれに反省している様子が窺えた。王政復古のあと、浮かれ気分で贅沢にふけっていた宮廷さえ、国民に迫る危機を前にして真剣に気遣う態度を見せた。国王が共和政時代に身を寄せていた、フランスの宮廷を真似て作られる芝居は、このイングランドでも流行りはじめていたのだけれど、軽めのもの《インタールード》も含めてすべて上演が禁じられた*。賭博台、舞踏室、ミュージック・ホールが増殖し、市民の暮らしが節度を失いかけていたが、これも一切の営業を止められた。間抜けなジャック《ジャック・プディング》とか陽気《メリー》なアンドリューと呼ばれる道化師、人形劇、ロープの上で踊る芸人などの見世物も、哀れな庶民の心を惑わしていたけれど、すべて店じまいとなった。本当のところ、まったく客が来なくなっていた。みんなの頭は、他のことで掻き乱されていたからだ。そこから生れた恐れと悲しみの影が、一般市民の顔にまで居座っていた。死を目の前にして、自分の墓場がみんなの脳裏にちらつきはじめると、派手に遊びたいなんて思えるわけがなかった。

偽医者と詐欺師の横行

滅亡して第二のニネヴェ*となるかもしれないほどの苦難のとき、こうして今までの堕落を真摯に反省したのだから、正しい導きを得られていれば、人びとは心から望んで祈りのために跪き、罪を懺悔し、天を仰いで慈悲深い救い主に赦しを求め、どうか憐れみをかけてください、と乞い願っていただろう。ところが、庶民は逆の過剰反応を示してしまった。以前は獣みたいに、欲情のまま無思慮に生きていたこの人たちが、今度はやみくもに馬鹿げた反省にふけり、恐怖に駆られるまま、愚行のかぎりを尽くしたのだ。さっき話したとおり、自分の身がどうなるかを案じた人びとは、魔術師や魔女など、あらゆる類《たぐい》の詐欺師へと奔《はし》った。やつらはみんなの恐怖につけこんで、いつでも警戒の目を光らせるよう促したのだが、その目的はいつまでも彼らを騙し、ポケットから金を巻きあげることだった。これと同じく狂っていたのは、ヤブ医者や街頭の薬売り、さらには薬草売りの婆さんの一人ひとりまでを、ペストに効く薬を求める人びとが追いまわし、丸薬、水薬、それに予防薬と称するものを大量に貯めこむ様子だった。病気の毒に感染するのを恐れた人たちは、こうして金をつぎこんだ上に、前もって自分に毒を盛り、ペストから身を護るどころか、むしろ狙われやすい身体になってしまった。他方で売る側をみると、医者の広告やあやしい連中の貼紙が家の門柱や通りの一角をべたべたと埋めつくす光景は信じがたく、想像を絶していた。知ったかぶりをして得体の知れない薬を宣伝し、治療に来るよう勧誘する内容で、その多くは、こんな派手なキャッチコピーで始まっていた。すなわち、「**絶対の効能！**　ペスト予防にこの丸薬」、「**間違いなし！**　の感染予防薬」、「**効果抜群！**　空気感染を防ぐ栄養ドリンク」、「**ドンピシャ**の対策！　感染しても元気を保つ——抗ペスト丸薬」、「**無双の効き目！**　まったく新しい、ペストに効く水薬」、「**すべてを治す！**　ペストの薬」、「**本物はウチだけ！**　ペスト酒*」、「**王室御用達の解毒剤！**　どんな伝染病にも効く」——まだまだいっぱいあって、とても数えきれない。ぜんぶ並べたら、一冊の本がまるごとこんな惹句《じゃっく》で埋まってしまうだろう。

ほかには、感染したときに自宅に来れば治療の相談に乗る、と広告を出す者もいた。こちらは長ったらしい自己紹介で始まっていて、こんな感じだった。

> ドイツの高名な医師。最近オランダからイングランドに参りました。昨年、ペストが猛威をふるうなか、ずっとアムステルダムに滞在。実際にペストにかかった人を数多く恢復させせました。

ナポリから来たばかりの身分あるイタリア人女性。感染を防ぐとっておきの秘訣あり。経験を積み重ねて発見したものです。一日で二〇〇〇〇人の死者を出した、彼の地での前回のペスト大流行の折、実際に奇蹟的な効能を発揮しました。

身分ある老婦人。時は一六三六年、ここロンドンで前にペストが流行した際、治療して大いに成功を収めました。女性限定で診察。口頭での指導、その他。

熟練した医師です。あらゆる毒や伝染病を打ち消す法則を長く研究してきました。四十年にわたる診療で応用を重ねた結果、神のご加護もあって技術が完成し、伝染性の病ならどんなものでも寄せ付けない秘訣をお教えできるようになりました。お金のない方には無料で教えます。

ここに挙げたのは、ごく一部の例にすぎない。二十も三十も同じような広告を紹介できるし、それでもまだまだ書き尽くせないだろう。だけど当時の雰囲気の一端を理解してもらうにはこれで十分だし、こういう泥棒やスリの一団が、哀れな人びとを騙して金を盗んだだけでなく、ひどいことにその身体に毒を盛って、死のお膳立てさえしたのを分かってもらえただろう。水銀を飲ませる者もいたし、他の者も同じくらい有害な薬物を処方していた。広告からはおよそかけ離れた代物で、このあとペストが襲来すると、身体を護るどころか抵抗力を弱めてしまった。

こういうインチキ治療師のひとりの手口について、ここで話さずにいられない。こいつは言葉巧みに貧しい人たちを騙して自分のもとに寄せ集めたけれども、金を払わなければなにもしないのだった。この男が通りに出した広告には、目立つ字でこんな文句が躍っていたという——**お金のない方はタダで診察いたします**。

これを見た貧しい人たちが大勢この男のところに来た。男はべらべらと立派な説をまくしたてた。来客の健康状態や各自の体質を調べ、こうしなさい、ああしなさいといろいろ告げたが、どれも気休めみたいなものだった。それで最終的に出てくるのが、この男が処方した予防薬の話だった。「毎朝、これこれの量をお飲みになれば、この命にかけて、絶対にペストになんかなりません。絶対です。感染した人とひとつ屋根の下に住んでも大丈夫。」ここまで言われると、誰でもその薬を手に入れたくなる。ところが、この薬の値段がとんでもないもので、確か半クラウン(二シリング六ペンス)もした。「ですが先生」と、ある貧しい女が言った。「わたしは他人さまの援助で暮らしている惨めな女で、教区に養ってもらっている身です。それに先生の出した広告には、『お金のない方にはタダで診察する』とあるじゃないですか。」「あなたの仰るとおりですよ」と医者は答えた。「だから貼紙にあるとおりのことを、こうしてやってるじゃないですか。お金のない方々はタダで診察しています。でも薬までタダとはいきませんよ。」「それはひどい!」と女。「そんなの貧乏人を引っかける罠じゃないか。だって先生はわたしらをタダで診察すると言うけれど、それは無料で説明するから金を出して薬を買えってことなんだろう。自分の店の商品の説明なんて、誰でもタダでやってることさ。」ついに女は医者を口汚く罵りはじめ、その日のあいだずっとこの男の門前に立ち続け、来る人来る人にいまの話を告げた。やがて女が客を追い払っているのに気づいた医師は、仕方なく女を二階の部屋にまた呼び寄せ、タダで薬を一箱あたえたのだが、結局そんなものを服用したって意味はなかっただろう。

だがそろそろ、あまりに動揺していたせいで、どんなにインチキな医者にも、どれだけあやしい薬売りにも、つけこまれてしまった人たちの方に話を戻そう。ああいう詐欺を働いた連中が、哀れな貧民をカモにして大儲けしたのは間違いない。やつらを追いかけまわす人の群れが毎日どんどん増えていくのを、ぼくはこの目で見ている。やつらの門前は多くの人でごった返していた。ブルックス博士、アプトン博士、ホッジズ博士、バーウィック博士*といった、当時もっとも高名だった医師よりも、この連中の方が客を集めていた。聞いた話だと、なかには薬で一日五ポンドも稼いだ者さえいたそうだ。

ところが、この時代の哀れな人びとの異常な心理を窺わせる狂った行動は、これだけに止《とど》まらなかった。その挙句《あげく》、彼らはいままで話した連中よりも質《たち》の悪い詐欺師の手に落ちてしまった。先ほどの小賢しい泥棒どもは、人びとを欺いてポケットをまさぐり、金をくすねたにすぎない。このときは、もっぱら騙す側のおこないが悪いだけで、騙される側に咎はなかった。でもこれから話すことについては、もっぱら騙された人が悪いか、せいぜいおあいこだろう。なにかと言えば、ペストから身体を防護するために、お守りや魔法の水、呪文の札、魔除《よ》けの宝石とか、わけの分からない対策の品をあれこれ身に着けたことだ。ペストは神の裁きではなく、ある種の悪霊が取り憑いたせいだと思っているらしかった。だから十字を切ったり、占星術の図やたくさん結び目を作った紙切れで感染を防げる気でいた。紙切れには決まった言葉や記号が書かれていた。特に多かったのは「アブラカダブラ」という呪文で、こんなふうに逆三角形、あるいは逆ピラミッド型に並べられた。

ABRACADABRA
ABRACADABR
ABRACADAB
ABRACADA
ABRACAD
ABRACA
ABRAC
ABRA
ABR
AB
A

ほかには十字架のなかにイエズス会の記号*を書いたものもあった。

I H
S

さらにこんな印*だけのものもあった。

たいへんな危機、それも疫病襲来という国難のさなかで、このような愚行、それどころか悪行があったことに対し、大いに時間をかけて怒りをぶつけたって許されるだろう。でも、ぼくがこんなことを覚書に遺す

のは、むしろ事実だけに注意を向けて、こんなことがあったと記しておきたいからだ。あんなものは役に立たないと気づかされた、哀れな人びとの多くが、あとで死の車《デッド・カート》に載せられ、それぞれの教区の共同墓地に投げこまれてしまったけれど、そのときも、あの悪魔のお守りやガラクタが首からぶらさがっていた。このことはもっと先でお話しする。

悔い改める人びと

これはすべて、ペストが間近に迫っているのを初めて知って、市民が焦りを覚えたせいだった。その時期はだいたい一六六四年の九月二十九日、聖ミカエル祭のころにだと言われているが、もっとはっきり分かったのは十二月のはじめ、セント・ジャイルズ教区で男が二人亡くなってからだった。年が明けて二月にもう一人死ぬと、さらに人びとは慌てふためいた。ところが、いよいよペストの猛威が誰の目にも明らかになると、すぐに気づかされた。役立たずの連中を信頼して馬鹿だった、やつらはこちらをカモにして金を奪ったのだと。すると、人びとの恐怖心は、また別の方へと向かった。すなわち、愕然として頭が麻痺してしまったのだ。どう対策を講じるべきか、なにをすればよいのか見当もつかず、自力で不安を克服できなくなった。もはやとなり近所を家から家へと駆けまわるばかりで、さらに通りのドアを片端から叩いて、「主よ、わたしたちを憐れんでください。いったいどうすればよいのですか?」と繰り返し叫ぶありさまだった。

たしかに、この惨めな人びとには、憐れみを誘う特殊な事情があった。にもかかわらず、救いの手はほとんど、いやまったく差し伸べられなかった。ぼくも深い畏れと反省の気持ちをこめて、その事情を話したいと思う。この記録を読む人すべての理解は得られないかもしれないけれど。なんとなくみんなの頭の上を漂っいるだけだった死が、いまや家のなかを、さらに部屋のなかまでを覗きこみ、みんなの顔をじっと見つめるようになった。こんな状況でも、心が麻痺してなにも感じない人もいたかもしれない。いや、実際たくさんいた。しかしなかには、言ってみれば、魂の奥深いところまで正しい警告の声が鳴り響いている人たちもいたのである。多くの良心が目を覚ました。多くの頑なな心が融けて涙を流した。多くの者が悔い改め、ずっと隠してきた罪を告白した。絶望にくれる者たちの瀕死のうめき声を耳にして、心を抉《えぐ》られないキリスト教徒はいないが、それでもこの人びとを慰めようと近づく者はいなかった。数多くの窃盗、数多くの殺人が声高に告白されたが、生き延びてそれを記録に遺す者はひとりもいなかった。通りの真ん中で声を上げる人びととすれ違うこともあった。イエス・キリストの名のもとに神の赦しを乞い、「わたしは泥棒でした」、「わたしは姦通しました」、「わたしは人殺しです」などと言っていた。けれども、そこで立ち止まり、いったいなにごとかと訊ねてみようとする人もいなければ、魂も肉体も苛まれて、こんなふうに叫んでいる哀れな者たちを、どうにか慰めようとする人もいなかった。はじめのころこそ、聖職者のなかには病人を訪ねる者もいた。これは少し続いたものの、やがておこなわれなくなった。家に入るだけで直ちに死を意味することもあったからだ。死者の埋葬人、街でこれほど肝の据わった連中はいなかったが、この人たちでさえ、ときにはギョッとして引き返すこともあれば、すっかり怖気づいて家に入ろうとしないこともあった。家族が一度になぎ倒された家もあれば、それよりずっとひどい状態の家さえいくつもあったのだ。でも実は、これも疫病が猛威をふるいはじめたころのことだった。

時とともに、みんなすべてに慣れてしまった。すると人びとはためらわずにどこへでも出ていくようになった。あとでその様子をお伝えすることもあるだろう。

医師の働き

さて、すでに触れたように、ペストがいよいよ蔓延し、行政が市民の健康を真剣に考えはじめる段階がきたと思ってほしい。市民と、ペスト患者を出した家が課された規則については、あとで実際の条文をお見せする。でも、健康問題については、ここで話しておきたい。さっき示したとおり、人びとはもはや狂ったかのように、ヤブ医者、エセ薬売り、魔法使い、占い師のあとを追いかけまわしていたわけだが、この愚かな流行を見た市長《ロード・メイヤー》は、とても冷静で信仰の篤い方だったので、内科医と外科医に貧民を救うよう指示を出した。こうして病気にかかった貧民が救済されるようになった。特筆すべきは、医師会に対し、この病のあらゆる症状に関する金のかからない治療法を、貧民のために公表するよう求めたことだ。これこそまさに、当時打つことのできた対策のうち、もっとも賢明で思いやりのあるものに数えられるだろう。おかげで人びとはあやしい広告を出す連中のもとを片っぱしから訪ねるのをやめたし、言われるまま無我夢中で薬の代わりに毒を、つまり生の代わりに死を飲み下すこともなくなったのだから。

この医師会が公表した治療法の冊子は、所属するすべての医師の意見に基づき、貧しい人びとに役立つよう特に工夫されたものだった。安い治療法を知らせるのが公表の目的なので、誰でも読めるよう配慮もなされた。ほしい人なら誰にでも無料で配布された。これは公開されたものだし、いつでも見ることができるから、その内容を読者に紹介する必要もないし、いま読んでもらうこともないだろう。

病魔の猛威ときたら、一番ひどいときには翌年の大火に匹敵するすさまじさだった。こう言うのは医師の方々の権威や能力を貶めたいからではない。ペストの魔手を逃れたものを焼き尽くしたあの大火には、どんな対処法も役に立たなかったのだから。消化ポンプは破壊され、バケツは吹き飛ばされた。人間の努力は打ち砕かれ、なす術もなく終わった。これと同じで、ペストにはどんな薬も役に立たなかった。医師みずから病魔に捕えられたが、その口には予防薬が含まれたままだった。あちこち出向いて、他人に薬を処方し、対策を授けていた当の方々が、いつしか身体に病気の徴《しるし》が現れると、たちまち倒れて息絶えた。まさにこの敵と戦うために他人を指導していたのに、自身がやられてしまった。これは多くの医師の身に起こったことで、なかには非常に著名な方もいた。誰よりも手術に巧みな医師たちも多く亡くなった。おびただしい数のヤブ医者も死んだ。この者たちは、愚かにも自分の薬を信頼してしまったのだ。そんなものがなんの役にも立たないことは、本人がよく承知だったはずなのに。手口こそ異なるが、泥棒と変わりないこの連中は、泥棒らしく罪を自覚して、神の裁きの手から逃げ出すべきだったのだ。自分の悪事の報いを思えば、罰せられると予想して当然だったのだから。

医師たちが庶民と同じ運命をたどったと言っても、それは彼らの仕事ぶりや熱意を軽く見ているせいではない。そんな意図は少しもない。むしろ、人びとの役に立とうとしてみずからの命を懸け、ついに失ってしまったのは立派な行為だった。彼らは善をなし、他人の命を救うため精いっぱい努めたのだから。しかし神の裁きを止めることを、すなわち天国の武器を華々しく装備して送り込まれた疫病が、その使命を果たすのを防ぐことまでも、医師に求めるべきではない。

確かに医師は多くの人を助けたし、その技術に加え、熟慮と熱意のおかげで、人びとは生命を救われ、健康を取り戻した。とはいえ、医師の名声や技術を貶めるつもりはないけれど、病の徴《しるし》の現れた人びと、すなわち医師が呼ばれる前に致命的な症状を呈していた人びとを治療するのは、彼らにも不可能だった。そしてこういう例は珍しくなかったのだ。

市当局の対応

行政当局が一般市民の安全のためにどういう対策を公に講じたのか、さらには、疫病が発生したはじめの時期、流行を防ぐためになにをしたのか、それをいまから話そうと思う。行政に携わる方々が、思慮深さや慈愛の心を示し、貧民の生活と秩序の安定をたゆまず見守ったことなど、これから何度も話す機会があるだろう。後にペストが威力を増したとき、行政の担当者が食糧などを提供してくれたことも。しかしいまは、感染者を出した家庭を管理する目的で公表された、さまざまな規則についてお話ししよう。

家屋の閉鎖についてはすでに触れたが、ここで詳しく取り上げなければいけない。実はペストの記録のうち、この部分は特に気を滅入らせるものだ。**しかし、どれだけ悲惨な物語でも語らねばならない。**

すでに話したけれど、六月ごろにロンドンの市長《ロード・メイヤー》と区長たちは、市街地の統制についていままで以上に細心の注意を払うようになった。

ロンドン北西部を統括する、ミドルセックス州の治安判事は、国務大臣の指示を受け、セント・ジャイルズ・イン・ザ・フィールズ、セント・マーティン、セント・クレメント・デインズなどの教区で家屋の閉鎖をはじめ、かなりの成功を収めた。ペストの発生した通りの多くで感染者の出た家を厳しく監視し、人が死んだと分かったら間をおかずに埋葬するよう気をつけたところ、その通りではペストが終息した。しかもこれらの教区では、ペストが最も威力をふるってから衰えるまでの期間が、ビショップスゲート、ショアディッチ、オールドゲート、ホワイトチャペル、ステップニーなどの教区よりも短いことが判明した。このように早期の対策が講じられれば、ペストを抑えるのにとても有効なのだ。

ぼくの知るかぎりでは、家屋の閉鎖という方策が最初に取られたのは一六〇三年のペストの折で、これはジェイムズ一世がスコットランドから来て王位に就くとすぐ発生したものだった。「ペストにかかった人びとの慈善的救済および管理に関する法令」と題された法令によって、権力者が市民を自宅に閉じこめることが認められた。この法令に基づいて、ロンドンの市長《ロード・メイヤー》と区長たちが新たな条例を作成し、一六六五年七月一日に施行された。このとき市街地の壁の内側で病に斃《たお》れた者はまだ数が少なく、内側の九二教区について、毎週の死亡報告に載っていたのはたった四名だった。さらに市街地ではすでに閉鎖された家もあり、バンヒル・フィールズ*より北側の、イズリントンに向かう途中にあるペスト療養所に移された病人もいた。確かにこうした方策のおかげで、ロンドン全体で千人近くが死んだ週において、市街地での死亡者数はたった二八名だった。だから市街地は、疫病のあいだずっと、他の地域と比較すれば健康なまま保たれていたのだ。
以下の条例*は市長《ロード・メイヤー》が定め、先述のとおり六月の後半に公布され、七月一日から施行されたものである。

ペストの流行に関し、ロンドン市長《ロード・メイヤー》および区長によって制定・公布される条例。
一六六五年。

いまは亡きジェイムズ王陛下の幸福なる治世の折、ペストにかかった人びとの慈善的救済および管理に関する法令が作られ、それによって治安判事、市長、郡代*など地域の長官に、各々の制約の範囲内で、疫病を発症した人および地域について、調査員、検死人、監視人、付添人、埋葬人を任命し、彼らが職務に精励するよう誓いを立てさせる権限があたえられた。熟慮を重ねた結果、今日でも病の感染を防ぎ身を護るのに大変有効であると考え(どうか神の御心にかなわんことを)、次に記す職員を任命すると共に、下記の命令を適切に遵守してもらうこととする。

調査員が教区ごとに任命されること

第一に、教区ごとに一名、二名、あるいはさらに多くの地位と信頼のある人びとを、各区の長、副長および議会によって調査員として選出・任命し、少なくとも二ヶ月その職務に就くようにすることが必要であると考え、かつそのように命ずる。こうして任命を受けた適切な人物が上記の職務を引き受けるのを拒否した場合、命令に服するまで投獄される。

調査員の職務

上記の調査員は区長のもとで宣誓し、各教区のどの家に病人が出て、どの人間がどんな病を発症したかを情報の得られるかぎり調査し、結果を把握すること。このとき疑わしいものがあれば、病名が判明するまで出入りを慎しむよう命じること。誰かがペストを発症していると分かれば、警官に命じてその家を閉鎖させること。警官が職務に怠慢である場合は、即刻その旨を区長に申し立てること。

監視人

感染者の出た全家屋につき二名の監視人を任命すること。一名は日中、もう一名は夜間をすべて担当する。この監視人は担当の家屋に出入りする者が一人もいないよう、特に注意を払うこと。この義務を怠れば厳罰を課せられる。上記の監視人は、感染者の出た家屋が必要とする他のさまざまな仕事もおこなうこと。監視人が所用で他所《よそ》に行かねばならない場合、家に施錠し、鍵はみずから持ち運ぶこと。日中の監視人は午後十時まで、夜間の監視人は午前六時まで職務に服すること。

検死人

女性の検死人を各教区で任命するよう格別の配慮をすること。誠実な人柄との評判があり、この種の職務にもっとも適した人物を選ぶこと。この検死人たちは宣誓をした上で、遺体を調べるよう命じられれば、その死者が本当にペストで死んだのか、他の病気に因《よ》るものか、できるだけ事実に即した緻密な調査をおこない、知り得るかぎり正確な報告を作成すること。感染の治療と予防のために任命された医師は、上記の検死人を適宜呼び出すこと。それぞれの教区ですでに任命されたか、これから任命されるすべての検死人は、医師の管理下に置かれることになっている。医師が検死人を呼び出す目的は、彼女らがこの職務に相応しい資質を持つかどうかを判断することにある。さらに彼女らに職務怠慢の気配が窺える場合、適切な理由があれば折に触れて叱責するためでもある。

今回のペスト流行のあいだ、すべての検死人はいかなる公務にも雇われてはならないし、店や屋台を運営することも、洗濯婦など公衆と接点のあるいかなる仕事に携わることもできない。

外科医*

検死人が病名を誤り伝えたために感染をさらに広げたという非難がこれまで多く寄せられているので、事態を改善するための補佐役を設ける必要がある。それゆえ、すでにペスト療養所で働いている者は除き、有能で賢明な外科医を選抜し、補佐役に任命することとする。市街地《シティー》と特別行政区《リバティーズ》から、もっとも適切で便利な地域をこの外科医たちに割り振る。各自が一地域を受け持つものとする。それぞれの地域に属す右記の外科医は、病に関する正確な報告を作成するため、検死人が死体を視《み》るのに同席すること。

さらに、右記の外科医には、診療を依頼する患者、および各教区の調査員によって指名・通達された患者について、往診・検査し、当該教区の病状について情報を得ることが求められる。

右記の外科医は一切の他の診療を禁じられ、このペスト流行への対処にのみ従事することとなる。その便宜を図るため、以下のように命ずる。右記の外科医はすべて一体を検査するごとに十二ペンスを手にするものとする。これはなるべく検査を受けた側の財産から支払われるが、不可能であれば教区から支払われる。

付添看護師

ペストで死亡した者が亡くなってから二十八日以内に、その付添看護師が感染者の家から住居を移す場合、上記の二十八日が経過するまで、当該看護師が移った先の家屋を閉鎖すること。

感染者の出た家屋とペスト患者に関する条例

病気の報告の義務

すべての戸主は、その家にいる誰であろうと、また身体のどの部位であろうと、しこりや紫斑や腫れ物を訴える者や、あるいは危篤に陥った者がいれば、(明白にペスト以外の病気を原因とする場合は除き)前記の病変が現れてから二時間以内に健康調査員に知らせること。

病人の隔離

この調査員、あるいは外科医や検死人によってペストであると認められた者がいれば、その者は当日の晩にその家に隔離される。このように隔離された場合、後に病人が死亡せずとも、この病人を出した家は一ヶ月にわたって閉鎖される。ただしその前に家の残りの者たちには適切な予防薬が処方される。

家財の浄化

ペストに毒された家財道具はいったん差押え、寝具、衣類、カーテンや掛け布については、ふたたび使用する前に焚火でいぶし*、かつ感染した家屋内で用いられる規定の香料で浄めなければならない。これは調査員の指導によっておこなうこと。

家屋の閉鎖

許可を得ずにペスト患者と認定された人物を訪問したり、感染者の出た家屋に意図的に立ち入った場合、その者が居住する家は調査員の指示により、一定の期日にわたり閉鎖される。

感染者の出た家屋からの転出禁止と例外

同様に、ペスト患者の出た家からは、何者も市内の他の家に転居してはならない。ただしペスト療養所やテント、あるいはペストの発症した家の所有者が保持し、自分の使用人によって管理する家に移る場合は除く。この場合、移動先の教区に安全を保証する書類を提出すること。前記の患者の看護と経費については、これまで記したすべての場合において、患者を受け容れることになる教区に少しでも負担をかけてはならない。また移動は夜間になされねばならない。二件の家屋を所持する者が、もう一件に健康な家族だけ、あるいは感染した家族だけを選んで転出させることは法で認められる。ただしその場合、まず健康な者を送り出したあと同じ家に病人を送りこんではならないし、病人のあと健康な者を送り出すのも同様に禁じる。さらに、感染していてもすぐには症状が現れない恐れもあるため、家族の移り住む家は、少なくとも一週間は閉鎖され、他人から隔離されねばならない。

死者の埋葬

今回のペスト流行による死者の埋葬は、必ず夜明け前か日没後のもっとも適切な時間に、教区委員あるいは治安官の了承を得ておこなわねばならない。死者の隣人や友人は、遺体を教会に運ぶ際、誰ひとり付き添うことができない。またペストの発症した家に出入りすることも禁じる。これを破った者には家屋の閉鎖あるいは投獄の罰を課す。

ペストで死んだ者の遺体は、教会の朝晩の祈りの時間、あるいは説教や講話の時間に埋葬することも、教会内に放置することも禁じる。また遺体を埋葬する際、それが教会内だろうと、教会の墓地だろうと、他の埋葬地だろうと、遺体、棺《ひつぎ》、および墓所に、子供は近づいてはならない。すべての墓は少なくとも六フィート［約一八三センチ］の深さがなければならない。

なお、今回の流行が続くあいだ、他の原因で死んだ者の埋葬であっても例外なく、会葬者を集めるのは慎むこと。

感染者の物品の転売を禁ず

感染者の出たどの家屋からも布、織物、寝具、衣服を運び出すことはできない。また寝具や古着を外で呼び売りしたり、質に入れるために持ち出すことは固くこれを禁じ、厳しく取り締まる。商人はこうした寝具や古着をいかなる形で陳列することも許されない。すなわち、店先の露台や棚、そして通りや小路などあらゆる人の通り道に面した窓に、古い寝具や衣類を並べて販売してはならない。違反者には投獄の罰を課す。感染が終息して二ヶ月以内に、商人その他の人間が当の家から寝具、衣類ほかの家財を購入した場合、その者の家は感染者の家と同様に閉鎖され、少なくとも二十日間は閉鎖を続ける。

感染者の出た家屋から患者を移送してはならない

ペストを発症した者が、監視の怠慢やその他の理由により、感染した場所から他の場所にみずから移るか、移送されることが仮にあった場合、この人物の移動元の教区は、かかる報せを受け次第みずから経費を負担して、発症後に逃亡したこの人物を夜のうちに元の場所に連れ戻さねばならない。このとき違反に関わった者たちは、区長の裁断によって罰せられる。こうしたペスト患者を受け容れた家屋は、二十日間にわたり閉鎖される。

患者を出した家屋のすべてに目印をつけること

疫病患者を出したすべての家屋には、戸口の中央に長さ一フィート［約三〇センチ］の赤い十字の目印をよく見えるように描き、さらにこの十字の真上には聖歌によく見られる詩句、すなわち「主よ、われらを憐れみたまえ」を記し、この家屋の閉鎖が法的に解かれるまでずっと消してはならない。

患者を出した家屋のすべてを監視すること

感染者を出したすべての家屋が閉鎖され、監視人によって見張られているかどうかを治安官は確かめねばならない。監視人は家の者が外に出ないようにし、可能であれば家の者がみずから負担して、不可能であれば公共の負担で、彼らに必需品を手配しなければならない。全員が健康になってからも四週間にわたり閉鎖は継続される。

検死人、外科医、付添人および埋葬人が街路を通るとき、誰からもよく見えるよう、長さ三フィート［約九一センチ］の赤い棒もしくは杖を両手で縦に持つことを厳命する。またこの者たちは、自宅および命令を受けて赴いた家屋を除き、どの家屋にも出入りしてはならない。なおかつ他人と接触することも固く慎まねばならない。とりわけペスト関連の職務に従事した直後には留意すること。

同居人

一軒の家に何人もの人間が同居し、この家の誰かがペストを発症するようなことがあった場合、この家に暮らす誰であっても、教区の健康調査員の発行する証明書なしにひとりあるいは複数で転出することは許されない。この規則を守らなければ、転出先の家屋もまた発症した家屋と同じように閉鎖される。

貸し馬車

貸し馬車の御者に対し、感染者をペスト療養所や他の場所に運んだあと、すぐに一般の客を乗せることのないよう取り締まりをおこなう(そのような者がいると報告されている)。こうした馬車は煙などで十分に浄め、前記の業務から五、六日のあいだ休ませること。

街路を清掃し快適に保つための条例

街路を清潔に保つこと

第一に、すべての戸主は玄関に面した通りを毎日掃除し、一週間のあいだ清潔に保つよう心がけるべきであり、またそれを命じる。

清掃人がごみを家庭から回収すること

家庭から出るごみや汚物は清掃人によって毎日運び出される。これまでと同様、清掃人は角笛を吹いて到着を知らせること。

ごみの投棄場は市街地から離れた場所に作ること

ごみの投棄場は市街地《シティー》から離れた場所に作ること

ごみの投棄場はできるかぎり市街地と往来の盛んな通りから離れた場所に移転し、汲み取り人やその他の者は排泄物を市街地の近辺にあるどの庭園にも捨ててはならない。

腐った魚、肉、かびの生えた穀物に注意すること

臭いを放つ魚、腐った肉、かびの生えた穀物や悪くなった果実は、どのような種類のものであっても市街地およびその周辺のどこでも販売しないよう厳重に取り締まる。

醸造業者および酒を出す店に対し、腐ってかびの生えた樽がないか検査をおこなう。

豚、犬、猫、家鳩や兎は市内のどの場所でも飼ってはならない。豚が通りや小路をさまようのが見つかった場合、その豚は教区の世話役などの役人によって捕獲され、所有者は市議会の法令によって罰せられる。犬の場合はあらかじめ任命した者たちによって殺処分される。

節度のない者たちと無駄な集会に関する条例

乞食

市とその周辺のいたるところに群がり、徘徊する大量の浮浪者と乞食は、感染を広げる大きな原因となっている。しかしながら、一切の退去命令を無視してまったく動こうとしない。この件に関する苦情がなによりも多いことを考慮した結果、次のように命じる。治安官などこの件に少しでも関わる者たちは、この街の通りをたとえ一歩であろうと乞食が徘徊することのないよう厳重に取り締まること。逆らう者には法の定める刑罰を正しくかつ厳しく執行すること。

芝居*

すべての芝居、熊いじめの見世物、賭博、街頭での詩歌《バラッド》の朗唱、剣術試合など、人を大勢集めるよ

うな催しを一切禁止する。違反した者たちはそれぞれの区長によって厳重に罰せられる。

宴会の禁止

公共の場で宴会をおこなうこと、特に市の商業組合の宴会、および居酒屋、ビアホールなど、皆が飲食する場所でのディナーパーティーは、追って許可が出るまで禁止する。これで節減した分の金は、ペストを発症した貧民の支援と治療のために貯蓄し、使用される。

店での飲酒

居酒屋、ビアホール、コーヒーハウスおよび酒蔵《さかぐら》で節度をわきまえずに深酒をするのは、今日広く見られる過失であり、ペストが蔓延する最大の原因でもあるから、これを厳重に取り締まる。午後九時以降、いかなる団体も個人も、飲酒のために居酒屋、ビアホール、コーヒーハウスに入ることも残ることも禁じる。この市の古い法と慣行に従って取り締まり、この点について定められた罰が課される。

これらの条例、および今後の状況に応じて必要となる新たな規則や命令をより円滑に施行するため、区長、副区長および役職のない市会議員は、毎週一度、二度、三度、あるいは(必要があれば)もっと頻繁に、それぞれの区でふだん用いている会議所(ただしペスト感染の恐れのない場所)に集まり、前記の条例を正しく施行するための方法を協議すること。ただし感染した地域やその周辺に居住する者は、健康状態が疑わしいまま前記の会合に出席しなくてよい。また前記の区長、副区長および市会議員は、国王陛下の臣民を感染から護るために、前記の協議の場で発案、制定された他の有益な条例を、それぞれの区において施行できるものとする。

市長《ロード・メイヤー》　サー・ジョン・ローレンス
補佐官《シェリフ》*　サー・ジョージ・ウォーターマン
　　　　サー・チャールズ・ドウ

家屋の閉鎖

言うまでもないが、こうした条例は市長《ロード・メイヤー》の管轄する地区*にしか適用されなかった。だから集落とか郊外と呼ばれる、市街地の外の教区とその周辺では、治安判事が同じ対策を講じたことも合わせて述べておこう。市街地より東側のぼくの地域の場合、家屋の閉鎖命令が実行されたのはこれほど早くなかったと思う。これは前に言ったように、ペストがこちらに到達し、猛威をふるいだしたのが、早くても八月のはじめだったからだ。数字を見るといわゆる塔の集落《タワー・ハムレッツ》*に属する全教区について、七月十一日から十八日の死亡者の総数は一七六一名だったけれど、そのうちペストで亡くなったのはたった七一名だった。より詳しく見てみよう。

教区名	7月11日〜18日	7月18日〜25日	7月25日〜8月1日
オールドゲート	14	34	65
ステップニー	33	58	76
ホワイトチャペル	21	48	79
ロンドン塔近くのセント・キャサリン	2	4	4
ミノリーズ通りのトリニティ	1	1	4
合計	71	145	228

だが実のところ、ペストは猛然と迫っていた。これと隣接する教区では、同じ週に埋葬した人の数はこうなっていた。

ショアディッチのセント・レナード	64	84	110
ビショップスゲート外のセント・ボトルフ	65	105	116

クリップルゲート外のセント・ジャイルズ*	213	421	554
合計	342	610	780

はじめのうち、この家屋の閉鎖はあまりに酷《むご》く、キリストの教えに背くやり方だと見られたし、実際に閉じこめられた気の毒な人びとは痛ましい悲嘆の声をあげた。取り締まりの厳しさに関する苦情も市長《ロード・メイヤー》のもとに連日寄せられた。理由もなく(ときには誰かの悪意によって)閉鎖を受けたという内容だった。不用意なことは言えないけれど、実際に調べてみると、不当だと騒ぎたてた家の多くには、閉鎖を続ける理由があることが分かったそうだ。しかし他方で、病人を診察してペストにかかった様子がなかった場合や、病名が不確かでもペスト療養所に入ることに同意した場合には、閉鎖を解かれることもあった。

確かに、あまりに苛酷な措置だと思われても無理はない。なにしろ人の住む家のドアを封鎖した上に、昼も夜も監視人に見張らせ、住人が外に出ることも誰かがなかに入ることも禁止したのだ。その家に暮らす健康な人たちにすれば、病人から離れられたら自分は助かるかもしれないというのに。実際たくさんの人びとがこんな惨めな監禁状態のうちに息絶えた。自由をあたえられていれば、たとえ家にペスト患者がいても、この人びとが病魔を逃れていたのは間違いなかった。はじめのうち、人びとは騒然として落ち着かず、閉鎖された家屋の監視を担当する者に暴力をふるい、怪我をさせることもよくあった。同様に力ずくで脱出した人たちも至るところで数多く見られたが、いずれこのことはお話ししよう。ともあれ公共の利益の前では、個人の被害を訴えても無駄だった。当時、行政の担当者にどれだけ懇願しても、規制はちっとも緩まなかった。少なくともぼくはそんな話を聞いたことがない。そのため人びとはありとあらゆる策をめぐらせ、あわよくば脱出をもくろんだ。閉鎖された家の人たちが、監視人として雇われた者たちの目をくらませ、彼らを出し抜いて、脱走いや脱獄するために用いたさまざまな手段を書き出したら、ちょっとした本になるだろう。その際、よく取っ組み合いが起こり、ときには大けがをすることもあった。これについてもいずれお話しする。

閉鎖の実態(1)

ある朝、確か八時ごろにハウンズディッチ通り*を歩いていると、ずいぶん騒がしい声が聞こえてきた。人びとは集会を開く自由を制限されていたし、たまたま集まっても長く一緒にはいられなかった。ぼくもそこに長くいたわけではない。ただ、あまりの騒ぎに好奇心を刺激されて、窓から外に顔を出している男に声をかけ、どうしたのかと訊ねてみた。

どうやらこういうことらしい。感染者が出た、というより出たとうわさされた家が閉鎖され、その門前に監視人が置かれて見張りを務めていた。この監視人こそ、ぼくが声をかけた男だったのだが、話をした日まで二晩続けて見張っていた。もうひとり日勤の監視人もいて、前日の昼に見張りを務め、ちょうどその日も交代に来たところだった。夜のあいだずっと、家のなかでは物音ひとつなく、灯りひとつともされなかった。家族が用事を頼むこともなく、彼を使いに出すこともなかった(これは監視人の主な仕事だった)。男の話では、この家族と関わったのは月曜の夜だけで、そのとき家のなかからひどく泣き叫ぶ声が聞こえてきたという。ああ、家族の誰かがいま死ぬところなんだ、と男は思った。この前の晩にも「死の車《デッド・カート》」(当時こう呼ばれていた)がこの家の前に止まり、死んだ女の奉公人がドアから運び出され、埋葬人とか運び役と言われた人たちが、緑の毛布一枚にくるまれた女を荷台に載せて運んで行ったと言われていた。

泣き叫ぶ声を聞いて、監視人はドアを叩いたそうだ。長いあいだ誰も返事をしなかった。でもついにひとりが顔を出し、怒りのこもった、早口だがどこか泣いているような声で、いや実際に泣きながらこう言った。「そんなにドアを叩いてなんの用だ?」彼は答えた。「わたしは監視人です。大丈夫ですか? なにがあったんですか?」相手は答えた。「あんたに関係あるか。死の車《デッド・カート》を止めてくれ。」時刻は午前一時くらいだったらしい。彼はすぐに死の車《デッド・カート》を呼び止め、ふたたびドアを叩いたけれど、誰も出なかったそうだ。男は叩くのをやめず、馬車に付き添う夜まわり役も何度も叫んだ。「おたくの死人を出してくれ。」それでも誰も答えなかった。すると他にも何軒も行き先があったので、馬車の御者はあまり待たずに去ってしまった。

監視人はこのできごとをどう捉えたものか分からなかったので、なにもしないままいわゆる早番の男、あるいは日勤の監視人が交代に来てくれるのを待った。男が来ると詳細を説明し、ふたりでずいぶん長いことドアを叩いたのだけれど、なんの返事もなかった。よく見ると夜中に返事をした人が顔を出した窓(外開きの窓だった)が開けっぱなしだった。その部屋は三階にあった。

これに気づいたふたりは好奇心に駆られ、長い梯子を持ってきた。ひとりが窓まで上って部屋のなかを覗いてみると、床に死んだ女性が横たわっていた。シュミーズ一枚しか身に着けていない、惨めな姿だった。男は大声で呼びかけ、さらに長い杖*を部屋に突っこんで床を激しく叩いたが、それでもなんの返事もなく、誰かが動き出す気配もなかった。家のなかはどこも静けさに包まれていた。

そこで男は梯子を下りて仲間に報告した。この仲間も梯子を上ってみると、なるほどそのとおりだった。そこでふたりは市長《ロード・メイヤー》か他の役人に事情を報告しようと決めたものの、窓からなかに入る気はしなかった。

二人の報告を受けた役人は、直ちに家の入口をこじ開けるよう命じ、治安官一名とほか数名が、なにも盗まれないよう現場に立ち会う役に任じられた。指示のとおり家を開けてみると、なかはもぬけの殻で、あの若い女性しかいなかった。この女性がペストに感染し、恢復の見込みがなくなったので、他の家族は彼女をひとり残して死ぬに任せたのだ。そして自分たちはなにか手段を見つけ、監視人の目を欺き、ドアを開けるか、裏口から出るか、あるいは屋根伝いに逃げるかして、まったく気づかれずにまんまと脱出していた。だから、この監視人が耳にした泣き叫ぶ声というのは、別れのつらさに耐えきれず、家族のもらした悲痛な叫びだったのだろう。全員にとって、間違いなくつらい別れだったはずだ。亡くなった女性は、この家の主婦の妹だった。家の主人、妻、何名もの子供と奉公人は、みんな逃げ去っていた。彼らも感染していたのか、それとも健康だったのかは、ついに分からなかった。いや、実はたいして調査もしなかったようだ。

　感染者の出た家屋では、こんな逃亡の企てがあとを絶たなかった。なかでも、監視人が使いに出たときに逃げることが多かった。家族に頼まれれば、どんな使いにも出るのが監視人の仕事だったからだ。食料や薬など必需品を買うこと、内科医(わざわざ来てくれるなら)や、外科医、看護師を連れてくること、死の車《デッド・カート》を呼ぶことなどなんでも。しかし決まりごともあって、監視人が出かけるときは必ず家の外側から施錠をし、鍵を持ち運ぶことになっていた。この決まりの裏をかき、監視人を騙すために、人びとは錠前に合った鍵を二、三個手に入れていた。また、ねじで留められた錠前の場合、ねじを緩めることで家の内側から錠前を外す方法が編み出された。こうなると、市場やパン屋での買物などつまらない用事で監視人を送り出しさえすれば、ドアを開けて好きなだけ外に出ることができた。しかしこれもバレてしまい、やがてドアの外側から南京錠をかけるよう、さらに必要と思う場合はかんぬきもかけるよう監視人たちは命令を受けた。

聞いた話では、オールドゲート門から市街地に入ってすぐの通りにある家でも、女の奉公人が病気になったせいで一家全員が閉じこめられ、鍵までかけられたそうだ。主人は友人を介して近くに住む有力者に苦情を訴え、それは市長《ロード・メイヤー》の耳にも入った。ところが、奉公人をペスト療養所に送ることを承諾さえしたのに、訴えははねつけられた。そして法令にあるとおり、家のドアに赤い十字の印がつけられ、さっき述べたとおり外から南京錠もかけられて、監視人が玄関を見張るようになった。

いまや主人は、自分と妻と子供たちが、病める哀れな奉公人と一緒に閉じこめられるのを受け容れるほか、対処のしようがないと知った。彼は監視人を呼んでこう告げた。「可哀想なうちの奉公人に付き添う看護師をすぐに連れて来てくれ。あの娘の世話をわたしたちに押しつけるのは、全員道連れで死ねというのと同じではないか。」そして率直に伝えた。「連れて来てもらえないなら、奉公人は病魔に蝕まれて死ぬか、食べ物がなくて飢え死にするだけだ。わたしは、わが家の誰もあの娘のそばに行かせるつもりはない。あの娘は四階の屋根裏で寝こんでいるから、本人が叫んだり助けを求めても無駄なことだ。」

監視人はこれを受け容れ、命じられたとおり看護師を呼びに行き、その日の晩に彼らの許へと連れてきた。その隙に、家の主人は店に大きな穴を開け、道に張り出した屋台に出られるようにした。この屋台は、彼の店の陳列窓の手前の下側にあって、以前はそこで靴職人が営業していた。だが、こんな悲惨な時勢にはありがちだけれど、この間借人が死んだか追い出されたかしたために、鍵を主人が自分で保管していた。このように屋台への通路を作るのは、監視人の男が玄関先にいたらできなかった。どうしてもかなりの騒音が出るので、あやしまれていただろう。しかし実際に屋台への通路を作ってしまうと、監視人が看護師を連れて帰ってくるまで、さらに翌日の昼間もずっと主人は動きを見せなかった。ところが夜になると、また別のつまらない用事をでっちあげて監視人を送り出した。奉公人のための貼り薬を買いに、薬局まで行かせたということだ。薬の調合のあいだ、監視人は薬局に足止めを食らうことになった。あるいはこの手の他の用事だったかもしれないが、ともあれしばらく引き留められたのは間違いない。そのあいだに主人は家族をみんな連れて戸外に抜け出し、あとから来た看護師と監視人に哀れな下働きの娘の埋葬を押しつけた。かくしてふたりは娘を荷馬車に放りこみ、家のあと始末をおこなったのである。

監視人の受難

語ろうと思えば、この手の話は本当にたくさんある。あの長い災難の年にぼくが出会った話、つまりうわさに聞いた話の数々は、かなり異常なものだったけれど、いずれも紛れもない真実であるか、真相にかなり近かったはずだ。全体的にみて真実、と述べてもいいが、こういう言い方をするのは、あんなときに細々した事実まで知りつくすなんて誰にもできないからだ。監視人が暴力をふるわれたこともあり、至るところで報告されていた。流行の始まりから終わりまでに、少なくとも十八人から二十人は殺されたか、死んだも同然なほどひどく傷つけられた。病に冒され、閉鎖された家の人びとが脱出を試みるのを防ごうとしたので、やられたようだった。

しかしこうなるのも無理はなかった。次々に家が閉鎖されれば、それだけ多くの監獄が街にできたのと同じだった。しかもこうして幽閉、いや投獄された人たちは、なにも罪を犯したわけではなく、ただ苦しんでいたせいで閉鎖を食らったのだから、本人たちにすれば監獄以上にひどい、堪えがたい状況だったろう。

本物の監獄との違いは他にもあった。この監獄にはいずれも看守がひとりしかいなかったことである。つまりひとりきりで家全体を見張らなくてはいけないのだが、多くの家には間取りの上で複数の出口があった。特に出口が多い家もあれば、それほどない家もあったが、なかには、いくつもの通りに面した家もあった。これでは一人ですべての出入りを見張り、なかの家族が脱走するのを防ぐなんて無理だった。この人たちはつらい境遇に恐れをなし、ひどい扱いに怒りを抱き、病魔に突き動かされて死に物狂いになっていたのだから。そんなわけで、なかの者が家の片側で監視人と話しているうちに、その家族が別の側から逃げ出すこともよくあった。

たとえば市街地の北側を南北に走るコールマン通りの一帯には、いまと変わらずたくさんの小路があった。その一本であるホワイツ小路と呼ばれる道に閉鎖された家があった。この家の裏手に窓はあったがドアはなく、裏の空地にはベル小路へ抜ける通路があった。巡査は家の正面口に監視人を置き、この男かその同僚が夜も昼も立っていた。ところが家の者はみんな夜のうちに窓から空地に降りて逃げてしまった。気の毒な男たちはずっと監視を続けながら二週間近くも気づかなかった。

ここから遠くないところでは、監視人の前で火薬が爆発し、気の毒にも彼は無残な火傷を負った。この男はゾッとする声で何度も叫んだけれど、近づいて助ける勇気のある人はいなかった。そのあいだ、監視された家族のうち、身動きの取れる者はみんな二階にある窓から脱出した。二人が病気のせいで放置されて助けを求めていた。そこでこの二人の世話をする看護師をつけたが、逃げた人たちはずっと見つからなかった。ところが、ペストの勢いが弱まると彼らは戻ってきた。けれども一つも証拠がないので、なんの手出しもできなかった。

こうした家は、監獄といっても普通のそれと違い、格子もかんぬきもないことも問題だった。おかげで監視人の目の前でも人びとは窓から降りてきた。手には剣かピストルが握られていて、動いたり助けを呼んだりしたら撃つぞ、と気の毒な監視人を脅すのだった。

自暴自棄になる人びと

その他、隣家とのあいだに庭と壁や柵のある家だとか、中庭と離れを備えた家もあった。こういう家の人たちは友情や人情に訴え、壁や柵を乗り越えて隣家のドアから脱出する許しを得た。あるいは隣家の奉公人に金をあたえ、夜間に抜け出すのを助けてもらった。要するに、家屋の閉鎖といっても、まったく当てにならなかった。しかもなんの役にも立たなかった。むしろ人びとを絶望へと駆り立て、極限状態に追いやったせいで、どんな危険を冒しても逃げ出したいと思わせてしまった。

いっそう困ったことに、こうして脱出した人びとは、絶望的な境遇のなか、病魔に蝕まれた身でさまよい歩いたから、かえって感染の範囲を広げてしまった。こういう状況で生じる細かいことまで考えをつくせば、誰でも納得できるはずだ。疑うまでもなく、厳しく幽閉されたせいで多くの人が絶望に陥り、どんな危険があっても家から逃げ出す道を選んだのだと。しかし、明らかにペストを発症した身でどこに行けばいいのか、なにをすればいいのか、いや、実は自分がなにをしているのかも分からなかった。逃げ出した人たちの多くは一寸先も見えない苦境に追いこまれ、空腹のあまり道や野でくたばるか、荒れ狂う高熱に蝕まれて行き倒れた。さまよって田舎に行く人もいた。絶望の導くまま、どこまでも前に進んだ。どこを進んでいるのか、どこへ進んでいるのかも分からなかった。やがて疲れてフラフラになるけれど、助けてくれる人はいなかった。街道沿いの宿や村落は、彼らが泊まるのを断固として認めなかった。ペストにかかっていてもいなくても同じだった。逃亡者たちは路傍に斃《たお》れるか、納屋に潜りこんでそのまま死んだ。たとえ感染していない様子でも誰も近づこうとせず、助けるつもりもなかった。彼らを信じる者はひとりもいなかった。

ただし別の逃げ方もあった。ペストが一家につかみかかった瞬間、すなわち家族の誰かが外出して、不注意かなにかで病を得て家に持ち帰ったとき、役人より先に家族が気づくのは当然だった。この役人とは、条例を見てもらえれば分かるように、発症したとの報せがあれば、すべての病人について状況を把握する調査員のことだ。

人びとが病気にかかってから調査員が来るまでのあいだ、どこか行く当てがあれば、家の主人がみずからそこに移るだけの、いや家族もみんな連れていくだけの時間も自由も残っていた。実際に多くの人がそうした。ところが、これが大変な災難を生んだ。移住した人の多くが実はすでにペストに感染していたために、彼らを迎えてくれた親切心あふれる人びとの家に病気を持ちこんでしまったのだ。これは本当に冷酷で恩知らずだと言わずにいられない。

そのせいもあって、感染者の性格について、ある固定観念、というより悪名が一般に広まってしまった。すなわち、彼らは他人の感染に一切気を遣わない、感染させても平気なんだ、というのである。そこには一片の真実もあったと言わなくてはいけないけれど、うわさほど広く見られたわけではなかった。これほど邪悪な振る舞いについて、それが自然だと見なす理由を挙げられるだろうか。もうすぐ神の裁きの前に身を委ねに行くことを、すでに感染者は自覚しているはずなのに。ぼくには分からない。これは心の広さや人間らしさに合わないのと同じように、信仰と道義にもそぐわない。こう言えばもう本当に十分だ。もっとも、あとでまた触れるかもしれないが。

いまぼくが話しているのは、閉鎖を恐れるあまり捨て鉢になった人たちのことで、この人たちは閉鎖される前後に計略や暴力を用いて脱走したが、出てみても辛さが和らぐどころかますますひどくなった。その一方で、こうして脱出したなかには別荘など避難できる家を持つ人も多く、彼らは自分で家を閉ざし、ペストが終息するまで隠れていた。病魔の迫るのを予測した家も多く、家族みんなを養える食料を蓄えて家に閉じこもり、一切の交渉を断って姿も見せず、声も漏らさずにいるうちに流行がほぼ終焉し、そのあと元気いっぱいで外に出てきた。こういう家族のことはいくつも覚えているし、そのやり方を詳しくお話しすることもできる。引っ越す余裕もない生活ぶりで、外に適当な避難場所も持たない人たちにとって、間違いなくこれはいちばん効果的で安全な対策だった。すっかり閉鎖できれば、百マイル［一六〇キロ］遠くに避難したも同然だった。記憶しているかぎり、この対策をして失敗した家はない。なかでも各所にいたオランダ商人は特に見事で、彼らは包囲された小要塞みたいに自分の家を守り、誰ひとり出入りを許さず、近づけもしなかった。とりわけスロッグモートン通りにある広場のオランダ商人はそうで、彼の家は生地商組合の庭《ドレイパーズ・ガーデン》*に臨んでいた。

致命的な徴《しるし》

だがここで話を戻して、疫病に感染したあと役人に閉鎖された家のことを述べよう。こうした家族の悲惨な様子はとても表現できない。悲痛きわまりない金切り声と怒号が聞こえてくると、たいていそこには閉鎖された家があった。あまりの恐怖に怯え、死んだようになった哀れな人びとが、最愛の家族の惨状を目の前にして、さらに監禁という現実の恐ろしさに駆られて上げる悲鳴だった。

それで思い出すことがある。こうして話を書き留めているあいだも、あの声音《こわね》が聞こえてくるようだ。あるご夫人にひとり娘がいた。十九歳くらいの若い未婚の娘で、かなり大きな財産を継ぐはずだった。ふたりの暮らす屋敷を借りる者は他にいなかった。若い娘、母親、奉公人の女が、ある用事(なんだか忘れてしまった)で外出した。この家は閉鎖されていなかったのだ。ところが家に戻って二時間くらいして、お嬢さんがどうも調子がよくないと訴えた。さらに十五分すると彼女は嘔吐し、頭が割れるように痛み出した。「どうか神さま」と恐怖に震える母親は言った。「あの子が病気じゃありませんように!」頭痛はますますひどくなり、母はベッドを温めるよう命じ、娘をベッドに寝かせることにした。さらに娘がよく汗を掻くようなものをいろいろあたえた。これは病の最初のきざしが出始めたとき、一般に取られた治療法だった。

ベッドを温めて乾かすあいだ、母は娘の服を脱がせていた。そしてベッドに寝かせたそのとき、蠟燭の灯りで娘の体を眺めてみると、すぐに太腿の内側に致命的な徴《しるし》を発見した。こらえきれなくなった母親は蠟燭を放り出して、実に恐ろしい声で叫んだ。この世でいちばん度胸のある人でもゾッとするような声だった。しかも一度の叫び、一度の悲鳴では終わらなかった。恐怖が母親の精神を捕らえてしまい、彼女はまず気絶し、ついで意識を取り戻し、それから家じゅうを駆けまわり、階段を上り、また下り、その様子はまるで気が触れたようだった。いや、実は本当に気が触れてしまっていて、何時間もけたたましく叫び続けた。一切の分別を失っていた。少なくとも正気を保てずにいた。そして聞くところでは、完全に正気に戻ることはなかったそうだ。若い娘の方は、この瞬間にはすでに身体が死んでいた。壊疽が身体全体に広がったせいで、斑点が現れていたのである。彼女は二時間もしないうちに亡くなった。それでも変わらず母親は叫び続け、死んで何時間も経つまで娘のことさえ少しも分からなかった。あまりに昔のことで定かではないものの、母親は二度と回復せず二、三週間後に亡くなったはずだ。

これは普通ではないできごとだったから、この件についてては繰り返しうわさを聞くことがあった。だからこれだけ詳しく話せるのだ。しかしこれと似たできごとは数えきれないほどあった。毎週の死亡報告書が届くと、二件か三件「恐怖」と記された項目がないことはまずなかった。すなわち、恐怖のあまり死んだと見られる人たちが実在したのだ。しかし、恐怖が嵩じてそのまま死んだ人たちのほかに、恐怖のあまり別の極端な症状に陥る人たちも多数に上った。正気を失くす人もいれば、記憶を失う人や、知能を喪失する人もいた。だが家の閉鎖に話を戻そう。

さすらい三人衆（前置き）

家を閉鎖されてからある種の策略をめぐらせて外に出た人が多くいたように、監視人を金で買収して夜にこっそり出ていくのを認めてもらう人たちもいた。正直に話すと、これは腐敗すなわち賄賂のなかでもいちばん罪のないものだ、と当時のぼくは考えていた。それだけに、閉鎖された家から人が出るのを認めた廉《かど》で三人の監視人が鞭打たれながら市中を引き回されるのを見たときは、哀れな男たちに同情し、あまりの仕打ちだと感じたものだった。

しかし、こんな厳しい対応の甲斐もなく、惨めな監視人は金で丸めこまれた。こうして、閉鎖された家から多くの家族が飛び出し、逃亡に成功した。でも、一般にそれができたのは、避難する場所のある人たちだった。八月一日から、どこに行くのも簡単ではなくなったのだが、それでも逃げ道はたくさんあったし、前に触れたように、テントを手に入れて野外に設置し、寝床かその代わりの麦藁《むぎわら》を運びこみ、食べ物も蓄えてずっとなかで暮らす人もいた。まるで独房にこもる修道僧のようだった。なにしろ誰も近づこうとしないのだから。こうした人びとについて、数々のうわさが流れた。笑ってしまうものもあれば、悲しいものもあった。

砂漠をさまよう巡礼者のように生き、およそ信じられないやり方でみずから流浪の民となった人もいたけれど、実は意外と自由な暮らしを楽しんでいたらしい。

この手の話でぼくが知っているのは、ふたりの兄弟とその親戚をめぐるものだ。三人とも独身の男だったが、市内に長く留まって逃げ出せなくなった上に、どこに避難したものかも分からず、遠く旅する元手も持たなかったせいで、止《や》むに止まれずある道を選んだ。一見すると無謀にも思えるけれど、実はごく当然の選択で、どうして当時ほかに誰も同じことをしなかったのだろう、と不思議な気さえする。この人たちはいずれも身分は低かったが、どうにか体と心をまともに保てるくらいの物資に困るほど貧しくもなかった。恐ろしい勢いで病魔が広まるのを目にした三人は、なんとかして住まいを移し、病から逃れることに決めた。

このうちひとりは先の戦争*に従軍し、その前の戦《いくさ》でもオランダに行っていたのだが、武器を使うほかなにも職業の訓練を受けてこなかったし、戦で受けた傷のために激しい労働はできなかったから、波止場のあるウォッピング地区*で、船員向けの乾パンを焼く店にしばらく雇われていた。

この男の弟も船乗りだったが、なにかの理由で片足を怪我してしまい、海に出られなくなっていた。それでもウォッピングかその界隈にある帆の製作所で働いて生計を立てていた。なかなかの節約家で、多少の金を貯めこんでおり、三人のなかではいちばん金持ちだった。

三番目の男の仕事は指物師、すなわち大工で、手先が器用だった。この男の財産といったら、道具を収めた箱というか、籠ひとつだった。このおかげで、彼はいつでも(このときのような非常時は例外だが)、どこに行っても生計を得ることができた。この男はシャドウェルの近くに住んでいた。

彼らは三人とも、市街地より東のステップニー教区に住んでいた。前に話したけれど、ここまで病魔が達したのは、いや少なくとも猛烈に流行したのはいちばん遅かった。ペストがロンドンの西側で鎮まり、自分たちの暮らす東側を襲おうとしているのがはっきりと分かるまで、彼らはそこに留まっていた。

ぼくがこの三人の男になりすますことを読者が了解してくれるなら、この上なく生き生きと彼らの物語を語ることができるだろう。ただし、細かい点まで正確であると保証はしないし、なにか誤解があっても責任はとらない。それでもこの物語は、現在の世界で同様の惨事が発生することがもしあれば、哀れな人たちが取るべき道を示す、とても優れた前例となるはずだ。いや、そんなことが起きないとしても——これについては尽きない慈悲の心をお持ちの神におすがりするしかないが——この話はかなり多くの方面に活用できるから、ここで披露するのは決して無駄にならないと期待している。

ここまではすべて物語の前置きである。しかしまだしばらくは、ぼく自身の体験談から聞いてほしいことがたくさんあるので、そちらを続けよう。

巨大な穴

はじめのころはずっと、ぼくは気ままに通りを行き来していた。といっても、明らかに危険な場所に飛びこむほどではなかった。ただし地元のオールドゲート教区の教会墓地に、巨大な穴*が掘られたときは例外だった。それはおぞましい穴だったので、見に行きたいという好奇心に逆らえなかったのだ。この目で判断したかぎりでは、長方形の穴の全長は約四〇フィート［約一二・二メートル］、幅の方は約一五から一六フィート［約四・六から四・九メートル］あった。また最初に見物したときには、約九フィート［約二・七メートル］の深さだった。しかしどうやら、あとでその一画を二〇フィート［約六・一メートル］の深さまで掘り進めたという話だった。それ以上は地下水が出るので掘れなかったらしい。すでにこの穴より前に、いくつも大きな穴を掘ったので、そう判断したようだ。こんな穴ができたのは、ぼくの地元は長いあいだペストを免れていたのに*、一度来てしまうと病魔が猛烈に暴れまわり、ロンドン市内、さらには市の周辺を見ても、オールドゲートとホワイトチャペル*の二教区ほどひどい地域は他になかったからだった。

確かに、別の場所にもすでにいくつかの穴が掘られていた。ぼくらの教区で病が広がりはじめたころ、なかでも死の車《デッド・カート》が行き交うようになったころのことだ。もう八月のはじめに入っていた。こうした穴のそれぞれに五〇から六〇の遺体が放りこまれた。次にもっと大きな穴がいくつもできて、一週間で車の運ぶものすべてがそこに葬られた。死体の数は、八月の中旬から終わりにかけて、週二〇〇から四〇〇に至った。これより広く深い穴は掘れなかった。行政の命令により、地面から六フィート［約一・八メートル］以内に遺体を埋めてはいけなかった。そして一七から一八フィート［約五・二から五・五メートル］も掘れば地下水が湧いてきた。そんなわけで、ひとつの穴にこれ以上を押しこむのは難しかった。しかし九月のはじめともなると、ペストは恐ろしいほど猛威をふるい、ぼくらの教区で埋葬した死者の数は、同規模の広さを持つロンドン周辺のどの教区でも過去にないほど多くなった。そこでこのおぞましい深淵を掘るように命令が出たのだ。それはただの穴というより、まさに深淵だった。

この穴で一ヶ月かそこらは賄えるだろうと、掘った当初は思われていた。「教区の人間をまるごと埋める準備でもしているのか」など、こんな恐ろしいものを許可した教区の役員を非難する声さえあがった。けれども時間とともに、教区の役員は文句を言う人びとより実情を知っていることが明らかになった。この穴は確か九月四日に完成し、六日に遺体を埋めはじめたのだけれど、二十日には、つまりたった二週間で一一一四体を投げこみ、もう土を被せなければならなくなった。すでに遺体が地表から六フィート［約一・八メートル］以内に達したからだ。この教区には、これが本当だと証言してくれるだけではなく、教会墓地のどの場所にあの穴があったのかを、もっと詳しく教えてくれる年寄りがまだ生きているに違いない。この教会墓地には、その西壁に沿った小路と並行して細長い剝き出しの土地があり、あれから何年経ってもそこに穴の跡を見ることができた。この小路はハウンズディッチ通りから北に伸び、やがて東に曲がり、ホワイトチャペル通りの「三修道女《スリー・ナンズ》」亭*の近くに抜ける道だった。

好奇心に導かれて、というより駆り立てられて、この穴をふたたび見に行ったのは、九月十日ごろだった。もう穴には四〇〇人近くが埋められていた。前と同じように日中に穴を見るのでは物足りないと、ぼくは思っていた。投げこまれた遺体は、埋葬人あるいは運び役と呼ばれる人たちの手ですぐに土で覆われていたから、昼間だとばら撒かれた土しか見えないはずだった。それなら夜に行って、何体か投げこまれるところを見てやろう、とぼくは決心した。

こういう穴には誰も近づかないよう厳しく命じられていたが、当初その目的は単に感染を避けるためだった。けれどもしばらくすると、この命令は別の意味でも必要になった。感染して最期が近づき、正気さえも失った人たちが、毛布かベッドの上掛けにくるまって穴に駆け寄り、そのまま飛びこんで、当時の言い方だと「自分を葬る」ようになったからだ。生きている者がみずから進んであそこに埋葬されるのを、役人が認めていたわけがない。でも聞いた話だと、ここより西に位置するクリップルゲート教区のフィンズベリーにある巨大な穴では、まだ周囲を囲う柵ができておらず、なにも遮るものがなかったという。そこに病人が来ては飛びこみ、土をかけられる前に息絶えていた。他の遺体を埋めに来る人びとが彼らを見つけたときにはすっかり死んでいたけれど、まだ温かかったそうだ。

これは当時のおぞましい状況を説明するのに少しは役立つかもしれない。でもなにを言おうと、あれを見なかった人にあの本当の姿を伝えることはできない。せいぜいこう言うしかない。あれは本当にひどくひどくひどくおぞましく、とても言葉にならないと。

死者の埋葬

教会墓地を見張る墓掘りとは知り合いだったので、なかに入ることを認めてもらった。ただ、門前払いこそされなかったものの、入るのを止めておけ、と熱心に説得された。とても真剣に墓掘りは語った。この男は善良で信仰心が篤く、良識も備えていた。「俺たちがどんな危険なことでも怖がらずにやってるのは、これが俺たちに課された仕事で、義務だからだ。穴のなかじゃみんな、きっとどうかお護りくださいって祈ってるんだ。ところがあんたは好奇心に駆られたというだけで、ここに来るはっきりした訳はほかになさそうだ。まさかあんた、それだけでこんな危険に踏みこむことが許される、なんて言い張るつもりじゃないだろうね。」ぼくは彼に言った。「なかに入れ、と心のなかで駆り立てられているんだ。それに教訓となる光景が広がっている気もするし、役に立たないことはないはずだよ。」「そうか」と男は言う。「そういう理由で踏みこむ覚悟であれば、**神の名のもとにお入りなさい**。間違いなく、あれは説教になるだろう。ひょっとするとあんたが人生で聴いたどんな説教より優れてるかもしれない。あの光景は見る者に語りかけてくる。声が聞こえるんだ。それも大きな声が。あれを聞けば、誰でも悔い改めるだろう。」続けて彼は扉を開けて言った。「入りなさい、覚悟があるならば。」

彼の言葉でぼくの決意は少しぐらつき、揺れ惑ううちにかなりの時間がすぎた。しかしちょうどこの間、ミノリーズ通り*の端からこっちに来る二本の松明が見え、触れ役が鐘を鳴らすのが聞こえた。すると死の車《デッド・カート》と呼ばれる馬車が街路を駆け抜けながら飛び出してきて、あれを見たいという欲望に抗《あらが》えなくなったぼくはなかに入った。はじめ墓地には誰もいないように思われた。入っていく者も、埋葬人たちと、馬車を駆る御者(と書いたが実際は馬と車を前から引いていた)だけだった。ところがこの全員が穴まで来ると、ひとりの男がうろうろしているのが見えた。茶色のマントに身を包み、その下で両手を握りしめて動かしていたが、たいへんな苦痛に苛《さいな》まれている様子だ。埋葬人たちが直ちに男の周りに集まった。気の毒にも正気を失って、いやむしろ希望を失って自分自身を葬りたいと切望する患者の話を先ほどしたけれど、まさにそういう人ではないかと思ったからだ。男はなにも言わずに歩きまわっていたが、ただ二、三度、とても深く大きなうなり声を発し、胸の張り裂けそうなため息を吐いた。

埋葬人たちが男のそばに行ってみると、いま推測したような病に感染して絶望に駆られた人でもなければ、精神を蝕まれた人でもなかった。実は妻と何人もの子供を一度にあの車に連れ去られたせいで、あまりに重苦しく悲痛な思いに打ちひしがれていたのだった。車は先ほどこの男とともに墓地に入っていた。心の痛みと耐えがたい悲しみに駆られて、男はここまでついて来たのだった。彼が心底嘆いているのは見れば明らかだったものの、悲しみ方は男らしく、涙が止めどなくあふれ出すことはなかった。穏やかに、「ひとりにしてください」と埋葬人たちに頼み、「家族の亡骸が投げこまれるのさえ見られたら帰ります」と告げた。それを聞いた人びとはしつこく注意するのを慎んだ。ところが車が反転し、亡骸が無差別に穴にぶちまけられるのを見た途端、彼は愕然とした。最低でも穴のなかに丁寧に並べてくれるものと想像していたのだ。そうするのは無理だと、あとで説明を受けていたが。それでこの光景を見た途端、もはや抑え切れなくなった男は大声で叫んだ。なにを言ったのかは聴き取れなかったけれど、彼は二、三歩あとずさりし、気を失って倒れてしまった。埋葬人たちが駆け寄ってその身を起こし、少し経って男の意識が戻ると、ハウンズディッチ通りの端を渡ったところにあるパイ亭*という店まで連れていった。男はその店の得意客だったようで、しっかりと介抱してもらえた。帰り道で男はもう一度穴を覗きこんだが、もはや埋葬人があっという間に土をまき散らし、遺体を隠してしまったあとだった。あたりは十分に明るかった。穴の周囲にはいくつも盛り土があり、その上に七つか八つ、いやおそらくもっと多くの角灯が置かれ、夜のあいだずっと蠟燭の灯りを放っていた。それでもなに一つ見えるものはなかった。

これは本当に痛ましい光景で、他のできごとと同じくらいぼくの心を揺さぶった。しかしやはり、その前に見た埋葬の光景はおぞましく、恐怖に満ちたものだった。馬車には十六か十七体の亡骸が収められていたが、リンネルのシーツとかベッドの上掛けにくるまれているものもあれば、ほとんど裸のものもあった。というより、きちんとくるんでいなかったせいで、穴にぶちまけられるときに、身体を覆うわずかなものまでも剝がれてしまったのだ。こうして人びとは裸も同然で死体の山に落ちていった。しかしこれは当人にはどうでもよいことだし、周りの人たちに対する慎みに欠けるわけでもなかった。なにしろ彼らはみんな死んでいて、いわば人類の共同墓地みたいな場所で永遠にすし詰めにされる運命なのだから。実際ここではなにも区別はなく、貧しい者も豊かな者も一緒にされた。他に埋葬の方法はなかったし、仮にやろうとしてもできなかった。これほどの大災害で次々と亡くなる莫大な数の人びとに、棺桶の用意さえ間に合わなかったからだ。

あくまでもうわさだが、埋葬人についてはこんな悪い評判がささやかれていた。あのころ〝きちんと巻かれた〟遺体*と呼ばれたものが彼らの許に運びこまれることが時折あった。これは頭の上と足の先を縛り、布でぐるぐる巻きにされた遺体のことで、たいていは上質のリンネルに巻かれていた。それでうわさによれば、埋葬人たちはおよそ道義心を欠いた連中で、馬車に積んだ遺体から布を剝ぎとり、ほぼ丸裸にして地中に埋めているというのだった。だがそこまで罪深い行為がキリスト教徒のあいだで、しかもあのような恐怖に満ちた時代におこなわれるとはにわかに信じがたいので、ただうわさとしてお伝えし、真偽の判断は差し控えるしかない。

病人の世話をする看護師の非情な治療態度についても、感染した人たちの死期を早めたとか数えきれないうわさが流れた。しかしこれはあとで詳しく話そう。

神を畏れぬ者たち

さっきの光景は本当に衝撃的で、ほとんど打ちのめされてしまったから、胸に大変な痛みを覚え、しかも言葉にならないほど悲痛な考えで頭をいっぱいにして、ぼくはそこを立ち去った。ちょうど教会から通りに出て家路をたどりはじめたとき、松明と鐘を鳴らす触れ役に続いて別の馬車が、ハロウ小路を抜けて肉屋横丁《ブッチャー・ロウ》*に入ってきた。道の反対側を通るのを見ると、死体がひしめき合い、この馬車もまた真っ直ぐ教会に向かっていた。ぼくはしばし立ち止まってはみたけれど、また墓地に戻って、いま一度あの悲惨な光景を眺める気分にはなれなかったから、真っ直ぐ帰宅した。自分がどんな危険に身を投じたか、家でよく考えてみたところ、なにも不調を覚えないのに感謝せずにはいられなかった。実際になんともなかった。

すると、あの不幸で気の毒な紳士の悲痛な姿がふたたび頭に浮かんだ。あのできごとを振り返り、思わず涙があふれてきた。本人より泣いたかもしれない。それでも彼のことが心に重くのしかかったままなので、ついにはもう一度外出し、居酒屋のパイ亭まで行かなければ気持ちが収まらなくなった。あの人がどうなったか訊きたかったのだ。

もう時刻は午前一時になっていたが、あの気の毒な紳士はまだそこにいた。実は、店の人たちが顔なじみの彼を親切にもてなした上に、彼から疫病がうつる危険もお構いなしに夜通し引き留めていたのだった。もっとも、この人は完全に健康に見えたけれども。

この酒場の話になると、ぼくは残念な気持ちを覚える。店の従業員は、ちゃんと常識も礼儀もわきまえた、思いやりのある人ばかりだった。この時期になっても店を開け、前みたいに誰でも入れる雰囲気ではなかったけれど、商売は続けていた。しかし、この店に入り浸る一部の連中のふるまいには、目に余るものがあった。これだけ怖ろしい事態のさなかで毎晩ここに集《つど》い、浮かれ騒いだり怒鳴り散らしたりとやりたい放題で、こういう連中が普段やっていることとなんら変わりがなく、周りの神経を逆撫でするほどひどいありさまだった。これには店の主人夫婦までも、なんて恥知らずな連中だろうとあきれていたが、それもはじめのうちで、次第に彼らを恐れるようになった。

連中はハウンズディッチ通りに面した部屋に席を取るのが慣《なら》わしだった。毎晩遅くまで居座っていたから、死の車《デッド・カート》が別の通りの突き当たりからこちらの通りに入ってくるのを酒場の窓から見ることができた。触れ役の鐘が聞こえると、急いでやつらは窓を開け、顔を突き出して車を眺めるなんてことがよくあった。馬車が通りすぎ、外を歩く人や別の窓から眺めている人が口々に死者を悼む悲しい声を発すると、それを聞いた連中は遠慮のない罵詈雑言を浴びせたものだ。気の毒な人びとが「神よ、どうか哀れんでください」と呼びかけたときなどは特にひどかった。当時は、普通に通りを歩きながら神に祈る人が多く見られたのだ。

例の気の毒な紳士が酒場に運ばれたとき、この酒場は少し騒然としたのだが、それがこのご立派な方々の気に障ったらしい。初めは怒って、「こんなやつ(あの人を連中はこう呼んだ)を墓場から俺たちの店に連れてくるとは何事だ」と店の主人に食ってかかった。しかし、「こちらは近所の方で、ご本人は健康ですが、身内の不幸ですっかり落ちこんでいるのです」という答えが返ってくると、怒りの矛先をこの男に変えて、妻と子供のために嘆き悲しむ姿をからかいはじめた。「あんたはあのでかい穴に自分も飛びこんで、家族と一緒に天国に行く勇気もねえのか」といった言い方で彼をあざ笑い、さらにひどく不謹慎な、いや神を穢《けが》す言葉さえ浴びせかけた。

ぼくが店に戻ったのは、やつらがこの悪行にふけっているときだった。見ると男の人はじっと黙って塞ぎこんでいた。連中から罵られても悲しみは心を離れず、しかもやつらの言葉に深く傷ついたようだった。これを見かねたぼくは穏やかに連中を咎めた。どんな者たちかはよく分かっていたし、その何人かは知らなくもなかったから。

たちまち連中は、ぼくを罵倒する言葉を次々と浴びせてきた。「お前こそ、お前より立派な人たちが教会の穴にどんどん運ばれてるのに、いまさら墓場の外でなにをやってるんだ？　死の車《デッド・カート》のお迎えが来ねえように、家で祈ってた方が身のためじゃねえか？」などと文句をつけるのだった。

こんな言いがかりに取り乱すぼくではないが、男どもの厚かましさにはあっけに取られてしまった。ともあれ、ぼくは落ち着き払ってこう言い返した。「あなたたちが、いやこの世の誰だろうと、ぼくに不正直者の汚名を着せるのは許さない。とはいえ、この神による恐ろしい裁きのなかで、ぼくより立派な人たちがたくさんこの世から消されて墓場に運ばれたことは認める。しかしそれとは別にさっきの質問に答えるなら、ぼくを護っているのは偉大な神の慈悲にほかならない。神といえば、さっきあなたたちは、身の毛もよだつ罵りの言葉を浴びせるなかで、その名を軽々しく出し、穢していたけれど。ぼくが護られているのには、様々な天の思し召しがあるはずだが、なかでも大事なのはこんな悲惨なときにあんな態度をとる厚顔無恥なあなたたちを咎めることだと、ぼくは信じている。とりわけこの立派な紳士、あなたたちの隣人が（連中の数名は彼を知っていた）、神の望まれたこととはいえ、ご家族から引き裂かれた悲しみに打ちひしがれているのを見て、この人をからかい、あざ笑うなんてもってのほかだ。」

ぼくがこう語りかけると、連中は堕落した忌まわしい罵詈雑言を返してきたが、それを正確に再現することはできない。どうやら、ぼくがやつらをちっとも恐れずにズバズバものを言うのが気に障ったようだ。もっとも、あのときの言葉を思い出せたとしても、おぞましい罵りと呪いと下品な言いまわしの数々のどれひとつとして、この記録に留めたくはない。あの時代には、どれほど下劣で低俗な連中でも、街なかで口にするのをためらうような言葉だった。（というのも当時、あの決して悔い改めない化け物どものほかは、周りにいたどんな邪悪な連中でも、このように一瞬で人びとの命を奪う力の使い手を畏れる気持ちが少しはあったのだ。）

ただ、連中の悪魔のような発言のなかでいちばんひどかったのは、「俺たちは、神を虚仮《こけ》にするのも、神などいないと議論するのも恐れはしない」というものだった。ペストは神の手がもたらしたものだとぼくが言うのを馬鹿にして、ぼくの用いた〝裁き〟という言葉をからかい、ゲラゲラ笑ってさえみせた。これだけ多くのものを奪い去る一撃が下されたのに、神の意志が関わっているとはまったく思わないらしい。さらには、馬車が死体を運ぶのを見て神に救いを求める人はすべて狂信者で、頓珍漢《とんちんかん》な勘違い野郎だ、ということだった。

ぼくは連中になるべく穏当な言葉を返したけれど、やつらのおぞましい話しぶりは収まるどころかいっそう激しくなったので、いくらぼくでも恐怖と腹立たしさで頭がいっぱいになってしまった。そこで、「ロンドンじゅうを襲った裁きの手がみなさんと周りの方々に復讐し、その力を見せつけなければよいのだが」と告げてこの場をあとにした。

連中はあらゆる批判を心の底からバカにしてみせた。できるだけひどくぼくをからかい、「俺たちに説教しやがった」（とやつらは言ったのだが）ことへの傲慢で屈辱的な言葉を思いつくかぎり並べたてた。これを聞いて、正直なところぼくは怒るより悲しくなった。けれども酒場から去るとき、心のなかで神に感謝した。あんなに侮辱を受けても連中に妥協しなかったのは、神のおかげだと思ったのである。

それから三、四日経っても、連中がこういう堕落した態度を改めることはなく、信心深い様子や深刻な表情を見せた人びとや、神がぼくたちに下した恐ろしい裁きを少しでも感じ取った人びとを、次々に見つけてはからかい、あざ笑っていた。また聞くところでは、感染が広がっても怯まず教会に通い、食事も断ち、裁きの手を下さないよう神に祈る善良な人たちさえも、同じ態度で侮辱していたそうである。

このおぞましい態度を連中が三、四日改めなかったといま述べたが、それ以上は続かなかったようだ。というのも、そのころ連中のひとり、それも「墓場の外でなにをやってるんだ？」と気の毒な紳士*に訊ねたやつが、天からペストという鉄槌を下されて実にむごたらしい死を遂げたからだ。そして手短に言えば、連中はひとり残らずあの巨大な穴に投げこまれた。さっきお話ししたとおり、あの穴はだいたい二週間もしないうちにすっかり埋まったのだが、それよりも前のことだった。

疫病と信仰

この男たちは数々の非常識な言動で罪を犯していたが、それは当時のような、みんなが恐怖に怯えていた時代には、人の心を持っていれば考えるだけで身震いするほどのものだった。とりわけひどかったのは、人びとが信仰心を見せるたびに、なかでもこの嘆かわしい時代に天の慈悲を願い、ともに祈りを捧げる場所にみんなが群がるのを目にしたときには、それを馬鹿にしてからかったことだ。しかもやつらが会合《クラブ》を催すこの酒場は、教会の入口が見える位置にあったので、あのように神を穢し否定する歓びにふける機会にはたっぷり恵まれていた。

だがそんな機会も、いま話したできごとより前から少しずつ減っていた。いまやロンドンのこちら側でも疫病が猛威をふるいはじめ、人びとが教会に来るのを怖がるようになった。少なくとも普段のように大勢がそこに通うことはなくなった。聖職者にも亡くなった人は多く、しかも地方に去った人もいた。無理もなかった。こんなときにロンドンに留まってみせるだけでなく、さらに教会に出かけて会衆の前で牧師の務めを果たすことなど、弛《たゆ》まぬ勇気と挫《くじ》けぬ信仰がなければ本当に不可能だった。しかし、会衆の多くが実はペストに感染していてもおかしくないと知りながら、毎日、いや一日に二回も聖職者が礼拝を司《つかさど》る教会もいくつかあった。

みんながこうした敬虔な勤めに並々ならぬ熱意を見せたのは確かだった。教会の扉はいつでも開いていたので、聖職者が礼拝を行っていてもいなくても、好きな時間にひとりで来ては信徒用の個室*に鍵をかけ、心からの情熱を傾けた祈りを神に捧げる人びとがいた。

国教徒でない人たちも、それぞれの礼拝施設に集まった。集まる人たちは、現状について各人各様の意見を持っていたけれど、それとは無関係に誰もがあのひどい連中の物笑いの種になった。特に疫病が襲来した当初はそうだった。

もっとも、連中がここまではっきりと宗教を虚仮《こけ》にすることは、各宗派の善良な人たちからよく注意されていたようだ。どうやらこれと感染が猛烈に広がったことが理由となって、少し前から連中は無遠慮な態度をかなり改めていた。しかしあの紳士が酒場に運びこまれたときには、すぐに大騒ぎになったので、下品で罰当たりな気性が掻き立てられたのだった。おそらくぼくが連中をたしなめる役を引き受けたときも、同じ悪霊に唆《そそのか》されていたのだろう。といっても、ぼくはできるだけ穏やかに、抑制して、礼儀正しく話しはじめたのだけれど、しばらくはかえって連中の罵声がさらに激しくなる有様だった。連中が怒っているので、こちらが怖じ気づいていると思ったようだ。それがまるきり逆であることには、あとで気づいていたけれども。

あの連中のおぞましい悪人ぶりを見て本当に気分が落ちこみ、思い悩みながらぼくは帰宅した。しかし連中が、神の正しさを示す恐ろしい見せしめとなることは疑わなかった。この悲惨な時代は、神が天罰を下そうとあえて定められたものだとぼくは見ていた。神はこの機会に、他の時期よりも際立って明白なやり方で、その心に背く相手を確実に選び出すだろう。なるほど、この全市民を襲う災害のなか、たくさんの善良な人たちが斃《たお》れるかもしれないし、実際に斃れていたはずである。また、こんな誰もが滅びていくなかで特に抜き出されたからといって、その人の死後も続く永遠の境遇について、あれこれ判断する確実な基準になるとも思わない。それでもぼくは言いたい。こんなときに神の名と存在を穢し、天罰を認めず、神を信じる心と信じる者を嘲笑い、公然と挑んでくる敵を、慈悲の心で赦すのを神が是とするとはどうしても思えないと。とても無理な話だ。ほかのときならば、情け深い神は、連中を見逃し赦すことが正しいと思われたはずである。しかしいまは疫病の日、神の怒りの日なのだ。するとこんな言葉がぼくの頭に浮かんだ。エレミヤ書五章九節。「こうしたことのためにわたしが手を下さないというのか、と主は言われる。このような民族《ネーション》にわたしの心は復讐をしないというのかと。*」

まさにこういう思いが、ぼくの心にのしかかった。だから連中の恐ろしいほどの悪人ぶりにひどく落ちこみ、重苦しい気持ちを抱えて帰宅することになった。あんなやり方で、しかもこんな時代に、神とその僕《しもべ》たち、さらには信仰を穢すなんて。そこまで腐りきった、救いようのない、悪逆非道なものがあり得るのか。いまや神は、連中に限らず全国民に天罰を加えようと、いわば剣《つるぎ》を抜いて構えているというのに。

最初のうち、あの連中を見て感情的になったのは事実である。といっても、ぼく個人が受けた侮辱のせいではなく、連中の神を罵る舌が恐ろしいと心底思ったからだった。しかし、湧き上がる怒りは、すべてぼく個人の感情から生じているんじゃないか、と内心疑ってもいた。連中はぼくにもひどい言葉をたっぷりと浴びせたのだから。まさに個人攻撃だった。少しのあいだ悩み、心に重い嘆きを抱えていたが、家に着いたのですぐに横になった。なにせこの夜、ぼくは一睡もしていなかった。差し迫る危険のなか、この身を護ってくださった神に深い敬意をこめて感謝すると、ぼくは敬虔な気持ちで、これ以上ないくらい真剣に、あの救いのない悪党どものために祈りを捧げた。「神よ、どうかあの人びとを赦《ゆる》し、その目を啓《ひら》き、おのずから謙虚な気持ちを抱くようにしてください」と。

これによって、ぼくは自分に害をなす者のために祈るという義務*を果たしただけでなく、自分の本心をじっくり探ることができた。すると、連中はぼく個人に攻撃を加えたものの、ぼくの心は怒りの情念に支配されていないことが分かったので、深い満足を覚えた。神を敬う真の熱意と私的な感情や怒りとを明瞭に判別したい人は、みんなこの方法を用いてはどうかと、卑見ながらお薦めしたい。

家屋閉鎖の弊害

だがそろそろ話題を戻して、疫病の流行中に生じた具体的なできごとのうち、心に浮かぶものをお話ししよう。流行の初期に家屋が閉鎖されたころの話題が多くなるが、それは疫病が猛威をふるう前の方が、そのあとと比べて市民に観察する余裕があったからだ。ところが被害が頂点に達すると、以前のように互いに連絡をとることもなくなったのである。

すでに話したとおり、家屋が閉鎖されているあいだ、ときおり監視人に暴力がふるわれていた。軍隊などうしていたのかと思うかもしれないが、そんなものはどこにもいなかった。あのころ国王に属していたわずかな近衛兵は（後にこれと比較にならないほど人数が増えたが）、宮廷と一緒にオックスフォードに滞在したり、遠い田舎に駐屯したりと各所に散らばっていた。小さな分隊は例外で、ロンドン塔とホワイトホール宮殿で任務についていた。だがそれもほんのわずかな数だった。塔では守衛《ウォーダー》*と呼ばれる人たちが国王衛士《ヨーマン・オヴ・ザ・ガード》と同じ制服と帽子を着用して門前に立っていたけれど、ほかに衛兵がいたかはよく分からない。大砲を扱う兵卒が二四人と、武器庫の管理を命じられた兵器係という名称の士官たちがいたくらいだろう。訓練を受けた民兵*に至っては、誰ひとりとして集まりそうになかった。ロンドンやその北西のミドルセックス州で統監《ロード・ルーテナント》がドラムを鳴らし、民兵を呼び集めたところで、どんな危険を冒してでも馳せ参じるような兵士はいなかっただろう。

　このせいで監視人は軽く見られてしまい、それだけ彼らに向けられる暴力も激しくなったようだ。この話題に触れたのは、市民の外出を阻むために監視人を配置したことについて、次の事実を指摘したいからだ。第一にそれは効果がなく、力ずくか策略を用いた脱走が絶えず、それも何度でも好きなだけ行われていたということ。そして第二に、こうして脱走した連中は一般に疫病に感染していたので、自暴自棄になってあちこち走りまわり、誰にうつそうとなんとも思わなかったということ。おそらくこのせいで、感染者は必ず他人も病気にしたいと望むようになるという、前にも述べたうわさが生じたのだろう。しかしそれは根も葉もない話だった。

　しかもぼくは事実をよく知っているし、数多くの例を見ているから、善良で義理堅く、信仰の篤い人たちの話をいくつも語ることができる。こういう人たちは、疫病に感染しても他人にうつそうとするどころか、その健康を願って家族さえ近づくのを許さなかった。万が一にも他人に疫病を広め、感染の危機に巻きこむ原因となってはならないと考えて、肉親とも面会せずに死んだのである。だから、もしも感染者が不注意に他人を害することがあったとしても、きっとなかにはやむを得ない事情を抱えた人も（大多数ではないにせよ）いたのではないか。つまり疫病に感染した人が、厳しく閉鎖された家から脱出したのはいいが食糧や娯楽を得る手段がなく、苦しみに駆られてなんとか病気を隠そうとしたせいで、患者本人は望まないながらも、なにも知らない不注意な他人が感染する原因となったのだろう。

いま述べたこともひとつの理由となって、ぼくはあのころも、いまでもこう信じている。繰り返しになるけれど、あのように力ずくで家屋を閉鎖し、人びとを自分の家に引き止めたというより監禁したのは、結局ほとんど、いやまったく役に立たなかったと。それどころかあれは有害でさえあった。というのも、望みを断たれた人たちがペストを抱えたまま外を徘徊する原因をつくったのだから。家を閉鎖されていなければ、*この人たちはベッドの上で静かに亡くなっていたはずなのに。

疫病をもたらす脱走者

ここでぼくはある市民のことを思い出した。この人はオールダーズゲート通りかそのあたりにあった家をやはり脱走し、北のイズリントンに向かう道を進みながら、まずエンジェル亭に、その次に白馬亭に入ろうとした*（この二軒の宿はいまも当時と同じ看板を出して営業している）が、どちらでも宿泊を断られてしまった。そこで次に斑牛《まだらうし》亭に行った（ここもまだ当時と同じ看板を掲げている）。彼は宿の人たちに一晩だけ泊めてほしいと頼んだ。リンカンシャー州*に行くところだと目的を偽り、自分は健康そのもので感染の心配もないと断言した。しかも当時は、まだその方面には疫病があまり広がっていなかった。

宿の人たちは彼にこう話した。「ご用意できる部屋はありませんが、ベッドならば屋根裏に一つございます。そのベッドも一晩しかご用意できません。明日には家畜を売り歩く人たちが来ることになっているのです。そこでよければお泊まりいただけます。」「そうしましょう」と彼は答えた。すると奉公人が呼ばれ、蠟燭を手に彼を上に案内して部屋を見せた。この人はとても立派な身なりをしていて、屋根裏で寝るのに慣れた人には見えなかった。いざ部屋にくると深いため息を漏らし、奉公人に言った。「こういう部屋で寝たことはあまりないのですが。」しかし奉公人は、「これよりよい部屋はございません」とふたたび断言した。「それならば我慢するとしよう。最近は毎日が恐ろしいけれど、この部屋に耐えるのは一晩だけなんだから。」こう言って彼はベッドの端に腰を下ろし、「温めたビールを一パイント持ってきてください」と奉公人に頼んだ。この奉公人は確か女性だった。そこで彼女はビールを取りにいった。ところが宿でなにか急用が生じ、この女性はほかの仕事に追われたために、先ほど頼まれた用が頭から抜けてしまったらしい。それで彼女はもうあの客のところに上がっていかなかった。

その翌朝、あの紳士の姿が見えなかったので、彼を屋根裏に案内した奉公人に宿の者が、「あの客はどうした?」と訊ねた。彼女はハッとした。「いけない、あれから放ったらかしでした。温めたビールを持ってくるよう頼まれたのに忘れていました。」そこでこの奉公人ではなく、別の者が呼ばれて彼の様子を見に上がった。部屋に入ると、男性は紛れもなく死んでいた。ほとんど冷たくなって、ベッドの上に伸びていた。引きちぎられた服、大きくあいた口。見開いた目は底なしの恐怖を湛え、片手にはベッドの敷物が固く握られていた。この様子から、奉公人の女性が部屋をあとにしてすぐに絶命したのは明らかだった。おそらく彼女がビールを持って上に行っていれば、ベッドに腰を下ろして数分で亡くなった男性を発見したはずだ。大変な恐怖がこの宿を襲ったのは、誰でも分かるだろう。病気の心配などないところに、こんな災難が降りかかったのだから。おかげでこの宿に疫病が持ちこまれ、周辺の他の家屋にもたちまち広がってしまった。この宿だけで何人死んだかは覚えていないが、最初に男性客と屋根裏に上がった奉公人の女性は、恐怖のあまりたちまち病に倒れたはずだし、ほかに何人もそういう人がいたと思う。というのも、この前の週にはイズリントンでペストによる死者が二人しかいなかったのに、次の週には全部で一七人が亡くなり、そのうち一四人の死因がペストだったからだ。これは七月十一日から十八日の一週間のできごとだった。

なかにはこんな対策をとる家もあった。運悪く感染者の出た家は少なからず実行した、その対策とは、病の兆候が現れたらすぐさま田舎に逃げ、親しい人びとの許に疎開することだった。たいていは近所の人か親類の誰かに頼んで、家財を盗まれたりしないよう家の管理を任せていた。家を完璧に封鎖してから出ていくこともあった。ドアには南京錠がかけられ、窓にもドアにも松の厚板が釘で打ちつけられ、担当の監視人と教区の役人が点検するだけでよかった。だがそんな家は少なかった。

市街地と郊外（これは市街地の外の教区とサリー、つまりサザーク[*]と呼ばれるテムズ川の南岸を含む）で住人から捨てられた家が、少なくとも一万軒はあると考えられていた。ほかに下宿人も避難したし、個々の事情で他人の家から避難する人もいた。これらを合計すると二十万もの人びとがごっそり逃げ去った計算になる。これについてはまたあとで話すが、いま触れたのはある事実を述べたいからだ。当時、二軒の家を所持、あるいは管理する人たちのあいだで、次のやり方が常習化していた。すなわち、家族の誰かが病気にかかったとき、その家の主人が調査員か他の役人に知らせる前に、この手の自分で自由に使える別宅へと、病人以外の家族を子供も奉公人も区別せず送りこみ、これをすませてから調査員に病人を報告し、一人か複数の看護師を派遣してもらっていたのだ。さらに別の人にも声をかけ、この閉鎖された方の家に病人と住んでもらった（お金を払えば引き受ける人はたくさんいた）。もしも病人が死ぬことがあれば、家の面倒を見てもらうためだった。

これは多くの場合、一家をまるごと救ってくれた。もしも病人と一緒に閉じこめられていたら、全滅は避けられなかったはずである。しかし他方で、これは家を閉鎖することの不都合をさらに物語るものだ。閉鎖を心配し恐れるために、たくさんの人びとがほかの家族と一緒に逃げ出した。しかしこの人びとは、世間に知られてもいなければ、症状も重くなかったとはいえ、疫病に冒されていたことに変わりはない。しかもこの人たちは誰にも邪魔されず自由に歩きまわり、しかも実情を隠し通さねばならなかったために、ひょっとしたら自分でも気づかないうちに、むごいやり方で他人に疫病をうつし、感染を広げてしまったのだが、これについてはあとで詳しく述べるとしよう。

学ぶべき教訓

ここまでお話ししたところで、ぼく自身の考えをひとつふたつ述べてもよいかと思う。今後この記録を手にする人が、もしも同様の恐ろしい疫病に襲われたときには、なにかの役に立つだろうから。

(一)　一般に病魔は奉公人を介して市民の家に侵入した。必需品、すなわち食糧や薬品を手に入れるには、パン屋やビールの酒蔵や商店に彼らを使いに出し、表通りを往来してもらわねばならなかった。店や市場のような場所に行くには必ず通りを歩くので、そのどこかで感染者と遭わないわけにいかない。すると感染者から死をもたらす息を吹きかけられた奉公人が、同じ息を主人の家に持ちこむことになる。

(二)　これだけの大都市にペスト療養所が一軒しかないのは*大失策だった。しかもバンヒル・フィールルズの先にあった療養所は最大でも二〇〇人か三〇〇人しか収容できなかったが、これではだめである。ほんとうに、この一軒だけでなく何軒も療養所*があれば、さらにそのそれぞれが、一台のベッドに二人を寝かせたり、一つの部屋に二台のベッドを入れたりしなくても千人を収容できたならば、そして特に奉公人が病に冒されたらすぐ、近くのペスト療養所に収容する義務を各家庭の主人が負っていたならば(本人の希望次第ではあるが、実際には多くの奉公人がそれを望んでいた)、さらに貧困者が疫病に襲われたときも調査員が同様の対応をしていれば、繰り返すが市民自身が望めば入院させ(望まなければ仕方ないが)、なおかつ家屋の閉鎖などしなければ――あんなに多くの人びとが死ぬことはなく、何千もの市民が救われていたはずだ。ぼくはそう信じているし、この信念は当時からずっと変わらない。これは実際の観察に基づいた考えで、いくつもの実例を挙げることもできる。奉公人が病に冒されても、彼らを療養所に送るか、前に話したように病人を残して家族で避難するだけの時間があれば、全員が助かった。これに対して、一、二名が発症して家屋を閉鎖された場合、一家が全滅してしまった。重なる死体を玄関先に運び出すこともできないまま、最後はひとり残らず屍《しかばね》となり、運搬人が家に入ってすべてを外に出さねばならなかった。

(三) 以上から、この疫病が感染によって広まったのは、議論の余地なく明らかになったと思う。いま感染というのは、医者が発散物《エフルーヴィア》と呼ぶなんらかの蒸気や煙が原因で、病人の息か汗か爛《ただ》れた皮膚の発する悪臭か、いやひょっとすると医者さえも想像できない別のなにかを介して広まったということだ。健康な人が病人から一定以上の距離まで近寄ると、この発散物が襲いかかり、たちまちその健康な人の命を司《つかさど》る器官に侵入し、その血を一瞬で煮えたぎらせ、外から見る人にも分かるほど精神を掻き乱してしまう。そしてこのときにはすでに、新たに感染したこの人も、同じように他人に発散物をまき散らしているのだ。この点についてはあとでいくつか例を挙げるので、真剣に考えたら誰でも納得しないわけにいかないだろう。被害の終息したいまになって、疫病は、あの人やこの人を特に選んで襲うよう命じられた天の使いが直接手を下したもので、感染を媒介するものなど存在しないと語る人がいるのを見ると、いささか驚かずにはいられない。そんなのは無知と狂信の産物だ、と軽蔑を覚えてしまう。同じように、空気だけを通じて感染が広がったという意見を唱える人たちもいる。空気中には莫大な数の虫や目に見えない生物がいて、それが呼吸する人の口から、さらには空気に触れた毛穴からも体内に潜りこみ、そこで猛烈な毒を撒いたり、毒性の卵を産みつけたりするせいで、それが血液と混ざって全身に毒がまわってしまうというのだ。この説が知ったかぶりもはなはだしいということは、誰でも経験からはっきり分かるだろう。しかしこの件は、適当なときが来たらもっと話すことにする。

いまは話を先に進め、注意しておきたいことがある。この都会の住人にとってなによりも命取りだったのは、彼ら自身が油断して警戒を怠ったことだった。ずっと前からペストが来ると注意、いや警告を受けていたのに、食料などの必需品を蓄えておくような対策はまったく取らなかった。そうしていれば、彼らは外に出ず、自分の家にこもって生活できたはずだった。なかにはこれを実行した人もいて、大多数がその用心のおかげで生き延びたことは、前に述べたとおりだ。しかも市民は疫病にちょっと慣れてしまうと、他人と交わるのをあまりためらわなくなった。実はそこには感染者もいたのだが。最初は慎重だったのに、もはや自分が感染者だと知っていてもお構いなしだった。

迫りくる病魔

正直に言うと、ぼくもそんな向こう見ずな連中のひとりだった。ほとんどなにも蓄えがなかったから、わが家の奉公人たちは、一ペニーか半ペニー程度の細々したものを買うにもいちいち外出しなくてはならなかった。疫病の流行前とまったく同じありさまで、この時期には経験から、ぼくはおのれの愚かさを自覚してはいたが、知恵をつけるのが遅すぎたために、ぼくら全員を一ヶ月養える物資を貯めこむような時間はもはやほとんど残されていなかったのである。

わが家の人たちといっても、家事を切り盛りしてくれる老婦人と、女の奉公人がひとり、弟子がふたり、そしてぼく自身がいるだけだった。さていよいよペストが近所で流行しはじめると、自分はどこに向かえばいいのか、どう行動すればいいのか、暗い考えばかりが浮かぶのだった。通りを行けば至るところで無数の悲惨な光景が繰り広げられていて、途轍もない恐怖がぼくの胸を満たした。まず疫病そのものが怖かった。感染すると思うだけで実に恐ろしかったが、なかでも特に嫌な症状が腫れものだった。一般に首や股間にできるもので、これがどうにも潰せないほど硬くなるとひどく痛みだし、まさに念入りに準備された拷問を受けているようだった。責め苦に耐えられなくなった者は、窓から身を投げたり銃で自分を撃って、みずから命を捨てた。この種の悲惨な光景をぼくは何度も目にしている。どうしても抑えきれず、痛みを紛らわせるつもりで絶え間なくうめき声をあげている人もいた。そのため通りを歩けば決まって荒々しく、悲惨を極めた絶叫が耳に飛びこんできた。患者の姿を思い描くだけでも心の底まで痛みに貫かれたが、このおぞましい裁きの手に自分も捕まるんじゃないか、という不安が押し寄せるのだからなおさら辛かった。

正直に言うと、いまやみずから下した決断に自信を持てなくなっていた。すっかり気力を失い、おのれの軽率さを悔やんで胸が痛んだ。家から出て、いま話した悲惨な光景に出くわすたびに胸が疼《うず》くのだった。いや、街に残ると決めたのは早計だったと後悔さえ覚えた。居残り役を引き受けようなんて考えず、兄の一家と一緒に逃げていたらと、何度思ったことだろう。

恐ろしい光景の数々に怯えて、ぼくはしばらく自宅に引きこもり、もう外出はやめようと心に決めた。この決意は三、四日続いただろうか。そのあいだは、ペストからぼくを護り、家のみんなも護ってくれた方に心からの感謝を捧げ、おのれの罪を誠実に告白し、神にわが身を委ねて日々をすごし、断食と謙虚さと瞑想によってその方にすがった。暇をみては本を読み、毎日の身のまわりのできごとを覚書として残した。後日、この覚書を元にして本書の多くが作られたのだが、取り入れたのは戸外での見聞を記したところのみである。覚書のうち、ひとりで瞑想したことを記した箇所は、自分のための記録として残したものなので、今後いかなる理由があっても決して公にしないよう、ここで希望を述べておく。

ほかにも、心に浮かぶまま宗教に関する瞑想も書き記したものの、それは自分には役立ったけれども他人に見せるようなものではない。だからもうこの話題は終わりにしよう。

ぼくにはすばらしい友人がいた。医師で名はヒース氏*といった。この悲惨なとき、ぼくは足しげく彼の許を訪ね、そこで受けた助言はとても役に立った。ぼくが頻繁に外出するのを見て、そんなとき感染を防ぐために摂るべきものや、通りに出たとき口に含んでおくべきものについても詳しく教えてもらった。彼の方からもよくぼくに会いにきてくれた。いい医者というのに加えて、善きキリスト教徒でもあったから、この恐ろしい状勢がどれだけ悪化しても、彼との会話は励みになり、とても力強くぼくを支えてくれた。

いまや八月に入り、ペストはぼくの地元でもひどく荒れ狂うようになった。するとヒース先生が訪ねてきてくれて、こっちがまだ頻繁に外出しているのを知ると、家の人と一緒に固く閉じこもり、誰ひとり玄関から外に出してはならない、と真剣に説いてくれた。窓はすべてぴったりと閉め、よろい戸とカーテンも閉ざして、二度と開けてはいけない。ただし最初に部屋でどんどん煙を立てること。そのときは窓もドアも開けて、樹脂やピッチ、硫黄や火薬の類《たぐい》を燃やすこと。* わが家では、しばらくこの助言に従った。しかし引きこもりたくとも食料の蓄えがなかったから、みんなが完全に家のなかですごすのは無理だった。それでも、かなり手遅れだったとはいえ、なんとかできないか挑戦した。ビールとパンを作る設備はあったから、はじめに挽き割り粉を二袋買った。それから何週間も、必ず家のオーブンを使ってパンを焼いた。麦芽も買ってビールも醸造し、家にある樽はすべて自家製ビールでいっぱいになった。これで五、六週間はみんなの食事を賄えるはずだ。さらに塩気のあるバターとチェシャーチーズ* も大量に貯めこんだ。もっとも肉類はなかった。自宅の向かいには肉屋や家畜を捌《さば》く業者が多くいたのだが、まさに彼らのあいだでペストが猛威をふるっていたので、通りをわたってそちらに行くことさえ賢明とは言えなかった。

命がけの買い物

ここでもう一度述べておくと、こんなふうに食糧を買いにやむなく出かけるという市民の行動が、ロンドン全体に多大な被害をもたらしたのだ。外出中に他人から病気をうつされる人もたくさんいたし、食べものが汚染されていることだってよくあった。少なくともそう考えるべき根拠は大いにあった。市場に物資を売りにくる人たちや、市外から運ばれる食糧はまったく疫病に汚染されていなかった、と自信満々に語られているのを何度も聞いたが、いま述べた理由から、ぼくはこれを事実として伝えるのにためらいがある。確かなのは、ぼくの住んでいたホワイトチャペルの肉屋がひどくやられていたことだ。こうした店では、たいがいその場で殺した獣の肉を置いていた。感染が広がると、ついには開けていられる店がわずかになり、残った店も、ホワイトチャペルよりさらに東に外れたマイルエンド辺りで獣を殺してから、馬に乗せて市場へ運ぶようになった。

そうはいっても、金のない人びとは食糧を蓄えられなかったから、どうしても市場へ買い物に出かけなければならなかったし、自分で行かない人も、奉公人や子供を使いに出さねばならなかった。しかも必需品は毎日新たに生じるわけだから、おびただしい病人が市場にやってきた。そして実に多くの人びとが、行きは健康だったのに、死神を連れて帰宅することになった。

けれども、人びとができるかぎりの予防策を講じていたのは間違いない。市場で骨つき肉を一片買うときも、肉屋の手から直接受け取ろうとはせず、鉤にかかっているのを自分で外した。また肉屋の方も金に触れようとせず、わざわざ酢を満たした壷を用意して、そこに入れさせた。買う側はどんな半端な額でも支払えるよう、いつも細かい金を用意して釣銭をもらわないようにした。香料や香水の入った壜を握りしめ、ほかにも効き目のありそうなものはなんでも用いた。しかし貧民にはそれさえもできなかったので、運を天に任せるしかなかった。

この市場での買い物をめぐっては、日々悲惨な話が無数に語られた。市場の真ん中で倒れて息絶える男女もいた。実は多くの人が、ペストに襲われても少しも気づかなかった。やがて体内の腫れものが命に関わる器官を損ない、あっという間に死んでしまった。このためたくさんの人が突然、しかし頻繁に、なんの前触れもなく路上でバッタリと亡くなった。他の病人は、近くの店先に張り出した露台や、家屋の戸口や玄関先の庇に行くだけの暇はあったようで、そのまま腰を下ろすと息絶えた。前に話した家の前の遺体は、こうして亡くなった人たちのものだった。

こういう死体を路上で見るのは、もはや当たり前になった。ペストがまさに荒れ狂いはじめると、通りの入口には必ずといっていいくらい、死体がいくつも地面に転がっていたものである。こんな光景を目撃した通行人の方はどうしたかといえば、はじめのうちこそ足を止め、近所の人を呼び出して対応を頼んでいた。しかしあとになると、まったく相手にしなくなった。ただし遺体が転がっているのに気づいたら、必ず道をわたって傍《そば》に近寄らないようにした。狭い路地や通路であれば引き返し、用を果たすために別の行き方はないかを探った。そのとき必ず遺体は放ったらかしで、あとで報せを受けた役人が運んでいった。あるいは夜になって死の車《デッド・カート》に付き添う埋葬人たちが遺体を回収し、持ち去ることもあった。その際、もともとこんな仕事を請け負うほど畏れ知らずの彼らは、遺体のポケットを探ることを忘れなかった。そしていい服を着ているときは（実際そういう遺体もときにあった）身ぐるみを剝がし、手に入るものはすべて奪うのだった。

だが市場に話を戻そう。肉屋の人たちは、誰かが市場で死んだ場合すぐに役人を呼べるよう気をつけていた。そして死者を手押し車で回収してもらい、さらに近くの教会の墓地まで運んでもらっていた。こういう死体を見るのは当たり前になっていたので、いまのように死亡週報の「通りあるいは野原で死亡を確認」という項目に彼らが記録されることはなく、疫病で亡くなった大量の人びとを記載する項目にまとめて入れられた。

しかしいまや病魔の勢いはすさまじく、市場でさえも、食糧の品揃えといい、買い物客の賑わいといい、以前に比べるとめっきり乏しくなってしまった。すると市長《ロード・メイヤー》が命令を発し、食糧を売りにくる地方の人たちは、市内へと続く道路の途中で足を止め、そこに品物を広げることになった。彼らはその場で売り買いをおこなうとすぐに立ち去った。この方針のおかげで、地方の人たちは積極的に食糧を持ってくるようになった。いまやロンドンの入口でも、道端の空地でも、食糧を売ることができた。なかでも市街地《シティー》の東側に広がる、ホワイトチャペル通りの先の空地とスピトルフィールズは栄えていた。（注：今日スピトルフィールズと呼ばれる商店街は、あのころ文字どおり広い空地だった。）他には南側のサザークにあるセント・ジョージ・フィールズや、北側のバンヒル・フィールズ、イズリントンの近くのウッズ・クロースと呼ばれる広大な野原も同様だった。こういった場所に、市長《ロード・メイヤー》や市会議員、治安判事は、部下や奉公人を使いに出して自分の家の買い物をしてもらい、彼ら自身はなるべく家を出ないようにした。他にも多くの人びとがこれに倣った。この方針がとられてから、地方の人たちは心置きなく上京するようになり、あらゆる食糧を持ってきてくれたのだが、彼らが被害を受けることはほとんどなかった。地方の商人が奇蹟的に病気にならなかったという当時のうわさには、こうした原因もあったのだろう。

市街地に響く悲鳴

つつましいわが家はどうかというと、さっき話したようにパンとバター、チーズにビールも蓄えたので、あとは友人の医師の助言に従い、ぼくも含めて家の者を外に出さず、命を危険にさらして買物に行くくらいなら、数ヶ月肉なしですごす辛さに耐えようと決心した。

ところが、家の者を外に出させなかったのに、ぼく自身は飽くなき好奇心を抑えきれず、孤独に閉じこもる暮らしを守れないこともあった。するといつも恐怖に怯えて家に戻ることになるのだが、それでもぼくは懲りなかった。さすがに最初に比べると頻度は減ったけれども。

ちょっとした用事がないわけではなかった。それはコールマン街の教区にある兄の店に行くことで、留守中の様子を見るよう頼まれていた。当初は毎日行っていたが、やがて週に一度か二度になった。

こうして歩いていると、たくさんの陰惨な場面を目撃した。特に多かったのは、路上で倒れたまま死ぬ人びとや、女たちの悲痛な泣き声と金切り声だった。女たちは苦痛のあまり部屋の窓を開け放ち、唖然とするほど悲惨な叫びをあげるのだった。こういう哀れな人びとが感情に駆られて取ったさまざまな身振りは、とても描き出せるものじゃない。

市街地にあるロスベリ通りの鋳造所前《トークン・ハウス・ヤード》をすぎようとしたとき、いきなり窓が乱暴に開け放たれ、女の人が三度おぞましい金切り声をあげてから、こう叫んだ。「ああ、死ぬ、死ぬ、死ぬ！」およそ真似のできない声だった。ぼくは恐怖に打たれ、まさに血が凍るのを感じた。通りのどこにも人影は見られなかったし、他に開いた窓もなかった。もはや人びとはなにがあっても関心を持たず、助け合う余裕も失くしていた。だからぼくも素通りしてベル小路に入った。

ベル小路に入ったとたん、通りの右側からさっきより恐ろしい悲鳴があがった。これは窓を開けて放たれた叫びではなかったけれど、家じゅうが恐怖に震えていた。やがて屋根裏部屋の窓が開き、女や子供たちが気の狂ったように叫びながら、部屋から部屋を走りまわる音が聞こえてきた。そこで小路の向かいの窓から誰かが声をかけ、「なにがあったんだ？」と訊ねた。するとはじめに開いた屋根裏の窓から返事があった。「ああ、わが家のご主人が首を吊ってしまったのです！」相手はふたたび訊ねた。「ご主人の息はないのか？」もう一方が答えた。「ええ、ええ、息をしてません。すっかり冷たくなっています！」亡くなったのは商人で、地区の助役も務める大金持ちだった。名前も分かっているが、実名を出すのは控えておきたい。いまではふたたび繁栄しているこの一家に、苦痛を感じさせたくないからだ。

しかしこれは一例にすぎない。日々どれだけおぞましいことが各地の家々で起きていたかは、到底信じられない。人びとは病魔に蝕《むしば》まれ、腫れものに苛《さいな》まれた。それは本当に耐えがたく、とうとう自分を制御できなくなって叫び狂い、凶暴な手でみずからを害することもしばしばだった。窓から身を投げる者や、銃でおのれを撃つ者がいた。錯乱した母親は、わが子を殺害した。少しも感染していなくとも、ただ湧き出る悲しみのせいで死ぬ者や、恐れと驚きだけで死ぬ者も見られた。さもなければ恐怖で白痴と化し、ぼんやりした錯乱状態へと沈んでいった。絶望が嵩じて発狂する者もいれば、憂鬱から狂気に陥る者もいた。

腫れものの痛みはとりわけ強烈で、なかには耐えられない人もいた。内科医と外科医は、数多くの哀れな病人に拷問まがいの治療をして死なせることさえあった。腫れものが硬くなる人がいたが、これに対して医者は膿《うみ》を吸い出す強力な絆創膏というより湿布を貼り、腫れものを潰そうとした。これが通用しなければ、医者は腫れものを容赦なく切り刻んだ。ときにますます硬くなってしまったけれど、それは疫病の力が強かったせいもあるが、膿をあまりに強引に吸い出したせいでもあった。どんな器具でも切開できないほど硬くなると、今度は腐食性の薬品で腫れものを焼いた。このため多くの人が苦痛にわめき狂いながら死んだ。まさに手術の最中に死ぬ者もいた。この苦しみが続くあいだ、患者をベッドに押さえつけておくか、抜け出さないよう注意を払っておかないと、いま話したように自分の命に手をかける者もいた。あるいは通りに抜け出して、おそらく素っ裸のまま、監視人などの役人に制止されなければ川まで一気に駆け抜けて、どこの水だろうが見つけたら飛びこむ者もいた。

このような拷問を受ける人たちのうめき声や叫び声に、まさに心の奥まで貫かれることもしばしばだった。ただしこの病気の現れ方には二通りあって、いま述べた症例の患者はかなりの確率で快復した。腫れものが膿を出し、潰れて流れてしまえば、あるいは医者の言い方では腫れものを解消《ダイジェスト》してしまえば、たいていの患者は快復した。他方で、あの高貴な夫人のひとり娘みたいに、はじめから死に攻めたてられ、致命的な徴《しるし》が肌に現れてしまった人たちは、少し前まで普段どおり暢気《のんき》にその辺を歩いていたのに亡くなることが多く、あるいは卒中か癲癇の発作のように、一瞬でバッタリと斃れてしまうことも珍しくなかった。こうした人は急にひどい不調を覚え、前に話したとおり、ベンチや露店の台など、そこにあるなにか適当な場所か、可能であれば家まで急いで行き、腰を下ろしたとたんに意識が遠のいて死んでしまった。こういう死に方は、一般に壊疽を起こした人の症状と酷似していた。彼らは気を失ったまま死に、いわば夢みながらこの世を去った。こんなふうに亡くなる人たちは、自分が感染したことさえまったく気づかないうちに、壊疽が全身に広がってしまったのである。医者までも、この人たちの胸や他の部位を開くまでは、その病状を正確に知ることはできなかった。

モラルの崩壊？

このころ、瀕死の人たちの面倒を見ている看護師や監視人について、実に多くのおぞましいうわさ話を聞かされた。すなわち、感染者の世話のため雇われた看護師が患者を粗暴に扱い、食べ物をあたえない、窒息させるなど悪辣な手を用いて死期を早めている、要するに患者を殺害しているといううわさだった。さらには、閉鎖された家を見張るべく置かれた監視人も、生存者が一人だけになり、それもどうやら病に伏していると知るや家に押し入り、この生き残りを殺害して即座に死の車《デッド・カート》に投げこむというのだ！　墓場に着いた遺体が少しも冷たくないのはそのせいだとされた。

こういう殺人が何度か犯されたことは、認めないわけにいかない。確かこの容疑で二人が監獄に送られたが、裁判の始まる前に死んでいたと思う。そして他に三人、この種の殺人の罪に何度か問われたが赦されたと聞いている。とはいえ、後に一部の人が言い触らしたように、この犯罪がどこでも行われていたとはどうしても信じられない。だいたいこんな行動は理屈に合わないからだ。もはや恢復の見こみをほとんど失った患者たちは、自力では生きていけないほど惨めな境遇に置かれていた上に、殺害したところでなにも得することはなかった。少なくとも、患者がもう間もなく死ぬこと、決して生き延びられないことを監視人が知っていて、なおも殺したいと思うだけの誘惑などあり得なかった。

この恐るべき時代でさえ、盗みなどの悪事がさんざんなされていたのを否定するつもりはない。一部の者は欲の力に押し流され、盗み奪うためならどんな危険もいとわなかった。なかでも家族というより住人のすべてが亡くなった家には、どんな危険が待ち受けていようが押し入り、感染の不安になど目もくれず、死体だろうが構わず衣服を剥ぎとり、ベッドで亡くなった者からは寝具を奪った。

きっとこういうことが、ハウンズディッチのある一家に起きたのに違いない。そこにはある男とその娘がいたが、残りの家族はすでに死の車《デッド・カート》が運び去っていたようだ。この二人が、ある部屋に一人、また別の部屋に一人、全裸で床の上に死んでいるところを見つかった。どうやら二人は盗人によってベッドから床に転がされたらしく、寝具は盗まれてなにも残っていなかった。

ここで話しておくべきは、この災害のあいだじゅう、女たちの方が分別も恐れも慎みもかなぐり捨てていたことだ。看護師の肩書きで病人の面倒をみる女性は膨大な数にのぼったので、彼女たちが雇い主の家でけちな盗みを働くことなどしょっちゅうあった。なかには公衆の前で鞭打たれる者もいたが、おそらくこの女たちは見せしめに首を吊られた方がよかっただろう。なにしろこの手の盗難に遭う家が相次いだので、ついには教区の役人が派遣され、患者に看護師を紹介しはじめた。さらに、担当先の家で被害が出たら呼び出して弁明させるために、どの看護師を送ったか記録も取るようになった。

もっとも、こうして盗まれたのは主に衣類やリンネル、および世話した患者が死んだときにくすねた指輪やカネなどで、家じゅうが略奪されるには至らなかった。そういう看護師だった女の話を聞いたことがある。歳月がすぎて死の床に就いたとき、耐え難い恐怖に怯えながら、この女は看護師だったころに犯した窃盗を告白した。この盗みによって女はずいぶんと裕福になったようだ。けれども殺人については、先ほど述べたものを除けば、うわさに聞くような習慣が実在した証拠を見たことは一度もない。

確かに、こんな話は耳にしたことがある。とある地域で瀕死の男性患者を介抱していた看護師の女性が、息を引き取る寸前の患者の顔に濡れた布を被せ、あえてとどめを刺したという。また別の看護師も、自分の患者である若い女性を窒息死させたが、この女性は発作で気を失っていたところで、やがて意識を回復するはずだったという。患者にあれやこれやの毒をあたえて殺したとか、あるいはなにもあたえず餓死させたという話もあった。でもこの手のうわさ話にはいつも二つの疑問がついてまわっていたから、ぼくは一度も本気にしなかった。ただの作り話を次々に話題にして、お互いを怯えさせているとしか思えなかった。第一におかしいのは、このうわさがどこで流れたときも、決まって事件の現場は市内のはるか向こうで、うわさの立った地域から見て反対側かいちばん遠いところなのだった。東のホワイトチャペルでうわさが立てば、セント・ジャイルズ教区かウェストミンスター、ホウボンなど、ロンドンの西側で起きたことになった。ところがそっちでうわさが流れると、今度はホワイトチャペルやミノリーズ通り、あるいはクリップルゲート教区の近所など東側のできごとにされた。ならば市の中心の市街地《シティー》でうわさが立てばどうなるかというと、テムズ川を隔てた南側のサザークで起きたことになった。そのサザークでうわさが出れば、市街地《シティー》で起きたことになる。こんな調子だった。

第二の疑問点は、たとえどこでうわさを聞いたとしても、細かいところまで同じ話ばかりだったことだ。なかでもよくあったのが、濡れた布切れを二重にして瀕死の男の顔に被せる話と、若く身分ある女性を窒息死させる話だった。こういうわけで、少なくともぼくの判断では、この手の事柄に真《まこと》より嘘が多いのは明らかだった。

けれども、このうわさが人びとにいくらか影響をあたえたのは否定できない。前にも話したように、とりわけ誰を家のなかに入れるのか、そして誰に自分の命を委ねるかについて、市民はより注意深くなった。可能ならば、必ず推薦を受けた人の世話になった。そんな人を見つけられない場合は(信頼できる看護師の数はあまり多くなかった)、教区の役人に紹介を頼んだ。

孤独な死

しかしここでもやはり、時代の災いは貧乏人めがけて降りかかった。この人たちは感染しても食べものも薬もなかった。治してくれる医者も薬屋もなく、世話してくれる看護師もいなかった。その多くが助けを求めて、いや食べものさえも求めて窓辺に立ち、ひどく惨めで痛ましい調子で呼びかけていたが、そのまま死んでしまった。ただし、こういう個人や家族は、境遇を市長《ロード・メイヤー》に訴えれば必ず救済されたことは付言しておくべきだろう。

実を言えば、あまり貧乏ではない人たちの住む家でも、妻や子供を他所《よそ》に疎開させたところもあったようで、そのような家に奉公人がいればとっくに解雇されていた。これは紛れもない事実で、出費を抑えようとして家に閉じこもり、助けのないまま孤独に亡くなった人たちが大勢いたのだ。

近所に住むぼくの知り合いが、市街地の壁より北の、ホワイトクロス街あたりに住む商店主にいくらか金を貸していた。十八歳くらいの見習いの若者がいたので、どうにかして金を取ってこいと命じて使いに出した。この若者が家のドアの前まで来ると、鍵がかかっているのに気づいたので、かなり強くノックした。するとなかから誰かが返事をしたようだったが、確かではなかった。そのまま待って、しばらく経つとふたたびノックをし、それから三度目のノックもすると、誰かがこちらに降りてくる音が聞こえた。

ようやくこの家の主人が戸口に現れた。膝までのズボンというより股引と、黄色いフランネルの胴衣を身に着けていた。足に靴下は履かずスリッパだけで、白い縁なし帽を被り、その顔には死が宿っているように若者には見えた。

ドアを開けると主人の男は言った。「こんなに俺の邪魔をしていったいなんの用だ?」若い見習いはいささか怖じ気づいたがこう答えた。「○○の使いで参りました。主人からお金を受け取るよう言いつかっています。あなたも御承知とのことですが。」「ああ、そうだったね」と生ける亡霊は言葉を返した。「クリップルゲート教会のそばを通ったら、なかの人たちに鐘を鳴らすよう頼んでくれないか。」これだけ言うと、ふたたびドアを閉ざして二階に上がり、その日のうちに死んだ。いや、一時間も経ってなかったかもしれない。以上はその若い見習いが直接ぼくに話してくれたことで、信じるだけの根拠がある。このころ、まだペストの流行は絶頂を極めていなかった。確か六月の、月末あたりの話だ。その時点ではまだ死の車《デッド・カート》があちこち走りまわっていなかったから、死者を悼んで教会の鐘を鳴らす習慣が保たれていた。しかし少なくともこの教区では、この習慣が七月の終わりまでに捨てられていたのは確かだ。というのも、七月も二十五日になると一週間の死者が五五〇名を超え、もはや金持ちだろうが貧乏人だろうが丁重に葬ることなど不可能になったのだ。

盗みを働く女たち

前に話しておいたように、こんなひどい災厄にもかかわらず、街には数多くの泥棒が徘徊していて、カモを見つけたら手当り次第に盗んでいた。そして盗人はたいてい女だった。ある日の午前十一時ごろ、ぼくはコールマン街の教区にある兄の家まで出かけていた。いつも通り、なにも異常がないか確認しに行ったのだ。

兄の家の前には小さな庭があり、さらに手前にはレンガの壁と門が建っていた。壁のなかにはいくつもの倉庫があって、さまざまな商品が積まれていた。この倉庫のひとつには、女性用の山高帽がいくつもの箱に収められていた。地方から送られたもので、おそらく輸出用だった。どこに輸出するのかは分からなかったけれど。

スワン小路という通りに面した兄の家の戸口に近づいたころ、驚くことがあった。山高帽を被った三、四人の女性が向こうからやってきたのだ。あとで思い返すと、ひとりは(もっといたかもしれない)同じような帽子を手にいくつも抱えていた。とはいえ、この女性たちが兄の家から出るのを見たわけではないし、さらに兄が倉庫にそのような商品を保管しているかも確かではなかったので、声をかけるのは遠慮した。それよりも道の端に寄り、この女たちとすれ違うのを避けた。ペストへの警戒から、あのころそうするのは当たり前だった。ところがさらに門に近づくと、別の女性がもっとたくさんの帽子を抱えて門から出てくるのと鉢合わせた。「奥さん、あっちになんの用があったんです?」と訊ねると、「あっちにはもっとたくさんいるわよ。わたしはみなさんと同じことをしただけです」と答えた。ぼくは急いで門に向かい、女にはなにも言わなかった。その隙に女は立ち去った。しかしちょうど門にたどり着くと、別の二人が庭を横切ってこちらに来るのが見えた。やはり帽子を頭に被り、小脇にも抱えて外に出ようとしている。これを見たぼくは門に突進し、後ろ手にバタンと閉めた。バネ仕掛けの錠がついていたので、門はそのまま施錠された。女たちの方を向いたぼくは、「一体全体なにをしてるんだ?」と言い、帽子をつかんで取り上げた。その一人は、これが盗みを働くようには見えない人だったのだけれど、「本当に申し訳ありません」と言った。「でも持ち主のない品物と伺ったものですから。これはお返し致しますから、あちらを見てください。わたしたちみたいな客がもっといるんですよ。」女は哀れげな様子で泣いていた。ぼくは帽子を受け取り、門を開けて二人に出て行きなさいと命じた。この女たちは本当に可哀そうな気がしたからだった。ところが、さっき言われたとおり倉庫の方を見ると、そちらにはさらに六、七人、女性ばかりがせっせと帽子を試着していた。辺りを気にせず黙々と没頭する様子は、帽子屋に自分の金で買い物にきた客と変わらない。

ぼくは思わず天を仰いだ。これほど大勢の泥棒を目撃しただけでなく、こんな事態に巻き込まれたことにも驚くばかりだった。ここ数週間はずっと人目につかないよう努めて、通りで誰かを見かければ道を横切って離れるようにしていたというのに、いまやこんな人ごみに割りこむ羽目になってしまった。

驚いたのは向こうも同じだったけれど、その理由は異なっていた。女たちは口々に訴えた。わたしたちは近所の者です、この帽子は誰が持ち帰ってもいいと聞きました、だって誰の持ち物でもないんでしょう、などと言っていた。まずぼくは大げさな口調で女たちを威嚇してから門に戻り、差しっ放しだった鍵を抜いてきた。これで全員の身柄を拘束すると、女たちに向かって、「倉庫に外から施錠してあなたたちを閉じこめ、市役所から役人を呼んで引き渡すことにする」と告げて脅しをかけた。

女たちは必死で赦しを求め、自分が来たときには門も開いていたし、倉庫の扉も開いていたと主張した。「きっと誰かがもっと高価な物が見つかると踏んで、扉をこじ開けていたに違いありません」と言うのだ。確かにこれを信じるだけの理由はあった。扉の錠前は壊され、外側に下げられた南京錠も緩んでいた。それに大量の帽子が盗み出されたわけではなかった。

しばらく悩んだが、ようやく考えがまとまった。いまは厳格な態度を示すときじゃない。第一そんなことをすれば、あちこち出歩いて、多くの人に来てもらったり、会いに行ったりしないといけなくなる。その人たちが健康かどうかなんて分かったものではない。しかもこのころすでにペストは猛威をふるい、週に四千人も死んでいた。ということは、怒りに任せて行動し、兄の商品に関して裁きを求めるだけでも、自分の命を失う恐れがあった。そこでぼくは、女たちの名前と数名の住所だけを書き留めて放免することにした。すると本当に近所の住民だと判明した。「兄がこの家に戻ったら、あなたたちを呼んで釈明してもらう」と、さらに脅しておいた。

次にぼくは、別の立場から女性たちに説教した。「いま、街じゅうが災難に見舞われているときに、よくもこんなことができたものだ。言ってみれば、神が非常に恐ろしい裁きを下しておられる目の前で罪を犯すのと変わらない。いまもあなたたちの家の戸口にペストは迫っている。いや、もう家に侵入しているかもしれない。あと数時間もすれば、死の車《デッド・カート》がドアの前に停まって、あなたたちを墓場に運んで行かないとも限らないんだ。」

これだけ説いてみても、ぼくの話が女たちに深い印象をあたえたようには感じられなかった。しかしそこへ、近所に住む二人の男が騒ぎを聞きつけてやってきた。この二人は兄を知っており、実はかつて兄の家で働いたこともあったから、ぼくを助けに駆けつけてくれたのだ。いま言ったとおり、近所の住人だったので、例の三人の女のことはすぐに分かり、その名前と住所を教えてくれた。どうやらこの三人がさっきぼくに伝えた身元は本当らしかった。

教会の下働き、ジョン・ヘイワード

この駆けつけてくれた二人の男については、ほかにも思い出すことがある。ひとりは名前をジョン・ヘイワード*といって、当時コールマン街のセント・スティーヴン教区で教会の下働きをしていた。このころ下働きの仕事といえば、墓掘りと死体の運搬と決まっていた。つまりこの男は、あの大きな教区で埋葬される死体のすべてを自分で運ぶか、他人が運ぶのを手伝っていた。はじめ死人の運搬は厳粛におこなわれていたが、やがて埋葬の仕方が簡略化されると、鈴を鳴らしながら死の車《デッド・カート》で死体の転がる家に出向いては運び出すようになった。死体の多くは集合住宅の一室や一軒家から運ばれた。というのも、ロンドンのどこにも増してこの教区は、数多くの裏通りや路地が延々と続くことで当時も今も有名であり、こういう細い道には馬車の入る余地がないために、運び役はずっと奥まで入って死体を運び出すしかなかったのだ。こうした裏通りは今も残っていて、当時を偲ばせる。たとえばホワイツ小路、クロスキー路地、スワン小路、ベル小路、ホワイトホース小路、他にもたくさんある。こうした通りを彼らは一種の手押し車を押して行き、その上に死体を載せると馬車まで運び出した。こんな仕事をこの男はしていたが、いっこうに病魔に冒されることはなく、それどころかさらに二十年以上も生きて、死ぬまでずっと教会の下働きを務めていた。同じころ、その妻は患者たちの看護師として、この教区で亡くなった多くの人びとを世話していた。信頼できる看護師として教区の役人から推薦を受けていたのだ。それでもこの妻も、決して感染しなかった。

疫病に対して彼が講じた予防法といったら、ただニンニクとヘンルーダを口に含み、煙草をふかす*だけだった。これもまた本人の口から聞いた話だ。妻の方の予防策は酢*で髪を洗い、頭に巻いた布にも同じく酢を振りかけ、いつでも湿らせておくことだった。看病した相手の誰かがまともじゃない悪臭を放っていたときは、酢を鼻から吸い込み、頭巾に酢を振りかけ、酢で濡らしたハンカチを口にあてた。

ペストは主として貧民のあいだで流行していたのだが、それでもこの貧民たちがいちばん向こう見ずで、病魔を恐れず、ある種の蛮勇を奮《ふる》ってあちこちで働いていたことは、はっきり言っておかないといけない。蛮勇と呼んだのは、それが宗教にも分別にも基づいていなかったからだ。この人たちはろくに用心もせず、雇ってもらえるならどんな仕事にも身を投じ、どれだけ危険なものでも構わなかった。たとえば病人を世話し、閉鎖された家を監視し、感染した人をペスト療養所に運ぶのは彼らだった。さらに危ないのが、死者を墓場に運ぶことだった。

気の毒な笛吹きの話

このジョン・ヘイワードの仕事中、彼の持ち場で起きたできごとのなかに、ある笛吹きをめぐる話*がある。これはとてもおかしな話として市民が語り継いできたが、紛れもない事実だと、彼はぼくに請け合ってくれた。うわさではこの笛吹きは目が見えなかったとされているけれど、ジョンの話によると、目が見えないわけではないが、無知で虚弱で惨めな男だったという。夜の十時ごろこの辺を流し歩き、家から家へと笛を吹いてまわるのがこの男の日課だった。するとたいていパブで人びとに招き入れられることになる。すでに彼は全員の顔なじみで、飲みものや食べものをもらい、たまには小銭を受け取ることもあった。男はお返しに笛を吹いたり歌ったり、間抜けな調子で話したりして人びとを楽しませ、どうにか生きていた。しかしいまや、ご承知のとおりの世の中なので、こういう芸を披露するには不都合な時代というしかなかった。それでもこの気の毒な男は相変わらず流してまわっていたが、いまにも飢え死にしそうだった。誰かが「元気かい？」と訊ねると、「まだ死の車《デッド・カート》が迎えにきてくれねえんだが、お役人が来週には呼んでくださるそうでさあ」と答えていた。

するとある晩、こんなできごとがあった。誰かがこの男に酒を飲ませすぎたのかもしれない、とジョン・ヘイワードは言っていた。いずれにしても、男が自分の家で酒を飲むことはなかったそうだ。それはともかく、彼はコールマン街のパブでいつもよりちょっと多く食わせてもらったらしい。腹いっぱい食べるなんてめったにないことで、きっと長らくごぶさただっただろうから、この気の毒な男はある店先に突き出した露台にごろんと寝転がり、玄関先ですっかり眠りに落ちてしまった。そこはロンドンの市街地を囲う壁に近い、クリップルゲートに向かう通りだった。するとやってきたのが、この店の脇から入る裏通りにあった家の人たちで、ちょうど例の馬車が通る前に聞こえる鈴の音を耳にしたので、ペストで亡くなった本物の死体をまさにこの露台に載せ、寝ている男のとなりに並べてしまった。この気の毒な男もすでに死体となっていて、近所の誰かが先に置いたと思ったらしい。

こんなわけで、ジョン・ヘイワードが鈴を鳴らしながら馬車でここを通ると、露台の上に死体が二体あったので、専用の道具を使ってそいつを持ち上げ、馬車に投げこんだ。このあいだずっと、笛吹きはすやすや眠りこけていた。

それから彼らは巡回を続け、どんどん死体を積んでいき、正直者のジョン・ヘイワードの話では、ついに男を荷台のなかでほとんど生き埋めにしてしまった。それでも相変わらず男は眠り続けた。とうとう馬車は死体を投げこむ穴の前にやってきた。ぼくの記憶ではマウントミル*の穴だったはずだ。溜めこんだ憂鬱な荷物をぶちまける用意を整えるために、ここで馬車はしばらく停車するのが普通だった。それで馬車が停まるとすぐにこの男は目を覚まし、どうにか這い上がって死体の山から頭を出し、馬車のなかで起き上がると叫びだした。「おい！　ここはどこだ。」荷を捨てる準備をしていた男は、これを聞いて震え上がった。だがしばらくして我に返ると、この男、すなわちジョン・ヘイワードは言った。「なんてこった。まだ息のあるやつがなかにいるぞ！」そこで別の者が声をかけた。「あんたは何者だ？」男は答えて「俺は惨めな笛吹きさ。ここはどこなんだ？」「どこだって？」とヘイワード。「知らんのか。あんたは死の車《デッド・カート》に担ぎこまれて、これから埋められるところさ」「でも俺は死んじゃいねえよ、そうだろう？」と笛吹き。ここで人びとから少し笑いが漏れた。ただしジョンによれば、最初はみんな心底震え上がっていたそうだが。そこで彼らは気の毒な男を助け降ろし、男はとぼとぼ仕事に向かっていった。

うわさ話では、男が馬車のなかで笛を鳴らしたので、運び役や他の人たちが仰天し、一斉に逃げ出したと言われている。このうわさはぼくも知っているが、ジョン・ヘイワードはそんな話をしなかったし、そもそも男が笛を吹いたなんてひとことも言わなかった。ただこの男が気の毒な笛吹きで、ああいう具合に運び去られたことは、紛れもない事実だと言っていいだろう。

お粗末な危機管理

ここで注意しておきたいのだが、市街地《シティー》を走る死の車《デッド・カート》は、特定の教区だけを受け持ったのではなく、報告のあった死者の数に応じて、一台の車がいくつもの教区を行き来していた。死者をその人の属する教区で処理すべきだという縛りもなく、その多くは市街地で収容されても郊外の埋葬地に運ばれた。墓場に空きがなくなっていたためである。

この神の裁きが当初、人びとをどれだけ驚かせたかはすでにお話ししたが、ここではより精神的かつ宗教的な面について、ぼく自身の見解を多少示しておきたい。間違いなく、どんな都市でも、少なくともこれだけ大きく栄えた都市であれば、今回のような恐ろしい疫病の流行への備えがここまで欠落していた前例は存在しない。これは行政の面でも、信仰の面でも当てはまる。人びとは実際、まるで警戒も予想も心配もしていなかったようで、結果として、市民を守るための行政の対策といえば、これよりお粗末なものなど想像もできないほどだった。例を挙げよう。

市　長《ロード・メイヤー》と助役たちは、治安を維持する立場でありながら、非常時に守るべき規則を一切定めていなかった。貧民の救済にも無策のままだった。

貧しい人びとを養うための穀物や粗挽き粉を貯《たくわ》えるための、公共の倉庫あるいは貯蔵所を市民は持たなかった。外国ではこうした備えをしているものだが、この国の役人もそうしていれば、疫病流行で最悪の境遇に陥った惨めな家族の多くを救済できたし、幸い救われた家族にもより手厚い世話ができただろう。

市街地の金銭の貯えについては、ほとんどお話しできることがない。ロンドン市庁の財政*は非常に潤沢だと言われていた。ロンドン大火のあと、市庁から投入された大量の資金によって、公共の建築物を修復し、さらに新しい施設も建てたことからすれば、事実そうだったと結論づけていいだろう。修復された例としては、ロンドン市庁舎《ギルドホール》、ブラックウェルホール、レドンホールの一部、王立取引所の半分、中央刑事裁判所、債務者監獄、ラドゲートやニューゲートなどの刑務所、テムズ川沿いにある数々の波止場、浮き桟橋、荷揚げ場が挙げられる*。このすべては、ペストの翌年にロンドンを襲った大火で、焼け落ちるか損傷をこうむっていた。新たに建てられたものは、大火記念塔《ザ・モニュメント》、フリート運河《ディッチ》とそれに架かるいくつかの橋、ベスレム王立病院すなわちベドラム精神病院などだった*。ただし、疫病流行時には、孤児救済のための基金を崩して疫病に苦しむ市民の救済にまわす*のを、市の財政担当者がためらっていたのに対し、翌年に大火が起きてからの担当者は、市街地の美化と施設の再建のために遠慮なくこの基金を充てたようだ。しかし、疫病流行時にもそうしていれば、援助を失う孤児もその方がよいと認めただろうし、市当局が不誠実だと物議をかもし、非難を浴びることも少なくてすんだはずだ。

ロンドンを出た市民は、安全のために田舎へ逃げたものの、残された市民の健康をずいぶん気にかけていたのは確かである。彼らは貧民救済のための寄付を惜しまなかったし、イングランドの商売の盛んな町では、どんな僻地でも多くの寄付金が集まった。ぼくの聞いたうわさでは、これに加えてイングランドのあらゆる地方の貴族や紳士《ジェントリ》たちがロンドンの苦境を思いやり、貧民救済のために多額の金を市長《ロード・メイヤー》と行政府に寄贈したそうだ。国王もまた、毎週千ポンドを四つの地域に分けあたえるよう命じたと聞いている。*四分の一を市街地とウェストミンスターの特別行政区《リバティーズ》に、別の四分の一をテムズ河のサザーク側、つまり南岸の住民に、次の四分の一を特別行政区とロンドンから壁の内側の市街地を除いた地域に、そして残りの四分の一をミドルセックス州とロンドンの東と北の郊外に割り当てたという。ただしいまの話の後半は伝聞で、事実であるかは分からない。

確かに言えるのは、疫病が流行すると、元々は肉体労働や小売業で生計を立てていた貧しい人たち、およびその家族の大多数が、義援金に頼って生活するようになったことだ。だから、思いやり深い善良なキリスト教徒が彼らを助けるために莫大な金を施していなければ、ロンドンは決して持ちこたえられなかっただろう。この義援金について、また行政府による分配の公平さについては、きっと記録をつけていたはずである。けれども、この分配に携わった役人の多数が亡くなってしまった。しかも、ちょうど翌年に起きた大火は市の収入役の事務所にも及び、多くの書類が燃えたので、証拠となる記録はほとんど失われてしまったという。こういうわけで、見つけようとずいぶん努力したのだが、具体的な記録を入手できなかった。

とはいえ、同じような病がまた襲来するのに備え（そうならないよう神に祈るが）、次のことは心得ておくべきだろう。すなわち、当時の市長《ロード・メイヤー》と区長たちが、貧民救済のために多額の資金を毎週分配してくれたおかげで、これなしでは破滅していた多くの人びとが救われ、命をつなげられたことである。ここで当時の貧民の実情と、なにが問題視されたかを手短に述べさせてほしい。そうすることで、今後同じような災害にロンドンが見舞われた場合に、なにが起きるか予想できるようになるだろう。

仕事を失う人びと

ペスト流行の初期、もはや全市に感染が広がるのは避けられないと分かると、地方に友達や土地を持つ人がみんな家族を連れて避難したことは、すでに話したとおりだ。まさにロンドンそのものが門から脱走し、誰ひとりあとに残らないんじゃないかとさえ思えた。当然のことだが、この時を境に、生きるのに必要な最低限のものを除いて、すべての取引が終止符を打たれたようになった。

こういう生活に密着した問題のなかには、人びとの本当の姿が生々しく示されている。だから、なるべく詳しくお話しするのがよいだろう。そのために、疫病の発生後すぐに窮地に陥った人びとを、いくつかの職業あるいは階級に分けることにする。具体的には以下のとおりである。

（一）　あらゆる製造業の親方衆。特に装飾品、さらに衣服や家具でも必需品とは言えないものを作る人たち。たとえばリボン織り、その他の職工、金銀のモール編み、金線・銀線の紡ぎ手、お針子、婦人帽の職人、靴職人、帽子職人、手袋職人。同様に布張り職人、木工職人、家具職人、鏡職人。さらにはこれらの製品と関わる数えきれない職業。実にこれだけの職種の親方衆が仕事をやめ、お抱えの徒弟や職人など、すべての働き手に暇を出した。

(二) 商売が完全に停止した。というのも、テムズ川を上ってくる勇気のある船はほとんどなかったし、出て行く船は一艘もなかったからだ。おかげで税関の臨時職員はもちろん、水夫、荷馬車の御者、荷揚げ人夫など、取引業者の許で働いていた貧しい人びとも、ひとり残らず直ちに解雇され、仕事にあぶれてしまった。

(三) 普段は家の新築や修理を担っていた職人も完全に休業した。何千もの家からどんどん住人が消えていたので、家を建てるどころの話ではなかった。家が建たないということは、これと関連する下働きの職人もすべて仕事を失った。たとえばレンガ職人、石工、大工、木工職人、左官、ペンキ屋、ガラス職人、鍛冶屋、鉛管工など、家に関係するあらゆる働き手に累が及んだ。

(四) 水上の交通が途絶え、前のように船が来ることも、出て行くこともなくなった。それで水夫はみんな失業し、多くの者は最低最悪の生活苦に落ちこんだ。水夫だけでなく、船の建造や設備と直接・間接に関わる各種の職人や商人もすべて同様だった。船大工、水漏れを防ぐコーキング工*、縄綯《な》い、乾物用の樽職人、帆を縫う職人、碇製造工、その他の鍛冶工。索具用の滑車の製造者、彫刻工、鉄砲鍛冶、船相手の商人、船首の彫刻工などである。いま挙げた職種の親方は自分の貯えで生活できたかもしれない。しかしあらゆる取引業者が一斉に手を引いたので、すべての職人が首を切られる羽目になった。これに加え、テムズ川は小舟さえ走らないありさまだったので、水夫、はしけの船頭、小舟大工、はしけ大工は、ほぼ全員が仕事を失くし、解雇されてしまった。

(五) どの家庭もできるだけ生活を切り詰めていた。ロンドンから逃げた家族も、留まった家族も同じだった。数えきれないほどの駆者、男の奉公人、小売商人、日雇いの職人、商店の帳簿係といった人びと、そして多くの女の奉公人がお払い箱となった。この人たちには頼れる友人もなければ、自力で生計を立てることもできず、雇ってくれる人はおろか、住む場所さえ見つからないありさまで、これは本当に悲惨というしかなかった。

ここに挙げた人びとの苦悩について、もっと具体的に話すこともできるけれど、全般的な状況は紹介できたので、もう十分だろう。あらゆる商売が停止され、雇用も取り消された。仕事が絶たれ、貧しい人びとの飯の種が尽きてしまった。特に初めのうち、貧民は本当に気の毒な嘆きの声を発していた。もっともその後、義援金の支給を受けて金銭面での苦境はかなり改善されたけれど。実に多くの貧民が田舎に逃げた。それでも数千人はロンドンに留まったのだが、ついには絶望に耐えきれず、去ることを余儀なくされた。逃げる途中で死が彼らに追いついた。そして逃亡者たち自身も死の使いと化してしまった。実際は彼らの道連れのなかに感染者がいたのだろう。そのせいで、不幸にもこの国の隅々まで疫病が蔓延してしまった。

こうした人びとの多くが、見る者を失意の底に突き落としたことは、前にお話ししたとおりだ。さらに彼らは、病魔の次に訪れた破滅によって一掃されてしまった。この人たちはペストそのものではなく、ペストが引き起こした災いのせいで絶命したと言っていいだろう。まさに、空腹と苦境に襲われ、すべてが欠乏するなか亡くなったのだ。住む家もなく、金もなく、友もなく、パンを得る術もなく、パンを施す人もなかった。というのも、この人たちの多くはいわゆる所属教区*を持たなかったので、自分の教区に援助を申請することもかなわなかった。だからこの人たちが援助を得ようとすれば、治安判事に救済を申し立てるしかなかった。その場合の救済金は（治安判事のためにはっきり言っておくと）、慎重な審査を経て、必要と認められれば惜しむことなく配分された。だからロンドンに留まった貧民は、さきほどの話にあった逃亡者たちの味わったような欠乏と苦境に陥ることは決してなかった。

ごぞんじだろうか。熟練した名匠か普通の職人かは問わず、手仕事で日々の糧を得ている人が、このロンドンでどれだけ莫大な数にのぼるかを。知っているなら考えてほしいのだ。もしも突然、すべての職人が仕事を奪われ、働くことができなくなり、まったく賃金をもらえなくなったとしたら、この町がどれだけ悲惨な状況に陥ってしまうかを。

回避された暴動

あのころ起きたのは、まさにそういう事態だった。市の内外を問わず、あらゆる階級の思いやりにあふれる人たちから、驚くほど多額の義援金が寄付されていなければ、市長《ロード・メイヤー》と助役がいくら努力しても公共の治安を維持できなかっただろう。実際、彼らも不安を覚えなかったわけではない。追い詰められた人びとが暴徒と化し、金持ちの家に強盗に入ったり、市場から食料を略奪したりするのではないか。そんなことが起きれば、これまではあまり気にする様子もなく、勇敢にも市街地まで食料を運んでくれていた田舎の人びとは、もはや恐れをなして来なくなるだろう。すると市街地が飢餓に陥るのはもはや避けられない。

しかし市長《ロード・メイヤー》、市街地の区長会議、および市街地の外の各地を担当する治安判事が、本当に思慮深くことを運んだおかげで、加えてさまざまな土地から寄せられた多額の義援金にも助けられて、貧しい人たちは静かに耐えてくれたし、彼らの窮状を精一杯の力で救う手は隅々に届いていた。

ほかに二つの要因が、群衆の暴動を引き止めるのに役立った。第一に、事実として金持ちの人たちは家に食料を溜めこんでいなかった。本来ならばそうするべきだったし、抜かりなく蓄えて完全に家を閉鎖してしまえば、おそらく病魔を避けるのに有効だったはずだ。しかし本当にそうした人はごくわずかだったので、群衆の方も、金持ちの家に押し入れば食料がたっぷり見つかるとは考えていなかったようだ。ある時期、群衆が略奪に走る寸前だったことは確かなのだから。そしてもし略奪が起きていたら、荒廃するロンドンの市街地はついに跡形もなく破壊されていただろう。暴徒を阻む正規の軍隊はどこにもいなかったし、市街地を守るために民兵*を召集することもできなかった。もはや武器をとってくれる人間が見つからなかったのである。

だが市長《ロード・メイヤー》や、まだ残っていた行政府の長官たち(区長のなかでさえ、すでに亡くなっている人がいたし、姿を消した人もいた)が警戒を怠らなかったので略奪は避けられた。警戒といっても、これ以上考えられないくらい思いやりにあふれた手立てが講じられていた。具体的に言うと、特に貧苦のはなはだしい人たちには生きるためのお金を支給し、それ以外の人たちには仕事を提供した。特に多かった仕事は、感染者が出て閉鎖された家の監視人だった。そのような家の数は相当なもので、ひどいときには一万世帯もの家が閉鎖されていたという。それぞれの家を二人の監視人が担当した。ひとりは夜の番、もうひとりは昼の番を務めた。このおかげで、貧しい家庭からとても多くの男たちを一度に雇うことができた。

奉公先から暇を出されてしまった女の召使いも、市内の各地で病人の世話をする看護師として雇ってもらえた。これでさらに貧民の数が削減された。

さらにあるできごとが、それ自体は嘆かわしいことだったけれども、見方によっては救いとなってくれた。すなわち、八月中旬から十月中旬にかけて猛烈に流行したペストが、まさにこうした貧民に襲いかかり、この期間だけで三万から四万もの命を奪ったのだ。この人びとが生き残っていたら、重くのしかかる貧困を耐え抜くことは不可能だったに違いない。端的に言えば、ロンドン全体で彼らの生活費を賄うことも、十分な食料を支給することもできなかったはずだ。こうなるとついに、追いつめられた貧民は、生き延びるためにロンドン市内か近隣の地域で略奪を働くほかはない。遅かれ早かれ、ロンドンだけでなくこの国全体が、すっかり恐怖と混乱に呑みこまれてしまうところだった。

死亡週報への疑問

多くの命が失われた惨状を前にして、人びとがおのれの無力を実感しているのは、外から見ても明らかだった。このところ九週間にわたり、来る日も来る日も千人もの人びとが亡くなっていた。あの死亡週報でさえそう伝えていた。ここに載る数字が一度として正確だったことはなく、数千人も割り引いて報告していたのは疑問の余地がないと、いまでもぼくは考えている。混乱の度合いがはなはだしく、夜の暗がりのなかで馬車が死体を運搬していたために、なんの記録も残さないまま死体の処理をする地域もあった。聖職者も、教会の下働きの者も、埋葬に立ち会わないまま何週間もすぎてしまい、いったい何人運ばれたのか誰も知らないというありさまだった。先ほどの数字を死亡週報によって確認しておくと、次のようになる。

	病死者全体	ペストによる死者
8月8日から8月15日まで	5319	3880

22日まで	5568	4237
29日まで	7496	6102
8月29日から9月5日まで	8252	6988
12日まで	7690	6544
19日まで	8297	7165
26日まで	6460	5533
9月26日から10月3日まで	5710	4929
10日まで	5068	4227
計	59870	49705

ここから分かるのは、犠牲者の大多数がこの二ヶ月の間に命を奪われたことだ。つまり、今回のペストで亡くなった人数を、記録のあるかぎりすべて合わせても六八五九〇人に止まるので、この表によれば、そのうち五万人もの死者が二ヶ月というわずかな期間のうちに出たことになるのだ。五万というのは右の表と数が違っているけれども、表の人数が二九五名分足りないのは、時間の長さの点でも二ヶ月より二日不足*して

いるせいである。

教区の役人が正しい人数を報告しなかったとか、彼らの記録は信用できないといま話したけれど、こんな恐ろしい疫病が流行するなかで、人は正確な記録など取っていられるか考えてみてほしい。役人たち自身も多くが病魔に冒され、ちょうど自分の作成した記録を提出するはずだったときに、命を落としたかもしれないのだ。記録をとるのは教区の世話役だが、より下級の役人も状況は同じだった。この哀れな人びとはどんな危険も恐れずに働いてくれたが、やはり彼らも万人を巻きこむ惨禍から逃れることは到底かなわなかった。特に被害の出たのがステップニー教区で、記録が正しければ、一年のあいだに教会の下働き、墓掘り人と彼らを補佐する人たち、具体的には死体を運ぶ際の運び役、触れ役、馬車の御者たちが、合わせて百十六名も亡くなったという。

実際、記録を取るといっても、死体の総数を正確に数える暇などなかった。しかもその死体は、暗い夜のうちに折り重なったまま穴に投げこまれたのだ。この穴、というより堀に近づこうとすれば、死の危険を覚悟しなければならなかった。死亡週報には、オールドゲート、クリップルゲート、ホワイトチャペルとステップニーの各教区で、一週間に五百、六百、七百、あるいは八百名の死者が出たとよく記録されていたが、ぼくと同じようにずっと市街地に留まった人たちの意見を信用するならば、これらの教区ではときどき週に二千人が死んでいたという。さらに、市街地での死者をできるかぎり厳密に調査した人物の報告によると、この一年のうちに本当は十万人の人びとがペストで亡くなっていたようだ。しかし死亡週報のペストの項には、六八五九〇名としか載っていなかった。

路頭に死す

ぼくがこの目で見たものと、他の人から聞いた目撃情報とを元に、自分の見解を述べさせてもらうと、ぼくもさっきの人とまったく同じことを強く確信している。すなわち、ペストだけで少なくとも十万人が死んだということだ。これには他の病気の死者は含まないし、いわゆる公共の領域を外れた野外や街道など、人目につかない場所で亡くなった人も含んでいない。こういう人たちは、ロンドン市民でありながらも、死亡週報に記載されることはなかった。当時誰でも知っていたことだが、病魔に身を冒され、悲しみのあまり呆然とした人や、憂鬱な表情を浮かべた人が、哀れにも絶望して続々と戸外をさまよい歩き、野原や、森や、ともかく人のいない、寂しい場所にたどり着くと、ところ構わず茂みや垣根に身を潜めて、〈死〉を迎えたのだった。

これを気の毒に思った近隣の村の住民は、食べものを運んで少し遠くに置き、こういう人たちが自由に取れるようにした。もっとも取りに行くだけの力があればの話で、その力さえ残っていない人もいた。翌日に村人が行くと、無惨にも哀れな人びとは野に斃《たお》れ、食事には手がつけられていなかった。こうした悲惨な死者は数多くいて、ぼくも野垂れ死にした人をたくさん知っているし、その死に場所も正確に覚えている。今でも同じところに行って、この人たちの骨を掘り出せると思う。田舎の人びとは死者から少し離れたところに穴を掘り、次いで先端にフックの付いた長い棒で死体を引っ張って穴に落とし、さらに死体を覆うためにできるだけ遠くから形ばかりの土をかけるのだった。風向きに注意を払い、船乗りなら「風上側」と呼ぶ方角に移って、死体の臭いが自分の方に来ないようにした。こうして莫大な数が、決して知られることなく、死亡週報にも他の場所にも掲載されないまま、この世を去った。

実はこうしたことの大部分は、他人から伝え聞いた*にすぎない。東のベドナルグリーンや北東のハックニーに行くほかは、郊外に出ることなどめったになかったからだ。それでも歩いたときには、必ず遠くに哀れなさすらい人の姿を目にしたものだが、この人たちの様子を知ることはほとんどできなかった。なぜなら、大通りだろうと郊外だろうと、他人が来るのを見たら歩いて離れるのが普通だったからだ。それでもぼくは、この説明が紛れもない真実だということを疑わない。

さびれる街

街や郊外を歩いた話のついでに、当時のロンドンがどれだけさびれていたかに触れないわけにいかない。ぼくの住んでいた大通り*は、数多いロンドンの通りのなかでも、いちばん広いもののひとつだった。郊外だけじゃなくて、特別自由区《リバティーズ》も含めてもそうだった。肉屋が軒を並べていたあたりは、柵がない家は特にそうだけれど、舗装された道というより緑一色の原っぱみたいになっていた。人びとはたいてい馬や馬車に乗ってその真ん中を行き来した。確かに、通りのいちばん端にあたるホワイトチャペル教会の付近は、もともと完全に舗装されてはいなかった。しかし舗装の行き届いた場所も草が伸び放題だった。とはいえ、市街地のなかにある目抜き通りだって、レドンホール街、ビショップスゲート街、コーンヒル通り、いや他でもない取引所《イクスチェンジ》までも、ところどころが草茫々《ぼうぼう》というありさまだった。通りには、朝から晩まで荷馬車も乗合馬車もめったに現れることはなく、たまに田舎から荷馬車が来て、根菜や各種の豆、干草や藁を市場に運んだ。こうした積み荷にしても、普段と比べればすごく少なかった。乗合馬車を利用する機会もほとんどなく、ペスト療養所などの医療施設に患者を運ぶときくらいで、ごくたまに、危険を冒してでも往診しようとする医者を目的地に運ぶこともあった。というのは、乗合馬車は危険がいっぱいで、みんなそれを承知で利用する気はなかったのだ。なにしろ、前に誰が運ばれたか分かりゃしないのだから。それにさっき言ったとおり、病に感染した人たちはよくこれに乗ってペスト療養所に運ばれていたし、その途中で亡くなる人さえいた。

確かに、あれだけ伝染病が勢いを増すと、わざわざ外に出て患者の家に行こうなんて考える医者はほとんどいなかった。しかし内科医のなかでも特に名の知られた人たちがとても多く亡くなり、外科医についてもそうだった。まさにどん底のときを迎えていて、死亡週報の記述を無視して言ってしまうと、およそ一ヶ月のあいだずっと、死者の数はたった一日で一五〇〇から一七〇〇人を下らなかったはずだ。来る日も来る日も、変わることなく。

最悪の日々

この辛い時代のなかでも最悪の日々に数えられるのが九月初めで、このころ善良な人びとは、この悲惨な町の人間を完全に滅ぼすよう、神がお決めになったのだ、と真剣に思い始めた。ロンドン東部の教区をペストが本格的に襲ったのは、まさにこの時期だった。オールドゲート教区では、個人的な見解を述べるならば、二週間立て続けに千人以上が葬られたはずだ。ただし死亡週報はそこまで多くの数を伝えていない。けれども、ぼくの近所でこの病気に出くわす確率は絶望的に高く、二十軒のうち感染者がいない家は一軒もないほどだった。近所とは、ミノリーズ通り、ハウンズディッチ通り、さらにオールドゲート教区のうち肉屋横丁《ブッチャー・ロウ》とわが家の面した数本の小路のあたりだけれど、まさにこの地域ではどの街角も死が支配していた。ホワイトチャペル教区も同じ状況だったが、ぼくの住むオールドゲート教区よりはだいぶ死者が少なかった。けれども週報によると週に六〇〇〇人は埋葬されていて、これもぼくの見解だと実際は倍くらいいたはずだ。さまざまな家族の全員が、いやそれどころか、さまざまな通りの全家族がいっぺんに掻き消された。その勢いは凄まじく、近所の人たちはしょっちゅう触れ役を呼んで、あちらの家やこちらの家に行って住人を運び出してもらっていた。一家全員が死んでいたので、そうするしかなかった。

そして実を言えば、いまや馬車で死体を運ぶことは、忌まわしく、危険きわまりないものとなったために、住人がひとり残らず死んだ家は運び役から見捨てられ、片づけに来てくれないという苦情まで出ていた。ときには死体が埋められずに何日も放置され、近隣の家がひどい腐臭に襲われ、そのまま疫病に感染した。役人にすっかり見放されてしまったので、教区の世話役と事務係が面倒を見なければならなかった。さらには村落の治安判事までも、運び役がてきぱきと働くよう促すために、自分まで命を危険にさらす羽目になった。なにしろ数えきれない運び役が病魔に命を奪われていた。仕事で近づかねばならなかった死体から感染したのだ。前に話したように、働き口とパンを求めるあまり、なにごとも引き受け、なんでも犠牲にする貧しい人びとの数がとても多かったからいいものの、そうでなければ、死者の肉体は野ざらしのままとなり、腐敗し、崩れていくおぞましい姿を見せていたはずだ。

ただし、こうした事態を前にした、市当局の役人の対応については、いくら褒めても足りないくらいだ。これだけの死者を埋葬するのに秩序を失うことなく、死体を運んで埋めるために雇った者が病気を発症したり、死んだりしても(それは実に頻繁にあったのだけれど)、この役人たちは直ちに代わりの人を補充してくれた。さっき述べたように、仕事にあぶれてしまった貧しい人びとが多かったから、働き手を見つけるのは難しくなかった。そんなわけで、ほとんど間を置かず、次から次へと人びとが命を落とし、新たな感染者が増え続けるような状況でも、彼らは常に片づけられ、毎晩運び出された。だからロンドンでは、生者が死者を埋葬できないことには決してならなかった。

神への呼びかけ

このおぞましい日々のなか、壊滅的な被害が広がるにつれて、人びとの混乱は一層ひどくなった。抑えられない恐怖に駆られた人びとが、実にさまざまな常軌を逸した行動に走るのが見られたし、すでに病魔に冒された人びとの場合、苦しみのあまり同様の異常な行動を取るのだった。こうした人びとの姿はあまりに痛ましい。唸り声や泣き声をあげ、両手を揉みしだきながら通りを往来する人たちがいた。他方、歩きながら祈り、天に両手を差し伸ばし、神に慈悲を乞い求める人たちもいた。これだって錯乱の果ての祈りではないのかと聞かれれば、ぼくにはどちらとも言い難い。でもそうだとしても、こうした行為からは、この人たちがまともな分別を持っていたときには敬虔な心の持ち主だったことが分かるし、彼らの祈りの声さえも、来る日も来る日も、特に夜になると通りから聞こえてくる、背筋の凍るような泣き声やわめき声に比べればはるかにましだった。あの狂信家のソロモン・イーグル*の名は、誰でも聞いたことがあるだろう。この男はどこも病気に冒されていないのに頭がおかしくなり、身の毛もよだつ姿で街を徘徊し、ロンドンに降りかかる天の裁きを宣告していた。ときには素っ裸で、真っ赤に燃える炭を盛ったフライパンを頭に載せていることもあった。彼の言ったこと、というより言い張ったことは、ぼくにはちっとも理解できなかった。

ホワイトチャペル周辺の通りを毎晩歩いてまわり、両手を上に伸ばしながら、イギリス国教会の祈禱書からお決まりの一節をいつまでも繰り返す聖職者がいた。「慈悲深き主よ、われらを赦したまえ。あなたがその尊き血をもって贖われた僕《しもべ》たちを赦したまえ。」この聖職者は正気を失っていたのだろうか。あるいは、哀れな人びとを救おうという、清らかな情熱に動かされていたのだろうか。ぼくにはどちらとも言えない。こうした問題について、自信を持って断言できないのだ。なにしろ、それらの惨憺《さんたん》たる光景は、疫病がもっとも猛威をふるった時期に、家のなかから一歩も出られないまま、部屋の窓越しに(ぼくはめったに開き窓の蝶番を外さなかったので)外を眺めたぼくの目にたまたま入ってきただけなのだから。このころには、さっきも話したけれど、もはや本当に逃れる術はないと多くの人が思い、そう口にするのも憚《はばか》らないありさまだった。実はぼくまでもそう信じ始めていた。だからおよそ二週間も家のなかに留まって、一歩も外に出なかった。でもやがて耐えられなくなった。他方で、このもっとも危機的な時期にありながら、わが身を顧みることなく、教会での礼拝に欠かさず参加する人たちもいた。いや確かに、とても多くの聖職者たちが教会の門を固く閉ざし、他の人びとと同じく自分の命を守るためロンドンを逃げ出していた。それでも誰もがそうしたわけじゃなくて、身の危険を冒してでも礼拝を執り行い、信者との集会を続ける聖職者もいた。そこで彼らは絶えず祈りを捧げ、時には説教や短い戒めの言葉によって、心を入れ替え、悔い改めるよう人びとを促すのだ。自分の言葉を聞きに来る者が一人でもいるかぎりそうしていた。非国教徒も同じような集会を開いていた。しかも、教区の司祭が亡くなるか逃げ出すかした、イングランド国教の教会を使うこともあった。こんな非常時に、宗派の違いにこだわる余裕などあるわけもなかった。

哀れにも死にゆく人たちの悲惨な嘆きの声を耳にすると、本当に痛ましい気持ちになった。聖職者を大声で呼び求める人びとは、慰めの言葉をもらいたい、一緒に祈ってほしい、悩みに耳を傾け、教え諭してほしいと願っていた。神を声高に呼ぶ人びとは、赦しと慈悲を求め、自分の過去の罪をあたり憚《はばか》らず告白していた。悔やみながら死んでゆく人たちは、悔い改めを先へ先へと延ばして苦難の日を迎えてはならない、と口々に警告した。いまみたいな災難に襲われて、初めて悔い改めるべきではないし、神を呼ぶべきでもないと。

これを聞けば、どんなに頑《かたく》なな心でも痛みに血を流すことだろう。苦痛と絶望が高まったとき、死を目前にした哀れなものたちが発した、あの呻きとあの絶叫、その音をぼくが聞いたとおりに再現できたらいいのにと思う。この記録を読む人に、あれを聞かせられたら。そう思うといまにも聞こえてきそうだ。いや実際、あの音はぼくの耳のなかで、いまだ鳴り響いているようなのだ。

もしもいまの文章が、読む人の魂を土台から揺さぶるほどの力を持ってくれさえすれば、こんなに短く不完全なものとはいえ、記録した甲斐もあったと嬉しく思う。

危険な落とし物

神のおかげでぼくはまだ罰を免れていて、まさに健康そのものだったのだが、外の空気を吸えないまま家に閉じこもらねばならないのにイライラが募っていた。こんな状態のまま、すでに十四日ほど経過していた。ついに我慢しきれず、兄に宛てた手紙を持って郵便局に出かけることにした。外に出ると、通りはどこも文字どおり深い沈黙に包まれているようだった。郵便局に着いて手紙を出そうとすると、広場の片隅にひとりの男が立ち、窓際にいた別の男に話しかけていた。さらに三人目の男もいて、これは郵便局のドアを開けて出てきたところだった。広場の真ん中には小さな革の財布が落ちていて、二本の鍵が結びつけられ、お金も入っているらしいのだが、誰ひとり手を出そうとしなかった。「いつからそこにあるんですか」と訊ねると、「一時間くらいあのままだよ」と窓際の男が答えた。「でもあれを落とした人が探して戻ってくるかも分からないから、手を出さずにいるのさ。」ぼくはそれほど金に困っていなかったし、財布の中身も大したことはなさそうだったので、わざわざ手を出して感染の危険性のある金を得ようなど、露ほども思わなかった。そこで立ち去ろうと思った矢先、郵便局のドアから出てきた方の男が、「わたしが拾おう」と言いだした。「ただし、本来の持ち主が取りにきたとき、ちゃんと渡すためにね。」こう言うと男は郵便局に入り、バケツ一杯の水を運んできて、例の財布のすぐそばにドンと置いた。それからまた戻ったと思うと、今度は火薬を持ってきて、財布にたっぷりと振りかけた。さらにそのバラバラ撒いたところからおよそ二ヤードにもなる導火線を引いた。これがすむと三往復目が始まり、真っ赤に焼けた火箸を持ってきた。きっとこのためにわざわざ準備したものだろう。するとまず導火線から火薬に火をつけ、財布の表面をしっかり焦がし、空気も煙で十分に浄化した。しかし男はそれでも安心せず、火箸で財布をつまみ上げるとそのままじっと待ち、財布のなかまで火箸の熱がとおったと見るや、水の入ったバケツに金を振り落とし、ようやくその金を持ち帰った。入っていたのは確か、シリング銀貨が十三枚に、グロート銀貨とファージング銅貨が数枚ほど*だった。

金が手に入るなら危険など気にしない、という向こう見ずな人は、いままでも出てきたが、貧乏な連中には少なくなかっただろう。だが、いまの話から明らかなように、病魔の手から逃れた数少ない人たちは、途方もない犠牲が出ていた時期に、感染しないよう細心の注意を払っていたのだ。

船頭とその家族

これとほぼ同じころ、ぼくは郊外を東に歩いてボウという地域に向かった。川や船の上ではこの事態にどう対処しているのか、見たくてたまらなくなったのだ。海運業にいくらか関わっていたぼくは、船のなかに引っこんでいるのが感染から身を護る最適の方法のひとつじゃないかと、前から思っていた。この疑問について好奇心を満足させたいと思い詰めるあまり、郊外の野原を通ってボウからブロムリーへ向かい、さらに南下してブラックウォールの波止場の階段*にたどり着いた。この階段は川のなかへと下っていて、船が荷物を揚げたり降ろしたりするのに役立っていた。

　すると、みすぼらしい男が川岸の堤防(それは海壁《シーウォール》と呼ばれていた)をひとりでとぼとぼ歩いているのが目に留まった。ぼくもしばらく歩いてみたが、家はどこも門を閉ざしていた。とうとうぼくはこの哀れな男と、距離は保ちながら会話を始めた。「この辺の人たちはどうしてるんですか」と最初に聞いた。「どうしてるかって?」と男は答えた。「ほとんどもぬけの殻だよ。みんな死んだか病気かです。この辺でも、あっちの集落でも」ここで男はポプラーという集落を指差した。「家族の半分はとっくに死んでいて、残りも病気に感染してるようなとこばっかりだ。」次に男はある家を指して「あそこじゃ一家が全滅して、家は開けっ放し。でも誰もなかに入ろうなんて思わねえ。それでも気の毒な泥棒がなにやら盗みに入ったんですが、その罪は高くついたなんてもんじゃない。ちょうど昨日の晩、そいつも教会の墓地に運ばれちまった。」それから男は他の家を次々に指差して言った。「あそこも一家全滅さ。ご主人と奥さんと五人の子供がいたんだがね。あそこの家は閉鎖中だ。門のところに監視人がいるでしょう。」こんな調子で他の家のことも教えてくれた。「どうしてあなたはひとりでこんなところにいるんですか?　いったいなにをしてるんです?」とぼくが訊ねると、男は言った。「いや、俺は惨めな寂しい男です。神様のおかげでまだ病気になっちゃいねえが、家族の方はやられて、子供が一人死んじまった。」「それじゃどうして自分は感染してないと言えるんだい?」「いや、あれが俺の家なんですが」と指差した家は、とても小さく屋根も低かった。「あそこに可哀想な妻と二人の子供が住んでます。あれで生きてるって言えるなら、だがね。ていうのも、妻と子供の一人はもう病気にやられてるんだ。なのに俺は家族と離れて暮らしているんです。」これを口にしたとき、男の顔から涙が止めどなくあふれた。そして本当のことを言うと、ぼくも涙を抑えられなかった。

「でもどうして、あなたは家族と一緒にいないんですか？　血と肉を分けた肉親を見捨てるなんて、よくできたもんだ」「とんでもねえ！」と男は答えた。「いいかい、俺は家族を見捨ててなんかいねえ。家族を養うために毎日あくせく働いてるのさ。神様のおかげで、生活の不自由だけはさせてないんだ。」こう言うと男は顔を上げて天を仰いだ。そこに現れた表情を見て、たちまちぼくは理解した。いま目の前にいるこの男は、偽善者ではなく、真面目で信仰も深い善人だと。そしてこの男の口が発する言葉は、神への感謝を示していた。だからこそ、こんなひどい状況に置かれていても、家族が生活に不自由していないと言えるのだ。「なるほど、あなたは立派な人だ。貧しい人たちの最近のありさまと比べれば、かなり恵まれていると言えるでしょう。でもいったい、あなたはどうやって暮らしてるんですか。それにどうやって、この町の人みんなを襲っているおぞましい災いから身を護っているんですか。」「いや、あんた」と男は答える。「俺は渡し船の船頭*なんだ。あそこにあるのが俺のボートで、いまでは俺の家にもなっている。俺は昼間ボートで働き、夜はボートで寝る。それで稼いだもんはあの石の上に置いて」こう言うと、男は通りの反対側にある幅の広い石を示した。それは男の家からかなり離れた場所にあった。「それから俺が、おーい、おーい、と何度も呼ぶんだ。そのうち家族が気づいてここに来て、金を持ってくという寸法です。」

「なるほどね」とぼく。「でも渡し船で金を稼げるんですか？　こんなときに船で移動する人なんているのかなあ？」「その点は」と男。「働き方を工夫すりゃあ問題ない。あっちを見てご覧なさい。」男は街からずっと離れた川の下流を指差した。「五隻も船が停泊してるでしょう。それからこっちじゃ」と男は街の上流を指差した。「八隻から十隻ほどの船が、鎖で岸につながれたり、錨を下ろしたりしてるでしょう。ああいう船は全部、関係する商人とか、船の持ち主とか、そんな連中の家族を乗せてるんだ。病気が怖いもんだから、外との関わりを断って、ずっと船から出ずに身を潜めてるのさ。それで俺は連中に物を買ってきたり、手紙を運んだり、どうしてもやらなきゃなんねえことを代わりにやるわけ。連中が陸《おか》に上がらなくていいようにね。そんで毎晩、俺はああいう船のボートに俺のボートを横づけにして、たったひとりで寝るんでさ。神様のおかげで、これまで病気にならずにすんでます。」

「でもそれって」とぼくは言った。「あなたがこの辺で陸に上がったあと、船に乗るのをその人たちは嫌がらないんですか？　ここは本当に悲惨な状況だし、病気も蔓延してるわけでしょう？」

「いや、その点についちゃあ、俺は船の上にめったに上がらんのです。持ってきたもんは、連中のボートに届けるか、船の横に俺のボートを泊めて引き揚げてもらうんだ。でも船に上がったところで、俺から病気がうつる心配はいらねえよ。俺は陸に上がっても、決して家に足を入れることはねえし、誰にも指一本触れやしねえんだから。そうさ、俺の家族にだってね。ただ食べ物なんかを届けてやるだけなんだ。」

「うーん、それはむしろよくないんじゃないか。結局あなたはその食べ物を誰か他の人からもらわなきゃならないでしょう。この辺はどこも病人がうようよいるんだから、他人と言葉を交わすのだって危ないはずだよ。なにしろこの集落は、ロンドンから少し離れているといっても、ロンドンへの入口みたいなものだから。」

「ごもっとも」と男は口を挟んだ。「しかしあんたは俺のことをちゃんと分かっちゃいない。俺は連中の食べ物をこの辺で買うわけじゃねえんだ。上流のグリニッジまでボートを漕いで、そこで新鮮な肉を買ったり、時には川をずっと下ってウリッジで買い物をしたりすることもある。それから下流のケント州の方にある顔見知りの農家を一軒ずつまわって、鶏肉や卵、それにバターなんかを買うんだ。客の注文に応じて、あれやこれやとね。で、そいつを船に送り届けるってわけだ。俺はこの辺で陸に上がることはめったにないんだ。いま来たのも、ただ俺の妻を呼んで、家の小さい連中は元気かって訊くのと、昨日の晩にちょっとばかしの金をいただいたんで、そいつを渡そうってだけのことさ。」

「それは大変だ。ところでいくらもらったんだい?」

「四シリングだよ。最近の貧乏人の暮らしを思えば大金さ。それなのに、パンを一袋と、塩漬けの魚一匹と少しの肉までくれたんだ。これだけありゃあ助かるよ。」

「ふーん。ところでもう渡したのかい?」

「いいや。でもさっき声をかけたんだ。そしたら妻が、いまは出て行けないけど、三十分もすりゃあ出られると思うって答えたもんだから、こうして待ってるんです。可哀想な女です。気の毒なほど衰弱しちまって。身体に腫れ物ができてるんですが、そいつが潰れたんで、ひょっとすると治るかもしれません。でも子供はいまにも死ぬんじゃないかと心配で。ですがそれも神様の!」男はここで声を詰まらせ、目から涙をあふれさせた。

「心の正しい人よ」とぼくは声をかけた。「あなたには確かに慰めてくれる方がいる。すべてを神の思し召しに委ねればいい。神は、ぼくたちすべてを分け隔てなく裁いてくださるのだから。」

「もちろんです。俺たちのなかで助かる者がいるだけでも、こんなありがたいことはねえ。だいたい、俺みたいなやつが文句を言えるわけがありますかい!」

「すばらしい言葉です。あなたに比べてぼくはどれだけ信仰が足りないことだろう。」このときぼくの胸が痛んだ。まさに痛感したのだ。災いの渦中にありながら、ぼくとは違って、この貧しい男にはどれだけしっかりした拠り所があることだろう。この男に逃げ場はどこにもない。養わねばならない家族がいる。しかしぼくには家族がいない。しかも、ぼくの信念はうぬぼれた思いこみにすぎないけれど、この男のものは神への揺るぎない信頼と、それがもたらす勇気に他ならない。それでもなお、この男は身を護るためにあらゆる可能な注意を払っている。

こうした考えに耽っているあいだ、ぼくはこの男から少し顔を背けた。実を言うと、男と同じくらい涙をこぼさずにはいられなかったのだ。

さらにしばらく話していると、とうとう哀れな女性がドアを開けて、「ロバート、ロバート」と呼びかけた。男は返事をして、「いま行くから少し待ってくれ」と告げると、川べりの階段を下りてボートに行き、船から持ち帰った品々の入った麻袋を取ってきた。戻ってくると、「おーい」とまた合図を送った。それからさっき男が示してくれた大きな石のところに行くと、男は袋の中身を空け、ひとつひとつを区別できるようにきっちり並べると、石から離れた。すると男の妻が、小さい男の子の手を引きながら、品物を受け取りに現れた。これを見た男は声を張り上げて、あの船長はあれをくださった、この船長はこれをくださった、とひとつひとつ教えて、最後に「これもすべて神様がくださったんだ。きっと感謝するんだよ」と言った。哀れな女性はすべてを受け取ったが、衰弱がひどくて一度に運ぶことができなかった。といっても、たいした重さではなかったのだが。そこで女性は小さな袋に入った乾パンを残し、戻ってくるまで見張りをさせるために男の子もそこに留めた。

「そういえば」とぼくは男に言った。「あなたが今週の稼ぎだと言ってた四シリングも、奥さんに渡しましたか?」

「もちろんですよ。なんなら持ってるかどうか訊いてみましょう。」こう言って、男はふたたび声を上げた。「レイチェル、レイチェル(これが妻の名前のようだ)金は受け取ったかい?」「はい」と妻。「いくらあった?」「四シリングと一グロート[四ペンス]。」「よしよし、神様がお前たちみんなを護ってくださるように。」こう告げると、男は後ろを向いて去ろうとした。

この男の物語を聞いて、涙を手向けずにはいられなかったように、男のために慈悲を施したい気持ちを抑えることはできなかった。ぼくは男を呼び止めて言った。「聞いてください、友よ。こちらに来てください。あなたは健康だと信じるので、近くに来ても構いません。」そしてぼくは、それまでポケットに入っていた手を出して言った。「どうぞ、あちらに行って奥さんのレイチェルをもう一度呼んでください。そしてぼくからのわずかな労《いたわ》りの気持ちも渡してください。あなたのように神に信頼を置いている一家を、神は決して見捨てることはありませんよ。」そしてぼくは男にさっきと同額の四シリングを渡し、「いまこれを石の上に並べて奥さんを呼んでください」、と告げた。

この哀れな男がどれほど感謝してくれたか、表現する言葉が見つからない。いや、男もまた、ただ顔を流れ落ちる涙のほか、なにも言葉が出て来ないようだった。男は妻を呼び出して、こう話した。「神様のおかげで、見知らぬ方が俺たちの境遇を聞いて哀れみの心を起こしてくださり、こんなにもたくさんの金を俺たちに恵んでくださった。」他にもこうした感謝の言葉をいつまでも妻に語るのだった。妻の方も、夫と同じ感謝の気持ちを、天の神だけではなくぼくに向かっても身振りで示して、嬉しそうに金を拾った。あの年に支払ったすべての金のなかで、このときほど有益な使い方をしたものはないだろう。

船上生活者の群れ

それからぼくは、この哀れな男に、病魔はグリニッジまでは来てないのかと訊ねた。「二週間くらい前までは来てませんでした」と男は答えた。「ですが、そのあと来ちまったかも知れません。それでもまだデットフォード橋の方、つまり町の南の外れだけでしょう。俺が行くのは一軒の肉屋ともう一軒の八百屋だけで、客に頼まれたものはたいていそこで買うんです。それもずいぶん気をつけてね。」

次にぼくはこう聞いた。「あの人たちはすっかり船にこもっているけれど、それなのに必要なものをすべてたっぷり蓄えておかなかったのは、どういうわけですか？」「蓄えてた連中もいましたよ」と男は言った。「でもそうでないのもいて、いよいよ魔の手が迫るのを感じて船に乗ったはいいが、物資をたっぷり積みこもうったって、もう買うための相手のとこに行くのも危険なありさまだ。そんなわけで、あっちに見える二隻の船に雇われたんだが、蓄えといったら乾パンとビールに浸した保存用のパン*のほかは、あってないようなもんでした。他に必要なものはほとんど俺が買ってやったんです。」「その他にも外部との交渉を絶った船はあるんですか？」と訊ねると、彼は答えた。「ええ、ちょうどグリニッジに面したあたりから、ロンドンの東の外れにあたるライムハウスとレドリフに挟まれた川岸まで、運よく場所を見つけた船が、流れの真ん中に二隻ずつ停泊してます。そのなかには、何家族も住んでるのもあるんでさ。」「その人たちは病魔に襲われないのかな？」「大丈夫でしょう。もっとも二、三隻は病人を出しましたが、それは他の船みたいに注意が行き届かねえで、雇った船乗りがみだりに陸に上っちまったんです。」続けて男は、「プール*に多くの船が停泊するのを見るのはなかなかの壮観ですよ」と言った。

　潮が満ち始めたら、すぐにグリニッジまでボートで行くつもりだ、と男が言うのを聞いて、ぼくは彼に頼んだ。「どうか同行させてもらえないでしょうか。そのあとでこちらに連れ帰ってください。あなたが話してくれたみたいに、船がずらりと並ぶ様子をどうしても見たくなったんだ。」男はぼくに言った。「あんたがキリスト教徒として、また正直な人間として、病気になってないと誓うんなら、連れていきましょう。」ぼくは男に請け合った。「ぼくは病気じゃありません。ありがたくも神様に護ってもらっています。ぼくはホワイトチャペルに住んでるんですが、もうずいぶん長いこと家から出ないので我慢できなくなって、ちょっと新鮮な空気でも吸おうと、思い切ってこんな遠くまで出てきたんです。ですが、家の者は誰ひとりとして、病気らしい様子は毛ほども見せてません。」

「そうですかい。あんたは俺と可哀想な家族を哀れんでくださるような慈悲深えお方だ。健康でもないのに俺のボートに乗りこんでやろうなんて、情けの欠片《かけら》もねえことはなさらんでしょう。そんなことになったら俺は死ぬだろうし、俺の家族もくたばっちまう他はないんですが。」哀れな男が家族についてこんなに深く心配し、こんなに愛情を持って話すのを聞いてしまうと、ぼくは心が掻き乱され、一緒に出かけようなんてとんでもないことだ、と一度は思い直してこう告げた。「あなたを不安にするくらいなら、ぼくの好奇心なんてどうでもいいんです。ただし、ぼくがまったく病気とは関係なくて、世界で一番健康な人と比べても負けないくらい元気だってことは、確信しているし、本当にありがたいことだと思ってるんですが。」それならば、と男はぼくがあきらめるのを許さなかった。ぼくが男に嘘をついていない、と心から信じているのを示そうとして、いまや男の方から、どうか一緒に来てください、とぼくに頼みこんでいた。こんなわけで、潮がボートのところまで満ちてくると、ぼくはボートに乗りこみ、彼はぼくをグリニッジまで連れていった。男が客から注文を受けたものを買っているあいだ、川の様子を眺めてみようと、ぼくは町の東側にあって辺りを一望できる丘の上まで歩いた。するとなんと、眼下に現れたのは、まさに驚異的な数の船だった。となり合った二隻の船が列をなしていて、川幅の広いところでは、こういう列が二重、三重になっていた。しかもこの船の行列は、ロンドンの市街地の方、すなわち、ラトクリフとレドリフという二つの地域の家並みに挟まれた川の流域で、プールといわれる一帯へと伸びているだけじゃなくて、テムズ川の下流方面にも切れ目なく続いていた。少なくとも、ロングリーチと呼ばれる曲がり目の先端までは伸びていたけれど、丘の上から見えるのはそれが限界だった。

いったい何隻浮かんでいたのか推測もできないが、五、六百くらいの帆船があったんじゃないかと思う。

ともあれ、この対策はすばらしいと讃えるしかない。船に関する仕事をしている一万人、いやそれ以上の人たちが、ここにいれば疫病の猛威から確実に避難して、とても安全に、またとても快適に暮らしていたのだ*から。

　この日の遠出に、とりわけあの哀れな男とのできごとに心から満足して、ぼくは自宅に帰った。こんな荒涼とした時代でも、あんなにたくさんの家族のために、ちょっとした聖域が設けられているのを見たのも、本当に嬉しかった。なお、ペストの猛威が増すにつれて、避難する家族を乗せていた船はロンドンをさらに離れていったようだった。なかにはとうとう海にまで達してしまい、北方の海岸にある寄港しやすい港や、安全な停泊地に入ったものもあったらしい。

川岸への侵入

　ただし同時に確かなのは、こんなふうに陸地を去って船上生活をした人たちが、みんな病気を完璧に免れていたわけじゃないということだ。実際に多くが亡くなって、甲板から川に投げこまれた。棺に入っている死体もあったが、棺もなく投げ入れられるものもあったという。そうした死体は川の満ち引きのまま下流へ上流へと流され、人の目に触れることもあった。

　けれども、病気の侵入を許してしまった船については、次のいずれかだと言って構わないんじゃないかとぼくは思っている。ひとつ目は、船に救いを求めるのが遅すぎた場合で、陸でぐずぐずしてから慌てて船に飛び乗ったはいいけれど、時すでに遅く、病魔に冒されていたのに、おそらく自分では気づかなかったのだ。だから、病魔が船に乗っている人たちを襲ったのではなく、実際はこの人たちが自分で持ちこんでいたのだ。

もうひとつの可能性は、あの哀れな船頭が言ったように、食料を持ちこむ時間がなくて、必要なものを買うために何度も人を陸に送らねばならなかった場合、あるいは陸にいた物売りの乗ったボートを近づけてしまった場合だろう。この場合、病魔は気づかないうちに船に持ちこまれてしまったのだ。

ここで触れないわけにいかないのが、当時のロンドンの人びとの奇妙な気質のせいで、自分で自分の身を滅ぼすことがいかに多かったかということだ。最初に話したとおり、ペストはロンドンの外れ、すなわちロングエイカー通りとドルリー小路の交わるところで発生し、市街地《シティー》の方へ、とてもゆっくりと段階的に広がっていった。流行の気配はまず十二月に、次に二月に、さらに四月にも感じられたが、いずれもごく短い間しか続かなかった。それから五月まで疫病の進行が収まり、五月の最後の週でさえも、死者はたった十七人、すべてロンドンの西の端で亡くなった。それからいままで、ずいぶん長い時間が経って、ついに毎週三千人以上も死ぬ事態になった。それでもなお、テムズ川の両岸に広がるレドリフ、ウォッピング、ラトクリフといった地域、他にもサザーク側、すなわち川の南側のほとんどの地域の人びとは、大いなる幻想を抱いていた。こっちまで感染は広まらないだろう、少なくともそれほど被害を出すことはないだろう、と想像していたのだ。ピッチとタール、それに油や松脂《ロジン》、硫黄といった、船に関するもろもろの仕事でよく使うものから発する臭いが、疫病から身を護ると思いこんでいる人もいた。また、疫病はロンドンの西側のウェストミンスターやセント・ジャイルズ教区、セント・アンドリュー教区のあたりで猖獗《しょうけつ》を極めていたが、またしても収まる気配を見せていたので、この地域に広がることはないと主張する人もいた。確かに、死者の減った地域も一部にはあった。次にその例を示そう。

8月8日から15日まで

セント・ジャイルズ・イン・ザ・フィールズ教区	242
クリップルゲート教区	886
ロザーハイズ教区	3
ステップニー教区	197
セント・メアリー・マグダレン・バーモンジー教区	24
この週の合計	4030

8月15日から22日まで

セント・ジャイルズ・イン・ザ・フィールズ教区	175
クリップルゲート教区	847
ロザーハイズ教区	2
ステップニー教区	273
セント・メアリー・マグダレン・バーモンジー教区	36
この週の合計	5319

（注：この当時、ステップニー教区の死者として挙がっている数字は、だいたい今日のステップニー教区がショアディッチ教区と接するあたり一帯での死亡者数を示すのに注意されたい。これは今日ではスピトル・フィールズ*と呼ばれている地域であり、ここではステップニー教区の北の端が、ちょうどショアディッチの教会墓地の壁に接している。この時期にペストはセント・ジャイルズ・イン・ザ・フィールズ教区では衰えていたが、クリップルゲート、ビショップスゲート、そしてショアディッチの三教区ではすさまじい猛威をふるっていた。ところがこれが、ステップニー教区の一部、といってもライムハウスとラトクリフ・ハイウェイを含み、さらに現在のシャドウェル教区とウォッピング教区と、さらにはロ

ンドン塔のそばのセント・キャサリンズ教区まで広がる地域になると、八月の終わりを見るころになっても、疫病による死者が週に十人もいなかった。しかし油断は禁物、後にこの地域も痛い目に遭ったのだが、それはいずれお話ししよう。）

このせいで、レドリフ、ウォッピング、ラトクリフ、そしてライムハウスという、テムズ川沿いの地域の人たちは、すっかり安心してしまったのだ、とぼくは思う。ペストが自分たちの方まで来ないで終息しつつあるのに有頂天になって、田舎に逃げ出したり、外との接触を一切断つといった対策をまったく取ることがなかった。いや、少しも動こうとしないどころか、むしろ市街地《シティー》の友人や親類を家に招き入れるほどだった。実際に、他所《よそ》から少なくない人たちがこの地域に避難した。安全な聖域、どこで疫病が流行ろうと、ここだけは神が見逃してくださる、特別な場所だと思われていたのだ。

だが、まさにこのせいで、いよいよ疫病が襲来すると、この地域の人びとは他所よりもひどく驚き、まったく備えもできておらず、どうしたらいいか分からずにすっかり混乱してしまった。しかも、実際に疫病がこの地域に来て、すさまじい勢いで感染を広げた九月と十月には、もはや田舎に出られなくなっていた。田舎の人たちは、見知らぬ人間が自分に近づくことはおろか、町の方に来ることさえ決して許さなかった。聞いた話では、ロンドンから南のサリー州の方へとさまよったあげく、森や草地《コモンズ》で餓死しているのを発見された人も少なくなかったそうだ。ロンドンの近隣地域のなかで、この地方はもっとも土地が広く、森も多いからだろう。とりわけノーウッドの近辺、そしてカンバーウェル、ダリッジ、ルーサムの三教区では、感染への恐れから、困り果てた惨めな人びとを救済しようとする者がまるでいなかったようだ。

先ほど話したように、船の仕事で使うものの臭いが疫病を防ぐという考えが、ロンドンのテムズ川沿いに住む人びとのあいだで広まっていた。そしてこれが、さらに前に話したとおり、彼らが難を逃れる先として船を選んだ動機のひとつだった。これを早くから思慮深くおこない、食糧を十分に蓄えていたおかげで、避難中に補給のために陸に上がったり、物売りのボートを近づけないですんだ人たちもいた。このように船上に逃げこんだ人たちこそ、誰よりも安全な避難場所を手に入れたのは間違いないだろう。けれども、状況があまりに悪化したために、恐怖に駆られてパンの一切れも持たずに船に飛びこんだ人びともいれば、まともな乗組員のいない船に乗ってしまい、船を感染地域の遠くに移したり、ボートで下流の町に行って安全な場所で食糧を買うことができない人たちもいた。こういう人たちはしばしば、陸にいるのと変わらず船の上で困窮し、疫病に感染した。

金持ち連中が大きな船に乗りこんだのに対し、下層の人びとは小さい帆かけ舟や小型の漁船、小さな荷船や釣り舟に飛び乗った。多くの人、特に船頭たちは、渡し船のなかで寝泊まりした。もっとも、こうして船に乗った人びと、なかでも下層の人たちは、食糧を求めて辛い苦労を重ねた。しかもまさに必需品を手に入れようとしたために、疫病が彼らに広がり、恐るべき大惨事を引き起こした。たくさんの船頭が、ロンドン橋の上流や下流にある停泊地にボートを泊めているあいだ、船内で孤独に亡くなった。見つかったときには、すでに誰も触れたり近づいたりもできない状態になっていることもあった。

ロンドンの南端にある、船の往来する地域の人びとを襲った不幸は本当に嘆かわしいもので、どんなに同情しても足りないくらいだ。けれども悲しいことに、この時期には、誰もが自分の身を護るのに頭がいっぱいで、他人の不幸を気にかける余裕などなかった。なにしろ、死神がすべての家の門前で待ち構えている状況、いや、多くの家ではすでに家族が死神に取り憑かれている状況で、しかももはやなす術もなければ、逃げる場所もなかったのだ。

母親たちの受難

こうしてまさに、世のなかから一切の同情心が失われた。いまやわが身を護ることが第一の掟となった。病気に襲われてもがき苦しむ親を見捨て、子供は逃げ出した。それに比べて多くはないとはいえ、いくつかの家庭では、逆に親が子供を見捨てた。見捨てるどころか、恐ろしい事件も起きた。なかでもひどかったのは、一週間に二人もの病に苦しむ母親が錯乱し、激情に駆られ、わが子を殺害したことだった。このうち一件は、ぼくの家から遠くない場所で起きた。このとき発狂した哀れな者は、自分の犯した罪に気づく間もなく、まして処罰を受ける間もなく、みずからも死んでしまった。

実のところ、自分の死が目前に迫ってくる状況で、あらゆる慈愛の情が枯れ、互いを思い遣る気持ちが尽き果ててしまうのは、十分に起こりうることだ。ただしこれは一般論であり、他のさまざまな場面で、多くの人びとが揺るぎない愛情や共感、責任感を発揮していた。そのいくつかについては、ぼくも知るところとなった。ただし伝聞にすぎないので、話の細部まで真実だと保証はできないことを了解してほしい。

そのひとつを紹介しよう。はじめに言っておきたいのは、今回の大災害を通してもっとも過酷な運命に遭ったのが、妊娠した女性ではないかということだ。いよいよ辛い出産のときが来て、陣痛の苦しみに襲われ、どんな手でも借りたいときに、助けてくれる人は誰ひとりいなかった。助産婦も、近所の女たちも駆けつけてはくれない。助産婦は、特に貧しい人でも頼める者は、ほとんどが死んでいた。また、すべてではないけれど、多くの評判のよい助産婦は田舎に避難していた。どんな助産婦でも、呼ぶには法外な謝礼が必要だったが、そんなことは貧しい女性にできるはずもない。もしできたとしても、来てくれるのはたいてい技術も知識もない連中だった。この結果として、異常なほど、また信じられないほど多くの女性が、この上ない不幸にみまわれることとなった。無知なのに無理に出産させようとした者のせいで、子供を産むと同時に命を奪われる女性もいた。数えきれない子供たちも、やはり無知な連中に殺害されたと言っていいだろう。ただ、この場合はもっともらしい言い訳が伴っていた。すなわち、子供はどうなってもお母さんだけは助けなければと思ったのです、と。まして母親が病気にかかっているときなど、誰ひとりとして近づこうとせず、母子ともに死んでしまうこともあった。ときには母親がペストで亡くなったにも関わらず、子供が死体から半分産まれかけていたり、産まれたはいいが臍の緒がつながったままだったりもした。出産の苦痛のさなかで亡くなってしまい、子供は胎内に残ったままということもあった。こういう事例はあまりに多く、その数を判定するのは難しい。

次の三つの項目について、死亡週報に載った異常な数字を見れば、実態の一部が明らかになるだろう(もっとも、死亡週報が本当の被害に見合った数値を載せているとは、ぼくには到底思えないのだが)。すなわち、

産褥死
流産および死産
乳幼児の死亡

である。

ペストがもっとも猛威をふるった数週間について、同じ年で疫病が流行《はや》りだす前の数週間と比較しても、違いは明らかだ。

たとえば、

	産褥死	流産	死産
1月3日から1月10日	7	1	13
1月10日から1月17日	8	6	11
1月17日から1月24日	9	5	15
1月24日から1月31日	3	2	9
1月31日から2月7日	3	3	8
2月7日から2月14日	6	2	11
2月14日から2月21日	5	2	13
2月21日から2月28日	2	2	10
2月28日から3月7日*	5	1	10
計	48	24	100

	産褥死	流産	死産
8月1日から8月8日	25	5	11
8月8日から8月15日	23	6	8
8月15日から8月22日	28	4	4
8月22日から8月29日	40	6	10

8月29日から9月5日	38	2	11
9月5日から9月12日	39	23	0
9月12日から9月19日	42	5	17
9月19日から9月26日	42	6	10
9月26日から10月3日	14	4	9
計	291	61	80

二つの表の数値の開きに加えて、次のことも考慮して読み取ってほしい。これは疫病流行の現場に居合わせた人たちが口をそろえて言っていることなのだが、この年の八月と九月のロンドンの人口は、一月と二月に比べれば三分の一にも満たなかったということである。つまり、この三つの項目で亡くなる人の数も、通常の三分の一以下になるべきなのだ。また聞くところでは、前年に同じ原因で亡くなった数は、次のとおりである。下にこの年の数値も載せておく。

1664	
産褥死	189
流産および死産	458
計	647*

1665	
産褥死	625
流産および死産	617
計	1242

もう一度言うと、この数の差は人口の違いを考慮するとはるかに大きくなる。もっとも疫病の流行した時期にロンドンにいた人間の数を正確に計算しようとは、まったく思っていない。ただしこの点については、いずれ信憑性のある推測をお示しするつもりだ。いまはただ、あの可哀想な者たちの陥った悲惨な状況を説明したかった。それには次の聖書の言葉がまさに当てはまる。「その日に身重である女、そして乳飲み子を持つ女には、災いがあるだろう！」*実際に、こうした女性たちにはとりわけひどい災いだった。

こんな事態にみまわれた家を、それほど多く知っていたわけではない。けれども、惨めな人びとの上げる悲鳴は遠くからも聞こえた。妊婦については、九週間で二九一人が産褥死したという統計を先ほど紹介した。普段はこの三倍の人口がいるにもかかわらず、同じ原因で、同じ期間に亡くなった女性は四八名にすぎない。これがどれほど不均衡であるか、読者それぞれが計算してほしい。

乳飲み子を持つ女の陥った悲惨さも、例年との不均衡という点では、これに劣らずひどいものだったことに疑問の余地はない。この点、死亡週報はごくわずかなことしか明らかにしていない。それでも若干は窺うことができて、乳児のときに死亡した子供がいくらか増加している。しかしこれは大した被害ではない。本当に悲惨だったのは、(一)乳をあたえる者がいなくて餓死する場合だった。母親も死んでいて、ただ食べ物がないために、他の家族や子供たちも傍らで死んでいるのが見つかった。次に、ぼく自身の意見を言わせていただくと、何百もの無力で哀れな赤ん坊たちが、このように命を落としたことを、ぼくは信じて疑わない。すなわち、(二)餓死ではなく、乳母によって毒殺されたのだ。いや、実の母親が乳をあたえている場合でさえ、すでに病気に感染していたために毒を注入してしまう、つまり母乳によって赤ん坊に病気をうつすことがあった。しかも、乳母や母親が自分で感染に気づく前にうつしてしまうことさえあった。こういう場合、乳児は母親よりも前に死んだ。もし万一、ふたたびこうしたおぞましい疫病がここロンドンで流行るときのために、ぼくはこの忠告を記録に残すのを忘れるわけにいかない。すなわち、身重の女性と、乳飲み子を持つ女性はみんな、どんな形でも脱出の手段を得られるならば出て行くべきだということである。なぜなら、感染したときの悲惨さが他のどの人びとよりはるかにひどいのだから。

凄惨で不気味な実話

ここでゾッとするような実例をいくつか挙げてみよう。すでにペストを発症して事切れている母親、あるいは乳母の胸を、赤ん坊が吸い続けていることもあった。次はぼくの住んでいた教区の話なのだが、子供の調子が悪いのに気づいた母親が、医者に往診を依頼した。医者が到着すると、母親は子供に乳をあたえていた。どこから見ても、彼女の方は健康そのものだった。ところが、医者がそばに近づくと、ちょうど子供に含ませている乳房に不吉な徴《しるし》が見つかった。もちろん、医者はかなり驚いたはずだ。しかしこの気の毒な女性を過度に怖がらせるのは望ましくなかったので、彼は母親に、「お子さんを渡していただけますか」と訊ねた。子供を託されると、部屋にあった揺りかごに移動し、子供をそこに寝かせ、服を脱がせてみると、こちらにも徴が現れていた。子供の父親に二人の病状を伝えてから、医師は父親のための予防薬を取りに行ったのだが、この医師が戻ったときには、もはや母子ともに亡くなっていた。乳飲み子が母親に病気をうつしたのか、母親が子供にうつしたのかは定かでないが、後者の可能性が高いだろう。

ペストで死んだ乳母から親元に返された子供についても、同じような話があった。危険を知っていても、愛情深い母親がわが子を引き取るのを断ろうなどと思うはずもない。そして子供を胸に抱きしめた母親は感染し、死んだ子供を腕に抱えたまま自分も亡くなるのだった。

愛情深い母親たちがよく見せる行動のなかには、どんな冷徹な心も揺さぶるようなものがあった。こうした母親は、愛する子供たちを徹夜で看病し、子供より先に亡くなることさえあった。ときには子供から病気に感染し、その優しい心を捧げた相手が恢復して危機を脱する傍らで、死んでいく母親もいた。

この関連で、ロンドン塔の東のイースト・スミスフィールドに住む商人の話もしておこう。彼の妻は最初の子を身ごもっていて、陣痛が始まったというのに、ペストに蝕まれていた。この商人は、妻の出産を手伝う助産婦も、妻の体調を気づかう看護師も見つけられなかった。前から雇っていたふたりの使用人は、いずれも病気の妻を見て逃げ出していた。半狂乱になって、彼は家から家を駆けまわったけれども、どこも助けを差し伸べてくれなかった。それでもどうにか、感染者を出して閉鎖されたある家の監視人から、朝に看護師を連れてくるという約束をとりつけた。哀れな男は、胸の張り裂ける思いで家に引き返し、彼なりに精一杯に妻の出産を手伝い、産婆の役さえ務めた。しかし、産まれてきた子供はすでに事切れていた。さらに妻もおよそ一時間後に彼の腕のなかで息絶え、そのまま朝まで彼は妻の亡骸《なきがら》をかき抱いていた。朝になって、監視人が約束どおり看護師を連れてきた。玄関の戸が開いていたか、あるいは鍵がかかってなかったので、二人は階段を上がった。そこには死んだ妻を腕に抱えてうずくまる男の姿があった。痛切な悲しみに深く打ちのめされたこの男もまた、数時間後に亡くなってしまった。その身体にはまったく病気の徴候がなく、ただ悲しみの重さに押し潰されたのだった。

身内を失って、悲しみに耐えきれず痴呆状態になってしまった人の話もいくつか耳にした。なかでも有名なある男は、心が重荷に耐えかねてぺしゃんこになったために、首がだんだん胴体にめりこんで、肩のあいだに沈んでいき、ついには、肩の骨から頭のてっぺんがほんのわずか出ているだけになってしまった。言葉も正気もだんだん失い、顔はうつむいたまま鎖骨にもたれかかっていた。もはや他の人の手で支えてもらわないかぎりは、首を上げることさえできなかった。この哀れな男は二度と正気を取り戻すことなく、この状態で一年近くも心の闇に沈んだまま亡くなった。そのあいだ一度として、目線を上げたり、なにか特定のものを見つめる姿は見られなかった。

ぼくがお話しできるのは、こういったできごとのあらましだけである。というのも、細かい情報まで手に入るような状況ではなかったのだ。ときには、話の舞台となった家の人びとが、ひとり残らず病魔に命を奪われていたことさえあった。けれどもこの種の事件は数えきれないほど生じ、目や耳に飛びこんできた。前にちょっと触れたように、町を歩いているだけでそんなことがあった。また適当にどの家庭を取り上げても、そこで起きたのと似たさまざまな話が、他所《よそ》でも普通に見られるのだった。

さすらい三人衆(ペストの来襲)

どこも似ているとは言ったものの、ぼくの話はいま、ペストがロンドンの東の端*で猛り狂ったころを語っていた。どれだけ長いあいだ、この地域の人たちは、自分たちが疫病から逃げ切れると得意になっていたことだろう。そしていざそれが彼らを襲ったとき、どれだけ衝撃を受けたことだろう。なにしろ、予想を裏切ってやって来た疫病は、あたかも武装した兵士のように彼らを襲ったのだ。まさにここで思い出すのが、あの三人の男たちの話*である。どこに向かえばいいのか、なにをすればいいのかもはっきりしないまま、ウォッピングから流浪を続けた彼らについては、かなり前に途中まで話したきりだった。乾パンを焼く職人と、帆を製作する職人、そして指物師の三人だ。いずれもウォッピングかその近辺に住んでいた。

さきほど見たとおり、この地域の人たちの鈍さとうぬぼれはかなりのものだった。他の地域のように自主的に避難する気などなく、むしろこっちは安全だからみんなも来てはどうか、と言い触らす始末だった。かくして市街地《シティー》から、また疫病に冒された郊外から、ウォッピング、ラトクリフ、ライムハウス、ポプラーとその周辺に、安全な土地を求める多くの人びとが流れこんだ。こうした人びとの動きのせいで、ペストがこの地域に行き渡るのが、本来より早まったとしても、まったくおかしな話ではない。かくいうぼくは、このように疫病の徴候が現れたら、住民はなるべく早く逃げ出すべきで、その地区にひとりも残ってはいけないと思っている。どこか避難先に心当たりがあるなら、誰だろうと手遅れになる前にどうにかして立ち去るべきなのだ。しかし厳しいようだが、逃げる意志のある人たちが去ったら、残って耐え忍ぶ運命の人びとは、地元から一歩たりとも出てはならない。町の端から端まで、いや、たとえとなりの地域であっても、移動してはならないのだ。なぜなら、この人たちが服についたペストを家から家へと撒き散らすことによって、町全体に深刻な災禍がもたらされるからだ。

ところで、犬や猫をすべて殺す*ように、ぼくらは法令で命じられた。これはなぜかというと、犬や猫は家で飼われていて、家から家へ、街から街へと駆けまわる生き物だからである。その全身を覆う毛の隙間に、感染した肉体の放つ発散物や、病気をもたらす蒸気を運んでいるおそれがある。こういう理由から、疫病が流行りはじめたころ、医師たちの助言に従い、市長《ロード・メイヤー》と行政官の名のもとに、次の法令が公布された。すべての犬と猫は直ちに殺害すること。そして処分するための役人も任命されたのだった。

こうして処分された生き物の数がどれほど甚大なものだったのか、当時のうわさを信用するならば驚愕するしかない。なんと四万匹の犬と、その五倍の猫が殺されたという。実際、ほとんどの家に猫がいたし、なかには数匹、いや五、六匹も一軒で飼っていることもあった。ハツカネズミとドブネズミ、特に後者を処分するためにも、できるかぎりの努力がなされていた。いわゆるネコイラズなどの殺鼠剤を撒き、とんでもない数のネズミも殺戮されたのだ。

この災厄が襲来した当初、市民全体になんの心構えもできていなかった点は、すでに繰り返し考察した。思うに、市当局も各家庭も、速やかに対策を講じて状況を管理できなかったために、やがて市民生活のあらゆる面で混乱が見られるようになり、あれほど膨大な数の人びとが、あの忌まわしい惨状に呑みこまれてしまったのだ。あの悲劇は、適切な対応が取られていれば、加えて神の御心にもかなえば、おそらく避けられたはずだった。ゆえに、後の時代の人たちが望むならば、ここから忠告と警告を受け取ることもできるだろう。だがこの点はあとで論じることにする。

さすらい三人衆（話し合う兄弟）

いまはあの三人の男たちに話を戻そう。彼らの物語は、どこを取っても教訓があるし、この男たちの、そして彼らが合流した人たちの行動のすべては、不幸にもあのような時代がまた来た場合には、男女を問わずみんな見習うべきものだ。そしていま記録を残すのは、ただこうした目的のためなのだから、ぼくの話が厳密に事実に即していようといまいと、これはとても正しい物語なのだ。

このうち二人は兄弟で、兄の方はかつて兵士だったが、いまは乾パンを焼く仕事に就いていた。弟は片足の自由の利かない元水夫で、いまは帆を作る工房にいた。そして三人目はたんすや箱を作る指物師だった。ある日、乾パン職人のジョンが、製帆工で弟のトマスにこう言った。「なあトム、いったいこれからどうなるんだろうなあ。市街地《シティー》じゃペストになるやつがどんどん増えていて、しかもこっちに向かってるっていうじゃねえか。俺たちゃどうするかなあ？」

「まったく」とトマス。「俺もどうしたもんかと途方に暮れてたとこさ。なにしろあれがこのウォッピングまで来ちまった日には、俺は部屋から追い出されるんだ。家主がいまからそんな話をしてるのさ。」

ジョン「部屋を追い出されるだって！　トム、そんなことになったら、お前を泊めてくれるやつなんていねえだろうよ。いまじゃみんなが互いにビビっちまってるから、どこ行ったって宿なんて見つかんねえよ。」

トマス「そうかい？　俺ん家《ち》の家主はまともないい人たちで、俺にはけっこう親切にしてくれるんだよ。でも家主が言うには、俺が毎日仕事で外に出かけるから、いまに危なくなるってことなんだ。あの人たちはこれから家に閉じこもって、誰ひとりそばに近づけないつもりらしい。」

ジョン「そうか、なるほどそれは道理にかなってるよ。危険でもこの町に残ろうって決めたんならな。」

トマス「いや俺だって、ずっと家のなかにいてもいいくらいなんだぜ。親方が手がけてる一組の帆をいま俺が仕上げてるんだが、これさえ終われば、もう当分は仕事がなさそうなんだ。いまじゃどこも商売あがったりさ。職人や召使いはどこでも首を切られてんだから、俺としちゃあ喜んで閉じこもるつもりさ。でも、俺を追い出そうって人たちが、そんなこと許してくれるわけねえな。」

ジョン「それじゃあ、お前はどうするつもりなんだい？　俺だってどうしたもんかなあ。実は俺もお前と同じくマズい感じなのさ。俺の借りてる家の人たちはみんな田舎に逃げちまって、女の召使いがひとり残ってるだけなんだが、そいつも来週にはいなくなるんだ。そうすると家を完全に閉鎖しちまうから、俺はお前より先に広い世間に放り出されるってわけだ。だから行き先さえありゃあ、俺も逃げ出そうと思ってんのさ。」

トマス「俺たちが真っ先に逃げ出さなかったのは、まったくどうかしてたぜ。そうしてりゃあどこだって行けただろうさ。でも、いまじゃ身動きをとれやしねえ。この町を出ようものなら、飢え死にするのがオチだ。誰も食糧を分けちゃくれねえよ。俺らの手持ちの金じゃあとても無理だ。それどころか、町に入れてもくれんだろう。家のなかなんてもってのほかだ。」
ジョン「しかもこれまた都合の悪いことに、その持ち金ってやつを俺はろくに持っちゃいねえのさ。」
トマス「その点についちゃ、どうにかなるだろう。たくさんじゃねえが、俺がちっとは持ってるから。でも街道をうろつくのはやめといた方がいいぜ。近所の真面目なやつらが二人で地方に出ていこうとしたんだが、可哀想に北の方のバーネットだか、ウェットストンだか、ともかくその辺で銃を突きつけられて、それ以上先に行ったら発砲するって脅されたのさ。それでガックリ肩を落として戻ってきたってわけだ。」
ジョン「俺だったら、銃を突きつけられても構やしねえんだが。こっちが金を払っても食いもんを出し渋るなら、そいつらの目の前でかっさらうだけの話さ。金さえ渡しちまえば、そいつらがどこに訴えたところで、俺を裁く法なんてねえはずだぜ。」
トマス「軍隊あがりの兄貴らしい言い分だな。まるでまだオランダの戦場にいるみたいじゃねえか。けれどもこれは真剣に聞いてくれ。こんな時代には、確かに健康だって分かる人間でなけりゃ、誰でも追っ払うってのは無理のない話だろう。それにやつらから略奪するなんて、とんでもないこった。」
ジョン「いや弟よ、お前の説明はおかしいし、俺のことも分かっちゃいねえ。俺は誰からも略奪なんかしないさ。でもよ、往来自由の街道を俺が通るのに、途中のどっかの町がそいつを許さねえとか、俺が金を出してんのに食いもんも寄越さねえなんて、まるでその町が俺を飢え死にさせる権利を持ってるみてえじゃねえか。そんな馬鹿な話があるかよ。」
トマス「でも町の連中は、兄貴がもと来た方に引き返す自由は認めてるんだから、飢え死にさせるってのは違うぜ。」
ジョン「それが通るんなら、俺の帰り道にある次の町も、同じ理屈を持ち出して引き返すのを許さねえだろうから、やっぱり俺は二つの町のあいだで飢えて死ぬわけだ。そもそも、俺が街道を通ってどこへ行こうと、そいつを取り締まる法はありゃしねえ。」

トマス「そんなこと言っても、街道沿いの町から町へ、移るたんびに議論をふっかけるってのはかなり無理な話だぜ。旅に出るなんて、俺たちみたいな貧乏人のすることじゃねえし、よりによってこんな時にやろうなんてどうかしてるぜ。」

ジョン「本当にそうか？　それじゃあ俺たちが置かれた状況は最悪そのものってことになるぜ。ここを立ち去ることも、ここに止まることもできねえんじゃやな。俺はいま、聖書に出てくるサマリアの癩《らい》病患者*と同じ気持ちだぜ。「ここに座っていても死ぬだけ」ってやつだ。だって考えてもみろ、お前も俺も、自分の家は持ってねえし、他のやつの家をねぐらにもできねえまま、立往生してるんだからな。いまみたいなときに道ばたで野宿するってのも無理な話だ。死の車《デッド・カート》ってやつに自分からさっさと飛びこむのと変わりゃしねえ。つまりこういうこった。ここに座っていても死ぬだけだ。そしてここを立ち去っても、死ぬより悪いことはねえ。それなら俺は出る方に賭けるぜ。」

トマス「あくまでも行くつもりなんだな。でもどこに行くのさ？　それになにができるってんだよ。行く先の見当さえあるなら、俺だって兄貴と一緒に行きてえさ。けれども、俺たちには知り合いもいねえし、友達もいねえ。俺たちはここで生まれたんだ。だから死ぬのもここって決まってんのさ。」

ジョン「いいかトム。この町だけじゃねえ、この国のどこだって俺たちの生まれ故郷なんだ。お前の論法だと、火事になっても俺は自分の家を出ちゃいけねえってことになるぜ。なにしろペストに汚染されていても、俺は自分の生まれた町から出ちゃいけねえってんだからな。俺が生まれたのはイングランドだ。自分さえその気になりゃあ、この国のどこにだって住む権利があるんだ。」

トマス「でも、浮浪者はみんな捕まって、前に居住を許可された土地に送り返されるって法律[*]があることくらい、兄貴だって知ってるだろう。」
ジョン「だがどうして俺が浮浪者扱いされなきゃなんねえんだ？　俺はただ正当な理由で旅をしたいだけじゃねえか。」
トマス「どんな正当な理由をつけて、俺たちが旅っていうか、放浪したところで、街道のやつらに言い訳なんて通用しないぜ。」
ジョン「自分の命を救うために逃げるのが、正当な理由じゃないってのか！　やつらだって、みんな本当の事実ってのを知ってるはずだぜ。俺たちはなにも嘘を吐《つ》こうってんじゃねえんだ。」
トマス「だがもしも通してもらえたとして、どこに向かえばいいんだ？」
ジョン「命さえ、助かるならば、どこへでも、だ。そんなことは、町を出てからでもたっぷり考える時間があるさ。この生きた心地もしない場所から逃げ出しさえすりゃあ、俺はどこに行こうと構わねえよ。」
トマス「だが、ずいぶんと悲惨なことになりそうだな。どう考えたらいいのか、俺にはよく分からないよ。」
ジョン「そうか、トム。でもちょっと考えてみてくれよ。」

さすらい三人衆（出発）

このやりとりがあったのは七月はじめだった。ペストは町の西側と北側で被害を出していたが、前に示したとおり、町の南東にあたるウォッピング、レッドリフ、ラトクリフ、ライムハウス、ポプラーの全域、要するに、デットフォードとグリニッジ、ロンドン塔付近のハーミティッジとその対岸から、下流のブラックウォールに至るテムズ川の両岸は、まったく無傷だった。さらに、町の東に広がるステップニー教区の全域でも、ペストによる死亡者は一人も出なかった。そもそも、ロンドン郊外を東に走るホワイトチャペル通りの南側では、一人として死ななかったのだ。ステップニーだけでなく、どの教区でも。しかしそれでも、その週の死亡者の報告は、一〇〇六名にまで上昇していた。

これから二週間後、例の兄弟が再び会ったのだが、そのころ事態はいくらか変化を見せていた。ペストは驚異的な勢いで力を増し、死者の数も高騰して、死亡週報によると二七八五名にまで達した。さらに劇的に増加しそうだったが、それでもテムズ川の両岸は、あとでお話しするように、まだ大丈夫と言えた。とはいえ、レッドリフでは死者が出始めていたし、ロンドン塔付近とシャドウェル方面を結ぶラトクリフ・ハイウェイという通りでは、五、六名が亡くなっていた。そのとき、製帆工の男が、兄のジョンのもとへ大急ぎで、どこか不安そうにやってきた。彼は部屋を出るように最後通牒を突きつけられて、準備のための猶予があと一週間しかなかった。実は兄のジョンも同じようなひどい状況に陥っていた。こちらは完全に家を追い出され、乾パン工場の親方に頼みこんで、工場のとなりにある納屋に泊めてもらうしかなかった。そこに藁を敷き、乾パンを保存する麻袋(単にパン袋と呼ばれていた)で覆っただけの寝床をつくり、同じ袋を身体の上にかけて寝ていた。

やるべき仕事がすべて終わり、これ以上の仕事も賃金ももらえそうにないのをみて、彼らは決断した。この恐ろしい病魔の手から、どうにかして逃げ切ってみせよう。できるだけ節約を心がけて、手持ちの金を減らさずになるべく長いあいだ生計を立てられるように努力しよう。金が尽きたら、働いて旅費を稼ぐことにしよう。どこでも、どんなものでも、仕事をもらえるなら構いはしないと。

この決意をどう実行に移せばいちばん上手くいくだろう、と二人で考えをめぐらせていたところ、製帆工の方と日ごろ親しくしていた第三の男もこの計画を知るようになり、仲間に加わることを許された。かくして三人は、出発の準備を進めた。

　すると、三人の所持金がバラバラで、資金の割り当ても均一にできないことがわかった。けれども、いちばん貯めこんでいた製帆工は、片足の自由が利かないのに加えて、田舎で技能を生かして金を稼げる見こみが誰よりも少なかった。なので、三人の手持ちの金をあるだけ集めて、全額をひとつの共同資金にすることに彼は同意した。ただし、三人の誰かが他の者より少しでも多く金を稼いだ場合、つべこべ言わずに全部この共同資金に加える、という条件をつけた。

　荷物はなるべく少なくまとめることにした。当初は徒歩で旅をして、できることなら安全の十分に得られる道を、かなり遠くまで行くつもりだったからだ。しかしどの道をとるべきか、なかなか意見が一致せず、何度もくりかえし三人で話し合った。それで議論がまとまるどころか、出発の朝になってもまだ決めかねていた。

　とうとう、船乗りだった男トマスがある提案をして、議論に終止符を打った。「まず第一に」と彼は言った。「天気がひどく暑いことを考えると、俺は北に向かうのがいいと思う。そうすりゃ太陽が俺たちの顔に照りつけることもねえし、胸が日光に焼かれて暑さで息苦しくなる心配もねえ。それに聞いたことがあるんだが、俺たちには見えねえが、病気の原因になるもんが空気を漂ってるかもしらんとき、体温を上げて血のめぐりをよくするのは危険らしいぜ。その次に、俺たちが出発するときに風が吹いてたら、風上に向かう道を進むのがいいだろう。というのも、汚染された市街地《シティー》の空気を、移動中に背中から吹きかけられちゃたまんねえからだ。」この二つの注意深い提案は承認された。あとは、彼らが北に向けて旅立つとき、上手い具合に南に向かう風が吹かなければよかった。

元は兵士で、いまはパン職人のジョンが、ここで急に提言した。「まず言いたいのは、俺たちのなかには道すがら宿にありつけそうなのは誰もいねえってことだ。だが、外で野ざらしになって寝るってのは、ちょっと難儀だろう。いくら暖かいといっても、雨が降ったり、じとじとして不快なこともあるからな。それにいまみたいなときには、普段の倍は健康に気をつけなきゃいけねえ。というわけだから、俺の弟のトム、お前は製帆工なんだから、みんなのために小型のテントを作るのは造作もねえだろう。そしたら、俺が毎晩そいつを張るし、片付けだってするつもりだ。こいつがありゃあ、イギリス中の宿屋なんて屁でもねえ。まともなテントさえありゃあ、外で寝るってのも乙なもんだぜ。」

指物師はこれに反対して述べた。「そいつは俺に任せてくれねえか。持っていける道具は鉈と木槌くらいだが、毎晩それを使って俺が小屋を作るってのはどうだい。お前さん方もきっと気に入ってくれるだろうし、テントには負けねえよ。」

兵士と指物師は、どっちがよいかしばらく譲らなかったが、とうとう兵士がテントで押し切った。この考えの唯一の弱点は、テントを自分たちで持ち運ばねばならないので、いまの暑さを考えると荷物が大きくなりすぎるんじゃないか、というものだった。しかし、製帆工がちょっとした幸運に恵まれたために、荷物を運ぶのが楽になった。というのも、彼の工房の親方は、製帆業を営むかたわらロープの製造所も持っていて、小さな馬を使っていたのだが、可哀想にもはや用ずみとなっていた。三人の正直な男たちを助けてやりたいと思った親方は、荷物の運搬用にこの馬を提供してくれたのだ。さらに、彼の弟子である製帆工が出発前にちょっとした仕事を三日ほどしてくれたお礼に、この親方は上檣帆《トゲルンスル》*を持たせてくれた。使い古されてはいたが、これでかなり快適なテントを作ることができたし、それでも余るくらいだった。兵士がテントの構造を解説し、彼の指示のもとてきぱきとテントを完成させ、さらに組み立てる際に使う支柱や杭も準備した。かくして彼らは、旅路につく準備を整えた。男三人、テント一張り、馬一頭、銃一丁。最後のは、武器を持たないと兵士が出発を嫌がるので加えられた。もう俺は乾パン屋じゃねえ、軍人なんだ、というのがその言い分だった。

指物師は小さな道具袋を持っていて、もしも旅路で仕事にありつくことがあれば、役立つようなものが入っていた。それは彼自身の、そして全員の生活のために必要だった。みんなが持ち金の一切を共同のひとつの財布に集めると、ついに彼らは旅路に就いた。出発の日の朝、携帯用コンパスを手にした船乗りが言うには、風は西北西から吹いていた。ゆえに彼らは北西に進路を取った、というより取ろうと決めた。

さすらい三人衆(暴動のうわさ)

ところが途中で厄介なことになった。三人が出発したのはウォッピングの市街地《シティー》寄り、ハーミティッジに近い場所だったのだが、いまやペストが猛威をふるっていて、なかでもショアディッチとクリップルゲートの二教区などロンドンの北側の被害がひどかったので、三人はこうした地域のそばを通るのは安全ではないと考えた。そこでラトクリフ・ハイウェイを通って東に抜け、ライムハウスの手前のラトクリフ・クロス通りまで足を伸ばしたのだが、ここで北に向かわずに、あくまでもステップニー教会を左手に見たまま進んだ。ラトクリフ・クロス通りをマイルエンドまで北上すると、教会墓地の真横を通らねばならないのだが、この日の風は西から吹くことが多いようだったので、ロンドンでペストの勢いがいちばん熾烈な地域から来る風の直撃を受けることになるからだ。そこでなんと、彼らはステップニーを通るのをあきらめて大きく迂回し、東のポプラーとブロムリーを通り、ちょうどボウまで来たところで大通りにぶつかった。

ここでボウ橋に置かれた監視人に見つかってしまえば、訊問されるのは明らかだった。しかし三人は大通りを横切ると、ボウの町の入口辺りから北のオールドフォードに*向かう狭い道に入ったので、とりあえず検問を免れ、そのままオールドフォードへと旅を続けた。どこもかしこも教区の治安官が目を光らせていたが、どうやら通過する人たちを引き止めるよりも、彼らの警備する町に逗留するのを止めさせたいようだった。こんなに警戒が厳しくなったのは、そのころ急に広まった、確かにあり得なくもないと思わせる、ある風評のせいでもあった。すなわち、ロンドンの貧民が仕事を失って首がまわらなくなり、食べ物さえ欠くようになったので、パンを求めて武器を取り、暴動を起こしたところだ。じきにロンドンの周囲にあるどの町にも暴徒が押し寄せ、パンを奪いつくすだろう、というのだ。断っておくけれど、これはただのうわさで、幸いなことにそれ以上ではなかった。とはいえ、後に考えられているほど根拠のない話でもなかった。それから数週間後、あまりの惨状からすべてに絶望した貧しい人びとは、ひとつ間違えれば郊外の野原や町に殺到して、行き当たりばったりになんでも破壊しつくす寸前まで来ていた。これは前にも述べたけれど、暴徒を防ぐことができたのは、なによりもペストが激烈に勢いを増し、この人びとに猛然と襲いかかったためだった。その結果、彼らは何千もの暴徒《モブ》となって野に繰り出す代わりに、何千もの死体となって墓場の穴に飛びこんだのだ。事実、暴徒の発生が懸念されていた、セント・セパルカー、クラーケンウェル、クリップルゲート、ビショップスゲート、ショアディッチといった、ロンドンの北に位置する教区の周囲では、感染が急激に拡大していた。八月の最初の三週間、ペストが最悪の被害を出す前だったにもかかわらず、これらの教区だけで五三六一名もの人びとが亡くなったのだ。*他方で同じころ、ウォッピング、ラトクリフ、ロザーハイズの周辺では、すでに詳しく記したとおりほとんど被害がなく、あったとしてもごく小規模だった。だから、ひとことで言うならば――いや確かに、前に話したように、怒りと絶望に駆り立てられた人びとが結集して暴動に走ること、要は貧乏人が金持ちを略奪することを防ぐのに、市長《ロード・メイヤー》や治安判事の適切な対応が大きな役割を果したのは事実だ。しかし話を戻すと、この人たちの貢献は大きかったけれども、死の車《デッド・カート》の貢献はさらに大きかったということなのだ。なにせいま言ったとおり、五つの教区だけで二十日間に五〇〇〇人以上が死んでいる。ということはおそらく、同じ期間を通じてこの三倍の人が病気に感染しただろう。恢復した人も少しはいるだろうし、毎日莫大な数が発病し、後日亡くなったと思われるからだ。これに加えて、死亡週報に五千とあるならば、本当はその二倍近い死者がいると考えるのがごく自然に思われたことも、言っておかねばならない。行政当局の示す数字が正しいと信じる根拠はないし、彼らの混乱ぶりを見るにつけても、事実として正確な統計を取れる状況ではなかったのだから。

さすらい三人衆(一日目の夜)

とはいえ、例の旅人たちのところに戻ろう。このオールドフォードで、彼らは簡単な取り調べを受けたのだが、ロンドンではなく田舎から来たように見えたらしく、人びとの態度は、これまでの町より打ち解けた感じだった。気さくに話かけてくれた上に、治安官と部下の見張り役たちのいる宿屋に案内してくれて、飲み物と食べ物まで頂戴した。おかげですっかり疲れもとれ、大いに勇気づけられた。このときひらめいて、今後こうした訊問を受けることがあれば、ロンドンから来たとは言わず、エセックス州から出て来たと言うことにした。

このちょっとした詐欺を今後もうまくやるために、オールドフォードのお人好しの治安官に取り入って、三人がエセックスから来てその村を通り抜けるところで、ロンドンにいたことはない、という証明書までもらった。この最後の項目は、地方で一般的にロンドンが意味する範囲からすると間違っているけれども、厳密にいえば正しかった。彼らの住んでいたウォッピングやラトクリフは市街地《シティー》にも特別行政区《リバティーズ》にも組みこまれていなかったのだから。

この証明書は、となりのハマートンという集落（ハックニー*教区の集落のひとつ）にいる治安官に宛てられていたのだが、非常に役に立った。これのおかげで、その集落を自由に通行できたのはもちろん、ある治安判事から正式の健康証明書を発行してもらうことさえできた。治安官の申請に応じて、さしたる問題もなく、判事は証明書を発行してくれた。かくして、三人は細長く散らばったハックニーの町を通過して（当時この町は多くのバラバラな集落からなっていたのだ）、さらに進んでスタンフォード・ヒル*の丘を上がると、ついに大北方街道《グレート・ノース・ロード》*への入口に到達した。

このころには彼らも疲れはじめたので、ハックニーから続く裏道がいま話した大街道に出る少し手前のところにテントを張って、一日目の野営をしようと決めた。実際そうしたのだが、ひとつ変更点があった。三人は、納屋というか納屋らしき建物を見つけたので、まずできるだけ念入りになかを調べて、誰もいないことを確認できると、テントの頂上が納屋の外壁につくように設置したのである。わざわざこうしたのは、その晩は風がかなり強く吹いていたし、いわゆる野宿の仕方にも、テントの扱いにもまだ慣れていなかったからだった。

ここで彼らは就寝したが、指物師だけはどうも寝つけなかった。真面目で慎重な彼は、初日の夜にこんなにくつろいで寝るのが不安だったのだ。しばらく寝ようと努力したが、やはりだめで、それならいっそ銃を携えて外に出て、歩哨として仲間の警備をしようと決めた。そこで銃を片手に納屋の近くを歩いてまわった。この建物は道の近くの野原にあったが、生け垣に囲まれていたからである。偵察を始めて間もなく、人びとのざわざわいう音が近づいてくるのが聞こえた。どうやら大人数で、しかも真っ直ぐこちらの納屋を目指しているように思われた。指物師はすぐに仲間を起こしはしなかったけれど、その数分後には辺りがいっそう騒がしくなったので、乾パン職人の男が、指物師に「いったいどうしたんだ」と声をかけながら、すぐに飛び出してきた。もうひとりの、片足を引きずっている製帆工の男はいちばん疲れていて、まだテントで横になっていた。

彼らの予期したとおり、がやがや言っていた連中は真っ直ぐ納屋にやってきた。そこで外にいた二人のどちらかが、歩哨に立つ兵士みたいに誰何《すいか》した。「そこを行くのは誰だ?」相手はすぐには答えなかったが、代わりに誰かが背後にいた者にこう話した。「ああ、なんてこった。みんなの期待が外れちまった。俺たちの前に誰かいるぞ。納屋はもう押さえられちまった。」

さすらい三人衆(旅の仲間)

これを聞いた相手はみんな、ビクッとしたように立ち止まった。どうやら十三人ほどの集団で、なかには女もいるらしかった。この人びとは肩を寄せ合ってどうすべきか相談を始めたが、その会話を聞いてすぐに例の二人の旅人は、彼らが自分たちと同じように困っている可哀想な人たちで、避難と安全を求めているのが分かった。しかも旅人たちは、この連中が彼らの邪魔をしにきたんじゃないかと恐れる必要はなかった。というのも、「そこを行くのは誰だ?」という言葉をかけられてすぐに、女が怯えた声でこう言うのが聞こえてきたからだ。「近づいちゃダメだよ。ペスト持ちかも分からないんだから。」そして男のひとりが「でも、ちょっと話すだけならいいだろう」と言うと、女が答えた。「いや、ダメなものはダメさ。神様のおかげでこんな遠くまで逃げてきたんだ。いまさらあたしたちを危ない目に巻きこむことは、お願いだからやめてちょうだい。」

これを聞いた旅人たちは、この男女が真面目で善良な人たちで、自分らと同じく、生き延びるために逃げてきたのだと知った。これは二人を勇気づけたので、乾パン職人のジョンが仲間の指物師にこう持ちかけた。「いっちょ俺たちもやつらを大いに勇気づけてやろうぜ。」そこで、指物師が声をかけることにした。「おーい、ちょっと聞いてもらえねえか。さっきから話しを聞いてると、そちらさんも俺たちと同じおっかねえ敵から逃げてるご様子だ。まあ、怖がらねえでいただきたい。こっちはたった三人の哀れな男どもだ。そちらさんが誰も病気でないなら、なにも争うつもりはないよ。俺たちは、納屋のなかにゃいねえんだ。その周りに小さなテントを張ってるのさ。でも、俺たちはそちらにここを譲るよ。どこか他の場所にまたテントを張るのなんて簡単だから。」ここで、指物師のリチャード(これが彼の名前である)と、フォードと名乗る相手方の男のあいだで次のような話し合いがもたれた。

フォード「それでは、あんたらは全員健康だと請け合ってもらえるのかい。」

リチャード「そうピリピリしなさんな。俺たちがこういう提案をしてるのは、そちらさんが不安を感じたり、危険に巻きこまれたと考え違いをしちゃいけねえと思うからなんだ。なのに俺たちが、そちらを危険に突き落とすようなことをするわけねえだろう。そんなわけでもう一度言うが、俺たちは納屋をちっとも使ってねえから、ここから立ち退くことにするよ。そうすりゃそっちもこっちも安心だろう。」

フォード「それはずいぶん親切でありがたいことだ。だが、あんたらが健康で病気の欠片《かけら》もないと、わたしらが信頼する根拠さえあれば、わざわざ立ち退いてもらう必要はないよ。もう泊まる場所ができているし、見たところ就寝中だったんだろう？　差し支えなければ、わたしらは納屋に入ってしばし休ませていただきたい。だがあんたらは気にしないで、そのままで結構だよ。」
リチャード「そうか、だがそちらさんは俺たちより数が多い。そっちもみんな健康だって確かめさせてくれねえかな。俺らがそっちに危険なように、そっちも俺らにはなかなか危ねえんだから。」
フォード「神さまのありがたい御心で、あれから逃げられる者もいるようだ。ほんのわずかではあるがな。わたしらの運がどこまで続くかはまだ分からんが、これまでのところお護りいただいている。」
リチャード「ロンドンのどの辺りから来たのかね？　そちらの住んでたとこではペストは流行ってたかい？」
フォード「流行るも流行らないも、実にひどいありさまだったよ。でなけりゃあ、こんな風に逃げ出したりはしないさ。もっとも、生き残った者などもはやほとんどいなかったようだが。」
リチャード「で、どちらから来たんだい？」
フォード「わたしらは大体が、クリップルゲート教区の者たちだ。ほんの二、三人、もっと北のクラーケンウェル教区の者もいるが、それもクリップルゲートの近くだよ。」
リチャード「そんならどうしてもっと早くに逃げて来なかった？」
フォード「わたしらは少し前に地元を出て、イズリントン*の北の端で、どうにか一緒に生活してたのさ。幸い、誰も住んでない古い家に逗留する許可をもらえたし、自分たちで持ってきた寝具や日用品もあったんだ。ところが、ペストがイズリントンまで押し寄せてきて、わたしらの侘び住まいのとなりにあった家が病人を出して役人から閉鎖されちまったんで、恐ろしくなってそこも逃げ出したってわけだ。」
リチャード「それで、いまはどっちに向かってるんだい？」
フォード「すべては運任せってところだ。わたしらにはどこに行けばいいのか分からないが、神を敬う気持ちさえあれば、お導きくださるだろう。」

これでこの場の話し合いは終わり、先方は全員で納屋の方に来て、ちょっと苦労したがなかに入った。なかにあるのは干し草ばかりだったが、ほとんど一面に敷き詰められていたおかげで、人びとはどうにか工夫をして安らぎの床に就いた。ただし横になる前に、元兵士と指物師の見ているなか、ある年長の男（どうやら女のひとりの父親らしかった）が仲間をみんな集めて祈りを捧げ、神の恵みと導きに身を委ねます、と唱えていた。

一年のこの時期は夜明けが早い。指物師のリチャードが夜の前半に歩哨を務めたので、いまや兵士のジョンが彼と交代し、朝まで務めを続けた。それから二組の人びとは、もっと詳しく互いの話をした。どうやらイズリントンを出発した当初、納屋の人たちはさらに北のハイゲートに行くつもりだったが、手前のホロウェイ*で足止めを食らい、先に進ませてもらえなかった。そこで、彼らは東に転進して野や丘を越え、板張りの川《ボーデッド・リヴァー》*に突き当たったが、町を避けようとしてホーンジー*を左手に、ニューイントン*を右手に見ながら東に抜け、やがてスタンフォード・ヒルのあたりで大北方街道《グレート・ノース・ロード》に出た。ということは、三人の旅人とは反対側から同じ場所に出たのだった。そしてこれからは沼地を通って川を渡り、エッピングの森*までどうにか進んだら、そこに逗留する許可を得ることを望んでいるらしかった。この人たちは貧しくなさそうだった。少なくとも、生活に困るほど貧しくはないらしかった。しかも、短くても二、三ヶ月はまともに暮らせるだけの蓄えがあるという。それくらい経てば気候も涼しくなるので感染が抑えられ、いまのような猛烈な勢いは一段落し、弱まって行くのを期待している、と彼らは語り、そもそも感染しようにもロンドンには生存者がもういないかもしれないが、と付け加えた。

われらがさすらい三人衆も、境遇はほとんど同じだった。ただ、彼らの方が旅の備えはできているようだし、もっと遠くまで行くことを想定していた。しかしもう一方の集団は、ここから一日で行ける土地に留まる方針だった。彼らはロンドンの状況について、二、三日ごとに情報を得たいと思っていたのだ。

ところがここで、さすらい三人衆は、思いもかけない障害があるのに気づいた。それは馬だった。というのも、馬に荷物を運ばせるために、彼らはずっと街道沿いを行かねばならないのに対して、もうひとつの集団は、野原も街道も、大きな道も小さな道も、また道があろうとなかろうと、望むがまま踏破できた。さらには町を通り抜ける必要も、いや、生活の必需品を求めて買いに行く以外は、町に近づく必要さえなかった。なお、この買い物の問題が、あとで彼らを大いに悩ますことになるのだが、これについてはあとで話そう。

さて困ったことに、われらが三人衆は、街道沿いを行かねばならなかった。もしも他の手段を取るなら、囲いこまれた野原を踏み越えるために、フェンスや門を壊すような狼藉を働き、地域の人びとに大きな損失をあたえることは必至だった。そんなことは、できるならばやりたくなかった。

それでも、われらが三人衆はあの一団と合流し、一緒に運を試してみたいと強く望んでいた。しばらく話し合ったあと、北へ向かうという当初の計画を取りやめて、もう片方の集団がエッピングの森のあるエセックス州に向かうのについていくことを決めた。そこで朝になると彼らはテントをたたみ、馬に荷物を載せると納屋の人たちと一緒に出発した。

さすらい三人衆(強気の秘策)

やがてリー川の岸に到着したが、渡し船に乗せてもらうのに少し苦労した。船頭が彼らを警戒したのだ。けれども、距離を保ちながら交渉したところ、船頭はボートをいつもの渡し場から離れた場所に持っていき、彼らが勝手に使えるようにするのを承諾した。向こう岸に渡ったらボートをそのままにするよう船頭は指示した。もう一艘ボートを所持しているので、あとから取りに行くということだった。しかしどうやら、彼は一週間以上待ってから取りに行ったようだ。

ここで船頭に先に金を渡すことで、彼らは食糧と飲料を補給できた。船頭が買い物をして、ボートに残しておいてくれたのだ。ただしこれは、いま言ったように、先に金を払ったからしてくれたことである。しかし今度は、われらが旅の一行は、馬をどうやって向こう岸に渡すかで大いに悩み、また苦労することになった。馬を乗せるにはボートが小さすぎたので、やむなく馬から荷物を降ろし、泳いで渡らせるしかなかった。

川を越えた彼らは、いよいよエッピングの森を目指したが、ウォルサムストウ*に到着すると、この町の人たちは彼らを入れようとしなかった。もっとも、どこの町でも対応は同じだったはずだが。治安官と見張り役は、彼らを近づけずに話し合いをした。旅人たちは、自分たちがロンドンではなくエセックス州から来たという、例の説明*を繰り返したが、それでも話をまったく信用してもらえなかった。相手によれば、その理由はこうだった、すでに二、三の集団が、同じ方角から来て似たような主張をした。ところがその連中は、通過した町ごとに何人もの住民に病気をうつしたのだ。以来その連中は、この地方で完全に爪弾《つまはじ》きにされたのだが、それは正しい裁きで自業自得と言うしかない。ここからずっと東に行ったブレントウッドだかそのあたりで、何人かが野原でくたばっている。ペストのせいか、単に飢えと衰弱によるものか、どっちとも言えない、ということだった。

ウォルサムストウの人びとが非常に慎重になり、よほど納得しないかぎりは誰ひとりとして受け容れないと決めたのには、確かにもっともな理由があった。しかし、指物師のリチャードともうひとつの集団の男が交渉役として主張したように、町が道を封鎖して人びとが通り抜けるのを許さないのは理不尽だった。しかも彼らは、いま道を通っていくことのほかなにも求めていない。交渉役の二人は言った。「もしも町のみなさんがわたしらを警戒しているのなら、自分の家に入ってドアを閉めればいいでしょう。親切な態度も不親切な態度も示さずに、こちらに構わないでいただければ結構です。」

ところが治安官たちとその部下は、理を説いても納得せず、頑なな態度を崩さないばかりか、聞く耳すら持とうとしなかった。そこで交渉役の二人の男は仲間の元に戻り、どうすればよいか相談した。事のあらましを聞いて、みんなすっかり気落ちして、かなり長いあいだどうすればいいか思いつかなかった。しかし兵士にして乾パン職人のジョンが、しばらく思案してからついに、「よっしゃ。あとは俺に任しときな」と言った。彼はまだ先方に顔が割れていなかった。そこで彼は指物師のリチャードに、木を切って何本か棒を用意し、それをなるべく銃に見えるような形にしてくれと頼んだ。するとたちまち五、六本の立派なマスケット銃が完成したが、遠目には本物と区別がつかなかった。そしてジョンは、銃の点火装置にあたる箇所に各自の持つ布やボロ切れを巻くようにさせた。これは雨天で銃の点火装置が錆びるのを防ぐために、兵士が行うことだった。残りの部分にはなるべくたっぷり土や泥を塗って、地の色を隠した。そしてこの間ずっと、残りの人びとは彼の指示に従って二、三の集団に分かれ、それぞれが木の下に座り、互いに適度な距離をおいて焚き火をした。

こうしたあいだ、元兵士が二、三人を引き連れて登場し、町の男たちが作った障壁から見える場所にある狭い通路にテントを張った。そして自分は本物の、たった一本きりの本物の銃を持って、テントの真横に歩哨よろしく立った。それから銃を肩に担いで、町の人びとに向かってこれ見よがしに、あちこちを歩きまわった。さらに彼は、テントの脇にあった生け垣の門に馬をつなぎ、その反対側に乾いた枝を集めて火を熾《おこ》した。ちょうど町の人たちが火と煙を見ることはできるが、その火で彼らがなにをしているのかは見えないようにした。

町の人びとは彼らをとても熱心に、じっくり時間をかけて観察したが、目に入る情報を総合すると、この集団が非常に多人数の部隊であると判断しないわけにいかなくなり、みんな不安を覚えはじめた。不安の原因は、相手が疫病から逃げているからではなく、いつまでも動かないせいだった。なによりも、この集団が馬と武器を持っていると認識したことが大きかった。実際、彼らはテントのところで一頭の馬と一梃の銃を見ているし、他の連中がマスケット銃（と彼らが思ったもの）を肩にかけて、狭い道の脇にある生け垣に囲まれた野原を歩きまわっているのも見ていた。さて、こんな光景を見せられたら、町の人たちが危険を察知してひどく怯えたのも無理はない、と納得していただけただろう。しかも彼らは治安判事のもとを訪ねて、どうすべきか相談したらしい。判事がなにを助言したのかは知らないが、夕方が近づいたころ町の人びとは、前に述べた障壁からテントの傍らの歩哨に声をかけた。

さすらい三人衆（強引な説得）

「なんの用だ？」（原注1）とジョン。
「そちらこそ、なにをしようというのだ？」と治安官。
「なにをって」とジョン。「あんたらは俺たちになにをさせたいんだ？」
治安官「なぜお前たちは立ち去らないのか？　なんのためにここに留まっている？」
ジョン「そっちこそどうして、国王陛下の公道を行く俺たちを足止めするんだ？　俺たちが進軍するのを邪魔する権利でもあるってのか？」
治安官「理由を教える義務などないが、ペストのせいだとすでに知らせている。」

ジョン「だから俺たちは全員健康で、ペストのやつなどいないと知らせたじゃないか。こっちもあんたらに信じてもらう義務なんてない。なのにあんたらは、俺たちが公道を行くのを邪魔しやがって。」

治安官「感染の拡大を防ぐ権利はわたしたちにある。わが身の安全のためにもこれは必要なのだ。さらに言えば、これは国王陛下の公道ではない。国から黙認されている村道だ。ここに門があるだろう。人がここを通る際には、通行税を支払うことになっているのだ。」

ジョン「身の安全を求める権利を持っているのは、こっちもあんたらと同じこった。見てのとおり、どうにか生きのびようと必死で逃げてきたんだ。それを足止めするなんて、あんたらにはキリスト教徒の道義心ってもんがないのかね。」

治安官「お前たちはもと来た方へ引き返せばよいだろう。それならわたしたちは手を出さない。」

ジョン「いいやダメだ。俺たちが引き返せねえのは、あんたらより手強い敵のせいだ。そうでなきゃ、わざわざこっちまで来るかってんだ。」

治安官「それならば、どこでも他の道を行けばいいだろう。」

ジョン「いいやそうはいかん。見たらわかるだろうが、こっちがその気になりゃいつでも、あんたらはもちろん、この教区の住民まるごと追っ払って、堂々と町を通り抜けることだってできるんだぜ。けれどもあんたらがここにいてくれって言うもんだから、聞いてやってるのさ。見てのとおり、俺たちはここに宿営を張って、しばらく生活させてもらう。ついては食糧を支給してもらいたい。」

治安官「食糧を支給！　いったいなにを考えてるんだ？」

ジョン「おいおい、あんたらだって、俺たちを飢え死にさせたくはねえだろう？　あんたらがここにいろって言うんなら、俺たちを食わせてくれねえとな。」

治安官「お前たちに十分な食糧は提供できない。」
ジョン「もしもケチケチしやがったら、もっともらえるように行動するだけのこった。」
治安官「まさか力ずくで食糧を取り上げるつもりではあるまいな？」
ジョン「俺たちはまだ乱暴なことはなにひとつしてねえ。なのに、あんたらは俺たちにそうしてほしいように見えるぜ。俺は根っからの軍人だ。飢え死になんてご免こうむる。もしも、食糧を渡さなけりゃ俺たちが困って引き返すなんて考えてんなら、とんだ見当違いだぜ。」
治安官「そんな風に脅すのであれば、こちらとしても十分に備えねばならない。わたしは州の軍隊を招集してお前たちに当てるよう、命令を受けているのだ。」
ジョン「おいおい、脅してるのはこっちじゃねえ、そっちだろうが。そっちが危害を加える気なら、俺たちが先手を打っても文句は言えねえな。それじゃあ間もなく進軍を開始するぜ（原注2）。」
治安官「そちらの要求を教えてくれないか？」
ジョン「そもそも、俺たちはなにも要求などしてなかったんだ。町を通り抜けるのさえ認めてくれたらよかったのさ。俺たちは、あんたらの誰にも指一本触れたりはしなかったろうし、あんたらだって、俺たちが暴れたり、物を奪ったりするのを望んでたわけじゃねえだろう。俺たちは泥棒じゃねえ。ロンドンで暴れまわってる恐ろしいペストの手からどうにか逃げてきた、哀れな避難民なんだ。あっちでは毎週何千という人間がペストの餌食になってんだぜ。なのにあんたらときたら、どこまで無慈悲なんだ！」
治安官「自衛のためには、やむを得なかったのだ。」
ジョン「自衛？　この町じゃ、こんな大災害のときに同情の門を閉ざすのを、自衛と呼ぶのかね？」
治安官「では、もしもお前たちが左手にある野原を横切って、町の裏手を迂回してくれるのであれば、門を開けるよう掛け合ってみようじゃないか。」
ジョン「そっちに行っても、騎兵隊(原注3)が馬に荷物を載せたまま通れんだろう。俺たちの通りたい道はそっちじゃねえんだ。だいたいなんだって、あんたらは俺たちがまともな道を行けねえようにするんだ？　その上、俺たちをここに一日引き止めといて、こっちが持ってきたもののほか、なにも食糧を寄越さねえってのは納得がいかねえ。俺たちに救援の食糧を渡すのが筋ってもんだろう。」
治安官「お前たちが別の方向に行ってくれるなら、なにか食糧を持ってこよう。」
ジョン「まさにそうやって、この州の町はどこも、俺たちの行く手を阻んできたんだぜ。」
治安官「どこでも食べ物をもらえるなら、そう困ることもないだろう。見ればお前たちはテントを持っているのだから、寝る場所の心配はなさそうだ。」
ジョン「それで、どれぐらいの食糧を渡してくれるんだ？」
治安官「お前たちは総勢何名か？」
ジョン「いやなにも、部隊の全員に行き渡る量なんて求めちゃいねえんだ。俺たちは三部隊もあるんだからな。男が二十人、それと女が六、七人分の食いもんを、三日分渡してくれ。それからさっき言ってた、野原を越える行き方も教えてくれ。そうすりゃ、もともとこっちは町の人たちを怖がらせるつもりはねえんだから、そっちの顔を立てて道なき道を行ってやるよ。もっとも、俺たちはあんたらと同じく、誰も病気なんかじゃねえがな。」
治安官「それではお前は、お前の仲間がこれ以上こちらに迷惑をかけないと、保証してくれるのかね。」
ジョン「ああ、その点についちゃ、心配ご無用だ。」
治安官「それから、お前の仲間が誰ひとりとして、こちらが渡す食糧の置いてある場所より一歩でも近づくことのないよう、責任を持って対応してくれるだろうな。」

ジョン「そんなことはしねえって、俺が請け合うぜ。(原注4)」

この話し合いのとおり、町の人びとは、指定の場所に二十斤のパンと上質の牛肉の大きな塊を三つか四つ寄越してくれた。しかもいくつかの門を開いてくれたので、彼らはそこを通過したが、その通る姿を見ようと外に目を向けるような大胆な町民はひとりもいなかった。もっとも、すでに夕方だったので、外を見たとしても彼らの姿は暗さに溶けこんで、実はどれだけ少人数だったかを把握はできなかったはずだ。

(原注1)「何の用だ?」 このときジョンはテントにいたが、町の人たちが呼ぶのを聞いて外に出てきたものらしい。銃を肩にかけ、まるで上官である将校に命令されて、そこで歩哨として警戒の任に当たっているかのような口ぶりだったそうだ。

(原注2)「おいおい……」 ここで治安官と周りにいた町民が色を失い、たちまち口調が変わった。

(原注3)騎兵隊 彼らには馬が一頭しかいなかった。

(原注4)「そんなことはしねえって……」 ここで彼はひとりの部下を呼び、リチャード隊長とその配下に、沼地の脇にある低い道を進軍し、森で合流するように告げよ、と命令した。しかしこれはすべて演技であって、リチャード隊長も、その部隊もどこにもありはしなかった。

さすらい三人衆(エッピングでの野営)

これは兵士ジョンの戦略勝ちだった。ところが、この件が州一帯に強い警戒心を抱かせてしまい、もしも彼らが本当に二、三百の集団であれば、州の軍隊がこぞって彼らの鎮圧に当たり、みんな投獄されていただろう。いやもしかすると、頭をもろに打ち砕かれていたかもしれない。

彼らはすぐにこれを知るところとなった。というのも、その二日後に何隊もの騎馬隊と歩兵隊が巡回しているのに気づいたからだ。「マスケット銃で武装した三隊の集団を追跡している」と部隊の連中は言っていた。「この集団はロンドンから脱走した者たちで、ペストにかかっている」とされ、さらに、「この者たちは、病気を人びとにうつすだけでなく、いたるところで略奪を働いている」ことにもなっていた。

自分たちの行動が招いた結果を目の当たりにして、かなり危険な状況にいることを、彼らはただちに理解した。ここでもベテラン兵が助言して、ふたたび集団を分けることに決まった。ジョンとそのふたりの相棒は馬を連れて立ち去り、ウォルサム*に向かうよう見せかけた。残りは二隊に分かれ、ただし全員が少しずつ距離を取って、エッピングに向かった。

最初の晩は全員が森で野営した。互いの宿営地にあまり距離を置かなかったけれども、すでに見られているテントは危険なので設置しなかった。その代わり、リチャードが斧と鉈で作業をはじめ、切り落とした大小の枝を組み合わせて、たちまち三つのテント、というか簡素な小屋を建ててしまった。おかげで彼らはなんの不便も感じずに野営することができた。

ウォルサムストウで手に入れた食糧は、この夜の食事として十分すぎるくらいだった。だが翌日の食べ物となると、神のご意志にお任せするしかなかった。しかし、彼らがこうして難局を乗り切れているのも、ベテラン兵の指示があってのことだったので、彼が指導者の役目を果たすことを誰もが望んだ。そこで最初に彼の出した指示は、とても適切なものだと思われた。すなわち、「俺たちはもうロンドンから十分離れているし、慌ててこの州に避難場所を見つけて住む必要もないのだから、この土地に病気を広げないように注意するのと同じくらい、この土地で病気をもらわないよう気をつけなければならない。ただし、手持ちの金はたかが知れているから、できるだけ節約を心がけねばならない。また、この土地で乱暴を働こうとするのは許さない。むしろできるだけ土地の人に迷惑をかけないよう、よく考えて行動しなくてはいけない」という指示だった。すると全員がこれを受け容れた。そして、例の三軒の小屋はそのまま残すことにして、翌日にエッピングに向けて出発した。いまや隊長と呼ばれるようになったジョンも、ふたりの相棒とウォルサムに向かうという仮の計画を放棄して、全員で一緒に旅立った。

エッピングの近くまで来ると、彼らは歩みを止め、開けた森のなかに適切な集合場所を見つけた。そこは公道に近すぎず、といって北に行きすぎてもいないところで、刈りこまれた低木が群生していた。この場所に小さなキャンプ場を設けることにして、三つの大きなテント、もしくは小屋を木の棒で作った。これは例の大工と彼の助手として働いた人たちが、木を切って円く地面に立て、細い先端を上で縛って一つにしたもので、木の枝や灌木で隙間を埋めたために、完全に外気を遮ることができて、保温性もばっちりだった。このほかに、女性だけが寝るための小さなテントと、馬をつなぐための小屋もあった。

幸運なことに、翌日だったか、その次の日だったかにエッピングで市場が開かれた。その日、ジョン隊長ともうひとりの男が市場に行き、多少の食糧、すなわちパンのほか羊肉と牛肉もいくらか購入した。これとは別に、二人の女も市場へ行き、同じ集団の者と気づかれないようにして、さらに多くを買った。ジョンは食糧を持ち帰るための馬を連れていて、食糧を詰めこむための袋(大工が道具を入れていたもの)も持っていた。大工はまた仕事にとりかかり、手に入る木を用いて、どうにかみんなが座るためのベンチやスツールを製作し、食事用にテーブルのようなものまでこしらえた。

二、三日のあいだ、彼らはまったく気づかれることがなかったが、その後、おびただしい数の人びとが町を飛び出して、彼らの様子を窺うようになった。はじめのうち人びとは彼らに近づくのを警戒しているようだったが、実は彼らの方にしても、そのまま離れていてほしかった。なぜなら、そのころペストがウォルサムで流行っているとか、二、三日前にはエッピングまで来たといううわさがあったからだ。そこでジョンは町の人びとに対し、「こっちに来るな」と叫んだ。「なぜなら、俺たちは全員健康でピンピンしてるから、あんたらがこっちにペストをばら撒くのも、こっちがあんたらにペストをばら撒いたと因縁をつけられるのもご免だからだ。」

このあと教区の役人たちがやってきて、遠くから彼らと話し合った。「お前たちは何者だ、また誰の許可を得て、そんな場所に陣取ろうとしているのか」と役人たちは訊ねた。ジョンはきわめて率直に答えた。「俺たちはロンドンから来た哀れな避難民だ。ペストがあの勢いで広がったらどんな悲惨なことになるかを見越して、命あるうちに逃げ出してきたのさ。ただ飛び出したはいいが、俺たちには当てになる知り合いも親戚もいねえ。それでも最初はイズリントンに居場所を見つけたんだが、この町にもペストが押し寄せてきたもんだから、さらに遠くまで逃げてきたんだ。でもエッピングの人は俺たちが町に入るのを断るだろうと思ったから、こうして広い野外にテントを張ってるってわけさ。俺たちから危害を加えられるんじゃねえかと町の人を不安にするくらいなら、こんな侘び住まいでいろいろ辛い目に遭うのも仕方がねえだろう。」

はじめのうち、エッピングの人びとは彼らに厳しい言葉を浴びせ、直ちに退去せよと命じた。「ここはお前たちの土地ではない。それにお前たちは健康そのものだと言い張るが、ペストに感染しているか分かったものではない。ひょっとすると、この地域全体に感染を広げるかもしれない。よって、そんなところにいるのを認めるわけにいかない」ということだった。

かなり長い時間、ジョンはとても穏やかな口調で彼らと話し合い、このように語った。「ロンドンというのは、あんたがた、つまりエッピングとかその周り一帯の町の人たちが、生活するのに欠かせねえ場所だ。ロンドンの連中にあんたがたは土地で獲れたものを売るし、その土地だって、ロンドンの連中から借りて耕してるんだろう。だからロンドンから来た者たちに、というか、誰だろうとあんたがたの生活をこれだけ支えてきた人たちに、そんな冷たい態度をとるってのは、ずいぶんひどいんじゃないかな。あんたがただって、ロンドンの人間がこの世でいちばん恐ろしい敵に睨まれて逃げ出したときに、ひどく乱暴に接し、他所者《よそもの》扱いして、手を差し伸べてくれなかったなんてこれからずっと覚えられて、うわさにされるのはご免だろう。そんなことになりゃあ、エッピングの人間の悪名がロンドン中に広まって、市場に物を売りに行こうもんなら、通りの真ん中で群衆から石をぶつけられるのは間違いねえ。だいたいあんたがただって、まだこれから病気の訪問を受けねえとも限らんよ。俺の聞いた話じゃ、ウォルサムにはもう来たらしいぜ。そっちの誰かが、病気に巻きこまれる前に心配で逃げ出したと考えてみなよ。そのとき、広い野外に寝泊まりするのも自由にさせてもらえなければ、ずいぶんひどいと感じるはずだぜ。」

エッピングの人たちは、ふたたび話しはじめた。「なるほど、お前たちは健康で病気に感染していないということだが、なにも証拠がないではないか。それに、ウォルサムストウに群衆が大挙して押し寄せたという報告を受けている。その者たちはお前たちのように健康だと主張していたが、町を略奪するとか、教区の役人がなんと言おうと強引に通ってやるとか、脅しをかけたそうだ。およそ二百人の集団で、オランダ方面で戦う兵士のような武器とテントを所持していたらしい。さらには、武器を誇示し、軍隊用語を用いながら、この地に宿営を張るので食糧を拠出せよ、と無理に迫って町から食糧を分捕《ぶんど》ったと聞いている。その後、一部がロムフォードとブレントウッド*方面に向かったらしいが、行く先々でその者たちは疫病を撒き散らしたので、この二つの大きな町にもペストが蔓延し、人びとは怯えて普段のように市場に行けなくなっている。きっとお前たちは、その集団の仲間だろう。もしそうであれば、お前たちは州の刑務所に放りこまれるのが当然だ。お前たちがこの地にもたらした損害、および人びとにあたえた多大な恐怖について、償いがすむまで出ることはかなうまい。」

ジョンは答えた。「他人がやったことは、俺たちには関係ねえよ。俺たちはみんなこの一つの集団に属するだけで、いまあんたがたの目の前にいるほかに数が増えたこともない。」これはまったく正しかったわけだが、続きを聞こう。「俺たちは別々に出発した二つの集団だったんだが、同じ境遇の者同士と分かって途中で合流したのさ。そっちがお望みなら、誰に対しても、どんなことだろうと俺たちは答えるつもりだ。俺たちが罪を着せられている騒動について、公の場で弁明をさせてくれるなら、名前だろうと、住所だろうと喜んで教えるぜ。いずれこの町の人たちにも分かってもらえるだろうが、俺たちは不便な暮らしをするのは覚悟の上で、病気に汚染されてないこの森の、ほんの片隅で命をつなげりゃ満足なんだ。とにかく病気に毒されたところには住めないからな。だから、ここも危ないってことになったら、さっさと引き払わせてもらうぜ。」

「しかし」と町の人びとは応じた。「わたしたちはすでに多くの貧民を抱えていて、いま以上に増やすわけにいかないのだ。お前たちは、この教区と住民の負担にならないという保証を、こちらに示すことはできんだろう。疫病についても同じように、お前たちが危険でないという保証はあるまい。」

「まあ聞いてくれ」とジョン。「あんたがたに負担をかけるかについちゃ、そうならないことを願っている。もっとも、俺たちにいま不足している食糧を恵んでくださるなら、心から感謝するがね。俺たちは、家では誰の施しも受けずに暮らしてたんだから、いただいた分のお礼はあとできっちり支払うつもりだ。神様の思し召しで、俺たちが無事に家と普段の暮らしに帰ることができて、ロンドンの市民が健康を恢復できればな。」

「死んだときの負担についちゃ」ジョンは続けた。「もしも俺たちの誰かが死ねば、残された者たちがそいつを埋葬するから、あんたがたには一文も迷惑をかけねえことは約束する。もっとも、俺たちみんな死んじまうようなことがあれば、そりゃあ最後のもんは自分を埋めることはできねえから、その費用だけは支払ってもらわにゃならんだろう。だがそいつも、最後のやつが残す金で十分に賄えるに違いねえのさ。」

「だからといって」ジョンは加えて言った。「もしもあんたがたが、同情を胸の奥にしまいこんで、*なんの援助もしてくれなくても、俺たちは力ずくでなにかを分捕るとか、誰かの物を盗むなんてことはしねえ。あげくの果てに、俺たちのわずかな持ち金が尽きて、みんな食えずにくたばるとしても、そいつも神の思し召しだ。」

さすらい三人衆（町民からの援助）

ジョンがこのように理路整然と話すのを聞いた町の人びとは、深く心を動かされたので、その場を立ち去った。それからは、彼らがそこに滞在するのを決して認めはしなかったけれども、邪魔することもなかった。三日か四日にわたって、この哀れな旅人たちは、なにも言われることなく野営を続けた。この期間、彼らは町外れにある食堂を兼ねた食品店と、遠いながらも近づきになった。すなわち、遠くから声をかけて、彼らの欲しい細々したものを持ってくるように頼んでいた。品物は遠くに置いてもらい、毎回きっちり金を支払った。

またこのころには、町の子供や若者が、しょっちゅうとても近くまでやってきて、立ち止まりながら彼らをじっと眺め、ときには少し離れたところから会話をすることもあった。なかでも町民の興味を引いたのは、最初の安息日にこの哀れな人びとは外に出ず、集まって神に祈りを捧げ、集会場から讃美歌が聞こえてきたことだった。

こうした事実や、穏やかで好感の持てる振る舞いによって、彼らはこの地域でよい評判を得るようになり、町の人びとが同情し、「なんと善良な集団だろう」と口々に語るようになった。その結果、こんなことが起きた。かなり激しい雨の降った日の夜、近隣に住むひとりの紳士が、小さな荷馬車に一束三十六ポンド*の藁を十二束も載せて、彼らに送ってくれた。この上に寝てもいいし、小屋の屋根を隙間なく葺《ふ》いてもいい、とにかく彼らが濡れないようにとの気遣いだった。ここからそう遠くない、ある教区の司祭も、この紳士のことは知らずに、小麦を約二ブッシェル*と、白エンドウを半ブッシェル送ってくれた。

言うまでもなく、こうした援助はありがたかった。とりわけ藁は、彼らの生活を改善するのに本当に役立った。器用な大工は、彼らがなかで寝られるよう、飼い葉桶みたいな木の枠組みを作って、木の葉など手に入るものを内側に詰め、テントの布をすべて切って上に掛けていた。それでもなお、湿って固くて不健康なベッドで寝ていたところに、この藁が届いたので、彼らにはまるで羽根布団のように感じられたのだ。いや、ジョンも言ったように、普通のときの羽根布団よりもありがたいものだった。

この紳士と司祭が、こうして放浪者たちに慈悲を施す見本を率先して示してくれたおかげで、他の人たちもすぐに続いた。こうして、彼らは毎日いろんな人からなんらかの施し物を受け取っていたのだが、主な送り主はこの近隣に住む紳士たちだった。ある人は、椅子やスツール、テーブル、他にも彼らが必要だと知らせたその手の家具を送ってくれた。またある人は、毛布や上掛けやベッドカバーを送った。いろんな陶器を送る人や、食べ物を調理するための台所用品を送る人もいた。

こうした好意に勇気を得て、彼らの大工はほんの数日で、大きな小屋、というより家を建設した。垂木を渡し、立派な屋根もあり、ちゃんと地面より高い床も作られていた。九月に入り、雨が多く肌寒さを感じるようになっていたが、この家に護られて彼らは暖かくすごした。なにしろ、この家の屋根は隙間なく葺かれていて、壁も屋根も分厚く作っていたために、外の寒気をしっかり遮断してくれた。さらに彼は、片側に土壁を設けて、煙突もつけた。それから別の者が、ずいぶん試行錯誤があったものの、煙を排気するための金属の管を煙突の先につけた。

さすらい三人衆(疫病、エッピングに迫る)

ここで彼らは、優雅とはいかないけれども、かなり快適に九月の初めまですごしたのだが、そのころ悪い知らせが耳に入ってきた。本当か嘘か定かでないものの、この西側にあるウォルサム・アビーと、南東側にあるロムフォードやブレントウッドで猛威をふるっていたペストが、いまやエッピングに、ウッドフォードに、さらには、この森に接するほとんどの町にも、押し寄せたというのである。疫病がここまで広がったのは、主に行商人など食糧を持ってロンドンとのあいだを行き来する人たちが原因だと、うわさされていた。

もしもこれが真実であるならば、後日イギリス中で伝えられたうわさと、明らかに辻褄《つじつま》が合わない。このうわさは、いままで話したとおり、ぼくの体験した事実とは異なっている。すなわち、ロンドンに食糧を運ぶ市場の関係者は、決して疫病にならなかったし、田舎に疫病を持ち帰りもしなかった、というものだ。このうわさのどちらも事実ではない、とぼくは確信している。

こうした人たちが、想像以上に健康を保っていたとは言えるかもしれない。それでも、奇蹟的とまではいかないだろう。大勢の人が行ったり来たりしていたのに、それほど感染者が出なかったことは、ロンドンの惨めな人びとには随分と励みになった。もしも、市場に食糧を運んでくれる人たちが、度重なる危険を見事に乗り越えてこなければ、いや、少なくとも常識では考えられないくらい病魔から護られていなければ、ロンドン市民は絶望の淵に沈む他はなかったのだから。

ところがいまや、例の新参者たちは、はっきりと不安を覚えるようになった。周りの町がどこも疫病に冒されているのが紛れもない事実となり、もはや誰から病気をうつされるか分からないと疑心暗鬼になってしまって、必要な物を買いに出かけるのも難しい状況だった。このため彼らは本当に辛い思いをした。いままでは、この地方の慈悲深い紳士たちが提供してくれるものを除けば、ほとんどなにもなくなってしまったからだ。そんななか、彼らを元気づけるできごとがあった。この地域の紳士たちのなかで、これまでなにも恵んでこなかった人まで、彼らのことを聞いて物資を提供してくれるようになったのである。ある人は、丸々と肥った豚、つまりすぐに食用にできる豚を送ってくれた。別の人からは二匹の羊、また別の人からは一頭の子牛も届いた。おかげで肉は十分にあった。それにチーズやミルクなどの食品も、ときどき送ってもらった。しかしどうにも困ったのは、パンがないことだった。紳士たちが小麦を送ってくれても、パンを焼く窯もなければ、粉を挽く臼さえなかった。そのため、彼らが最初に送ってもらった二ブッシェルの小麦は、炒り麦にして食べなくてはならなかった。それはまるで、古代イスラエルの民が、麦を挽いてパンにせずに食べたときのようだった。*

しかしついに、ウッドフォードの近くにある水車小屋に小麦を持っていき、そこで挽いてもらうという解決策が見つかった。そのあと乾パン職人が、なかを広くとり、よく乾燥した炉を作ると、十分立派な乾パンを焼けるようになった。かくして彼らは、町の人たちの手や物資を借りずに生活できる環境を整えた。これは幸いだった。というのも、すぐあとにこの地域は隅々まで疫病に襲われ、彼らの住処の近くの複数の集落では百二十人がその犠牲となったと言われているからだ。それは彼らにとっておぞましい報せだった。

さすらい三人衆(放浪ふたたび)

さっそく彼らは協議のための集会を開いた。いままでは、町の方で彼ら他所者《よそもの》が近くに住みつくのを恐れる必要はなくなっていたが、まったく逆に、町民のなかで貧しい部類の家族が何世帯も、自分の家を捨て、彼らと同じやり方で森に小屋を建てていた。ところが、この逃げてきた貧しい人たちのなかに、小屋などの仮住まいで発病する者が何人も出た。その理由は明らかだった。要するに、その人たちが屋外に避難したからではなく、手遅れになってから避難したせいなのだ。具体的に言うと、近所の人たちと不注意に親しくすることで、病気をもらってしまうか、(別の言い方をすれば)病気を家に招いてしまったため、それからどこへ行こうと病気も一緒についてきたのである。また第二の理由として、無事に町を出たとしても、そのあと注意を怠ったために、また町に近づいて病気の人たちと交わったせいで発病することもあった。

ただ、理由がどちらであれ、ペストが町だけでなく、周りの森に設置されたテントや小屋にも入りこんでいることが、われらが旅の仲間の知るところとなると、彼らは恐怖心を抱いたばかりか、宿営をたたんで移動することを考えるようになった。このまま滞在すれば、命の危険にさらされることは明白であった。

しかし、彼らが身を切られるような思いをしたのは、別に不思議ではないだろう。彼らをこれほど親切に迎え入れ、滞在中も豊かな人情と慈愛の心で接してくれた、この土地を離れなければならないのだから。だが、切迫した状況と、こんな遠くに来てまで護った命を危険にさらしたくないとの思いから、移動を唱える者が多かった。もはや他に逃れる術はないと思われた。しかしジョンは、現在の窮状を救うための方策を考えた。すなわち、まずは第一の恩人である紳士に彼らの陥った苦境を訴えて、支援と助言を求めることにした。

この善良で慈悲深い紳士は、この場を去ることを勧めた。病魔の猛威が四囲に及んで、退路をすべて断たれてはいけないからだ。しかし、どこに向かうべきかについては、指示をするのがとても難しいとのことだった。ここでおずおずと、ジョンが紳士に訊ねた。治安判事であるこの紳士に、彼らが旅先で会う他の治安判事に宛てて健康証明書を発行してくださらないか、とお願いしたのである。証明書があれば、彼らもロンドンを離れて長いことがはっきりするから、運がどう転んでも、検問で追い返されることはないだろう、というのだ。この願いを判事殿は直ちに聞き届け、健康を証明する正式の手紙を渡してくれた。このときから、彼らはどこへなりと好きな場所に行けることになった。

こうして手に入れた完全な健康証明書には、以下のことが言明されていた。この者たちはエセックス州のある村落に長期間滞在しており、十分な検査と観察を行い、四十日以上にわたって外部との交流を控え、病気の徴候が一切現れなかったため、以上をもって彼らが健康であるのは確実だと判断され、どこでも安全に受け容れることができるし、いま移動しているのはこれこれの町に波及したペストを避けるためであり、この者たち、あるいはその同行者たちに感染の徴がわずかでも認められたわけではない。

この証明書を手に彼らは旅立ったが、強く後ろ髪を引かれる思いがした。ジョンが故郷であるロンドンから遠く離れるのを好まなかったので、彼らはウォルサムの傍らに広がる沼地の方へ移動した。しかし、そこで彼らはひとりの男に出会った。川を行き交う荷船のために水位を上げるための堰、すなわち川をせき止める設備の番人であるらしい。この男は疫病に関する暗澹たるうわさで彼らを戦慄させた。流行はこのリー川が流れているミドルセックス州とハートフォードシャー州の町だけでなく、川の近くの町すべてにまで拡大しているというのだ。すなわち、ウォルサム、ウォルサム・クロス、エンフィールド、ウェア*、他にも大北方街道《グレート・ノース・ロード》沿いの町は全滅だという。これを聞いて、彼らはその道をとるのが怖くなった。ただし、この男はどうやら彼らを担いでいたようである。それは真実とは言えなかったからだ。

しかし、男の話は彼らを怯えさせた。そこで川を渡らずに東に進み、森を横断してロムフォードやブレントウッドの方面を目指すことにした。ところが、そちらにはロンドンを脱出した避難民がたくさんいて、ロムフォード近郊に広がるヘイノート*の森と呼ばれる森のあちこちに逗留している、といううわさが耳に入ってきた。この連中は食糧も住居も持たないため、人家を離れ、援助も受けられずに野や森でひどい困窮に陥っていたが、ついに耐えきれなくなり、州の人びとから物資を盗んだり、強奪したり、さらには家畜を殺害するなど、さまざまな暴力行為に及ぶようになったという。これとは別に、街道沿いにみすぼらしい小屋を建てて援助を乞う者たちもいたが、そのしつこさは救援物資を強要しているのと変わらなかった。このせいで州全体に大きな不安が広がり、何名かを捕縛しなければならなかったというのだ。

これを聞いて真っ先に彼らの心に浮かんだのは、前の居住地で得られた地元の人からの同情と優しさは、もはや少しも彼らに向けられないだろう、ということだった。その代わり、どこに行っても訊問を受けるだろうし、似た境遇にある連中から襲撃される危険性さえあるかもしれなかった。

さすらい三人衆（最後の宿営地）

こうしたことをじっくり考えた結果、ジョン隊長は彼ら全員の名代となり、あの善良な友人で恩人でもある紳士の許に戻った。かつて彼らを救い出してくれた紳士の前で、ジョンは正直に自分たちの状況を訴え、どうか助言をくださいと頭を下げた。紳士は今度も親切に、それでは前の宿所にまた戻ってはどうか、そうでなければ、もう少し街道から離れた場所に移動してはどうだろうか、と勧めてくれた上に、移り住むのにふさわしい場所を教えてくれた。ジョンたちは、この季節の雨風をしのぐために、どうにかして小屋ではなくまともな家に住みたいと望んでいた。大天使ミカエルの祝日《ミクルマス》*まで、もうあまり日がなかった。すると一軒の古いボロ家が見つかった。前に農場の労働者が暮らしていた小さな家だが、長く修繕もされなかったので、ほとんど住めない状態で放置されていた。そこでこの建物を持つ農場の主人と話をつけて、好きなように利用する許可を得た。

　器用な指物師が指揮をとり、全員で協力し合って、このボロ屋の改造にとりかかった。するとほんの数日で、悪天候のときも全員が風雨をしのげるようになった。また家のなかには古い煙突と古いオーブンがあったが、いずれも錆ついてボロボロだった。それでも彼らは、どちらもふたたび使えるようにした。さらに、家のあちこちで部屋を建て増ししたり、小屋を設けたり、指し掛け小屋をつけたりして、あっという間に全員の暮らせる立派な家ができてしまった。

　窓の雨戸や床、ドアなどを作るのに、多くの木の板が必要だった。しかし、前にも出てきた紳士たちが彼らに好意を寄せてくれたし、そのおかげで土地の人たちも警戒を解いてくれた。またなんといっても、彼らがみな疫病とは無縁で、健康そのものだと知られていたのが大きく、誰もが不要な資材をどんどん援助してくれた。

　彼らはここを最後の宿営地と定め、もう移動しないことに決めた。ロンドンから来たというだけで、この州の至るところが異常な警戒を示すのを、すでによく分かっていた。どこに行こうとも受け容れられるのは至難の業だろうし、少なくともここで得られるような友好的な態度や援助は望めなかった。

　こうしていまや、地元の紳士たちと近所に暮らす人びとから、多大な援助と励ましをもらっていた彼らだが、それでもなお大変な困難が待ち受けていた。というのも、十月と十一月になると天気が寒く雨がちになり、こうした苦しみには慣れていなかったからだ。体中が冷えきってしまい、体調を崩すこともあったが、決して疫病にかかることはなかった。そのまま十二月ごろまで過ごすと、彼らはふたたび懐かしいロンドンに戻ることができた。

安息を奪われた人びと

　ずいぶん長い話になってしまったけれども、ロンドンで疫病が鎮まって間もないころ、一斉に現れた大勢の人たちがどうすごしていたのか、ここから分かってもらえれば、ぼくの主な目的は果たせたことになる。すでに述べたとおり、財力があって、田舎に避難場所を持つ人たちは、大挙してそうした場所に逃げ出していた。そしてこれもお話ししたとおり、恐るべき疫病が勢力を拡大して、まさに猖獗《しょうけつ》をきわめると、田舎に友人をもたない一般市民まで、避難できる場所なら国中のどこにでも繰り出して行ったが、食糧を自給できるだけの金を持つ者もいれば、そうでない者もいた。金を持つ者たちは生活の心配がないから、できるだけ遠くまで逃げるのが普通だった。ところが、懐がすっからかんの連中の場合は、すでに見たとおり大変な辛酸を嘗(な)めることになり、しばしば立ち行かなくなったため、彼らに必要な物資を地域が負担しなければならなかった。そのため、田舎の人びとはこうした連中を強く警戒し、ときには逮捕さえした。しかし逮捕してもできることは少なく、刑罰を課すことにはとても慎重だったために、町から町へと何度も移動させられて、結局はロンドンに戻ってくるはめになるのだった。

このジョン兄弟の物語を知ってから調べてみたところ、こうした安息を奪われた哀れな人たちは、ものすごい人数でさまざまな方面に散らばっていた。そのなかには、つましい小屋や納屋、離れを手に入れて住み、地域からとても親切にしてもらえた人もいた。移住者が少しでも健康を証明できる場合、とりわけロンドンに病気が蔓延する前に脱出していた場合には、そうしたことが多かった。しかしそうでなければ、またこういう人がとても多かったのだが、自力で野原や森にみすぼらしい避難小屋を建てたり、穴や洞窟など住めそうな場所を見つけたりして、隠者のごとく暮らす人たちもいた。これはかなり過酷な状況だったに違いなく、実際に多くの人が危険の渦巻くロンドンに舞い戻るのを余儀なくされたのだった。こうして彼らの避難小屋はしばしば空っぽになったが、田舎の人たちは、住人がペストで死んだんじゃないかと疑い、怖くて近づこうとしなかった。実に長く、それは放っておかれた。また、不幸な放浪者のなかには、誰にも気づかれずに死んだ人がいてもおかしくないし、援助を受けられずに窮死した人もいただろう。たとえば、あるテントだか小屋のなかで、ひとりの男が死んでいるのが見つかったのだが、となりに広がる牧草地の入口の柱に、不揃いな文字がナイフで彫られていた。それは次の通りだが、どうやらもうひとりの男は逃げ出したか、そっちが先に亡くなって、残された方が苦しみながらも埋葬したらしい。

もー　ダメダ！
おれタチハ　ドツちも　しヌ。
ヒドい、ヒドい。

船上への避難

すでに話したとおり、ぼくは船乗りたちがテムズ川でどうしていたかを観察した。船がいわゆる「停留《オフィング》」と呼ばれる状態で、川の両岸から離れたところに留まりながら、互いの船尾にくっつかんばかりの列、というか線をなして、「プール」、すなわち市内の停泊地から、見渡せるかぎり下流まで連なっていた。聞いたところでは、こんな船の列が、はるか下って河口の町グレーヴゼンドまで停泊していて、さらにずっと先に浮かぶ船もあったという。沿岸のさまざまなところで、風や天候に関して安全に停泊できる場所でさえあれば、船が見られたようだ。こうした船に乗った人たちは、頻繁に陸に上がって田舎の町や村、そして農家におもむき、鶏肉、豚肉、子牛の肉など新鮮な食べ物を買って補給していたのだが、彼らの誰かがペストにかかったと聞いたことは一度もない。もっとも、先述のプールや、川の蛇行するデットフォード付近など、上流に停泊した船はそのかぎりでなかったけれど。

同じように、ロンドン橋よりも上流で働く船頭は、できるだけ上流に行くように手を尽くし、その多くは家族をみんなボートに乗せて、幕と包み《ティルツ・アンド・ベイルズ》、すなわち天幕や荷物を包む粗布で船上を覆い、寝床には藁を敷き詰めた。沼地のずっと奥の岸辺まで、こうした人たちのボートが停泊していた。なかには、帆で小さなテントをこしらえて日中はそのなかですごし、夜にはボートに戻る人たちもいた。これも伝聞だが、こうして川の両岸には、自給できる人たちか、田舎で物資を補給できる人たちを乗せたボートが、ずらりと並んでいたという。実は田舎の人たちは、紳士だろうと庶民だろうと、こうしたときや、その他さまざまなときに、困った人への支援を惜しみなく行っていた。ただしこの人たちは、決して自分たちの町や家に避難民を受け容れることはなかったけれど、その点で彼らを非難することはできないだろう。

田舎の無慈悲

ある不幸な市民の話を聞いたことがある。この人の家はおぞましい病に取り憑かれ、妻も子供もみんな失い、残ったのは彼と二人の召使い、それと死んだ人たちを献身的に看護した親戚の老婦人だけになってしまった。この悲しみに打ちひしがれた男は、ロンドン近郊にあったが死亡週報には記載されない村落に行き、空き家を見つけると、持ち主を探し出してそこを借りることにした。数日後、彼は荷馬車を手配して家財を積み、田舎の家まで運んだ。荷馬車を見た村落の人びとは、男がやってくるのを止めようとしたが、ここまで馬車を駆ってきた御者たちが言い返し、いくらか強引に突破して、村の道を通って男の家の玄関口に到着した。そこでも治安官が男を阻《はば》み、家に荷物を運びこむのを許さなかった。すると男は荷物を降ろして玄関口に置くようにさせて、荷馬車を帰してしまった。これを見た人びとは、男を治安判事の元へ連れていった。というより、人びとが彼についてこいと命じ、彼も従ったのだ。治安判事は、荷馬車を呼んでふたたび家財を運ばせるよう指示したが、彼は拒絶した。それを聞いた判事は、治安官にこのような指示を出した。荷馬車の御者たちを追跡して呼び戻し、荷物を再度積みこんで運ばせるように。これに従わなければ、御者たちを晒し台にかけ、さらに命令を出すまで拘束を解くな。もしも御者たちを見つけられず、この男も荷物を運ぶことを了承しなければ、荷物に鉤をかけて玄関口から引きずり出し、路上で燃やしてしまえ。窮地に立たされた哀れな男は、これを聞いて家財をふたたび運び去ったが、無情な裁きを嘆いて、悲痛な叫びとため息を何度も発していたという。だが、他に対処の仕方がなかった。自己の安全のために、田舎の人たちはこのような厳しい態度をとらざるを得なかったが、平時であれば違っていたはずである。あの哀れな男が生き延びたのか、死んだのかは分からないが、彼はそのときペストにかかっていたとのうわさもある。ひょっとすると、人びとが彼に対する仕打ちを正当化するために、そう言い触らしたのかもしれない。しかし、彼自身かその家財、あるいは両方に危険が潜んでいたとしても、ありえないことではない。なにしろほんの少し前に、彼の家族はみんな疫病で死んでいるのだから。

惨憺たる有様で疫病から逃げてきた、気の毒な人たちに無慈悲な態度をとったとして、ロンドン近郊の町の住民がずいぶん非難されているのは、ぼくも知っている。これまで話したことからも分かるだろうが、本当に冷酷なことが数多く行われていた。しかし同時に言っておきたいのは、避難する人びとに慈悲と援助を施す余裕があって、自分の身に明らかな危険もない場合には、こうした住民も、彼らに救いの手を差し伸べるのをためらわなかったことだ。しかしどの町も、本音では自分を護ることを基準に判断を下すので、あまりの窮状に耐えかねて市外に出た気の毒な人びとは、しばしば厄介者扱いされ、ロンドンに突き戻された。そのため、田舎の町に対して、数かぎりない怒りと怨みの声が浴びせられるようになり、その喧騒はやがてロンドン中に広がったのだ。

それでもなお、実のところ、これだけ警戒したというのに、市街地《シティー》から十六キロ（ぼくの見たところでは三十二キロ）圏内にある名の知れた町は、いずれも多かれ少なかれ感染者を出していたし、そのなかには死んだ者もいた。ぼくはさまざまな町の死者数を耳にしたが、それをまとめると次のようになる。

エンフィールド　32	ハートフォード　90	ブレントウッド　70
ホーンジー　58	ウェア　160	ロムフォード　109
ニューイントン　17	ホズドン　30	バーキング　約200
トッテナム　42	ウォルサム・アビー　23	ブランフォード　432
エドモントン　19	エッピング　26	キングストン　122
バーネットおよびハドリー　43	デットフォード　623	ステインズ　82
セント・アルバンズ　121	グリニッジ　231	チャーツィー　18
ワットフォード　45	エルサムおよびルーサム　85	ウィンザー　103
アックスブリッジ　117	クロイドン　61	（以下略）

感染者の邪悪な習性？

田舎の人たちがロンドンの、特に貧しい市民に厳しい態度をとったのには、もうひとつの理由があった。それは前に少し触れたように、病気に感染した者には、どうやら他人に病気をうつそうとする傾向、というか邪悪な習性があると思われていたせいだった。

医師たちのあいだで、その原因に関して大変な論争があった。ある医師は、病気そのものの性質に原因を求めた。この病気に捕えられた者は、誰もがある種の乱心に陥り、同じ種族への憎しみを抱くようになる。それはあたかも、感染を広げようとする病魔自体のみならず、人間の本性そのものに底知れぬ悪意があり、邪悪な意志、あるいは邪悪な眼差しによって、患者を操っているかのようだ。それはちょうど、狂犬病にかかった犬に見られる行動と似ていて、以前は同じ種族のうち、特に穏やかな性格だったとしても、ひとたび病気になると、そばに来る者なら誰でも、それまでいちばん懐いていた者だろうとお構いなしに飛びかかり、噛みつくのだという。

他の医師は、人間本性の堕落こそが原因であると解説した。人間とは、同種族の他者よりも自己が惨めだと認識するのに耐えられないものなので、すべての人間が自分と同じくらい不幸になり、苦しい境遇に陥ってほしいという、ある種の無自覚な願望を持っているのだという。

また別の医師は、それはいわば絶望の果ての行動にすぎないとした。もはや患者は、自分のしていることを自覚も顧慮もしていないので、近くにいる不特定の者だけでなく、自分自身についてさえ、危険か安全かなど気にもかけていないのだ。ひとたび人間が自暴自棄の状態に追いこまれ、自己が安全か危機に瀕しているかを気にしなくなってしまえば、他人の安全もどうでもよくなるのは、別に不思議なことではない、ということだ。

しかしぼくは、この深刻な論争にまったく異なる視点を持ちこむことで、すべてに解答あるいは解決をあたえようと思う。すなわち、「そんな事実をぼくは認めない」ということだ。それどころか、これは本当に事実に反していて、単にロンドン市民を批判するために、市外の町村に住む人びとが口々に唱えた言いがかりだったと、ぼくは言いたい。彼らが避難者に冷酷非情な態度で接したことは、当時大いに世間を騒がせていたので、それを正当化する、いや少なくとも弁明するつもりだったのだ。そしてこの非難の応酬では、どちらも互いに不当な攻撃をしたと言えるだろう。ペストの襲撃を受けているロンドン市民は、受難のときなので性急に受け入れと避難場所を求めていたが、町や村に入るのを拒否され、家財や家族もろとも無理やりはね返されたことで、田舎の人たちの残酷さと不当さを訴えていた。また、町や村の住民たちの方は、ずいぶん負担を強いられているのを感じ、こっちの意志などお構いなしに、ロンドン市民がいわばずかずかと家に踏みこんでくるようにも思われたので、疫病にかかっているロンドンの連中は、他人を憚《はばか》らないばかりか、こちらに疫病をばら撒こうとさえしていると訴えたのだ。このどちらも事実とは言えなかった。というより、都合のよい色に事実を染めていた。

確かに、田舎の人びとに次のような警告がしばしばあたえられていたことには、それなりの理由があったのかもしれない。すなわち、ロンドンの民衆が蜂起して郊外に押し寄せ、救援を求めるだけでなく略奪や強盗を働くことを決意したとか、連中は疫病まみれの身体で好き放題に走りまわっているとか、家屋を閉鎖して患者を隔離し、疫病を広めるのを予防するような措置が一切とられていない、といったものである。しかしながら、ロンドン市民のために弁じておくと、彼らは一度もそのような蜂起をしていないし、したとすれば、さきほど話した旅の一行の特殊な事例や、それに似たものだけだった。これと同時に、市街地《シティー》全体と郊外では、すべてが十分な配慮のもとに管理され、本当にすばらしい秩序が保たれていた。それは市長《ロード・メイヤー》と各区長《オルダーマン》の努力の賜物であり、また郊外の地区における治安判事や教区委員のおかげでもあった。この点で、ロンドンは世界のすべての都市の模範となりうるだろう。なにしろ、疫病がもっとも猛威をふるい、民衆が激しく動揺し、厳しい逆境に晒されていたときでさえ、町のすみずみまで行政の目が届き、すぐれた秩序が保たれていたのだから。だがこの点は、別の機会に話すことにする。

行政府の賢明な対応

ここで述べておきたいのが、何よりも市の行政官たちが賢明だったおかげで採用された、ひとつの方針である。これは彼らの名誉のために、忘れてはいけないと思う。すなわち、家屋の閉鎖という大掛かりな難事業に当たって、行政官たちが穏健な態度をとったことだ。なるほど、ぼくも言及したように、家屋の閉鎖は大きな不満の種となっていた。いや、当時の人びとの抱く唯一の不満の種だったと言って差し支えないだろう。病人と同じ家に健康な人を閉じこめるのは、まったくひどいことだと思われていたし、実際に閉じこめられた人びとの訴える声はとても哀れだった。その声は、人の行き交う通りまで聞こえてきて、ときにはあまりに辛そうなので、不正への憤りが胸に湧くこともあったが、たいていは哀れみで心が痛んだ。この人たちは、どんなに親しい友人と話すときも、窓際に立って外に語りかけないといけなかった。そのとき彼らは、哀切きわまりない話をするので、話し相手の心を動かすだけでなく、たまたま通りかかった者の心を打つこともよくあった。そうした訴えはしばしば、家の玄関先に配された監視人の冷酷さを、ときにはその横暴を糾弾するものだったために、当の監視人も粗暴に言い返したものだった。さらには、閉鎖された家屋の家族と道端で話している人たちに、監視人が食ってかかることさえあったようだ。彼らのこうした言動や、家の住人への虐待のために、さまざまな場所で合わせて七、八人の監視人が殺されたはずだ。これを殺人と呼ぶのが適切かどうかは、ぼくには分からない。個々の事例にまで立ち入ることができないからだ。確かに監視人は勤務中だったし、その仕事は法律上の権威によってあたえられたものだった。法律で認められた公務員を職務の遂行中に殺すことは、法律用語では常に殺人と呼ばれる。しかし、監視人が白分の担当する家族や、その家族を気にかける人たちを侮辱し、罵倒することなど、行政官の指示にも、彼ら自身の権限にも基づいていない。ということは、彼らがそのような所業に及んだとき、それは自主的な行動であって、職務ではないと見てよいだろう。役人ではなく私人としての行動だと言ってもよい。そして結果的に、そのような不適切な振る舞いによって、自らに災いを招いたのだとすれば、この災いの責任は監視人白身にある。これが妥当かどうかはともかく、実際、監視人に市民の向ける呪いの感情はきわめて激しいもので、彼らがどんな目に遭っても、可哀想に思う者はいなかったし、彼らになにが起きても、自業自得だと万人から言われてもおかしくないほどだった。しかも、ぼくの記憶するかぎり、市民の家を見張る監視人がなにをされようと、誰かが処罰されることはなかった、少なくとも深刻な罰は一度も下されなかったと思う。

閉鎖された家から逃げ出すため、実に多彩な計略が用いられ、監視人はすっかり騙されたり、出し抜かれたりして、家のなかの人びとは無事に逃げおおせた、といったことにはすでに触れているから、ここでまた話すのは控えよう。しかし、家屋の閉鎖については、行政官がさまざまな場合に家族の苦痛や負担を和らげる措置をとっていたことは、事実としてここに述べておきたい。特に、病人がペスト療養所やその他の施設に入居することを希望して、こうした家から病人を連れ出す、というより、病人が連れ去られるのを受け容れた場合には、特別措置がとられていた。ときには、閉じこめられた家族のうち、健康な人たちに他所《よそ》に移る許可をあたえることもあった。ただしそれには、健康を証明する書類と、指定されただけの期間、移動先のこれこれの家から出ないことを示す書類を提出しなければならなかった。疫病に感染した気の毒な家族への物資の支給にも、行政官は気を配っていた。事実、こうした人たちに必要な物を、薬はもちろん、食べ物まで支給するのは、大変な仕事だった。しかし、行政官は担当する役人に必要な命令を発するだけではよしとせず、区長《オルダーマン》が直々に、しばしば馬に乗ってそうした家々を巡回し、なかの人びとに窓際まで来てもらって、「ちゃんと世話してもらっているか？」と訊ねていた。他にも、「必需品でなにか不足するものはないか？」とか、「担当の役人は、定期的にあなた方の言づてを相手に伝えているか、それから、あなた方が必要な物をちゃんと持ってきてくれるか？」といった質問をした。もしも家族がすべてに「はい」と答えれば、なにも問題はない。しかし、彼らが不満を訴えて、物資の支給が足りないとか、担当官の役人は職務を果たしていないとか、わたしたちに無礼にふるまったなどと言えば、その役人はたいてい異動となり、他の人が代わりに配置された。

もちろん、このような不満にまともな根拠がないこともありえた。ゆえに、役人が行政官を説得して、彼の方が正しくて市民が不当な非難をしていると認められた場合には、役人は仕事を継続し、市民は罰せられた。もっとも、こうした申し立てについて、詳しい審査をおこなうのは容易くなかった。当事者同士に顔を付き合わせて話し合ってもらうわけにも行かないし、不満を聴き取るといっても、例によって道端と窓の向こうに立って質疑応答するのでは限界があった。だから行政官は、たいてい市民の言い分を認め、部下の役人を更迭した。その方が間違いがなく、最悪の場合を防げるからである。それはこう考えたためだ。もしも監視人が無実だとしても、別の場所で同じような仕事に就いてもらえば、すぐに償いができる。これに対して、隔離された家族が無実である場合、この人たちへの賠償となるものはなにもない。なにしろ命がかかっているので、あたえてしまった損害は、取り返しのつかないものとなるだろう。

前に話した逃亡の問題のほかにも、監視人と閉鎖家屋の哀れな人びとのあいだには、さまざまな問題が頻繁に起きていた。家の人たちが必要とするときに、監視人が持ち場にいなかったり、酔っぱらっていたり、寝ていることもあった。まったく当然のことだが、そんな監視人は必ず厳しく罰せられた。

いやいやながら、調査員に

こうした問題には、さまざまな対応が実際にとられていたし、他にも可能な対策があったかもしれない。しかし、つまるところ家屋の閉鎖には、特に病気の人と健康な人を一緒に閉じこめることには、かなり重大な矛盾と欠陥があり、ときにはひどい悲劇をもたらしたので、然るべき余裕さえあったならば、この問題をしっかり考えるのは大事だったはずだ。しかし、この施策は法律が認めたものであり、主要な目的として公共の利益を掲げていた。だからそれを実施する際に個人の蒙る損害は、公益の名のもとに正当化されるのが常だった。

今日でも、全般的に見て、家屋閉鎖が感染を食い止めるのに少しでも貢献したかどうかはっきりしないのだが、実は貢献したとは言いがたいと、ぼくは思っている。感染者を出した家屋は、できるかぎり厳密に、かつ適切に閉鎖されていたが、それでも疫病が猖獗《しょうけつ》を極めたときの、猛り狂う怒濤のごとき勢いに対抗できるものなど、この世には存在しないからだ。なるほど、すべての感染者を適切に閉じこめておけば、彼らは誰にも近づけないのだから、健康な者が病気をうつされることはあり得ないだろう。しかし、いまはわずかしか触れないが、事実はこうだった。すなわち、感染は気づかないうちに拡大しており、見た目には感染していない人たちが感染源となっていたのだ。この人たちは誰から病気をうつされたのかも、自分が誰にうつしたのかも、まったく自覚を持たなかった。

　ホワイトチャペル通りのある家は、女の使用人が疫病に感染したために閉鎖された。この使用人の肌には斑点こそ出ていたが、疫病の徴《しるし》となるものではなく、やがてそれも治った。それなのに、この家の人たちは外出の自由をまったくあたえられず、外の空気を吸うことも、戸外で身体を動かすこともできずに、四十日もすごすことになった。この不当な扱いのせいで、息苦しさ、不安、怒り、苛立ち、その他あらゆる心の痛みに悩まされた結果、この家の奥さんが発熱した。すると見まわりの役人がやってきて、これはペストだと告げたが、医者はそうではないと診断した。それでもやはり、見まわりの役人、すなわち調査員の報告にもとづいて、この家族は隔離期間を最初からやり直すことを強いられた。折しも、最初の四十日の隔離期間がほんの数日で終わるところだった。これは家族の心を怒りと悲しみで押し潰し、その身体をいままでどおり縛りつけ、部屋の移動さえ拘束した。すると新鮮な空気を吸えなかったせいで、家の多くの者が病気になった。それぞれがさまざまな症状に苦しんだが、もっぱら壊血病に似た体調不良だった。ひとりだけ、激しい腹痛の発作に苦しめられた。閉鎖期間が何度も延期されてようやく、病気の者の検査にきた見まわり役人につき添って、彼らを解放しようと願う人たちが訪ねてきたが、そのうちの誰かが疫病をもちこんだせいで、家族がみんな感染してしまった。そして一家全員、あるいはそのほとんどがペストで亡くなったが、実は前からかかっていたものではなく、まさにこの家族をペストから護るよう気をつけるべき人たちがもたらしたものだったのだ。こういうことは頻繁に起きていたが、間違いなく家屋の閉鎖がもたらす最悪の結果に数えられるだろう。

　このころ、ぼくにちょっとした厄介事が降りかかってきて、最初はひどく打ちのめされ、ものすごく動揺した。でも実際には、決して身の破滅になるような危険に巻きこまれることはなかった。というのも、ポートソークン区《ウォード*》の区長から、ぼくの住む管区《プリシンクト》の家屋の調査員に任命されてしまったのだ。ぼくらの管区には大きな教区《パリッシュ》があったので、ぼくを含めて十八人もの調査員がいた。この調査員《イグザミナー》というのは法律上の名称で、市民はぼくらを見まわりと呼んでいた《ヴィジター》。最初ぼくは、そんな仕事は勘弁してもらおうと必死になり、さまざまな言い方で免除を得ようとした。特に強い理由として、そもそも自分は家屋の閉鎖に反対だと訴えた。自分の判断基準に反している上に、所期の目的を達することはないと心から確信している事業の片棒を担ぐのを命じるなんて、ずいぶんとひどくないでしょうかと。しかし辛うじて勝ち取った唯一の譲歩は、こういう役職は市長《ロード・メイヤー》によって二ヶ月務めるよう任命されるのに対して、ぼくは三週間だけ務めればよい、というものだった。しかしそれにも条件があって、誰かふさわしい家の主人を見つけて、ぼくの残りの任命期間に交代してもらわないといけなかった。そんな譲歩は、ひとことで言うなら、実にケチ臭い好意にすぎなかった。そんな仕事を引き受けてくれる人、それも安心して任せられるほどの人を探すとなれば、至難の業だった。

錯乱する感染者

家屋の閉鎖にも一つの成果があったことは確かで、その重要性はぼくも認識していた。それは病気の者を閉じこめたことで、そうしなければ、彼らは疫病をまき散らしながら街なかを走りまわり、非常に危険でまったく手に負えない事態になっていただろう。高熱で錯乱した病人は、見るも恐ろしい様子で疾走したに違いない。実際、疫病流行の初期で、あのような監禁の始まる前には、そんな行動をとる者がかなり出現しつつあったのだ。それどころか、病人たちはなんの束縛も受けず、貧しい者はあたりを徘徊し、施しを求めて家々の玄関に現れ、自分はペストにかかっていると断ってから、金のほかに、爛れた皮膚に巻く布切れや、錯乱状態の頭に浮かんだものをなんでも求めたものだった。

ある裕福な市民の奥さんだった、不幸で可哀想な女性が、(うわさが本当であれば)オールダーズゲート街かそのあたりで、こうした錯乱者によって殺害された。この者は通りを歩きながら、確かに狂ったようにわめき散らし、歌をうたっていたのだが、人びとはただの酔っぱらいだろうと言っていた。だがこの男自身はペストにかかっていると言い張っており、どうやらそれは本当だったようだ。そしてこの奥さんを見ると、男はどうしてもキスをしたくなった。この男はただの荒くれ者だったので、奥さんはすさまじい恐怖に怯えながら男から逃げ出した。あいにく人通りがとてもまばらで、奥さんの近くに助けてくれそうな人はいなかった。男に追いつかれると悟った奥さんは、振り返って渾身の力で体当たりを試みた。すると男はろくに体力もなかったので、仰向けに押し倒された。ところが非常に不幸なことに、男は手を伸ばして奥さんの身体をつかみ、同じように引き倒してしまった。そして先に起き上がると奥さんの自由を奪い、強引に口づけした。なによりも極悪非道だったのは、事を成し終えると、男が奥さんにこう告げたことだった。「俺はペストにかかっているんだが、あんたも俺と仲良くおんなじ病気になっちまったかもしれねえなあ。」奥さんの恐怖はすでに極限まで達していたし、お腹に子供を宿したばかりだった。そこにきて、男からペストにかかっていると告げられたので、奥さんは声をかぎりに絶叫し、気を失って卒倒した。それはむしろ発作と呼ぶべきもので、わずかに恢復こそしたものの、結局ほんの数日のうちに息絶えてしまった。この奥さんがペストにかかっていたのかどうか、ぼくは寡聞にして知らない。

これとは別の感染者が、懇意にしていた市民の家に来て、ドアをノックした。使用人が男を招き入れ、主人は二階にいると聞くや、男は駆け上がり、家族そろって夕食中の部屋にずかずかと踏みこんだ。いささかびっくりして、どういう事態か分からないまま、家族は立ち上がろうとしたが、男は「そのまま座っていてください」と告げた。「ただ、みなさんにお別れをしにきただけなのです。」家族は訊ねた。「どういうことですか、○○さん。どこに行くのです?」「どこにって」と男は言う。「わたしは病気になりましてね。明日の晩に死ぬんですよ。」家族を襲った動揺がどれほどのものか、言葉であらわすのは難しいが、想像するのは容易だろう。女たちや、まだ子供だった主人の娘たちは、死ぬほど恐ろしくなって立ち上がり、ひとりはこっちのドア、もうひとりはあっちのドアから飛び出して、ある者は階段を下り、またある者は階段を上ったが、それからなるべく一つに固まって鍵をかけた部屋に閉じこもり、窓から救いを求めて叫んだが、恐ろしさのあまり正気をなくしたかのようだった。主人はこれよりは落ち着いていたが、恐れと怒りを感じていた。カッとして思わず男の身体に手をかけ、階下に突き落とすところだったが、そのときこの男の状態と、その身体に触れる危険性が脳裏に浮かぶと、恐怖が頭を満たし、呆然と立ちつくしてしまった。こうしたあいだ、疫病にかかった哀れな男は、身体のみならず精神も病んでいたのだが、こちらも呆気にとられて立ちつくしていた。ようやく男は踵を返し、「そうですか」と言った。その姿は信じられないくらい落ち着き払っていた。「みなさんがそんなに驚くとは!　わたしがそんなに迷惑ですか?　ならば、もう家に帰って死ぬとしましょう。」そしてすぐに男は階段を下りた。彼を招き入れた使用人が、手に蝋燭を持ってあとから下りてきたけれど、男のわきを通って玄関のドアを開けるのはためらわれたので、階段に立って男がなにをするか様子を見た。男は構わず自分でドアを開け、外に出るとドアをバタンと閉めた。この家族が恐怖から立ち直るまで、ずいぶん時間がかかったが、結局なにも悪いことは生じなかった。それで後日、彼らはこのできごとを話すことができたのだが、(当然と思われるだろうけれど)大いに安堵した様子だった。男はいなくなったものの、数時間、いや聞いたところでは数日間、彼らは混乱から抜け出せなかったそうだ。家のどこに移動しても安心はできなかったので、ついにすべての部屋でありとあらゆる薬や香料を焚き、ピッチや火薬や硫黄のもうもうとした煙を至るところに充満させた。また全員が別々に服を着替え、洗濯をするなど、さまざまな対策をとった。あの気の毒な男の方は、生き延びたのか死んだのか、よく覚えていない。

もしも家屋閉鎖によって病人が閉じこめられていなかったら、高熱にうなされて興奮し、錯乱した者の群れが街なかをあちこち走りまわっていたことは、きわめて明白である。いや事実として、かなり多くの者が外に出て、ちょうど狂犬が駆けまわりながら目の前の人に次々と嚙みつくように、出会う人びとにあらゆる乱暴狼藉を働いていた。もしもあの疫病に冒された生きものが、病の狂熱に駆られたまま、誰か男か女に嚙みついたとすれば、その者、つまり傷つけられた人は間違いなく感染し、とっくに感染して徴《しるし》も肌に浮いている人と同じくらい致命的な状態に陥るということは、疑いの余地がない。

疫病に感染したある者は、身体に三つも腫れ物を抱えていて、その痛みと辛さにこらえきれず、シャツ一枚でベッドから飛び出し、靴を履いてコートを取りに行ったが、看護師の女がこれを遮ってコートをはぎ取ったため、患者の男は彼女を投げ飛ばしてその上を走り去り、階段を駆け下りて通りに出ると、シャツ一枚のまま脇目もふらずテムズ川に向かった。あとを追いかけた看護師が、男を止めるよう監視人に叫んだ。ところが監視人は男の様子に怖じ気づき、身体に触れるのも嫌だったので、そのまま行かせてしまった。すると男は、スティルヤード階段*まで走り抜け、シャツさえも脱いでしまうと、テムズ川にざぶんと飛びこんだ。しかも泳ぎは達者だったので、向こう岸まで泳ぎ切ってしまった。いわゆる上げ潮の時間帯で、川が西に流れていたため、フォールコン階段*のあたりまで流されて、ようやく対岸に達した。陸に上がると、人がひとりもいないし、夜だったこともあって、男は素っ裸のまま、しばらく周辺の街を走りまわったが、いつの間にか潮が満ちて流れが静かになったので、ふたたび川に入り、行きと同じスティルヤードに泳ぎ着き、陸に上がると、また街を走って自分の家に帰り、ドアをノックし、階段を駆け上がって、もとのベッドに潜りこんだ。そしてこの恐るべき荒療治によって、この男はペストが治ってしまったそうだ。どういうことかというと、腕や足をめちゃくちゃに動かしたことで、腫れ物のある身体の部分、すなわち腋の下と股の間を引き延ばし、そのために腫れ物が膿んで破れたということだ。さらには、水の冷たさが血中の熱を和らげたそうである。

ここでひとこと断っておくと、この話は、他のいくつかの話と同様、ぼく自身の記憶にあって真実を保証できる事柄として語ったわけではない。なかでも、この男が常軌を逸した奇行によって恢復したという点は、正直に言って、あまりありそうにないと思っている。しかしこの話も、当時は頻繁に錯乱した人びと、つまりよく言う頭のイカれた連中が、いろいろと死にもの狂いの行動に出ていたのを実感するには、役立つかもしれない。さらには、家屋を閉鎖してこういう人たちを閉じこめていなければ、同じようなできごとが無限に発生していた、ということも理解できるだろう。そしてこれこそ、あの厳格な施策が実現した最善のこと(他にも善いことがあったとすれば)だったと、ぼくは見ている。

病魔に取り憑かれた人びと

他方で、この施策そのものに対しては、とても厳しい不平不満が噴出していた。道を歩いていて偶然、疫病にかかった人びとの哀れに泣き叫ぶ声を耳にしたら、誰でも心臓を貫かれる思いがすることだろう。この人たちは、身を苛む痛みの激しさや煮えたぎる血の熱さのせいで、まったく正気を失いながら家に閉じこめられているか、あるいは自分で自分を傷つけないように、ベッドや椅子に縛りつけられていて、身の毛もよだつような叫び声で訴えていた。なぜこのように拘束されているのか、なぜ自由に死ぬことが許されないのかと。自由に死ぬ、という言い方を彼らはしていたが、確かに平時であれば、自由に死ぬことはできただろう。

病魔に取り憑かれた人びとが、通りを駆けまわる光景は陰惨そのもので、行政府もそれを抑えようと懸命だったのだが、彼らが飛び出すのは夜のことが多く、決まって突発的だったために、大事なときに限って取り締まる役人がいなかった。日中に外に出る者もいたが、そのときも担当の役人は病人と関わろうとしなかった。なぜなら、そこまで極端な症状が出るときは、疫病が勢いづいているのは間違いなく、普通の患者よりも伝染する可能性が高かったので、そんなときに患者に触れるくらい危険なことはなかったからだ。もう一方の病人たちといえば、自分がなにをしてるかも分からないまま走り続け、突然バッタリと倒れたと思えばもう死んでいる、というのが多かった。他によく見られたのは、走っているうちに生気が尽きて崩れ落ち、三十分から一時間くらい経ってから死ぬ者だった。このときの声ほど哀れなものはなかった。この三十分から一時間のうちに、病人たちは決まって意識が完全に回復するので、それからは自分の置かれた運命に心を深く抉られながら、世にも悲しく突き刺すような声で泣き、呻くのである。家屋を閉鎖せよという指示が厳格に実行される前には、こうしたことがよくあった。初期の監視人は、人びとを閉じこめるのにそれほど熱心でも冷酷でもなかった。もっともそれも、監視人たち、といってもその一部が、職務怠慢を理由に厳しく罰せられるまでのことだったが。一部の監視人は仕事をサボり、担当の家族が家を抜け出すのをうっかり見逃し、病気か健康かに関わらず、家族が外出するのを黙認していた。しかし、彼らの仕事ぶりを評価する任務を負った役人が、職務の遂行を徹底させ、手抜きを処罰する方針を固めたのを見ると、監視人たちはより目を光らせるようになり、人びとは厳重に拘禁された。これが家族から強い反撥《はんぱつ》を買い、よほど耐え難かったようで、その不平不満の激しさはとても言葉にできない。だが、こればかりはやむを得なかったことは認めなければならない。適切なときに、なにか他の手を打てば別だったが、もはやそれも手遅れだった。

もしも当時、このような病人がいままで述べたように拘束されなかったとしよう。するとロンドンは、かつてこの世に存在したことがない、恐怖の町と化していただろう。ぼくの考えでは、家のなかで死ぬのと同じくらい多くの人びとが、街なかで息絶えていたはずだ。疫病がいちばん活発なとき、患者はふつう錯乱してわめき散らすようになる。そうなってしまうと、患者は力ずくで押さえつけないかぎり、どう説得してもベッドのなかでじっとしてはくれない。またベッドに縛りつけなかったために、ドアから出るのを許されないと分かるや、窓から飛び下りてしまう患者もあとを絶たなかった。

こうした災害時には、人びとが互いに会話する機会も乏しくなるので、さまざまな家庭をみまった異常事態のすべてを、誰かひとりの人間が把握することなど不可能である。なかでも、いまだに真相が明かされていないとぼくが信じるのは、どれだけ多くの錯乱者たちがテムズ川に身投げして溺死したかだ。他にも、ハックニーの沼地からテムズ川に流れこむ、よくウェア川とかハックニー川*と呼ばれる川で入水した人の数も詳《つまび》らかではない。死亡週報に記載された溺死者はかなり少ないし、それぞれが事故で溺れたのか、そうでないのかも知りようがない。けれども自分で見聞きして知っているかぎり、あの年に本当に入水自殺をした人の数は、死亡週報に掲載された溺死者の総数よりも多かったように思う。そのように亡くなったと分かっていても、多くの遺体が発見されなかったからだ。他の手段でみずから生を絶った場合も同じだった。たとえばホワイトクロス街かその近辺にすんでいたある男は、自分のベッドの上で焼死していた。みずから火をつけたのだという者もいれば、彼の世話をしていた看護師の策謀と見る者もいた。いずれにしても、この男がぺストにかかっていたことは、誰もが認めていた。

火事の少なさ

神の慈悲深いご配慮のおかげで、この年に市街地《シティー》で火事が発生しなかったこと、すくなくとも大きなものはなかったことを、当時のぼくは何度もありがたく思ったものだ。火事など起きたが最後、惨憺たる状況になったはずだ。誰も燃えさかる火を鎮める余裕などないだろうし、焼け出された人びとが膨れ上がって大群衆と化し、もはや感染を心配するどころではなく、どの家にも入り、どんな物でも掴み、どんな人間とも交わっていたに違いない。しかし実際には、クリップルゲート教区の火事と、二、三のぼや騒ぎこそあったが、これもすぐに消火されたので、あの一年間にそうした惨劇を見ることはなかった。市街地《シティー》の北方を南北に走るゴズウェル街と、オールド街の西の端がぶつかるあたりから、西に延びてセント・ジョン街まで続くスワン小路*という通りがあったのだが、この通りの一軒の家についてこんな話を耳にした。一家をすさまじい勢いで疫病が襲い、家の者はひとり残らず死亡した。最後に亡くなった女性は、床に倒れて息絶えていた。どうやら、暖炉の前に行こうと床を這いながら死んだらしい。暖炉は薪でいっぱいだったので、なかの火が飛んで床板とそれを支える根太に燃え移り、炎がちょうど死体まで広がった。しかし、この女性は肌着一枚だったにもかかわらず、死者の身体が炎に包まれることはなかった。火は自然と消え、木造の小さな家屋だったのだが、他の部屋は無傷だった。これがどこまで真実であるか、ぼくには判断できない。いずれにしても、ロンドンが翌年に大火で深刻な打撃を受けたことを思うと、この年には火事の被害がとても少なかった。

本当のところ、疫病の苦しみが人びとを錯乱させたこと、さらには、すでに示したように、狂気の発作を起こした病人を放っておけば、さんざん自暴自棄のふるまいに及んだことを思うと、火事などの惨事があれほど少なかったのは、とても不思議である。

抑えられない感染の広がり

よく人から訊かれるのだが、いまだ簡単な答えを見つけられない問いがある。すなわち、感染者を出した家屋が徹底的に調査され、見つかった家はすべてあのように閉鎖され、監視も受けていたというのに、なぜあれほどたくさんの感染者が街中に堂々と出没していたのか。

正直に言って、この問いへの答えをぼくは知らないが、あえて言うならこうだろう。ここロンドンのように、巨大で膨大な人口を抱える都市において、疫病の感染者を出した家を一軒ごとに直ちに特定し、さらに病人のいる家屋をすべて閉鎖するなんて、どだい無理である。だから病人であっても、これこれの危険な家の人間だと知られないうちは、街中を自由に出歩き、好きなところに行くことだってできたのだ。

事実、何人かの医師は市長《ロード・メイヤー》にこう提言していた。疫病が激烈に感染を拡大している時期には、あっという間に病人が増えていき、たちまち死んでしまうので、いちいち誰が病人で誰が健康かを調査してまわることも、また閉鎖の必要なすべての家をしっかり監視することも不可能だし、実際のところ無意味でもある。同じ通りに建つ家のほとんどに疫病が侵入していることもあるし、一家全員が感染している世帯をいくつも抱えた地域となると、かなりの数にのぼっている。さらに都合の悪いのは、ある家屋で疫病が発生したと知られるころには、病人のほとんどがとっくに死んでおり、生き延びた者も閉鎖を恐れて逃げ去っていることだった。それゆえに、こうした家を感染者の出た家屋と呼んで閉鎖することには、ほとんど意義が認められない。ある家庭に、ほんのわずかでも感染の徴候が見られると、実際に気づいたときには、すでに疫病はすべてを破壊し、その家をあとにしているのだ。

これだけ言えば、理性を持つ人ならば納得してくれると思う。感染の拡大を防ぐのは、行政府の力をもってしても、いや人間にできるどんな手段や政策に頼っても不可能であると。だからこの家屋を閉鎖する方法も、その目的には到底かなわないと。本当のところ、閉鎖された家の人びとが背負わされた、あの嘆かわしい重荷と同等の、あるいはつり合うだけの公共の利益が、どんな形でもあるとは思えなかった。あの厳格な措置を取る役目を正式に担った経験から言えば、こんなやり方はまったく的外れだ、と実感する機会が何度もあった。たとえば、見まわりあるいは調査員として、感染者を出した何件かの家を詳しく調べるよう命令を受けたとき、訪問先の家にはっきりとペストを発症した人のいる場合はまず間違いなく、家族の何名かが逃亡していた。行政官はこれに憤り、調査点検を怠ったと調査員をとがめていた。しかしいま見たように、病人を出した家の住人は、そうと知られるよりずっと前から感染していたのだ。さて、二ヶ月という普通の任命期間の半分だけ、ぼくはこの危険な仕事に携わったのだが、それだけでもよく分かったのは、ある家庭の実情を把握するには、その玄関口で質問をしたり近所で聞きこみをするだけでは、まったく足りないということだった。一軒一軒立ち入り調査をすれば別だが、そんなことを住民に強要しようとは、さすがに行政府も考えなかったし、市民の方も調査役を引き受けなかったはずである。調べる方も確かな感染と死の危険にさらされ、自分だけでなく家族の破滅も覚悟しなければならないし、そんな過酷な取り調べをさせられるくらいなら、高潔で信頼できる市民は誰ひとりロンドンに残らなかっただろう。

だから、実情を把握するのに、近所の人や当の家族に質問するしか方法がなかったし、その答えが正確だと信用することもできなかった。ならば、調査員が感染について確かな情報を得られなかったのは仕方がないだろう。

感染を隠す住民たち

すべての家の主人は、自分の家で病気になった者、つまり感染の疑いがある者を見つけることがあれば、二時間以内に自分の住む地域の調査員に報告するよう義務づけられていた。しかし主人たちはさまざまな手を用いてこれをごまかし、また報告を怠った言い訳もいろいろと考えた。だから彼らが真面目に報告することなど滅多になかったし、ようやく報告したと思えば、逃げようとする家族を、病気だろうと健康だろうと、無事に家から脱出させたあとだった。こんな状況だったので、家屋の閉鎖が感染の拡大を止めるのに有効な手段と見なせないのは、一目瞭然だろう。なぜなら、もうどこかで話したように、こうして感染者のいる家屋から脱出した人の多くが、自分では健康だと本気で信じていても、本当はペストに冒されていた。そしてこういう人たちの一部が、通りを歩いているときにバタリと倒れて死んでしまうのだった。これは一発の弾丸に撃ち抜かれたみたいに、いきなり病魔に襲撃されて絶命したわけではない。本当はずいぶん前から感染した血が体中を流れ、秘かに体内を蝕んでいたのだが、心臓を握り潰すまで表に現れなかったために、突然気を失ったか、卒中の発作を起こしたかのように、一瞬にして絶命したのだ。

こんな風に街中でバタバタ死者が出て、しばらくのうちは、これは倒れたその瞬間に病気になり、いわば稲妻の一閃のような天からの一撃を受けて死んだのだと考える人が、医者のなかにさえいたのを覚えている。だが、後にこの意見を改めねばならなくなった。こういう死に方をした人たちの遺体を調べた結果、疫病の徴を肌に示しているか、そうでなくても、彼らの想定よりは長く疫病に感染していた証拠が必ず見つかったからだ。

　こういう理由で、いま話したように、ある家に感染者が出たという報せがぼくら調査員に届いたときには、もう閉鎖しようにも手遅れという事態がよく発生したのだ。家に踏みこんでみると、まだ残っている人はみんな死んでいた、なんてこともあった。わが家のあるホワイトチャペルから近い、ペティコート小路《レイン》では、二軒並んだ家で疫病が発生し、何人も感染者が出た。けれども病気がとても巧妙に隠されていたので、調査員(ぼくの隣人だった)もまったく気づかなかったのだが、ようやく彼のところに届いた報せは、家族が全員死んだので、遺体を運ぶための馬車に来てもらうよう求めるものだった。両家の家長が示し合わせ、うまく物事を調整して、調査員が近所を訪ねたときには、なるべく片方の家長だけが出て質問に答えていた。要するに、互いをかばって嘘をついたのだ。また別の隣人に頼んで、この二軒の人たちがみんな健康だと言ってもらってもいた。しかしそんな浅知恵も虚しく、ついに押し寄せる死によって秘密を護り通せなくなり、夜中に死の車《デッド・カート》が両方の家へと呼び出され、事態が露見することとなった。しかし、その調査員が治安官に家を封鎖するよう命じたところ、両家には三人しか残っておらず、一軒に二人、もう一軒に一人、いずれも瀕死の状態だ。どちらにも一人ずつ付添看護師もいたのだが、この看護師たちは、いままで五人を埋葬したと白状した。さらにこの二軒では、九日か十日も前から病気が発生していて、両家族にはまだ多くの人間がいるのだが、みんな逃げ出し、そのなかには病気の者も、健康な者も、病気か健康か分からない者もいる、ということだった。

　これと似た話になるけれど、同じ小路にある別の家では、家族が疫病になったものの、家を閉鎖されるのがどうしても嫌だった家長の男は、いよいよ隠し切れないと見るや、自分自身で閉鎖してしまった。どういうことかというと、この男は自宅の玄関ドアに、**「主よ哀れみたまえ」**と書かれた大きな赤い十字架を打ち付けたのだ。これで調査員は騙されてしまった。というのも、すべての地区、あるいは管区には二名の調査員がいたので、もうひとりの調査員が命じて治安官がその十字架を打ったと思ったのだ。こんな手口を用いて、感染者がいたというのに、この男は好きなときに自宅を出たり、また戻ったりと自由にできるようになった。やがてこの策略もバレてしまったのだが、それを知った男は、召使いと家族のうち健康な者を連れて家を脱出し、まんまと逃げ延びた。こうしてこの家族は、まったく閉鎖に遭わずにすんだのである。

こうしたやり方のせいで、もう話したように、家屋を閉鎖して疫病の拡散を防ぐのは、不可能と言わないまでもたいへん難しかった。ロンドン市民が自宅を閉鎖するのを悲しんだりせず、むしろ積極的に協力して、家族に感染者が出たのが分かったら、すぐに行政当局まで包み隠さず報告してくれるなら別とはいえ、そんな期待を抱くのは無理な話だろう。また、これも述べたとおり、調査員が市民の家をまわって立ち入り調査をすることさえうまくいかないのだから、家屋を閉鎖してもまったく効果を期待できなかった。実際、適切な時期に閉鎖できる家はほとんどないし、あったとしても感染を隠せないほど貧しい家庭か、事の深刻さに恐怖と動揺を抑えられない、わずかな一般家庭に限られていた。

より効果的な対策の提案

この危険な仕事の代役が見つかり、区長の承認も得られたので、ぼくはさっさと辞めてしまった。代わりの人には、少しお金を払って引き受けてもらった。こうして二ヶ月務めるよう命令された仕事を、せいぜい三週間務めるだけですんだ。けれども八月という、ぼくらの住むロンドンの東側で疫病が猛烈に勢いを増す時期だったことを考えると、ずいぶん長くやったものだ。

調査員として働いているあいだも、人をその家に閉じこめるというこの政策について、ぼくは近所の人たちの前で自説を語らずにはいられなかった。ああいった厳格なやり方について、それ自体が嘆かわしいことだけれども、推進すべきでない理由があるのは、誰の目にも明らかだった。すなわち先ほど話したように、閉鎖しても病人たちが日々街中をうろつきまわっている以上、目的を達してはいなかった。さらにぼくら全員の一致した見解として、疫病が発生した家には、健康な人を病気の人から引き離す方針を取った方が、さまざまな点から見てずっと理にかなっていた。その際、誰も病人のそばに残してはいけない。ただし、病人と一緒にいても構わないから残らせてくれ、と自分で申し出る人がいれば認めるけれども。

健康な人を病気の人から引き離すといっても、ぼくらの計画は疫病の発生した家だけを対象にしていたし、病人だけを閉じこめるのは閉鎖とは言えなかった。もとから身動きをとれないのだから、理性があって判断力を保っているかぎり、病人が不平を言うことはないはずだ。なるほど、錯乱して頭がイカレてしまうと、閉じこめるなんて残酷だと泣き叫ぶだろう。けれども、健康な人たちを別の場所に移すことはきわめて正しく、また理にかなっていると思われた。まず、この人たち自身のために病人から離れるべきだったし、他の人の安全のためにも、この人たちはしばらく避難する必要があった。彼らが健康で、他人に疫病をうつさないか見極めなくてはいけないからである。これには二十日か三十日あれば十分だ、とぼくらは考えていた。

ならばいま、この二十日間を健康とされる人たちがすごす家を準備すれば、もとの住居で疫病の人たちと一緒に閉じこめられるよりは、新しい家で隔離されている方がずっと辛い思いをしないですむのは間違いないだろう。

ただし、ここで言っておかないといけないのは、葬儀の数がこれだけ増えてしまうと、市民も以前のようにお互いに弔いの鐘を鳴らしたり、お悔やみを述べたり、涙を流したり、黒服を着て弔意を示したりはできなくなったことだ。いやそれどころか、死者のために棺桶を作るのさえ間に合わなくなった。だからしばらくして、疫病の猛威がさらに増大すると、端的にいって家屋の閉鎖もなくなった。もう十分だった。その手の対策は、どれもやり尽くされたけれど効果がなかったし、なにをしようとペストは怒濤の勢いで感染を広げていた。その勢いたるや、翌年のロンドン大火が猛然と燃え広がるのを見て、希望を失った市民たちが消火に努める気も起こらなかったのと同じで、ペストも最終的には手がつけられなくなり、市民はじっと座ったまま顔を見合わせるばかりで、ただ絶望に心を奪われていた。どの通りでも人影が絶え、閉鎖された家ならまだしも、誰も住んでいない家ばかりになった。こうした空き屋では、玄関のドアは開けっ放し、風が吹けば窓がガタガタ音を立てた。もはや閉める人などどこにもいないのだ。ひとことで言うと、人びとは恐怖に屈してしまい、どんな法律や対策も効果がないし、もはやすべての人間が消滅するのは避けようがない、と思いはじめていた。しかし、誰もが絶望のどん底にいたこのときでさえも、神は裁きの手を下すことなく、伝染病の怒りを和らげてくださったのである。それは始まりのときと同じように、まさに驚くべきやり方で、神ご自身の手、つまり天上からの救いの手がなければなし得ないのは明白だった。もっとも、人とのあいだを媒介するものがなかったわけではないけれど。詳しくは、ふさわしい場所で触れることにする。

しかしまだしばらくは、ペストが最悪の被害を出した時期、街が荒廃を極め、市民の恐怖と動揺も頂点に達し、いま話したように絶望の淵に沈んでしまったときのことを語らなければならない。この圧倒的な疫病の力を前に、感情を高ぶらせた人間がどれほど異常な行動をとるかは、とうてい信じることができない。そうした行動は、他のなによりも人の心を揺さぶるものである。あのころ裸同然の男が家のなかから、おそらくはベッドのなかから通りに飛び出し、ホワイトチャペルの肉屋横丁《ブッチャー・ロウ》にあるハロウ小路から姿を現すのを見れば、人は真剣に思い悩まずにいられないだろうし、これより深く心に衝撃を刻みつけられることもないだろう。ハロウ小路とは、さまざまな小路《アリー》や路地《コート》や通路《パッセージ》が交錯する、というより集合する場所にある通りで、たくさんの人が住んでいた。そしてこの目立つ通りに飛び出した哀れな男は、踊ったり歌ったりしながら駆けまわり、ありとあらゆる奇怪で滑稽な身振りをしてみせるのだ。後ろから、五、六人の女や子供が追いかけて、金切り声で男を呼んでいる。「お願いだから戻ってきてちょうだい」と。さらに他所《よそ》の人びとにも、「どうか捕まえてください」と懇願するが、なにを訴えても無駄である。誰も男に手をかけようとはせず、近づこうとさえしないのだから。実際、これよりも痛ましい光景などあるだろうか。

ぼくにとって、これはなにより哀れで、胸の締めつけられるできごとだった。実はぼくは、すべてを自宅の窓から目撃してしまっていた。この哀れで痛ましい男が奇妙なふるまいをしているあいだも、実は激痛に苛まれていることは、見ている方にも分かった。聞いた話ではこの男には二つの腫れ物があったのだが、これがどうしても潰れない、というか膿を出さなかったらしい。しかし医者は強力な腐食剤を塗ることで、これを潰そうと目論んだようだ。実際にこの薬を塗ったので、彼の肉は赤熱した鉄を当てられたように焼けただれていた。この可哀想な男がどうなったのか、ぼくは知らないが、きっといつまでもあのまま徘徊を続け、ついにバッタリと倒れて死んだことだろう。

当然ながら、ロンドンの市街地《シティー》全体がゾッとするような姿を見せていた。いつもはわが家のあるロンドンの東の端から流れこんだ人びとが通りをにぎわせていたのだが、すっかりなりを潜めてしまった。取引所は閉鎖こそされなかったが、*もはや人が集まることはなかった。焚火は見られなくなった。とても激しい雨が一気に降ったので、数日のあいだほとんど火が消えていた。*しかしこれで話は終わらなかった。数名の医師が、焚火は市民の健康に効果がないばかりか、かえって有害だと主張した。この医師たちは自説を声高に主張して、この件で市長《ロード・メイヤー》に陳情さえおこなった。ところが一方で、同じ医師のなかから、それも名のある人たちが反対を唱え、焚火は疫病の勢いを抑えるのに効果があったし、今後もやらねばならないという理由を説いた。両方の陣営の議論を詳しく解説することは、ぼくにはできない。ただ覚えているのは、どちらも相手のあら探しをずいぶんしていたことだ。なかには焚火に賛成だが、炭ではなく薪を使わなくてはならないし、しかも特定の木でなければいけない、という人もいた。特によいのはもみの木、あるいは杉で、樹脂が燃えて発散する強い臭気が有効なのだという。しかし木ではなく、炭を支持する人たちもいた。硫黄や瀝青こそ効き目があるというのだ。そしてこのどちらもだめだ、という人たちもいた。いろいろ考慮した結果、市長《ロード・メイヤー》は焚火をいっさい禁止した。理由として特に挙げたのは、ペストがあまりに猛威をふるっていて、どんな手を講じても効き目はないし、どうにか勢いを抑えるか鎮めようとなにかをしても、弱まるどころかかえって強まっているのは明らかだ、ということだった。ただし、この行政側の無為無策な態度は、わが身を危険にさらすことや、面倒で責任の重い仕事を引き受けることを嫌がったからでは決してなく、どんな対策もまともに実行できる状態ではなかったせいだった。公平に評価すると、行政官は苦労も危険も厭わなかった。しかし、なにをしても効果はなく、感染は勢いを増すばかりだった。もはや市民の恐怖も限界を超えてしまい、その結果いわば生き延びる意欲さえも喪失し、先ほど見た通り、ただ絶望に身を委ねるようになっていた。

死屍累々《ししるいるい》

しかしここで断っておきたいのだが、市民が絶望に身を委ねたと言ったけれども、それは絶望の果てに信仰を失ったとか、死後に休らう永遠の国をも信じられなくなったという意味ではない。ぼくが言いたかったのは、絶望のために感染から逃げる望みを失い、このペストを生き抜くのをあきらめたということだ。攻撃はいよいよ熾烈となり、人びとを圧倒した。実際、疫病の力が最高点に達した八月と九月のあたりでは、一度発症して治る人はめったにいなかった。しかも、ある顕著な特徴があった。六月や七月、および八月のはじめの病状とは正反対だったのだ。この時期には、先ほど話したように、感染した人の多くが血に毒素を持ちながら生き続け、長い日数が経ってからこの世を去っていた。ところがいまや、八月の最後の二週、そして九月の最初の三週に病気になった人のほとんどが、長くても二、三日、多くの場合はかかったその日のうちに、バタバタと死んでいった。こんなに疫病の悪性が強まったのは、犬の時節《ドッグ・ディズ》＊と呼ばれる猛暑の時期だからか、あるいは占星術師たちがもっともらしく言うように、犬の星《ドッグ・スター》すなわちシリウスの感応力が強まったせいなのか、それとも前から大勢の人びとにばら撒かれていた疫病の種子が、そのころ一斉に芽を吹いたのか、ぼくにはまったく見当がつかない。ともあれ、まさにこの時期に、一晩で三千人が死んだとの報告がされている。さらには、よくここまで詳しく調べたと感心されたい連中は、この三千人全員がたった二時間のうちに、すなわち午前一時と三時とのあいだに死んだと触れまわっている。

この時期に、それまでより急に人が死んでいったというのは、数え切れないほどの証拠があって、ぼくの家の近所でもそういう例をいくつも挙げられる。ホワイトチャペル関門より外だが、わが家からあまり遠くないある家では、月曜日には十人の家族全員が元気そうだった。その日の晩に、使用人の女と年期奉公人が一人ずつ病気になり、翌朝に亡くなった。そのころ、もう一人の年期奉公人と、主人の二人の子供が発症し、一人は同じ日の晩に死に、残りの二人も水曜に死んだ。あとは簡単にいうと、土曜の昼までに、主人、妻、四人の子供、そして四人の使用人がみんな逝ってしまい、この家はすっかり誰もいなくなった。ただひとりだけ老いた女性がいて、この人は亡くなった主人の兄弟に頼まれて、家財を管理するために来ていた。その兄弟は遠くないところに住んでいたが、病気になっていなかった。

このころ近所では、たくさんの家が荒れ果てたまま、放ったらかしにされていた。家の人たちは、みんな死んで運ばれてしまったのだ。先ほどの家と同じ並びで、さらに市内から離れたところに、大通りからはとりとして生き残らなかったと言われる家が何軒も連なっていて、こうした家のなかでも最後に死んだ人たちは、家から運び出されて埋葬されるまでに、かなり長いあいだ放置されていた。その理由について、死者を埋めようにも生存者がほとんどいなかった、とまったく正しくない記録を残した人たちがいるが、実際は「モーゼとアロン」*というコーヒーハウスの看板が目印となる小路《アリー》があったが、ここは特にひどかった。誰ひこの区画あるいは小路では死者の数があまりに多く、死体があるので埋葬してほしいと、埋葬人あるいは教会の下男に告げに行く者が残っていなかったのだ。真偽のほどは知らないけれど、この死体の一部はすっかり腐敗し、溶解していたので、運ぶのに難儀したという。しかも馬車が来られるのが大通りに面した小路の入口までだったので、そこまで死体を手で持っていかねばならず、いっそう大変だったようだ。けれども、どのくらいの数の死体が残されていたのか、確かなところは分からない。普通に考えれば、それほど多くなかったはずだ。

信仰と和解

このように市民は生きる望みを失い、すべてをあきらめるに至ったのだが、こんな状態が続いた三、四週間には、意外な影響が現れた。すなわち、人びとが大胆で危険を顧みないようになったのだ。彼らはもはや互いを避けたり、家のなかに引きこもることはなく、どこでも好きな場所にでかけ、他人とも親しく付き合うようになった。こんな会話が交わされていた。「お元気ですか、なんて聞かないし、ぼくが元気かどうかも言わないよ。ぼくらはみんなどうせ死ぬんだから、誰が病気で誰が健康かなんてどうでもいいことだろう。」こうして人びとは向こう見ずに駆けまわり、どこでも行って誰とでも会った。

市民が外で会うのを避けなくなると、驚くほど多くの人が教会に押し寄せるようになった。彼らはもう、近くに座る人や、遠くに座る人をいちいち気にしなかったし、どんな悪臭が漂っていても平気で、周りの人びとの体調をじろじろ観察することもなかった。自分も含め、目に入る人間はすべて動く屍だと思い、なにひとつ気をつけずに教会に出かけて集会を開いた。ここで果たすべき義務に比べれば、自分の命など大事ではないかのようだった。彼らは熱心に教会に通い、一途に説教に耳を傾けていたが、これを見れば、今日こそ最後かもしれないと思いながら毎日教会に通っていれば、あらゆる人が神に祈ることにどれほど高い価値を見出すようになるか、実にはっきりと分かるはずである。

意外な影響は、これだけに留まらなかった。たとえば教会に通う人びとが、説教壇に立つ人を偏見や疑いの目で見ることはまったくなくなった。病魔は例外なく、恐るべき被害をもたらしていたので、教区を担当する教会の聖職者にも多くの犠牲者が出たのは確かである。なかにはこの惨状に怖じ気づき、避難する場所を見つけて、田舎に脱出する聖職者もいた。こうして見放され、無人と化した教区の教会が出てくると、いわゆる非国教徒にこうした教会で説教をするよう頼むのを疑問視する信者はいなくなった。この聖職者たちは、数年前に定められた「礼拝統一令」*という法律のせいで地位を奪われていたのだったが。国教会の聖職者たちも、このような状況では非国教徒に助けてもらうのに難色を示すことはなかった。だからこの時期には、沈黙の牧師と呼ばれていた聖職者たちも口を開く機会を与えられて、市民の前で堂々と説教をしていたのだ。

ここから次のことが分かるだろう。そしていまこれを指摘するのは、的外れではないと思いたい。つまり、死を目前にすると、正しい信条を持つ人たちは、すぐに立場の違いを乗り越えるということだ。現在、ぼくらのあいだでは不和が育ち、敵意がくすぶり続け、偏見が消えず、隣人愛とキリスト教徒の融和が破られたままで、いつまでも変わらないどころかひどくなるばかりだけれど、それは主にぼくらが安逸な暮らしを送り、信仰の問題を切実なものとして感じていないせいなのだ。また一年ほどペストが訪れれば、こんな対立はすべて解消されるだろう。死神と親しく交われば、あるいは死に至る病気を身近に感じれば、ぼくらの気質からは苦い澱《おり》が取り除かれ、互いの敵愾心《てきがいしん》もなくなり、以前とは違う目で、物事を観察できるようになるだろう。実際このころには、国教会の礼拝になじんでいた人たちが、非国教徒が自分たちに説教をするのを認めるくらい友好的になったのだし、非国教徒の方も、独自の少数意見にこだわってイングランド国教会の組織と袂を分かっていたが、いまや教区の教会に通い、かつては認めなかった礼拝の仕方を受け容れ《コンフォーム》ていた。ところが、疫病の恐怖が和らぎはじめると、すべてが望ましくない方向に揺り戻し、元の分裂の道を進むようになってしまった。

ぼくがこれを記したのは、歴史上の事実だからにすぎない。どちらかの、あるいは両方の宗派が歩み寄り、もっと寛容な心で調和を図るべきだという主張を繰り広げるつもりはない。いまそういう議論をするのが適切だとも思えないし、そもそもうまく議論ができそうにない。分裂は収まるどころかむしろ拡大し、なおいっそうひどくなる気配である。それなのに、ぼくのような者が、どちらかの宗派を動かせるわけがないだろう。ただひとつ、この明白な事実を繰り返しておきたい。死によってぼくらはみな和解に至るのだと。墓場の向こうで、誰もが同じ信仰の仲間に還ることになる。天国には宗派や派閥と関係なく、誰でも行けるようぼくは願っているのだが、そこでは偏見も疑念も見つからないだろう。天国でぼくらは、ひとつの信仰とひとつの教義を奉じるのだ。心から望んで、少しもためらうことなく、完璧な平和と至高の愛情のなかで、万人がひとつになる場所。なのになぜ、そこに行くまでは、手に手を携えられないのだろう。いったいなぜ、いまこの場所でそうできないのか。ぼくにはなにも言えないし、これ以上お話しするつもりもない。ただ嘆かわしく思うばかりだ。

最悪の時期

この恐ろしい時期の被害について、もっと長く語ることはできる。ロンドンで毎日起きていたこと、病で錯乱した人びとによる、身の毛もよだつ奇行の数々。街角は今まで以上におぞましい光景で満たされ、家族はお互いを恐怖の目で見るまでになったこと。こういった様子を次々に描くこともできるのだ。けれども、ある男がベッドに縛り付けられて、他に自分を救う方法がなかったために、蠟燭でベッドに火をつけたことや、別の男が激しい痛みに耐え切れず、無我夢中で路上に出て裸で踊り歌ったことは、先ほど話したばかりで、みなさんよくご存じだ。これだけのことを伝えたいま、さらになにを加えられるだろう。この時期の悲惨さを読者がもっと生々しく感じ、積み重なった苦悩をさらに完璧に理解するために、なにを語ればよいだろうか。

　この時期は本当に悲惨だったので、ぼくは抵抗する意志をすっかりなくし、はじめのころの勇気を失うこともあった。あまりの惨状からロンドンを脱出する人びとがいたのに対し、ぼくは家のなかに引きこもり、先ほどお話ししたブラックウォールの波止場とグリニッジへの小旅行こそあったけれど（あれはかなりの冒険だった）、そのあとはほとんど家の玄関を出ることがなかったし、その前も二週間は家ですごしていた。これもすでに話したけれど、自分が向こう見ずにもロンドンに留まり、兄たちの家族と一緒に逃げなかったことを、ぼくは何度も後悔していた。しかしもはや手遅れだった。しかも、かなりのあいだ引きこもって家から出ずにいたが、ついに我慢できずに外に出てみると、さっそく人に捕まってしまい、あの忌まわしくも危険な仕事を押しつけられ、外出しないわけにいかなくなったのは、すでに述べたとおりだ。しかし、疫病の最盛期が続いているあいだに仕事を辞められたので、ふたたび隠遁生活を送り、十日から十二日ほど一歩も外に出なかった。そのあいだ、家の窓からすぐ外の通りを眺めると、たくさんの憂鬱な光景が目に飛びこんできた。なかでもひどかったのがハロウ小路のあたりで、例の苦痛のあまり踊りと歌に熱狂していた、哀れで異様な生きものや、他にもさまざまなものが飛び出してきた。毎日、日中にも夜間にも、ハロウ小路の入口では、なにかしら陰鬱なできごとが発生した。ここには大勢の貧民が生活し、そのほとんどは食肉の処理・販売か、それに関わる仕事をしていた。

　ときには、あの小路から大量の人の群れが飛び出してきて、そのほとんどが女だったが、金切り声と悲鳴と絶叫がさまざまに混ざり合った、恐ろしい叫び声を互いに発していて、なにを言っているのかも分からなかった。死んだように静かな夜更けには、必ずといっていいほど、小路の入口に死の車《デッド・カート》が止まっていた。小路に入ると方向転換が難しかった上に、あまり奥にも入れなかったからだ。まさにこの入口で、馬車は死体を引き取るべく停車していた。そして教会の墓地までほんのわずかな距離だったから、荷台をいっぱいにして走り去っても、すぐにまた戻ってきた。自分の子供や友人たちの死体を馬車まで運び出す気の毒な人たちが発する、世にも恐ろしい叫びや呻き声を言葉で表すのは不可能だ。またその数を見れば、もう誰も生き残りはいないんじゃないか、それともあの奥には小さな町くらいの人が住んでいるのだろうか、と思われた。何度もあの小路の人びとは「人殺し!」と叫んだし、「火事だ!」と叫ぶこともあった。しかし、それはすべて乱心から出た言葉で、疫病にかかって絶望した人たちの苦しい訴えであると、容易に分かるのだった。

そのころはどこも、このような様子だったと思う。なにしろ、ここまでのあらゆる記述を上まわる熾烈さで、六、七週間もペストが荒れ狂ったのだから。あまりに被害が拡大したために、特にひどい時期には、前にぼくが行政当局の功績として大いに讃えたすばらしい規則、すなわち日中には街中や墓地に死体を出さないこと、という命令さえも守れなくなった。ここまで事態が悪化すると、短いあいだとはいえ、例外を容認する必要が出てきたのだ。

ここで忘れてはならないことがひとつある。これは少なくとも普通には起こりえないのは確かで、神の正しい裁きの手を明らかに示すようなできごとだった。すなわち、予言者や、占星術師や、運勢占いや、いわゆる魔術師や呪術師のたぐいはすべて、ほかにも、誕生時の天宮図で占う者とか、幻を見て予言する者といった連中が消えていなくなり、ひとりとしてその姿を見なくなったことだ。このうちかなり多くの者が、一財産築こうと目論んでロンドンに留まったせいで、災厄の熾烈な時期に斃《たお》れたのは間違いない、とぼくは思っている。実際しばらくのあいだ、市民の混乱と愚かさにつけこんで、この連中はあまりに多くの利益をあげていた。しかしいまや連中は静かになり、その多くが永い憩いの場へと旅立っていた。自分自身の運命を予言することも、自分の星まわりを計算することもできなかったのだ。こんな者どもはひとり残らず死んだ、と批判的な人たちは言っているが、ぼくはそこまで断言するつもりはない。ただはっきり言えるのは、この災害がすぎたあと、こうした連中の誰かがふたたび姿を見せたとは一度も聞かなかったことだ。

少し脱線したが、この疫病流行の恐るべき時期について、ぼくが見聞したことに話題を戻そう。先ほど話したように、時はいまや九月になっていた。これはロンドンが築かれて以来、疫病の被害をもっともひどく蒙った月だったといえるだろう。実際、ロンドンで発生した過去の疫病について、どの資料を見ても、これほどひどいものはなかった。八月二十二日から九月二十六日までの期間、このたった五週間について、死亡週報に載った数は、およそ四万人*に達していた。週報の詳細は次のとおりだ。

8月22日から29日まで	7496
9月7日まで	8252
12日まで	7690
19日まで	8297
26日まで	6460
計	38195

すでに途方もない数値だが、それでもこの統計は不十分だと思われる。実際はこの五週間のあいだ、どの週をとっても毎週一万人以上が死んでいて、さらにこの前後の数週間も同じくらいの死者が出たとぼくは信じているが、その判断の根拠となる事実を述べれば、みなさんも躊躇なく同意してくれるだろう。すなわち、この時期の人びとの混乱ぶりは、特に市街地《シティー》では喩えようもなかった。恐怖が増幅した結果、ついに死体の運搬役の人たちまで怯えを抑えられなくなった。事実、運び役のなかには、いちど疫病にかかって治った者もいたが、そんな人たちさえバタバタ死んでいった。墓場の穴のところまで死体を運び、ちょうど投げこもうとしたら急に斃《たお》れる人たちもいた。市街地《シティー》を襲った混乱はとりわけひどかった。そこに住む人たちは惨禍から逃れる希望を抱きはじめ、「これで死の苦しみは免れる」*と思っていたからである。聞いた話では、北東の外れのショアディッチに死者を運ぶ馬車が駁者から見捨てられ、あるいはひとりで乗っていた駁者が途中で死んでしまったのかもしれないが、それでも馬は走り続けたので、荷台が引っ繰り返り、死体をあちらこちらに投げ出して、惨憺たるありさまだったという。別の馬車は、クリップルゲート教区のフィンズベリー・フィールズにある巨大な穴*で発見されたらしい。駁者は亡くなったか、馬車を見捨てて逃げ出したのか分からないが、馬が穴に近づきすぎたために、荷台が穴に落ち、馬もまた引きずりこまれてしまったのだ。駁者も一緒に穴に投げこまれ、馬車に押し潰されたとも言われている。穴を埋める死体のあいだから、その鞭が見えていたというのである。けれども本当のことかどうか、ぼくには確かめようもない。

ぼくらの住むオールドゲート教区では、教会墓地の門前で、触れ役も駁者もいなければ、他の誰もいない死の車《デッド・カート》が、死体を満載したまま停車しているのが何度も目撃されたという。このときはもちろん、他の多くの場合も、荷台に載った死体が何者なのか、誰も知らなかった。なかにはロープを巻かれてバルコニーや窓から降ろされた死体もあったし、運び役が運んでくる死体もあれば、関係ない人たちが運んでくるものもあったからだ。それに死体を回収する連中は、彼ら自身の言によれば、いちいち数を控えていられないとのことだった。

市民生活とペスト療養所

いまや行政府による警戒も、最大の試練に直面していた。しかし実をいえば、いくら感謝しても足りないほどの努力を彼らはしていた。この時期にあっても、どんな支出や苦労も厭うことなく、市街地《シティー》でも郊外でも次の二点がないがしろにされることは決してなかったのだから。

（一）　食糧はつねに十分豊富にあった。さらに物価もあまり上昇せず、あっても問題にならない程度だった。

（二）　死体が埋葬されずに剝き出しで放置されることはなかった。市街地《シティー》の端から端へ歩いたとしても、埋葬はもちろん、埋葬した痕跡さえも日中には見られなかった。ただし、先ほど述べたように、九月の最初の三週間にはわずかな例外があった。

二番目の項目は、ちょっと信じられないかもしれない。実際、あれから出版された他の人たちによる記録を見ていただければ、死者は埋葬されず転がっていた、などと書かれている。しかし、これはまったくの間違いだと確信している。もしもそんな場所があったとしても、それは生き残った者が死者を置いて出て行った家のほかはあり得ない。前に語ったように、逃走する手段を見つけた家族が死者を役人に届け出ないまま家を出た場合である。しかしこれはすべて、いま問題にしていることとはまったく違う話だ。この点について、ぼくは自信を持っている。多少なりとも、自分の住む教区でその手の仕事に関わったことがあるし、ここで生じた被害は、住民の数との比率でいえば、他のどの地域と比べても劣らなかったのだから。繰り返すが、埋葬されずに放ったらかしだった死体は、ひとつもなかったのは間違いない。つまり担当の役人が知っていれば遺体は必ず埋葬され、運び役の人間や、地面に埋めて土をかける埋葬人が見つからないことはなかったということだ。これだけ言えば議論の余地はないだろう。モーゼとアロン小路みたいな場所の大小の家に放置されたものは、数に含まれないことになる。こうした遺体は発見され次第、必ずすぐに埋葬されていたのだから。一番目の項目、つまり食糧の欠乏と高騰の問題については、前にも言及したし、あとでもお話しするつもりだ。しかしいまは、次のことを述べておきたい。

(一)　特にパンの値段はあまり上がらなかった。この年のはじまり、すなわち三月の最初の週には、一ペニーで買える小麦のパンは約三百グラムの重さだった。そして疫病が猖獗《しょうけつ》した時期でも約二百七十グラムが買えて、それ以上高くはならなかった。疫病流行の期間を通じての話である。十一月のはじめになると、ふたたび約三百グラムで売られるようになった。こんなことは、これほどひどい疫病を経験した都市で、いまだかつて見られなかったことだろう。

(二)　パン屋が不足することも、パン焼きがまの火が消えることもなかったので（これには当時すごく驚かされたが）、市民へのパンの供給は確保されていた。ただしこれには、一般家庭によって助けられた部分もあった。女の召使いがパン生地を持ってパン屋に行き、そこで焼いてもらうのが当時の習慣だったのだ。それで家に病気まで持ち帰ってしまう、すなわちペストに感染して帰宅することもあったのだが。

このおぞましい疫病流行の期間を通して、前に話したように、ペスト療養所*は二軒しか利用されていなかった。すなわち、市街地より北を東西に走るオールド街のさらに向こうの野原に一軒、そしてロンドンの南西のウェストミンスターにもう一軒あるだけだった。どちらの療養所でも、強制的に連れてこられた人が入院することはなかった。実際のところ、いま強制する必要などなかった。何千人もの貧苦にあえぐ人たち、助ける人もなく、まともな設備もなく、慈悲にすがるほか食べ物も手に入らない気の毒な人たちが、心から喜んで入院し、治療を受けたいと望んだはずだった。ロンドンの市当局は、市民のためにさまざまな対策をとってくれたけれども、ぼくが思うに、こうした治療機関にかぎっては十分ではなかった。入院するときか恢復して退院するときに、金もしくは金の担保になるものを提供しなければ、どちらのペスト療養所も患者を受け容れなかったことを見ても、対策不足は明らかだった。実は、とても多くの人が健康になってここを退院していた。かなり優れた医師がここに派遣され、たくさんの患者がすばらしい治療を受けていた。これについてはあとでもういちど取り上げよう。療養所に送られた人の多くは召使いで、さっき話したように、自分の仕える家に必要な品物を買いに出たときに、疫病をもらっていた。こうした場合、帰宅して調子が悪そうだったら、家の残りの者を護るために隔離されたのである。ここで患者たちは、疫病の流行期間のあいだずっと手厚い看護を受けられたために、ロンドンのペスト療養所では一五六名、ウェストミンスター*では一五九名だけしか埋葬者が出なかった。

ペスト療養所を増やせと言っても、すべての患者をこういう場所に無理やり収容しろとぼくが主張していると思われては困る。どうやら、家屋閉鎖などせずに、病人を住居からペスト療養所へと急いで移送すべきだと提案した人たちがいたようだが、それでは状況がさらに悪化していたに違いない。病人の移動自体が疫病をばら撒いてしまうし、さらに言えば、病人がいなくなっても、そのあとの家から疫病が一掃されるわけではない。なのに残りの家族の活動は制限されないから、きっと他の人たちに感染を広げていただろう。

また個々の家では、疫病を隠すため、病気になった人たちを隠すために、どこでもさまざまな手段を用いていた。ゆえに見まわり、あるいは調査員が気づいたころには、家の者みんなが病魔の手に落ちていることもあった。他方で病人たちの事情を見てみれば、同じときに発症する者の数は膨大であり、公設のペスト療養所の収容能力をはるかに超えていたし、それだけの患者を見つけ出して連れていく役人の数も、まったく足りなかった。

この提案は当時詳しく吟味され、ぼくもそれが話題になるのをよく耳にした。行政官は、市民が家屋の閉鎖に従うよう手を尽くしていたが、市民の方はさまざまな策略を用いて監視人の目をごまかし、逃亡したのはすでに見たとおりだ。そしてこの閉鎖の難しさを踏まえれば、いま述べた別の対策を実行しようとしても無理だったのは明らかだろう。行政当局が、病気の人たちを自分のベッドと住居から強引に追い出すことなど、できるわけがないのだから。もし実行するならば、それは市長《ロードメイヤー》に仕える役人ではなく、軍隊のような組織のなすべき仕事だったろう。他方の市民も、彼ら自身や子供や親類の邪魔に入る者がいれば、激高して自暴自棄になり、あとでなにが待っていようとその者を殺害しただろう。こうして行政当局は、市民をいわばこれ以上は想像できないほどひどい、破滅的状況に追いこむこととなったはずである。要するに、市民を完全なる狂気に走らせていただろう。病人を家から引きずり出し、移動を強制するには、暴力や脅迫を用いなければならない。しかし実際のところ、行政官はこうした手段に出るより、寛大で慈悲深い対応をとる方が適切だと、様々な理由から判断したのである。

　ここでふたたび思い出すのは、ペストが発生した当初の、ロンドン全体に感染が広がるのが確実視された時期のことだ。すでに話したように、このとき最初に不安を抱いたのは裕福な人たちで、彼らは慌てて次々とロンドンの外に出ていった。ぼくが実際にこの目で見たのは、人馬の群れが膨れ上がり、四頭立て、二頭立て、一頭立てのさまざまな馬車と馬でひしめきあって、あるものはすばやく、またあるものはのろのろと人を運んでいる光景だった。まるで市街地《シティー》の人間がまるごと逃げ出しているかのようだった。もしもあの混乱のなかで、恐怖心を掻き立てるような規制、とりわけ市民の希望とは異なる身の処し方を強要するようなものが公布されていたら、市街地《シティー》も郊外も非常な混乱に陥っていたはずだ。

　しかし行政府は、賢明にも人びとを勇気づけるよう気を配り、とても優れた条例を制定して市民の行動を管理し、街での通行の秩序を保ち、貧富に関わりなく、どんなものも手に入るよう最大限の努力をした。

　疫病が発生してすぐに、市長《ロード・メイヤー》と補佐官、区長、および一部の市議会議員あるいはその代理が集まって、次の決議を公布した。「わたしたちはロンドンをみずから離れるつもりはなく、すべての場所で秩序がよく保たれるように、そしてなにが起きようと公正な対応をするべく、いつでも市民のそばにいることを選ぶ。また貧しい人たちには、公庫から救援物資を提供させていただく。ひとことで言えば、わたしたちは義務を果たし、市民から負託された責任を全うするために、力を尽くすことを望んでいる。」

　この訓令を遵守しようと、市長《ロード・メイヤー》と補佐官、その他の行政官がほぼ毎日会合を開き、平穏な市民生活を維持するために必要な措置を話し合った。一般市民には、可能なかぎり丁寧かつ寛容に接した彼らだったが、あらゆる種類の厚かましい悪党ども、こそ泥や押し込み強盗、死者や病人から物を奪う連中などには公正な罰をくだし、市長《ロード・メイヤー》と区長の名前で、こうした犯罪を禁じるための布告が繰り返し何度も発行された。

同様に、すべての治安官と教区委員はロンドンに留まるよう命令を受け、これに反すれば厳罰を課せられた。家屋を所持する有能で適格な人物に代理を頼むことはできたが、それは区の助役か管区の市議会議員の承認を受け、かつ身元を保証できる人でなければならなかった。この人が死んだとき、代わりに治安官を務める人をすぐ任命できるという保証も必要だった。

こうした方策によって、市民の精神状態は大いに恢復した。とりわけ初期の恐慌状態はだいぶ収まった。このころあらゆる人が脱出を図っていたので、下手をするとロンドンから貧民を除いて誰も人がいなくなり、田舎に殺到した群衆が略奪と破壊に走っていたかもしれなかった。しかも行政官たちは、先ほどの約束に違わず、勇気を持って職務に励んでいた。市長《ロード・メイヤー》と助役はみずから路上に出て、いちばん危険な地域も訪れた。あまり大勢の群衆に取り囲まれないように気をつけていたけれども、危急の場合には、市民が直接訴えるのを決して退けなかった。そして彼らの悲しみや不満のすべてに辛抱強く耳を傾けた。市長《ロード・メイヤー》は庁舎にわざわざ低いバルコニーを作らせて、陳情で人びとが来るときにはそこで迎えた。群衆から少し離れたところに立ち、できるだけ安全を保つためだった。

同時に「市長《ロード・メイヤー》の警護役」と呼ばれる警吏がつねに順番に付き従い、市長《ロード・メイヤー》のそばを固めていた。このうち誰かが体調を悪くしたり、疫病に感染すれば（事実そうなった人もいたのだが）、すぐに他の人が補充要員として雇われ、元の人の生死がはっきりするまで務めた。

市の助役や区長たちもまた、それぞれが責任を持つ職場や区において、同じように職務に励んだ。また助役に仕える役人のなかに執行官と呼ばれる人たちがいて、それぞれの担当する区の長の命令を順番に受けていた。このように、あらゆる場合に滞りなく法を執行する体制ができていた。次に行政当局が特別の注意を払ったのは、市場での自由な取引のための法律が遵守されるよう監視することだった。この任務については、市長《ロード・メイヤー》か、ふたりの助役の片方もしくは両方が、市の立つ日には必ず馬に乗って、法令が守られているか目を光らせた。さらに、地方の人たちが市場に来て、また地元に帰るとき、通行の便宜と自由がなるべくあたえられるよう注意を払った。そしてこの人たちが警戒心を抱き、もうロンドンには来たくないと思うような、不快なものや恐ろしい光景が路上に現れないよう監視した。他にはパン屋に対して特別な法令を制定した。パン屋の組合長、およびその委員会に命じ、パンの生産を管理するために市長《ロード・メイヤー》の発した法令が実行されているか、また市長《ロード・メイヤー》が毎週定めるパンの法定価格が守られているかを監督させた。そしてすべてのパン屋は、決してパン焼きがまの火を落としてはならなかった。これに違反すれば市街地《シティー》の自由市民《フリーマン》*としての特権を奪われた。

こうした対策のおかげで、先ほど話したように、パンはいつでもたくさん手に入ったし、値段も普段と同じままだった。他の食糧も市場で不足することは決してなく、あまりにいつも通りなのでよく驚かされたし、外出するたびにびくびく、おどおどしている自分をとがめる気にさえなった。実際、地方の人たちは、ロンドンに疫病など少しも来ていないし、感染する危険もまったくないかのように、臆することなく好きなだけ市場に来ていた。

先ほど話した行政府の人たちが実行したことのなかでも、実に見事だったのは、街路が常に清潔に保たれ、あらゆる意味での恐ろしい光景が隠され、死体など不気味で不快なもののすべてが片づけられていたことだ。すでに述べたとおり、通りの真ん中で突然倒れて絶命する人がいれば話は別だが、そのときでもたいてい布か毛布が被せられるか、近くの教会墓地に運ばれ、夜まで手をつけられなかった。恐怖心を引き起こすような仕事、憂鬱で危険だけれどもやらねばならない仕事をするのは、必ず夜だった。発症者の身体を移動したり、死者の身体を埋葬したり、疫病のついた衣服を燃やす必要があれば、それは夜間におこなわれた。いくつかの教会墓地や埋葬用の土地に掘られた、巨大な穴に死体が投げこまれる様子はすでに話したけれど、このように片づけるのも夜の仕事だった。そしてすべては日の昇る前に覆い隠された。こうして日中になると、あの大災害を窺わせるものはなにひとつとして見えも聞こえもしなかった。ただ閑散とした街頭と、家の窓の外を通ると時折聞こえる激しく泣き叫ぶ者たちの声、そして閉鎖された数多くの家や店だけが普段と違っていた。

移動する疫病（1）

しかし街頭が閑散として静まり返ったといっても、市街地《シティー》はその周辺地域ほどひどくなかった。唯一、先ほど触れたようにペストが東に向かい、市街地《シティー》の全域に広がった時期だけは例外だった。ただし実は、このとき神の慈悲深い思し召しが示されていた。ペストが最初に市の西端で発生したことはすでに詳しく述べたが、そこから徐々に他の区域に勢いを広げ、市のこちら側、つまり東側を襲うときには、西側ではすでに病毒を吐き尽くしていたのだから。同じように、疫病がある場所で流行りはじめると、別の場所では勢いが衰えていた。具体的に見てみよう。

疫病は市の西端のセント・ジャイルズとウェストミンスター方面で始まり、この地域全体ではだいたい七月半ばまでが最盛期だった。いまこの地域とは、セント・ジャイルズ・イン・ザ・フィールズ、ホウボンのセント・アンドルー、セント・クレメント・デインズ、セント・マーティンズ・イン・ザ・フィールズの四教区、そして特別行政区《リバティーズ》のウェストミンスターのことだ。七月も後半になると、これらの教区では病気の勢いが衰えて東に移り、クリップルゲート、ニューゲートの西にあるセント・セパルカーズ、クラークンウェルのセント・ジェイムズ、フリート街の西側のセント・ブライズ、そしてオールダーズゲートでは、急激に感染者が増大した。疫病がこの五教区を襲っているあいだ、市街地《シティー》とテムズ川のサザーク側、すなわち南岸にあるすべての教区、さらにはステップニー、ホワイトチャペル、オールドゲート、ウォッピング、ラトクリフの被害はごくわずかだった。この地域の人びとは、なにも気にせずに所用で歩きまわり、普段どおり商売を続け、店を開き、市街地《シティー》や東と北東の郊外、それにサザークのどこでも好きなように人と交流し、その様子はほとんどペストなんてどこにも来ていないかのようだった。

北と北西の郊外、すなわちクリップルゲート、クラークンウェル、ビショップスゲート、ショアディッチが完全に疫病に呑みこまれても、依然として他の地域はどこもかなり安全だった。例を挙げておこう。

七月二十五日から八月一日まで、死亡週報はあらゆる病気による死者をこう記している。

セント・ジャイルズ・クリップルゲート	554
セント・セパルカーズ	250
クラークンウェル	103
ビショップスゲート	116
ショアディッチ	110
ステップニー教区*	127

オールドゲート	92
ホワイトチャペル	104
市街地《シティー》の壁の内側の全97教区	228
サザークの全教区	205
計	1889

簡潔に言うと、この週にクリップルゲートとセント・セパルカーズの二教区で亡くなった人は、市街地《シティー》全域、東側の郊外のすべて、サザーク方面の全教区を合わせた死者よりも四十八名多かった。ここから、市街地《シティー》では健康が維持されているという評判がイングランドの全土に、とりわけロンドンへの食糧供給を主に担っている近隣の町村や市場で広まり、本当に健康だった時期をすぎても信じられていた。このころ地方から来た人が、たとえば北東からショアディッチとビショップスゲートを通って、あるいは北西からオールド街とスミスフィールドを通ってロンドンの街並みを進むと、市街地《シティー》の外の地区では通りに人影がなく、家や店がどこも閉鎖され、行き交うわずかな人たちさえ、通りの真ん中を歩くようにしているのを見ただろう。しかしひとたび市街地《シティー》に入ると、街の雰囲気はよくなり、市場や商店は開いていて、通りを歩く人の様子も、数こそ前ほど多くはないが普段どおりだった。この状況は八月の終わり、そして九月の初めまで続いた。

ところがそれから事態は急変し、疫病は西側と北西側の教区では衰え、市街地《シティー》と東側の教区とサザーク付近が主に被害を受けるようになり、しかもその勢いはすさまじかった。

すると市街地《シティー》も実に悲惨な姿を示すようになった。商店は閉鎖され、街路から人影は消えた。確かに大通りにはさまざまな理由で外に出なければならない人たちがいた。真昼ともなれば、かなり多くの人が往来したものである。しかし朝と晩には、そうした通りでさえも、ほとんど人の姿を見なかった。コーンヒルやチープサイドといった、商売の要となる通りでさえそうだった。

ここまで説明した経緯は、この数週間の死亡週報を見れば十分すぎるほど確認できる。いま名前を挙げた教区と関係し、話した統計の正しさがはっきり分かる数値に絞って概要を示すと、次のようになる。

まず、ロンドンの西側と北側で埋葬される死者が減ったことを先ほど話したが、それを明示する死亡週報の数値を提示しておく。表の左半分は、東側と市街地《シティー》での同時期の死亡者の増加を示している。

9月12日から19日まで

クリップルゲートのセント・ジャイルズ	456
セント・ジャイルズ・イン・ザ・フィールズ	140
クラーケンウェル	77
セント・セパルカーズ	214
ショアディッチのセント・レナード	183
ステップニー教区	716

オールドゲート	623
ホワイトチャペル	532
市街地《シティー》の壁の内側の97教区	1493
サザーク側の8教区	1636
計	6060

このように、あまりに極端な変化が生じていた。それは実に悲しむべき変化でもあった。もしも実際より二ヶ月長くこの状態が続いていれば、生き延びる人間はほとんどいなかったはずだ。しかしこのときも、神が慈悲深い配慮をしてくださったことは言っておきたい。まさに同じころ、最初に恐るべき疫病が猛威をふるった西側と北側では、見てのとおり状況はずっと改善していたのだから。こちらで人びとが次々に消えていくと思えば、あちらではふたたび外に出ようかと様子を窺う人たちが現れた。そして次の一、二週間で状況はさらに変わった。すなわちロンドンの一部では人びとがより勇気づけられたのである。具体的に示そう。

9月19日から26日まで

クリップルゲートのセント・ジャイルズ	277
セント・ジャイルズ・イン・ザ・フィールズ	119

クラーケンウェル	76
セント・セパルカーズ	193
ショアディッチのセント・レナード	146
ステップニー教区	616
オールドゲート	496
ホワイトチャペル	346
市街地《シティー》の壁の内側の97教区	1268
サザーク側の8教区	1390
計	4900

9月26日から10月3日まで

クリップルゲートのセント・ジャイルズ	196
セント・ジャイルズ・イン・ザ・フィールズ	95
クラーケンウェル	48

セント・セパルカーズ	237
ショアディッチのセント・レナード	128
ステップニー教区	674
オールドゲート	372
ホワイトチャペル	328
市街地《シティー》の壁の内側の97教区	1149
サザーク側の8教区	1201
計	4328

いまや市街地《シティー》の状況、そしてあの東と南の地域の状況は、悲惨の極限に達した。見てのとおり、主な被害はこれらの地域、すなわち市街地《シティー》、川を越えた八つの教区、加えてオールドゲート、ホワイトチャペル、ステップニーの三教区で発生していた。そして前に話したように、週報の数字が戦慄を覚えるほどはね上がったのは、まさにこのころだった。八千から九千、あるいはぼくの考えでは一万から一万二千もの人間が、毎週命を落としていた。行政当局は正確な数値をなにひとつ把握できていなかった、というぼくの持論も、その根拠もすでにお話ししたので、ご承知だろう。

それだけでなく、もっとも著名な医師のひとりが、* あの災厄のあと、当時の記録と自分の見解をラテン語で出版したのだが、この人によれば、ある週には一万二千人の死者が出て、その週には一夜で四千人が亡くなった日もあるということだ。ただしぼくは、そんな大勢が一気に消えるほど、際立って不吉な夜が本当にあったかどうか、特に記憶がない。とはいえ、この話を聞けば、死亡週報の数字があやしいというぼくの主張が間違いないように思える。この件はあとでもう少し述べよう。

そしてここで、同じようなできごとの繰り返しに見えるかもしれないが、ふたたび次の話題に移るのを許してほしい。つまり市街地《シティー》そのものと、まさにこの時期に僕が住んでいた地域を見舞った惨劇のことだ。非常に多くの人びとがロンドンから田舎に脱出したとはいえ、市街地《シティー》、そしてこれらの地域は、相当な人であふれていた。ひょっとすると、普段以上だったかもしれない、というのも、市民は長年、固くこう信じていたからだ。ペストは決して市街地《シティー》にも、サザークにも、ウォッピングにも、ラトクリフにも広がらないと。それどころか、人びとはすっかりこのうわさを信頼していて、多くの市民が西側や北側の郊外を出て、こうした東側や南側の地域へと避難した。そのせいでペストがこの方面に運ばれたのだと、ぼくは本当に信じている。ひょっとして、この移動がなければ、もっと遅くに伝播していたのではないかと思うのだ。

隠れた感染者と「死の息」

このあたりで、人びとのあいだで感染がどう広まったのか、後世の参考となるようにより詳しく述べておきたい。実は、ペストが健康な人たちにこれだけ急速に広まったのは、病気の人たちのせいばかりではなく、元気な人たちのせいでもあった。この言い方には解説が必要だろう。いま**病気の人**というのは、病気にかかっていることが知られていて、ベッドに入って療養している者、あるいは腫脹やできものが身体に見られる者などを指している。誰でも警戒できる人たち、ベッドで寝ているとか、紛れもなく病気だと分かる人たちだ。

対して**元気な人**というのは、すでに病気の種をもらっていて、実は肉体と血液に病毒を抱えているのに、外見ではその影響が分からない者を意味する。いやこの人たちは、自分でも感染に気づいていないことがあり、数日間は無自覚のままというのはざらだった。彼らはあらゆる場所で、近くを通る誰にでも死の息を吹きかけた。それどころか、その着ているものには疫病の元が潜んでいて、その手が触れるものにもそれがうつった。とりわけ手が温かく、汗を掻いているときは感染力が強かった。実際のところ、この人たちはたいてい汗を掻きやすくなっていた。

さて、こういう人たちを見分けるのは不可能だったし、いま言ったように、当の本人が感染したと自覚していないこともあった。当時とてもよく見かけた、いきなり街頭で倒れて気を失う者は、この手の元気な人だった。というのも、この人たちは頻繁に街に出て最後まで歩きまわり、しまいには急に汗だくになり、意識が遠のくのを感じ、近くの玄関先に座りこんでそのまま死んでしまったのである。もちろん、ひとたび異変に気づいたら、この人たちは自分の家のドアまでたどり着こうと必死の努力を見せたし、なんとか自宅にたどり着いたと思ったら、たちまち死んでしまうこともあった。ずっと外を歩いていて、病気の徴《しるし》が身体に出てきてしまったのにそれにも気づかず、外にいるあいだは元気だったものの、家に帰ってから一、二時間後に亡くなる人もいた。こういう人たちこそ危険であり、本当に元気な人たちが警戒するべき相手だった。しかし、病気でない側から見れば、それを見分けるのは不可能だった。

そしてこれこそが、疫病流行時に人間がどれだけ警戒しても、ペストの蔓延を防げない理由なのだ。すなわち、健康人と感染者との区別がつかないこと、さらに感染者も完璧には症状を自覚できないことである。

ぼくの知人に、一六六五年のペスト流行のすべての時期を通じて、ロンドンで自由に動きまわっていた男がいる。彼はいつも解毒剤もしくは強心剤を持ち歩き、少しでも危険を感じたら飲むことにしていた。そしてこの男が危険を察知する、というか危険じゃないかと警戒するのには、ひとつの決まりがあった。それは前にもあとにも他ではまったく見たことのないものなので、どのくらい信用できるのかぼくには分からない。この男の脛には古傷があるのだが、健康ではない人たちのなかに交わると、疫病が彼の身体に影響を及ぼし、彼が言うにはある信号によってそれを判別できるという。すなわち、脛の傷がずきずき痛みだし、青白く変色するらしいのだ。だから、そこが少しでもうずきだすと、ここが引き際と彼は見定め、こんなときのために常に持ち運んでいる飲み薬を飲んで、病気の予防をするのだった。ところで、自分は健康だと思っていて、外から見ても健康そうな人たちと一緒にいるときにも、頻繁に傷がうずいたらしい。そんなとき、この男は立ち上がって、公然とこう言ったものだった。「みなさん、この部屋の誰かがペストにかかっています。」するると集まりは直ちにお開きとなった。いま述べていることは、あらゆる人びとにとって間違いのない忠告となるはずだ。すなわち、感染者のいる地域でも見境なく往来する人は、ペストから逃れることはできない。人は知らないうちにペストにかかっている。同様に、自分が病気を持っていると知らないうちに他人にうつしている。そしてこのような場合、元気な者を閉じこめたり、病気の者を他所に移しても効果はない。もっとも、病人の足跡をたどって、彼らが会話をした者をすべて閉じこめられるならば、それも病人が症状を自覚する前まで遡って調べることができるというのなら、話は別だが。しかしどこまで遡ればよいのか、つまりどこで終わりにするべきか、誰にも分からないのだ。というのも、いつ、どこで、いかにして病人が疫病にかかったのか、また誰からうつされたのか、知る者などいるわけがないのだから。

神の裁きか、自然現象か

腐敗した空気によって感染が広がっているという説を、当時あれだけ多くの人が語っていたのは、ぼくが思うにこれが原因だった。誰と会って話すかなど、注意する必要はない、なぜなら悪い空気に触れなければ感染しないのだから、というのだ。この説を唱える人たちは、異様なほど動揺し、衝撃を受けている様子だった。「俺は一度も病気のやつに近づいちゃいねえ!」と疫病にかかった者が言った。「俺が会った人間は、みんな健康でピンピンしていた。なのに俺は病気になった!」「俺がやられたのはきっと天の裁きなんだ」と別の病人は言い、宗教に原因を求めた。最初の病人はしつこく叫び続けていた。「俺は疫病に近づかなかった。病気のやつには近づかなかったんだ。**これは絶対に空気のせいだ。**」ぼくたちは息をするたびに死を吸いこんでいるのだから、この疫病は神の思し召しで、抵抗しても意味がない、というのだ。そして、疫病流行の季節も半ばをすぎ、いよいよ被害が拡大すると、ついに多くの人びとが危険に鈍感になり、さほど心配もせず、警戒心も麻痺しはじめた。流行の初期と比べれば、違いは明らかだった。すると、ある種のトルコ的予定説*に染まった市民たちは、神がぼくらを罰することをお望みであれば、ここを出ようが留まろうが同じことで、逃れられるわけがない、と言っていた。こういう理由で、市民は感染者のいる家や集まりにも平気で出かけるようになり、病人を訪問しただけでなく、端的に言えば、発病している妻や家族と一緒に寝るようにもなった。それでどうなったか? 単にトルコなど他の国で、人びとがこういう行動をとったときと同じ結果になった。すなわち、この人たちも感染し、何百いや何千という単位で死んでいったのである。

ぼくは決して、神の裁きへの畏怖の念や、神の思し召しを尊重する気持ちが強すぎたのがよくないと言いたいわけではない。このような災厄のとき、そういった感情は常に心にあるべきだ。さらに、疫病の流行自体は、その発生した都市、地域、あるいは国家に対し、神の下《くだ》した鉄槌であるのは間違いない。それは神の罰を報《しら》せるものであり、その国家、地域、都市に服従と悔悛を強く呼びかけるものだ。預言者エレミアへのお告げの十八章七、八節にあるとおり、「あるとき、わたしは一つの民や王国を断罪して、抜き、壊し、滅ぼすが、／もし、断罪したその民が、悪を悔いるならば、わたしはその民に災いをくだそうとしたことを思いとどまる」のである。だから、こうした時節にふさわしい、神を畏れる気持ちを人びとの心に呼び覚まし、決してそれを弱めないためにこそ、ぼくはこれだけの詳しい記録を残しているのだ。

繰り返すが、あのできごとの原因について、神が直接手を下したものだと言い、そこに神のありがたい思し召しが示されていると主張する人を非難するつもりは毛頭ない。いや、それどころか、感染を免れたすべての人、さらには感染しても恢復したすべての人は、奇蹟的に救済されていたのだ。人びとが語る個々の事例を見ても、普通ではあり得ない神の思し召しが働いていたことが窺える。さらにぼくは、自分が助かったこともほとんど奇蹟だと思っている。このことは、感謝をこめてここに記しておきたい。

それでもぼくは、ペストを自然な原因で発生する病気として語っているのだから、ここでは実際に自然な経過をたどって蔓延したものとして考えなければいけない。ただし、人間が原因と結果に関わっているからといって、それが神の裁きでないということにはならない。神の力こそ、自然のすべての仕組みを作り、自然の働きを維持してもいるのだ。だから、この同じ力が人間に慈悲を示すときも、裁きを下すときも、自然な因果という通常の筋道をたどるのが適切だと考え、普段はこうした自然な因果を用いることを神は好まれているのだ。それでも必要となれば、例外的に自然を超越して働く力も神は備えておられる。ならば疫病の場合、超自然的な作用を特例として用いるべき明らかな理由はない。むしろ物事の通常の筋道をたどっても十分に脅威であり、伝染病を起こすことで天がもたらそうとする効果は、すべて実現できるだろう。さまざまな因果のなかで、気づかないうちに、避けるすべもなく疫病に感染してしまうという謎だけでも、神の罰の苛烈さを世間が知るのに十分すぎるので、超自然現象や奇蹟に頼る必要がないのだ。

疫病そのものの急激に侵略する力は非常に強く、しかもまったく気づかぬうちに感染したので、流行の現場にいるかぎり、どんなに厳格に注意を払ったところで安全とは言えなかった。しかし、ぼくにはどうしても譲れない信条があり、記憶に生々しく刻まれた数多くの実例が、この信条の正しさを証明してくれるので、誰も異論を唱えられないだろう。その信条とは、この国全体で病気になった者、つまり疫病の感染者のうち、通常の伝染病とは違う経緯で感染した人はひとりもいない、ということだ。誰もが、すでに病気を患っている他人から、その衣服から、身体の触れ合いから、あるいは肉体の放つ臭気から感染していたのである。

忍び寄る病魔

この病気が最初にロンドンに来た状況も、これを証明している。すなわち、それはオランダから届いた荷物についていて、オランダの前には地中海東岸のレヴァント地方から発送されていたこと。この荷物が届けられ、最初に開封されたロングエイカー通りの家で最初に発生したこと。病気がこの家から他の家に伝播したのは、病気の人たちとの明らかに不用意な接触によること。死亡した人間を調べるために派遣された教区の役員も感染したことなど。これらのよく知られた事実が、先ほどの大前提の証拠となる。つまり、あの病気は人から人へ、家から家へ伝えられたのであり、他の方法ではない、ということだ。最初に感染した家では四名が亡くなったが、この最初の家の奥さんが病気だと聞いた隣家の主婦が、みまいのために訪問した。そして自分の家族に疫病を持ち帰ってしまい、自分も他の家族もみんな死亡した。この二軒目の家ではじめて病人が出たとき、牧師が呼ばれてこの病人と一緒に祈りを捧げたが、たちまち自身も発症し、家の者を何人も道連れに死んでしまった。ここまで来ると、医師たちも頭を悩ますようになった。はじめ彼らは、伝染病の流行など夢にも思っていなかったのだ。しかしいまや、死体を検分するために医師が派遣され、このような宣告が市民に下された。これは紛れもなくペストであり、その恐るべき症状がすべて現れている。これから大量の感染者が出るかもしれない。というのも、すでに大変多くの人びとが病人、つまり疫病患者と接触しているので、その人たちも疫病に感染したと想定できるからだ。これをいまから抑えることは不可能だろう。

こうした医師の意見は、その後のぼくの観察と一致した。すなわち、危険は気づかぬうちに拡散するということだ。病人の手の届く範囲に近づかなければ、誰も病気になることはない。しかし、実は疫病にかかっていたらしいのに、それを知らないまま外出し、健康な人のように歩きまわる人がいれば、ペストを無数の人びとにばら撒くことになるだろう。さらに、この人びとがその割合だけ多くの人たちに疫病を広げ、それでも病毒を与えている側も、受け取っている側も、まったくそれを自覚せず、おそらく何日も経って、ようやく病気に気づくのだ。

たとえば、今回の疫病流行のとき、多くの人たちが感染に少しも気づかなかったのに、いきなり徴《しるし》が身体に浮き出たのを目撃して言葉も出ないほど驚愕し、それからほとんどの人が六時間以内に絶命した。この徴と呼ばれた特有の斑点は、実のところ壊疽が皮膚に浮き出したもので、壊死した肉が一ペニー銀貨くらいの幅の小さなこぶに固まり、胼胝《たこ》というか角のようにコチコチになっていた。そして病気がここまで進んでしまうと、もはや確実な死が待っているだけである。それなのに、いま述べたように、人びとは感染したことをなにも知らず、体調のちょっとした異変にも気づかないまま、こうした死の刻印を身体に滲ませるのだった。けれども、実はこの人たちはすでに疫病にすっかり侵されていて、しかもそれがしばらく続いていたということは、誰もが認めるに違いない。それならば、彼らの息、汗、着ている物までも、相当な日数のあいだ感染源となっていたのだ。

このために実に多様な症例が見られたが、これについては、ぼくよりも医師たちの方がずっと経験も話題も豊富だろう。だが、ぼくの見聞したなかでも変わった症例があるので、少し話しておきたい。

とあるロンドン市民で、無事に疫病を免れて九月まですごした人がいた。まさに疫病の被害の中心が以前よりも市街地《シティー》に移ったころだったが、実に元気そのものだった。それでやや謙虚な気持ちを忘れてしまったのだろうか、自分はまったく安全で、これまで注意を怠らなかったし、病気の人間にはこれまで一度も近づいたことがない、と語っていた。するとある日、その近所に住む別の市民がこう言った。「〇〇さん、自信を持ちすぎるのはよくありません。誰が病気で誰が元気かを言うのは難しいのですから。さっきまで外から見ているかぎり元気に生きていた人たちが、一時間後には死んでいた、というのはよくあるじゃないですか。」「おっしゃるとおり」と最初の男は言った。この男は決して向こう見ずな自信家ではなく、長いあいだ病気を避けてきた。他方で、一般の市民、特に市街地《シティー》の住民は、この点あまりに不注意になっていたのは、前に話したとおりだ。「おっしゃるとおりです。わたしは自分が絶対安全とまでは思いません。ただ、ちょっとでも危ない人とは同席しないよう心がけてはいますよ。」「いや、それなんだが」と近所の者は言った。「あなたはおとといの晩、グレースチャーチ街のブルヘッドという居酒屋で、*〇〇さんという人と一緒ではありませんでしたか?」「ええ」と最初の男は答える。「確かにおりました。ですが、そこには他に誰もいなかったので、危険だと思う理由がないでしょう。」これを聞いた近所の男はなにも答えなかった。驚かせたくなかったのだ。しかしその態度は男の関心をさらに掻き立てた。それでも隣人が及び腰なのを見ると、男は次第に苛立ってきて、いささかムッとした調子で言い放った。「別にあの人が死んだわけでもないだろうに！」これを聞いても近所の男は依然として黙っていて、ただ目で天を仰ぎ、なにか独り言をつぶやいた。すると最初の市民の顔面は蒼白になり、これだけポツリと言った。「ではわたしも死人というわけですな。」そしてただちに帰宅し、近所の薬剤師に、なにか感染を防ぐ薬を持ってくるよう使いを出した。男は、自分がまだ病気ではないと思っていたのだ。ところがやってきた薬剤師が、彼の服の胸を開くとすぐため息をつき、ただひとこと「神におすがりなさい」と告げた。男は数時間後に死んだ。

このような症例を見て、みなさんに判断していただきたい。病人を閉じこめるのでも、別の場所に移すのでもよいが、行政府の高官がなにか規制することで、感染を止めることができるだろうか。相手が健康そのものだろうと、気づかれないうちに病魔は忍び寄り、人から人へとその手を伸ばして行く。しかもかかったことさえ何日も分からないというのに。

そこで次のことを検討してみたい。人びとが病気の種を抱えてから、このような明らかな死の徴《しるし》が発現するまで、どのくらい時間がかかるものだろうか。そして、この人たちはいかにも健康そうに歩きまわりながら、実は近づく人たちを片端から感染させているかもしれないわけだが、この状態はどのくらい長く続くのか。どんなに経験豊かな医師でも、この質問に直ちに答えることはできないだろうし、ましてぼくには手に負えない。それでも、素朴な観察者が気づいたことで、こうした専門家の見逃すものもあるかもしれない。外国の医師の見解によれば、疫病は生命力の源の流れる血管にかなり長いあいだ潜伏しているらしい。そうでないなら、どうして疫病の疑われる土地から外国の大小の港に入る船の人びとは、四十日もの隔離を強要されるのか。四十日というのは、自然がこのような敵と戦って制圧もしなければ屈服もしない期間として、あまりに長いのではないか、と思われるだろう。自分の観察から言えば、疫病にかかった者が他人への感染源となり得るのは、長くてせいぜい十五日から十六日ではないかと思う。まさにこの理由から、ロンドンで一軒の家屋が閉鎖されたとき、そこで誰かがペストで死亡していても、十六日から十八日経っても家族が誰も病気の徴候を示さなかった場合、行政側はあまり厳格にならず、家族が秘かに外出するのを黙認した。また、一般市民もこの期間をすぎれば、この家族をあまり警戒しなくなり、むしろ敵を自宅に迎えながら発病しなかったことで、さらに抵抗力が強くなっていると見なした。しかしながら、この敵がずっと長い期間潜んでいた例も、時折見られたのである。

反省と提言

いままで話したすべての観察に基づいて、こう述べなくてはならない。**ペストにもっとも有効な薬は、それから逃げることだ**と。どうやら神の思し召しによって、ぼく自身は逃げないよう導かれたけれども、個人としては逃げるべきだと考えているので、後世への処方箋としてここに書き残しておきたい。当時こう言って自分を鼓舞する人たちがいたのを覚えている。「神は、危機のさなかにあっても、わたしたちを護ることができるし、逆にわたしたちが危機から逃れたと思ったときに、捕えることもできる。」これを信じて、何千人もの人びとがロンドンに留まったが、その亡骸《なきがら》は荷馬車に積まれ、巨大な穴に投げこまれることになった。この人たちは、早くに危険を避けて逃げていれば、破滅を免れていたはずなのだ。少なくとも生き延びる可能性はあっただろう。

そしてもしも将来、なにかこれに似た災害が生じるとき、この基本中の基本さえ全員がしっかり考えるならば、市民の生活を護るために、一六六五年のロンドンで、あるいはぼくの知るかぎり、これまで海外で実施されたのと比べて、まったく異なる手段を取ることになると、ぼくは確信している。ひとことで言うなら、市民をより小さな集団に分割し、互いにもっと距離をとるよう、早期に移住させることが検討されるはずだ。今回のような伝染病は、人が密集したときこそ危険きわまりないものになるのだが、この措置をとれば、百万もの人が集まって暮らすところを病気が襲う、なんてことは起こらない。まさにそれに近い状況が、この疫病流行で生じたのだし、万が一ふたたびロンドンが疫病に襲われるならば、このままでは確実にそうなるのだ。

　ペストとは大火事のようなもので、発生したところに数軒の家屋がとなり合っているだけならば、その数軒を焼くことしかできない。あるいは一軒だけの、いわゆる孤立した建物が火元であるならば、その火元の建物が焼失するのみである。ところが、家屋の密集する町や都市で発火して、そのまま燃え広がるのであれば、火はどんどん勢いを増していき、激しい炎は留まるところを知らず、ついには燃やせるかぎりのものを燃やし尽くしてしまうのだ。

　もしもこの都市の行政府が、あのような敵とふたたび対峙することがあれば（そうならぬよう神に祈るが）、危険な民衆を管理するための負担の大部分を軽減できるような、様々な対策をぼくは提案できる。危険な民衆とは、物乞いをし、腹をすかせ、生活に苦しむ貧民、とりわけ物資の窮乏するときには穀潰《ごくつぶ》しと呼ばれる連中のことだ。賢明な対策として、またこの連中のためにも、彼らを別の場所に移し、さらに裕福な市民には使用人と子供たちを連れて自主的に避難させるならば、市街《シティー》地とその隣接地域の人口がいい具合に減少するので、疫病が襲来するまで残っている人たちは、すべて合わせて元の十分の一を超えないくらいになるだろう。いや、これが五分の一だとしても、残された市民は二百五十万人になる。この人たちをペストが襲ったとしても、とても小さな集団で分散して暮らしていれば、疫病から身を護る備えも十分にできるし、犠牲となる人も少なくなるだろう。同じだけの人数が、ダブリンやアムステルダムのような、もっと小さい都市で肩身を寄せ合って暮らしている場合と比べれば、被害はずっと軽微ですむはずだ。

確かに何百もの、いや何千もの家族が、この前回のペストの際に逃げ去った。しかし、そのときの多くは逃げるのが遅すぎて、避難中に死んだのみならず、避難した地方に疫病を運んでしまい、安全を求めて頼った先の人たちまで巻き添えにしたのだった。そのため事態が混乱し、最善の防止策だったものが、かえって疫病を蔓延させることになった。これは前にちょっと触れたことの証拠となる事実なので、そこに戻って、もう少し詳しく話さなくてはいけない。つまり、一見すると健康そうに歩きまわっていた人たちが、かなり日にちが経ってから、身体の主な部位にかすかな異変を感じはじめるが、そのときには生命力がすっかり奪われていて、もう逃れられなかった、ということ。さらに、病人が動きまわっていたときずっと、他人に病毒をばら撒いていたことだ。先ほど述べた地方の状況は、この説明が**まさに事実だった**ことを証明する。というのも、こうした一見元気な人たちは、通りすぎた町で、さらにはそこで接触した人の家で、次々に疫病の種をまき、これが原因となって、イングランドの大きな町はほぼ例外なく、多かれ少なかれ疫病患者を抱えることになったのだ。こうした町の住民に訊ねると、ロンドンの誰それが疫病を持ってきたんだ、という答えが決まって返ってきたものだ。

風説への反証

ここで省くわけにいかないのは、いま話した人たちが危険なのは本当だけれど、ぼくは彼らが自分の病状をまったく自覚してなかったと思っていることだ。もしこの人たちが、本当に自分の状態をありのまま知っていたとすれば、それでも外出して健康な人たちと接触した彼らは、いわば故意に殺人を犯したと言わねばならないからだ。もしそうなら、ぼくが前に紹介したが、真実ではないと思っていた見解が正しいことになってしまう。すなわち、疫病の患者は病気を他人にうつすことにまったく注意を払わなかったし、むしろ進んでうつしたがっているようだった、というものだ。しかし、さきほど話した状況が遠因でこの見解が生まれたとぼくは信じているし、実際、それが本当であってほしくないと思う。

特定の事例で疫病患者の全体を語るのに無理があるのは認めるが、この見解の対極にある性質を示した患者の名を、いくつも挙げることができる。この人たちについては、まだ存命の隣人や家族による裏づけもとれている。ぼくの近所の家の主人が疫病にかかってしまった。すぐに彼は、これは先日雇ったあの哀れな職人からうつされたな、と思い当たった。この職人の家を彼は訪ね、ある仕事を仕上げてもらうよう依頼していた。この哀れな職人の玄関先にいたときから、彼にはなにか予感があったのだが、まだはっきりとは分からなかった。ところがその翌日には病魔が姿を現し、ぼくの隣人の容態は一気に悪くなった。するとただちに、彼は自宅の庭にある離れに自分を運ばせた。この男は真鍮細工師で、離れの作業場の二階に部屋があった。ここで彼は床にふせり、そのまま亡くなった。そのあいだ近所の人びとの世話を一切断り、外から呼んだ付添人だけを頼っていた。しかも自分の妻も子供も使用人も、病室まで来るのを許さなかった。決して感染させないための配慮だった。ただ、家族への祝福と祈りを伝えるよう、彼は付添人に頼んでいたが、それさえも家の遠くから話してもらっていた。これはすべて、大切な家の者たちに疫病をうつすのを恐れてのことだった。この家は閉鎖されていたので、自分からうつらなければ家族が病気にならないことも男は知っていた。

患者による症状の違い

もうひとつここで述べなくてはいけないのが、どんな病気もそうだと思うが、ペストも体質の違いに応じてさまざまな症状を示したことだ。ある人は、たちまち身体じゅうに病気の毒がまわり、猛烈な熱、嘔吐、耐え難い頭痛と背中の痛みなどが次々に押し寄せ、あまりの苦痛に絶叫し、狂乱した。またある人は、首や股間、あるいは腋の下ができものや腫脹で膨らみ、これが潰れるまでとうてい我慢できない激痛に苛まれた。そうかと思うと、先ほど話したように秘かに感染する人もいた。知らないうちに熱がこの人たちの生命力を蝕み、当人はほとんど気づかないまま、ついに意識を失って卒倒し、そのまま元に戻らず痛みのない死を迎えた。

同じひとつの病気がこれだけ異なる症状を示し、患者の体質によって違う働きをした理由や経緯を個別に検討できるほど、ぼくは医学に詳しいわけではない。また、自分なりの所見をここに記載するのも、ぼくの仕事ではない。実は個人的な所見を書いてみたことはあるが、すでに医師の方々がずっと適切なものを残しているし、ぼくの意見には、この方々と違う点もあるようなので、掲載は控えておく。ぼくが話すのは、具体的な事例について自分の知っていること、他人から聞いたこと、本当だと信じていることだけだ。だから、ぼくが見聞した範囲のできごとと、そうして取りあげた個々の患者が示すさまざまな症状しか語らないつもりだ。けれども、ひとことだけ付け足しておきたい。いま話した症例のうち最初の二つ、つまり症状のはっきり出るものは、ひどい高熱、嘔吐、頭痛、全身の痛みや腫脹などが患者を苛《さいな》み、悲惨な状態で死に至るだけに、患者本人の苦痛という点では最悪である。ところが、最後に挙げた症例こそ、この病気の進行という点では最悪のものなのだ。なぜなら、はじめの二つの場合、特に腫脹が潰れたときには、患者が恢復することがよくあったのに対し、最後のものは避けられない死を意味したからである。どんな治療も、どんな介抱も虚しく、あとに続くのは死のみだった。これは他人にとっても、より質《たち》が悪かった。前の記述にあるように、それは秘かに、他人にも自分にも悟られないうちに、患者の接した人たちを死に染めていたのだから。しかもその際、言葉にもならなければ、想像もつかない方法で、身体の奥まで侵略する毒が血液にじわじわと注入されていたのだから。

感染させたりさせられたりという関係が、当事者のどちらも知らないうちに生じていることは、このころよく見られた、次の二つの症状からも明らかだろう。疫病の流行した時期にロンドンに住んでいた人のほとんどが、このどちらの症状も何度か目にしたことがあるはずだ。

(一) 親たちがいかにも元気に歩きまわり、自分でも元気だと思いこんでいたものの、実は知らぬ間に感染していて、家の者を全滅させることがあった。もしも自分が病気で危険だと、少しでも勘づいていれば、決してそんなことはしなかったはずだ。ぼくがうわさに聞いたある家の場合、父親から疫病が広がったが、本人が気づく前に他の家族が発病した。しかし詳しく調べると、父親が前から感染していたことが判明した。他でもない自分が家族に毒をまき散らしたことを知った父親は、心を掻き乱され、みずからの手で命を絶とうとしたが、その様子を見ていた人たちに制止され、数日後に亡くなった。

(二) もうひとつ、多くの人に見られたのは、自分で可能なかぎり慎重に判断し、なるべく詳しく観察しても健康そのものなのに、ただどうも食欲が湧かないとか、胃のあたりが少し変だ、という状態が何日も続くという症状である。いや、むしろ食欲が増して強い空腹感さえ覚えたが、ただかすかに頭痛がする人もいた。こういう人たちが不調の原因を知ろうと医者を呼ぶと、衝撃的な事実が判明した。彼らはすでに死の瀬戸際にあり、疫病の徴が身体に浮かび、ペストは治療の施しようがないほど進行していたのだ。

この最後に言及したような人が、おそらく一週間か二週間にわたって、いわば歩きまわる破壊者と化していたことを思うと、本当に悲しい気持ちになる。自分の命を危険にさらしてでも護りたい人たちを自分が滅ぼし、わが子に優しくキスして抱きかかえるときでさえも、死の息を吹きかけていたというのだから。それでもこれは事実であり、しかも頻繁に起きていた。実際、数多くの具体例を挙げることもできる。ならば、とぼくは思うのだ。この打撃が知覚をすり抜けて襲いかかるのであれば、また、この矢がまさに目に入らず、見つけることもできないというなら、あれだけ策を練って、病人を閉じこめたり、隔離した意味はいったいなんだったのか？　ああいった対策は、外から見て明らかに病気、すなわち疫病にかかった人にしか適用できなかった。ところがそのとき、市民のなかには、外見では健康でも、ずっと死を運びながらさまざまな集まりに顔を出す人たちが何千人もいたのである。

医師の困惑

この問題は、医師たちをしばしば悩ませた。医師でさえも、健康な人と病人を区別する方法が分からなかったのだ。なかでも、医療を手がけていた薬剤師や、内科の知識のない医者は困惑した。しかし彼らも口々に、これは事実だと認めていた。すなわち、大勢の人が身体を流れる血にペストを潜ませており、生命力が蝕まれているだけでなく、その人たち自身がもはや腐った骸《むくろ》と化して歩きまわり、疫病をもたらす息を吐き、有毒の汗を掻いていたのだと。それでも見た目は、他の人たちとなにも変わらず健康で、自分でも異変に気づかない。本当に、医師たちはみんな、これが紛れもない真実だと認めていた。しかしこの人たちにも、隠れた病人を見つける方法は分からなかった。

友人で医師のヒース博士の意見*によれば、息の臭いでそういう人を見分けられるかもしれない、ということだった。だがそれでも、彼も言っていたけれど、調べるためにそんな息を嗅ぐ人などいるだろうか。患者を見つけるには、臭いを嗅ぎ分けるために、ペストの悪臭を頭の奥まで吸いこまねばいけないのだ。また、他の人の意見として、こんなことも聞いた。被験者が小さなガラス板に息を吹きかけることで、識別できるかもしれない。板の上で息が濃縮されるので、顕微鏡を使えば微生物が見えるはずだ。そこには、竜とか、小さな蛇、大きな毒蛇、さらに悪魔など、奇妙で化物じみた、恐ろしい姿をしたものが蠢《うごめ》いていて、見るもおぞましい、というのだ。だが、ぼくはこの説の信憑性に大いに疑問を持っている。そもそもぼくの記憶では、この実験をしようにも、当時はまだ顕微鏡*がなかったはずだ。

また別の学者は、こうした説を唱えていた。こういう隠れた病人の息を鳥に吸わせれば、毒がまわってすぐに死ぬだろう。小鳥はもちろんのこと、雄鶏も雌鶏でもそうなる。鶏はすぐに死なないこともあるだろうが、それでも「ループ」という鳥の伝染病を発症して、鼻や口から粘液を流すはずだ。特に、このとき鶏が卵を産めば、すべて腐っている、という。しかし、これを裏づけるための実験がおこなわれた様子はまったくないし、実際に見たという人の話も聞かない。なので、ぼくはただ自分の知っていることだけを書き残すつもりだが、ひとこと意見を差し挟むならば、この説はかなりの確率で本当かもしれない。

感染の疑われる者に熱湯の上で強く息を吐かせるとよい、と提案する人もいた。そうすれば、湯の表面に特徴的な滓《かす》が浮かび上がるというのだ。他にもいろいろな液体がこの検査に使えるが、特によいのは滓を表面に留めてなかなか沈まない、粘着質のものだそうだ。

けれども、これらすべてから分かるのは、この伝染病の性質からして、人間の技ではそれを発見することなどおよそできないし、次々感染が拡大するのを防ぐこともできないということだ。

潜伏期間の謎を解く

実はこの感染について、ひとつの難問がある。これは今日まで完全な答えを得られていないが、ぼくにはひとつの答え方しか思いつかない。それはこういう問題だ。最初にペストで人が死んだのは、一六六四年十二月二十日、あるいはその前後、ロングエイカー通りか、その近くでのことだった。広く言われている話では、最初の人物が疫病にかかったのは、オランダから届き、その家ではじめて開封された絹の包みが原因だった。

しかしこのあと、ペストで誰か死んだとか、この場所で疫病が被害を出したといった話がぱたりと聞かれなくなり、二月九日までそれが続いた。これはほぼ七週間後になるが、このとき、もう一人が同じ家から埋葬された。その後ふたたび沈黙し、かなりの期間にわたって、世間はまったく呑気に構えていた。そして、死亡週報にペストの死者が一人も載らないまま、四月二十二日になった。この日、さらに二人が、同じ家ではなかったが、同じ通りから墓場に送られた。不確かな記憶ではあるけれど、最初の家の隣家だったはずだ。ここには九週間の開きがあり、さらにこのあと二週間、なにも起きなかった。ここでようやく疫病が複数の地域で発生し、方々に広まっていった。この問題の本質は、こう言いあらわせるだろう。「疫病の種はこの間ずっとどこに隠れていたのか？　あんなに長い停滞のあと、決して止まらなくなったのは、いったいどういうことなのか？」と。この疫病は、人体から人体へと、直に感染して広まったのではないのか。あるいは、もし直接うつるのであれば、人の身体は感染したまま、病気が表面に出ることなく何日も、いや何週間もすごすことができるのか。通常の疫病については四十日を隔離期間とするが、それでも足らず、六十日《ソワサンティーン》*、あるいはもっと長く潜伏するものなのか。

確かに、最初に話したとおり、また、生きのびている人たちにはよく知られているように、この年の冬はとても寒く、なかなか霜が溶けなかったので（三ヶ月も霜が下りたままだったのだ）、医師たちによると、これが感染を抑えた可能性があった。しかしそれならば、教養ある学者の方々に異論を唱えねばならない。この方々の考えるように、病気は喩えるなら凍らされただけであるのなら、雪解けの季節ともなれば、それは凍っていた川のように、元通り力強く流れはじめるはずだ。ところが、今回の疫病のいちばん長い停滞期間は二月から四月であり、もはや霜は消え、気候はゆるんで暖かくなっていた。

けれども、この難問のすべてを解決する方法がもうひとつある。それは、当時のできごとについての、ぼく自身の記憶から得られるものだ。その方法とは、事実を認めないこと。具体的には、あの二つの長い中断、すなわち十二月二十日から二月九日までと、そこから四月二十二日までの期間に、一人も死ななかったという記録を疑うことだ。この疑問を否定する唯一の証拠が死亡週報だが、この報告書は、少なくともぼくの考えでは、ひとつの仮説を立証するには、あるいはこれほど重要な問題を決定するには、十分な信頼をおけるものではない。教区の役人、検死人、および死者と死因の病気を報告する役の者たちが不正を働いていることは、あのころ通説としてみんなが話していたし、確かにそう思わせるだけの根拠はあったと思う。はじめ人びとは、自分の家から疫病患者が出た、と近所に思われるのを非常に恐れたので、金で買収するなどさまざまな手管を弄し、どうにかして死者が別の病気で亡くなったよう報告してもらった。これがその後も多くの場所でおこなわれたのを、ぼくは知っている。いや、疫病が襲来したすべての場所でおこなわれたと言ってもいいだろう。疫病流行の時期、他の病気による死者として死亡週報に記載される者の数が、異常に増えたことからも、それは窺える。たとえば、七月と八月という、ペストが猖獗《しょうけつ》を極めていた時期を見れば、その他の病気による死者が毎週千人から千二百人、いや、ほとんど千五百人に達するのは当たり前だった。これほど急激に、その他の病気の死亡者数が増えたというのは、事実ではあるまい。非常に多くの家族が自宅の閉鎖を免れようと企んで、本当は疫病が発生していたのにうまく話をつけ、他の病気による死者が出たと報告してもらっていた。例を示そう。

ペスト以外の病気による死者	
7月18日から25日	942
8月1日まで	1004
8日まで	1213
15日まで	1439
22日まで	1331
29日まで	1394
9月5日まで	1264

12日まで	1056
19日まで	1132
26日まで	927

この数字のほとんど全部、そうでなくとも大部分は、ペストによって死んだのに、丸めこまれた役人が右のように報告したのに違いない。このうち、特定の病名が記されている項目をいくつか紹介すると、次のようになる。

	8月1日から8日まで	同日から15日まで	同日から22日まで	同日から29日まで
熱病	314	353	348	383
発疹チフス	174	190	166	165
消化不良	85	87	74	95
乳児の高熱	90	113	111	133
計	663	743	699	780

	8月29日から9月5日まで	同日から12日まで	同日から19日まで	同日から29日まで
熱病	364	332	309	268
発疹チフス	157	97	101	65
消化不良	68	45	49	36
乳児の高熱	138	128	121	112
計	728	602	580	481

他にも、似た割合で数字の増えた死因がたくさんあるので、明らかに同じ理由で増えたのだと分かる。例えば、老衰、肺結核、嘔吐、膿瘍《のうよう》、腹痛の発作などだ。この多くが疫病で死んだのは疑いようがない。だが、もしも疫病が発生したことを隠し通せるのならば、家族にとって重大な意味を持つ。だから彼らは事実を知られないように努め、家で死者が出た場合には、調査員や検死人に他の病気で死んだと報告してもらうよう、あらゆる手を尽くしたのである。

ペストによる死者として週報に掲載された、最初の数名が亡くなった時期と、疫病が公然と広がりもはや隠せなくなった時期とのあいだに、長い中断があるのは話したとおりだが、このように考えれば説明がつくのではないか。

しかも、当時の死亡週報そのものに、これが真実であることは明瞭に示されている。最初にペストが記載されてから、しばらくはなにも報告がなく、患者が増加していないかに見えたのと同じころ、実はこれとよく似て紛らわしい病気ばかりが、明らかに増加していた。たとえば、発疹チフスで亡くなる人が八名、十二名、あるいは十七名にもなる週が続いたとき、ペストによる死者は皆無か、いてもごく少数だった。けれども、以前は毎週一名、三名、あるいは四名というのが、日常的にこの病気で亡くなる人数だったのだ。同じ理由で、これは前にも話したけれど、最初に疫病の見つかった教区と、隣接する教区では、その後の数週間、他の教区のどこと比べても埋葬者が増加していた。にもかかわらず、その期間、ペストによる死者は誰ひとり記録されていないのだ。このすべてが告げるのは、実は感染がまだ続いていて、疫病の勢力もしっかり保たれていた、ということである。しかし当時は、いったん終息したはずの疫病が、驚くような勢いでふたたび襲来したように思えたのだ。

異臭騒ぎ

ひょっとすると、病気の種を最初に持ちこんだ荷物の包みの、別のところにまだ種が残っていて、そこはまだ開けられていなかったか、完全に中身が出てはいなかったのかもしれない。あるいは、最初に発症した人の衣服についていた可能性もある。いずれにしても、どんな人間だろうと、死を運命づけられた病にかかって九週間も持ちこたえ、しかも健康そのもので、自分でも感染に気づかない、なんてことがあるとは思えない。だが、もしそうだとすれば、やはりぼくの持論が正しかったことになる。すなわち、疫病は見た目では健康そうな肉体で保持され、自分も相手も知らないうちに、ある人からその接する人へとうつってしまうということだ。

この説は当時も知られていて、世間を大いに掻き乱したものだった。健康そうな人からも疫病がうつるという、信じがたいうわさが広まると、みんな他人と接触するのを異常なまでに避け、恐れるようになった。日曜だったかどうかは覚えていないが、礼拝で人の集まったある日のこと、オールドゲート教会の信徒席には大勢が腰かけていた。そのときふと、ひとりの女性がなにか嫌な臭いを嗅いだように思い、たちまち自分の列にペスト患者がいるものと想像し、となりの信徒にその考え、というか疑いをささやくと、立ち上がって列を離れた。この疑いは、となりからそのとなりへとささやかれ、すぐにその一列の信徒すべてに広まった。そしてこの列はもちろん、前後の二、三列に座っていた信徒もぞろぞろと席を立ち、教会を出てしまった。だが、いったいなにが不安の原因だったのか、そして臭いを発したのは誰だったのか、知っている者はいなかった。

こうなると、他人から疫病をうつされないよう、誰もがあれやこれやの調合法で予防薬を作って飲むようになった。それにはお婆さんが伝授する民間薬もあれば、医師の処方したようなものもあった。さまざまな予防策が流行ったものだから、あのころ教会を訪ねてなかに入れば、多少なりとも人が集まっているときなら、入口に立った途端にいろんな臭いがごたまぜになって襲ってきたものだった。それは薬剤師の店や普通の薬屋に入ったときよりもはるかに強烈で、しかしきっとあまり健康的とは言えない臭気だった。ひとことで言うと、教会全体が気付け薬の壜のようで、ある場所ではお香《こう》のかおりが一面に広がり、また別の場所では芳香剤や臭いつきの塗り薬、ほかにも多種多様な薬品やら薬草が臭気を放っていた。さらに別の方からは、気付け用の嗅ぎ塩や酒精剤の臭いも漂ってくる。ひとりひとりが自分なりの予防薬を用いていたせいだった。ただし、先ほど話したように、元気に見える人からも疫病がうつることが、風聞というより事実のように人びとの心を捉えたあとでは、国教徒の教会や非国教徒の集会場を訪ねる人の群れは、以前と比べるとかなり小さくなったように見えた。もっとも、ここでロンドン市民のために言っておくべきは、この悪疫の流行したあいだずっと、教会も集会場も決して完全には閉鎖されなかったし、市民も、礼拝の日に外出して、神に祈りを捧げるのを嫌がらなかったことだ。いくつかの教区は例外だが、それも疫病の被害が特に甚大だった時期だけのことで、ひとたび猛威が収まれば再開した。

　実際、とても不思議でならないのは、他のどんな用事であれ、自宅から一歩でも外に出るのを恐れていた人たちが、まさに同じときに教会の礼拝に出かける大胆さを持ち合わせていたことである。ただし、もっと後になると、市民は絶望して礼拝どころじゃなくなったのは、すでに述べたとおりだが。しかしこれは、疫病の発生後すぐに田舎に避難した人びとや、激的に感染が拡大するのを見ていっそう恐怖心を募らせ、森や林に逃げ込んだ人びとが大勢いたにもかかわらず、疫病流行時にロンドンの人口が非常に多かったことを明示している。安息日である日曜になると、教会には多くの会衆が姿を現したが、とりわけ市内でペストの勢いが衰えた地区や、まだ大きな被害の出ていない地区の教会で、群衆のひしめく様を見るのは、まさに驚異的だった。だが、この話を続けるのは少しあとにする。その代わり、当初人から人へとどう感染が広がったかという話題に話を戻そう。疫病と人間同士の感染に関する正しい知識が広がる前、人びとは見るからに病んでいる者だけを避けていた。たとえば、頭に縁なし帽を被ったり、首に布を巻いている人は、その下にできものがあるのが明らかで、確かに恐ろしかった。ところが、身なりのきちんとした紳士が首のまわりをひだ襟で覆い、手には手袋をはめ、頭に洒落た帽子を載せ、髪も櫛で整えていると、この人には少しも不安を抱かなかった。それにずいぶん長いあいだ、人びとは気ままに人付き合いをしていた。とりわけ近所の人たちや、前から知っている人たちには警戒しなかった。しかしやがて医師たちが、病気の人たちだけでなく、健康な人たち、つまり健康に見える人たちも危険だと、はっきり警告を出した。しかも、自分が疫病とはまったく関係ないと思っている人ほど、助からないことが多いのだという。これが一般に知られると、誰もが不安になったけれど、正しい指摘のようにも思われた。このころから市民が他人をなるべく避けるようになり、とても多くの人たちがみずから家に引きこもり、外に出て誰かと会うことは一切とりやめ、街なかで誰と接していたか分からない者は決して家に入れず、近づくことさえ許さなくなった。少なくとも、息がかかったり、臭いが届く範囲まで来ることは絶対に認めなかった。どうしても、知らない者と遠くから会話をしないといけないときには、必ず予防薬を口に含み、衣服にも撒いて、疫病を断固として寄せ付けないようにした。

人びとがこうした注意を払うようになると、危険に身をさらすことが少なくなり、かつて家から家を次々に襲った疫病も、彼らの家の前では勢いを失うようだった。もちろん、**これも神のありがたい思し召しがあってのことだが**、このような方法で何千もの家族が救われた。

貧困と慈善

それでも、貧しい連中の頭にはなにを叩きこもうとしても無駄で、彼らは相変わらずその場かぎりの気分に従って行動していた。病気になれば大いに泣きわめくのに、健康なうちは愚かなほど自分の身を心配せず、無鉄砲かつ片意地だった。雇ってもらえるなら、非常に危険だろうと、感染の恐れがあろうと、どんな仕事にでも飛びついた。大丈夫かと問いかければ、こんな答えが返ってきた。「それについちゃ、神様におすがりするしかねえよ。もしも俺が病気になったら、それもまた運命。一巻の終わりってやつさ。」あるいはこんな答え。「じゃあ、俺はなにをすりゃいいんだ？　飢え死になんてごめんだよ。食うもんがなくて死ぬくらいなら、ペストにかかった方がましってもんだ。仕事のねえ俺に、いったいなにができる？　これをやらなきゃ、物乞いでもするしかねえよ。」死者の埋葬、病人の付き添い、感染者のいる家の監視、どれも身の毛もよだつほど危険な仕事だが、貧乏人たちの答えはだいたい同じだった。確かに、必要に迫られればなにごとも正当化できるし、仕方ないと認めたくもなる。口実としてこれ以上のものはないだろう。しかしこういう連中の話し方は、必要性の大小にかかわらず、ほとんど変わらなかった。貧乏人のこういう向こう見ずな行動のせいで、ペストは連中のあいだで暴威をふるうことになったし、ここに疫病にかかったときの環境の劣悪さも加わった結果、連中の死体が累々と横たわることにもなった。というのも、ぼくの見るかぎり、この連中、つまり貧乏な労働者たちが、まだ健康で金を稼いでいるあいだ、以前と比べてごくわずかでも節約している様子はなかったからだ。それどころか、相も変わらず節度がなく、濫費して、明日のことなど考えていなかった。だからとうとう病気になってしまうと、たちまち病気と貧困の奈落に突き落とされ、健康も食糧も一気に失うのだった。

この貧困者たちの置かれた悲惨な状況は、ぼく自身よく目撃したものだが、同時にこうした者に対し、信心深い人びとが思いやりをこめて援助の手を差し伸べたのも、何度かこの目で確かめている。こうした人たちは、食糧、薬、その他の不足しているものに気づくと、救援物資を送っていた。実際、当時の市民感情については、次の事実に触れておかなければ公正さを欠いてしまうだろう。この貧しく希望のない人びとを支援するため、多くの金、とても多くの金が、市長《ロード・メイヤー》や各区長に惜しみなく寄付されただけでなく、実にたくさんの慈善家が、貧民救済のため個人的に多額の金を配り、疫病を抱えて困窮する家族の一軒一軒に人を派遣して様子を訊ねるなどの救援活動に従事していた。それどころか、幾人かの信心深いご婦人は、この善行に我を忘れるほど情熱を傾け、隣人愛という重要な義務を果たす者を神はお護りくださると堅く信じていた。そのため、この女性たちはみずから貧困者に支援物資を配り、まさに家のなかで疫病患者が苦しんでいるような貧困家庭さえも訪問した。看病する者のいない患者のために看護師を雇い、さらには薬剤師と外科専門の医者も遣わして、前者には、飲み薬や貼り薬など必要な薬を出してもらい、後者には、患者の症状に応じて、できものや腫脹を切開したり、手当をしてもらった。このように、貧民のために心から祈るだけでなく、物質的な支援という形でも恩恵を施したのだ。

こうした慈愛の心にあふれた人たちは、今回の災禍に誰ひとり巻きこまれなかったとも言われているが、そこまでぼくには保証できない。けれども、ぼくの知るかぎりでは、不幸にも命を落とすような人はひとりもいなかったと思う。こう書くことで、同じような災難が降りかかったとき、勇気を持つ方が出てくれればと願っている。「弱者を憐れむ人は主に貸す人。その行いは必ず報いられる」*という聖書の言葉に間違いはない。自分の命を危機にさらしてまで貧しい民に施し、これだけ悲惨な状況にある貧民に救いと慰めをあたえる人たちは、そのおこないにおいて、ご加護を受けることを期待してもよいはずだ。

しかもこうした善行では、わずかな人たちだけが際立って活躍したわけではない。むしろ(この点は簡単にすませるわけにいかないので続けるが)、市街地《シティー》とその周辺だけでなく、地方からも裕福な人たちの支援が大量に寄せられたおかげで、端的に言って膨大な数の人びとが救われ、命をつないだのだった。さもなければ、彼らは病気だけでなく、貧困で身を滅ぼすのは必定だったろう。こうして寄付された金額がどれほどに上るのか、ぼくには完全に把握することができないし、きっと他の誰にもできないだろう。けれども、この点に関して信頼できる評論家から聞いた話だが、千ポンド単位の寄付だけでなく、十万ポンド単位の大口寄付さえも、この困窮し疲弊したロンドンの貧民のために続々と届けられたという。また別の人は、集まった寄付金は毎週十万ポンドを超えていたと断言した。この寄付金は、さまざまなところで分配された。教区会で教会委員が分配することや、区や管区で市長《ロード・メイヤー》や区長が配ること、さらに裁判所と治安判事が、その管轄する地域で特に命じて分け与えることもあった。これに加えて、先ほど話したような方法で、信心深い人たちの手で配られる、個人的な寄付もあった。しかもこうした支援は、何週間にもわたって続いた。

確かにこれは、ずいぶん大きな金額だと言わねばならない。けれども、クリップルゲート教区だけで貧民救済のために一週間で一七八〇〇ポンド*が施されたという、ぼくの聞いたうわさが本当であれば、いや実は、ぼくはそれが本当だと信じているのだが、こちらの金額もあり得ないものではないだろう。

これだけの援助が寄せられたことは、この巨大な都市を護るため、神が鮮やかに示してくださった、数々の思し召しのひとつだと考えて間違いないだろう。他にもたくさん、そうした思し召しで記録すべきものがある。しかしそのなかでも、この国のあらゆる地域にいる人びとの心をこれほど動かそうと神が望まれたのは、本当に格別の思し召しだった。おかげで、みんながロンドンの貧しい者たちを支援しようと、喜んで協力してくれた。その素晴らしい成果はさまざまな形で見出せるが、なかでも顕著なのは、何千人もの命を救い、健康を恢復させたことと、何千もの家族が飢えや病気で全滅するのを防いだことである。

移動する疫病(2)

ところでいまぼくは、この災厄のときに神の示された慈悲深い御心について話しているので、別の場所ですでに何度も述べたことは承知の上で、もういちどあの話題に触れないわけにいかない。なにかというと、疫病の広がり方についてだ。それはこの町の一端ではじまり、徐々にゆっくりと、ある場所から別の場所へと進んだが、それはまるで、ぼくらの頭上を流れる暗雲が、町の一端では重く垂れこめて光を遮《さえぎ》るのに、別の端ではすっきりと消えてゆくのに似ていた。つまり、ペストが西から東へと進行し、東側で暴れまわるようになると、西側では勢いが衰えていったのだ。このおかげで、病魔の手に落ちていない地域や、襲撃を免れた人びと、さらに病魔の怒りが燃え尽きた地域は、まるで残りの地域を援助するために見逃されたようになった。しかし、もし疫病が全市と郊外で一度に広がり、どこでも同じように荒れ狂っていたならば、これはのちに外国の都市で何度も現実に起きたことだが、ロンドンの全市民が茫然自失の状態に陥り、うわさに聞くナポリの例のように、毎日二万人もの死者*を出していたかもしれない。そうなれば、市民がお互いに助け合うこともできなかっただろう。

なぜなら、ペストが全力で襲いかかっている地域では、人びとがあまりに悲惨な境遇に追いやられ、もはや言葉にならないほど動揺してしまうのは、紛れもない事実だからだ。ところが、まさに同じ地域にそれが襲いかかる少し前まで、あるいはそれが通りすぎるとまもなく、市民はまったく別人のように見えた。そんなとき、誰もがあの人間に共通の気質をあまりに濃く示していたことを、ぼくは認めないわけにいかない。すなわち、危険が喉元をすぎれば、救済されたことも忘れてしまうのだ。しかしこの点は、またあとで話すことにしよう。

外国貿易の停滞

さて、このロンドンを襲った災害のあいだ、交易がどうなっていたか、それも外国貿易と国内の取引の両方について、このあたりで少し見ておくべきだろう。

まず外国貿易の方だが、あまり多くを話す必要はない。要は、ヨーロッパの貿易相手国はどこもわが国を忌み嫌い、フランス、オランダ、スペイン、イタリアの港は揃ってイギリス船の入港を禁じ、取引そのものを中止した。このうちオランダとは、もともと関係が悪化していて、熾烈な戦争*に突入していたのだが、国内でこのような恐るべき敵と格闘しているのに、海外でも戦わねばならず、実に困難な状況に置かれてしまった。

この結果、わが国の商人はまったく身動きがとれなくなった。彼らの船はどこにも行けなくなった。海外に出ても行き先がなかったからだ。彼らの扱う工業製品や農産物は、どれもぼくらの産み出したものだったが、海外では誰も触れようとしなかった。外国の人びとは、わが国の人間を恐れるのと同じくらい、わが国の商品を恐れていたのだ。実際、それも無理はなかった。羊毛製品は人間の身体のように疫病の種を運ぶことがあり、感染者が梱包すれば種がついてしまうので、それに触るのは疫病にかかった人間に触るのと同じくらい危険だった*。だから、イングランドの商船が外国に来たとき、もしも積荷を陸に降ろすことが許されたとしても、必ず特に定められた場所で包みを開き、空気にさらすことが義務づけられていた。しかしロンドンから来た船は、港に入ることさえ許してもらえず、どんな条件だろうと荷物を降ろすことなどもっての他だった。とりわけスペインとイタリアでは厳重に取り締まられた。翻ってトルコや単に「群島《アーキズ》」と呼ばれていたエーゲ海の島々では、トルコ領の島も、ヴェネツィア領の島も、それほど厳格ではなかった。特にトルコではなにも検査されなかった。そこで当時、テムズ川で四隻の船がイタリア向けの荷物を積んでいたところ、目的地のリヴォルノとナポリから荷揚げを拒否されたので、代わりにトルコに向かったところ、なんの取り締まりもなく、好きなように荷物を下ろすことを許された。ただし、彼の地に着いてみると、この国での販売に適さない商品もあり、またリヴォルノの商人に販売が委ねられた商品も多く、それを船長たちが勝手に売る権利もなければ、処理に関する指示も受けていなかった。船の商人にとって、かなり厄介な事態だった。しかしこれは、特別な事情でやむなく生じた問題に他ならなかったので、やがて彼らの連絡を受けたリヴォルノとナポリの商人から返事があり、この二つの港に割り当てられていた商品の処置は任せるし、スミルナとスカンデルーン*の市場に適さない商品は別の船に載せて彼らの元に送ればよい、と伝えられた。

スペインとポルトガルでは、さらに状況は困難だった。この両国は、わが国の船、特にロンドンからの船が自国のどの港に入るのも決して許可しなかった。まして荷揚げなどもってのほかである。うわさによると、わが国の船が一隻、監視の目をかいくぐって積荷を運んだことがあった。荷物の包みにはイングランド製の布、綿織物、カージー*織りの毛織物などの商品が入っていたが、スペイン人はこれをひとつ残らず焼却し、陸への荷揚げに関係した者たちを死によって罰した。このうわさの一部は本当じゃないかと思う。確かなことは言えないけれども、決してあり得ない話ではない。実際のところ、危険は非常に大きく、ロンドンではまさに疫病が猛威をふるっていたのだから。

さらに、イギリスの船によってこれらの国々にペストが持ちこまれた、といううわさも聞いている。なかでも、ポルトガル国王の治めるアルガルヴェ王国*の港町ファロでは被害が大きく、死者もある程度出たらしいが、確かなことは知らない。

外国でのうわさ

このように、スペイン人とポルトガル人はぼくらを徹底して避けたのだが、他方で、すでにご承知のとおり、ペストは当初ロンドンでもウェストミンスター寄りの地域に留まっていたので、商業の盛んな地域、たとえば市街地《シティー》やテムズ河岸は、少なくとも七月はじめまでなんの危険もなかった。川に停泊する船については、八月はじめまで安全だった。七月一日までに市街地《シティー》の全体で死んだのは七名のみで*、その周辺の特別行政区《リバティーズ》でも六十名しかいなかった。ステップニー、オールドゲート、ホワイトチャペルという、市の東側にある教区を合わせても、死者は一名だけであり、テムズ川南岸のサザークにある八つの教区すべてについても、たった二名だった。しかし海外から見れば、ロンドンのどこも同じだった。なにしろ、ロンドンの町にペストが蔓延しているという悪い報せが、世界中で知れ渡っていたのだから。しかも海外では、感染がどのように広がったのか、町のどの地域で発生し、どこまで到達したのかなど、確かめようもなかった。

これに加え、ひとたび感染が広がりはじめると、それは急激に勢いを増し、死亡週報の数値もはね上がり、すべてが突然起こったために、死者の報告を低く修正したり、外国の人びとに実際よりもよく思わせようと努力しても、所詮は無駄だった。週報の示す数値だけで十分だった。つまり、毎週二千から三千、あるいは四千もの人が死んでいるというのは、世界中の貿易相手が警戒するには十分すぎたのだ。しかものちには市街地《シティー》さえも恐ろしい惨禍に巻きこまれたので、まさに全世界が自分の身を護ろうとしたのだった。

当然お分かりだろうが、このようなできごとの報告は、伝達されるなかで話が小さくなることはなかった。これまで見てきたように、ペストはそれ自体とても恐ろしかったし、人びとの陥った苦境も大変なものだった。うわさは途方もなく膨らんでいった。外国にいる友人の聞いた話では、というのもぼくの兄は外国と取引していたので、主な取引先だったポルトガルとイタリアでのうわさによると、ロンドンで毎週二万人が死んでいることになっていた。死体は埋められないまま積み上げられ、死者を埋葬しようにも生きている人間の数が足りず、健康な者がいないので病人の世話さえままならない。あの国のどこでも同じように疫病が蔓延し、もはや全国民が病に伏すという、近隣諸国では聞いたこともないほどの惨状だ、と言われていた。これに対して、ぼくらが実際の状況を説明しても、信じてもらうのはとても難しかった。死者の数はロンドンの人口の十分の一を超えるものではなく、ロンドンの街なかに住み続ける生存者が五十万人もいること。いまや人びとは通りを平気で歩くようになり、逃げ出した人たちも戻りはじめていること。どの家も親類や隣人を失っていたかもしれないが、街を行く人びとの群れは平常と変わらず、決して途切れないことなど。まったくこんなことは信じられないようだった。もしもいま、ナポリかイタリアの海に面した都市の人たちに訊ねれば、「ずいぶん昔にロンドンで恐ろしい疫病が流行ったのは聞いています」と答えるだろう。さらに、「そのときには一週間で二万人が亡くなったそうですね」など、当時のうわさどおりに話してくれるはずだ。もっとも、これはロンドンに伝わる外国の情報も同じで、一六五六年にナポリの町でペストが発生し、毎日二万人が死んだと言われているけれど、これがまったくのでたらめだと知って、そりゃそうだろうと思ったものだ。

しかし、こうした大げさな情報は、それ自体が不正確で中傷にあたるだけでなく、わが国の貿易にとって大きな障害となった。いま述べた国々との貿易が元に戻ったのは、ペストが去ってかなり時間が経ってからだった。そしてフランドルやオランダの商人、特に後者がこの機を捉えて大儲けして、市場を自分たちで独占した上に、ペストの来ていないイングランドのいくつかの都市で製品を購入さえしていた。彼らはその製品をまずオランダやフランドルに運んでから、自国で作った品物のふりをして、スペインやイタリアに輸出したのである。

けれども、こうした偽装はときに見つかって罰せられた。その商品は差し押さえられ、船も押収された。わが国の人間だけでなく、その製品にも感染が広がっていたのは紛れもない事実だったし、荷物に触ったり、開封したり、ただ臭いを嗅ぐだけでも危なかったのだから当然の措置だろう。この連中は、密輸によって自分たちの国に伝染病をもちこむ危険を冒しただけではなく、商品の輸出先の国々にも感染を広げる恐れがあった。そんな無謀な行為によって、どれだけ多くの人命が失われるかを考えれば、良心のある人間ならば、決して密輸に手をつけようなどと思わなかっただろう。

ただし、こうした連中によって、なんらかの被害が生じたかどうか、つまり人命が損なわれたかどうかについては、ぼくには断言できない。けれどもおそらく、ぼくの暮らすこの国についてならば、こうした留保をする必要はないだろう。ロンドンの市民、あるいは市民の従事する商売が原因で——というのも、商売を通じてロンドン市民は、あらゆる地方の、そしてあらゆる大きな町の、多種多様な階層の人たちと接触する必要があったからだが——まさにこうした原因から、遅かれ早かれこの国の全土に感染が広がった。ロンドンだけでなく、すべての都市と大きな町、とりわけ商取引の盛んな産業都市や港町にも患者が出た。このように、イングランドの主要な土地はどこも多かれ少なかれ疫病に襲われた。アイルランドの一部にも被害が出たが、そこまで拡大はしなかった。なお、スコットランドの人びとの運命はどうだったのか、調べる機会を得られなかった。

港の状況

ここで述べておきたいのは、ペストがロンドンで猛威をふるっているあいだ、外港と呼ばれる、ロンドン以外の港町は活発に商売をおこない、とりわけ近隣諸国やわが国の植民地との交易が盛んだったことだ。たとえば、ロンドンの通商がほぼ完全に停止されてから何ヶ月も、コルチェスター、ヤーマス、ハルというイングランド東岸の港町は、隣接する州の製品をオランダと自由都市のハンブルクに輸出していた。同様に、西岸の都市であるブリストルとエクセター、さらにプリマスの港も、この機会を利用して、スペイン、北アフリカ近海のカナリア諸島、アフリカ西岸、さらには西インド諸島にまで盛んに船を出したが、いちばんの取引先はアイルランドだった。ところが、ペストがロンドンを襲ったあとさまざまな土地に広がり、もっとも勢いの激しかった八月と九月には、すべての、少なくともほとんどの都市や町で、遅かれ早かれ疫病が発生することになった。すると外国貿易は、まるで全面的な通商停止の命令が下ったかのように、すっかり途絶えてしまった。これについては、国内での商取引の話をするときにまた触れることにする。

だが、ひとつ言っておくべきことがある。外国からイギリスに来る船のことだ。その数が多かったのは言うまでもないが、かなり前に出発して世界中を航海してきた船もあれば、単に出航したときにはロンドンの疫病騒ぎを知らなかった、いや、少なくともこれほどひどくなるとは露も思わなかった船もあった。こういう船は大胆にもテムズ川を上り、約束どおり積荷を届けた。ただし八月と九月の二ヶ月だけは例外で、この時期は、疫病の主な被災地がロンドン橋より下流の地域全体に移ったといっても過言でなく、しばらくは誰ひとりとして、河岸で仕事に出る者はいなかった。しかし、これもたった数週間のことだったので、ロンドンに帰港する船は、特に積荷が腐るものではなかった場合には、しばらくプール(原注5)の手前の真水の流れる場所で錨を下ろして待機した。そういう船の中には、いったん河口に出て、近くのメドウェイ川に入るものも何隻かあり、他にはテムズ河口のノア砂州や、グレーヴゼンドより下流のホープ河区に停泊するものもあった。こうして十月の後半までには、帰港する船の一大船団が川に出現したが、こんな光景は長年誰も見たことがなかった。

(原注5)プール　船舶がロンドンに帰還した折に係留する、テムズ川の船だまりをプールと呼ぶ。これはロンドン塔から、ロザーハイズ付近の川の突端であるカコルズ・ポイントおよびライムハウスまでにおける、川の両岸をその範囲とする。

国内での物資の輸送

疫病流行のあいだずっと、特に二つの交易が水路でおこなわれた。これはほとんど、いやまったく途絶えなかったので、ロンドンで苦境に陥っている哀れな人びとにとって大いに助かっただけでなく、ずいぶん心の慰めにもなった。それは沿岸での穀物の取引と、ニューカッスルでの石炭の取引だった。

このうち一番目の取引の特徴は小さな船が用いられたことで、ハルやその他ハンバー川の港から出航した。こうして北のヨークシャー州やリンカンシャー州から、大量の穀物がロンドンに運びこまれた。これとは別に、ロンドンの北東にあるノーフォーク州のリン*や、いずれも同じ州にあるウェルズ、バーナム、そしてヤーマスとも、穀物の取引をおこなっていた。さらに第三の経路として、メドウェイ川の沿岸、ミルトン*、フェイヴァーシャム、マーゲート、サンドイッチや、その他ケント州とエセックス州の小さな集散地や港からも穀物が運ばれた。

これに加えて、サフォーク州の沿岸とも、穀物とバターとチーズを盛んに取引していた。こうした交易船は定期的に運行され、現在でもベア波止場*として知られている市場に物資が滞りなく届けられた。このおかげで、やがて陸上の輸送に障害が出はじめたり、方々の田舎から来ていた物売りがロンドンを避けだしてからも、市民には潤沢な穀物が供給された。

これには市長《ロード・メイヤー》の思慮深さと指導力が大いに発揮されていた。船長と船員が危険にさらされないよう、市長《ロード・メイヤー》は細心の注意を払った。彼らがロンドンに来たとき、たまたま市場が開かれていなくとも(ただしそんなことはめったになかったが)、すぐに穀物を買い上げたし、ただちに穀物の仲買人をよこし、穀物を満載した船の荷物をすっかり運び出させた。おかげで貨物船の人びとはほとんど外に出なくてよかった。しかも、事前に酢を入れた桶ですっかり消毒をすませた代金が必ず船まで届けられた。

　二番目の取引は、イングランド北方の産業都市ニューカッスル・アポン・タインから石炭を運ぶもので、これがなければロンドンは非常に困っていただろう。というのも、街頭だけでなく一般家庭でも、当時は大量の石炭が燃やされていたからである。医師の助言にもとづいて、夏の間でもずっと続けられ、どんなに暑くても火を絶やさなかった。ただし、これに反対する人たちもいて、家や部屋のなかを暖かく保つのは、かえって疫病を活性化させてしまうと主張していた。そもそも疫病は、血のなかで発酵して熱を放つもので、暖かい気候だと感染力が強まり、寒いと弱まることが知られている。それゆえに、あらゆる伝染病は暖めてはよくないのだ。暑い日には疫病の種が殖《ふ》え、力を強めるのだから、熱が感染を広げると言ってもいいくらいだ、と反対派は断言していた。

　これへの反論も出された。なるほど、気温の上昇は感染を勢いづかせるだろう。蒸し暑くて息も詰まりそうな気候では、大気中が有害な微生物で満たされ、無数に繁殖して蠢《うごめ》くようになる。そしてさまざまな有毒生物が、人間の食べ物、植物、さらには人体にまで宿って成長し、まさにこうした生物の放つ悪臭によって疫病が広まることがある。しかもこの大気中の熱、暑い気候と普通は呼ばれるものは、身体をぐったりと弛緩させ、生命力を奪い、毛穴を開く。その結果、ペストをもたらす有害な瘴気や、ほかの空気中の有害物質にさらされたとき、感染など悪い影響を受けやすくなることは、言われるとおりである。しかし、家のなかなど生活の場で焚火を燃やし続ければ、とりわけ石炭を燃やす場合には、まったく異なる効果が得られる。このときには、性質の異なる熱が急激に身体を襲うので、疫病を繁殖させるよりも消耗させ、あの有害な毒気を四散させるのだ。先ほどの熱が疫病を大気にばら撒き、さらにそれを澱ませるのに対し、この熱は疫病を分離して、燃やし尽くすのだ。これに加え、石炭にしばしば含まれる硫黄と硝石の成分は、燃焼する瀝青物質と一緒に作用して、空気から毒気を払って清浄にするのを助け、いま話した有毒物質が蒸発し、燃焼したあとも空気を健全に保ち、呼吸しても安全にしてくれる、と言うことだった。

　当時は、この最後の意見が優勢となったが、実はぼくも、これには十分な根拠があると思っている。市民の生活でも、焚火の効果は確認されている。すべての部屋で火を絶やさなかった家の多くが、まったく疫病に冒されなかったのだ。ぼくの経験もこれと一致する。実際、しっかり焚火をすることで、ぼくの部屋の空気は快適で健全になった。このおかげで、ぼくの家の者が全員病気にならなかったし、焚火をしなかったらどうなっていたか分からないと本当に信じている。

　けれどもここで、石炭の交易の方に話を戻そう。この取引を継続するには、少なくない困難があった。特にぼくらはこのころオランダと交戦中だったので、疫病流行の初期に、オランダの私掠船がわが国の石炭船を大量に捕獲したからである。これで残りの船は警戒し、必ず船団を組んで一緒に移動するようになった。けれどもしばらくすると、私掠船はわが国の船の拿捕《だほ》を避けるようになった。あるいは、ペストが自国で広がるのを恐れた彼らの主人、つまりオランダ政府が拿捕しないよう命じたのかもしれないが、ともあれこれで石炭船の交通は楽になった。

　この北方から来る商人の安全を図って、テムズ川のプールと呼ばれる波止場に同時に入る石炭船の数を制限するよう、市長《ロード・メイヤー》から命令が出された。そして艀《はしけ》と呼ばれる小さな荷船や、材木船などの船を波止場の管理人や石炭商人に手配させて、下流のデットフォードやグリニッジまで、ときにはもっと下流まで石炭を取りに行かせた。

　グリニッジやブラックウォールなどの土地で、船を接岸できる決まった場所に大量の石炭を運びこむ船もあった。石炭の塊がいくつも巨大な山をなして、その場で売りに出すつもりなのかと思わせた。けれども、この石炭を運んだ船がいなくなると、すぐに市内に持ち去られた。このようにして、海を渡ってきた船の人びとが川で輸送をする船の人びとと接触することはなく、互いに近づくことさえなかった。

しかし、これだけ注意を払っても、石炭を扱う人たち、つまり船の乗員のあいだで疫病が広まるのを防ぐには十分でなかった。非常に多くの船員が、この病気で亡くなった。さらによくなかったのは、イプスウィッチ、ヤーマス、ニューカッスル・アポン・タインなど、東海岸の都市に船員たちが疫病を持ちこんだことだった。このうち特に、ニューカッスルとサンダーランドという北方の町では、数多くの人の命が奪われてしまった。

公共の焚火

さきほど述べたように、たくさんの焚火をしたので、本当にありえないほど大量の石炭が消費された。そして悪天候のせいか、敵の妨害のせいかは忘れてしまったけれど、一回か二回船が来なくなったとき、石炭の価格が異常に高騰し、一チョールダー*あたり四ポンドにもなった。しかし船が来たらすぐに価格が下がり、その後は船の通行の邪魔が少なくなったので、この年の残りは石炭の価格がかなり安定していた。

ぼくの計算によると、疫病を予防するため公共の場で焚かれる火にロンドン市当局が費やす石炭の量は、毎週二〇〇チョールダーに上るはずだった。これをずっと続けていれば、本当に途方もない量になっていただろう。けれどもこれは必要だと思われていたので、背に腹は代えられなかった。ところが、何人かの医師が焚火を消すように騒いだので、四、五日くらいしか継続しなかった。このとき焚火をするよう指示されたのは、次の場所だった。

テムズ川の税関、ビリングズゲートの波止場、クイーンハイズの波止場、スリー・クレインズの波止場*、やはり川沿いの土地ブラックフライアーズ、フリート川沿いのブライドウェル感化院の門、市街地《シティー》東寄りのレドンホール商店街とグレースチャーチ街の交差点、王立取引所の北門、および南門、市庁舎《ギルドホール》、市庁舎の東にある布市場ブラックウェル・ホールの門、市長《ロード・メイヤー》の入口ことビショップスゲート教区のセント・ヘレンズ教会の南入口、セント・ポール大聖堂の西入口、チープサイドにあるセント・メアリ・ル・ボウ教会*の入口。市街地の門《ゲート》に焚火があったかどうか覚えていないが、ロンドン橋のたもとのセント・マグナス教会のそばにはあったはずだ。

後日、この予防策に対して異論を唱え、この焚火のせいで死ぬ者が増えたと言う人もいたと聞いている。しかし、こう主張する人たちはなにも証拠を出していないようだし、どう考えてもぼくには信じることができない。

失業者の増大と意外な救済

この恐るべきときにイングランド国内で商業がどうなっていたのか、とりわけ製造業と市街地での商売について、もう少し説明することがある。疫病が発生した当初、ご想像に違わず人びとはすっかり怯えてしまい、そのため物の売買も一斉に停止することになった。ただし、食糧と生活の必需品はそのかぎりではなかったのだが、こういう品物でさえも影響を受けた。増えていく死者に加え、大量の人間が逃亡し、大勢が病に伏したために、市街地《シティー》における食糧の消費は、以前と比べて半分とは言わないにしても、三分の二を超えることはなかったはずだ。

ありがたいことに、神の思し召しで、この年は穀物と果物が非常に豊作だったが、家畜の餌となる干草や牧草は不作だった。かくして豊富な穀物のおかげでパンは安くなり、牧草が不足して乳牛を育てられなかった影響で肉も安くなったが、まさに同じ理由でバターとチーズは高くなったし、ホワイトチャペル関門を越えたところにある市場では干草が荷車一台分で四ポンドもした。しかしこれは貧民には関係なかった。それより果物が有り余るほどたくさん出まわっていた。りんご、梨、プラム、さくらんぼ、ぶどうなど、種類を問わず豊富だった。ところがこのせいで、貧民は果物を食べすぎてしまい*、下痢、腹痛、消化不良などの体調不良に陥り、そこから一気にペストにかかってしまう者が続々と現れた。

　しかし交易の話に戻ろう。輸出が停止すると、いや、少なくとも深刻な妨害を受けて継続が困難になると、いつも輸出用に出荷してきた商品の製造は、当然ながらすべて停められた。海外の取引先から、品物を送れとしつこく催促されることもあったが、結局ほとんど輸送できなかった。そもそも、通商が全面的に停止されていたので、前にも述べたとおり、イングランド船が相手国の港に入るのを許可されなかったのだ。

　こうして、イングランドのほとんどの町で、輸出用の品物の製造が停止された。ロンドン以外の港町のなかには、例外的に生産の続いたところもあったが、それも間もなく停止した。これらの町も次々とペストに襲われたためである。輸出産業の苦境はイングランド全体に波及したが、さらに問題となったのは国内向け製品のあらゆる取引が停止したことで、なかでも普段ロンドンの商人の手を介して流通していた品物は、市街地《シティー》での商売が滞ったために、一気に取引がなくなってしまった。

　ロンドンで暮らす、あらゆる種類の工芸家、大工や石工、その他の職人は、前に述べたとおり仕事を失ったが、このとき同時に、さまざまな職種で数え切れないほどの下級職人や労働者が馘首《くび》になり、どこでも雇われなくなった。なにを作ろうと、絶対に必要と言えるもの以外まったく相手にされないのでは、こうするしかなかった。

この結果、ひとり暮らしのロンドン市民が、大量に食いっぱぐれることになった。もちろん、一家の生計を支える大黒柱が失職して、食べていけなくなる家族もたくさんあった。こうして、実に大勢の人びとが最悪の境遇に陥ったのだ。しかしここで、ロンドンの全市民の名誉のため、また今後も語り継がれるかぎり末永く彼らの功績を伝えるために、次のことを証言しなくてはならない。こうした貧民は、後に病気にかかって苦しめられることになるが、そのうち何千もの人びとの必需品は、ロンドン市民が惜しみなくあたえる救援物資によって賄うことができたのだと。その結果、誰ひとりとして、少なくとも行政府に報告のあった貧民のなかには、飢え死にする者が出なかった、とはっきり断定しても差し支えないと思う。

地方都市で製造業が停滞することは、土地の人びとをロンドン以上の困難に突き落としたが、工房の親方、織物業者などの雇用主は、持てる資材をすべてつぎこんで商品を作り続け、貧民に仕事をあたえ続けた。この病気の流行さえ収まればすぐに、いま商売が落ちこんでいる反動で、需要が一気に伸びることに望みを託していた。しかし、そんなことをできるのは裕福な雇用主だけで、多くは金に困り、そんな余裕はなかったため、イングランドの製造業は甚大な被害を受け、ロンドンだけを襲った災害のせいでイングランド中の貧民が困窮したのだった。

確かなのは、この翌年にロンドンを襲ったもうひとつの恐るべき災厄によって、地方の人たちは十分に帳尻を合わせられたことである。すなわち、首都はひとつの災難によって地方の富と活力を奪い、もうひとつの、種類こそ違うがやはり深刻な被害を出した災難によって地方を潤し、元のとおり埋め合わせたのだ。なぜなら、この身の毛もよだつ疫病流行のまさに翌年、一六六六年九月のロンドン大火のなかで、数かぎりない日用品、衣類、その他もろもろが焼失し、さらにイングランドの全国から集まってきた工芸品などの商品でいっぱいだった倉庫も、すべて燃え尽きてしまったからである。必要を補い、損失を回復するために、この王国のあらゆる場所で取引がどれだけ活発になったかは、およそ信じられないほどだった。その結果、ひとことで言えば、この国で製造業に携わるすべての手が稼働をはじめたが、それでも何年かは市場の要求を満たすには供給が追いつかなかった。外国の市場でも、わが国の商品が欠乏していた。ペストのせいで停止していた交易も、終息してしばらく経つと再開が認められたのだ。これに物不足の国内の需要も加わって、ありとあらゆる品物がどんどん売れていった。こんなわけで、ペストが終わり、またロンドン大火が終わってからの七年間というものは、イングランド全体で過去に例を見ないほど商売が盛んだった。

峠を越える

いまや、この恐怖の裁きのなかでも、哀れみ深い事柄をお話しすべきときがきた。九月も最終週になると、ペスト流行が峠を越え、その激しさにも翳りが出はじめた。この前の週、友人のヒース博士がぼくに会いにきて、「この病魔の力もあと数日できっと衰えるだろう」と話したのを覚えている。ところが、その週の死亡週報を見ると、この年でも最悪の数値、すなわち疫病だけでない病死者を合計すると八二九七名だったので、さっそくこれを示して博士に文句を言い、「どこからあんな判断を下したんですか」と訊ねた。これには返答に困るだろう、と思っていたのだが、豈図《あにはか》らんや、あっさり答えが返ってきた。「いいですか、いま現在、疫病にかかっている人の数からすれば、先週は八千人どころか一万二千人の死者が出たはずなんです。いまやこの伝染病は、二週間前のように致命的で恢復不能ではなくなったかもしれない。あのころは発病して二、三日で死んでいたのが、いまは八日から十日はかかります。さらにあのころは五人に一人も恢復しませんでしたが、わたしの見立てでは、いまや五人に二人も亡くならないのです。まあ見ていてください、わたしの言ったとおり、次の死亡週報の数字は下がるでしょうし、前よりも多くの人たちが恢復するようにもなりますよ。確かに、いまでもさまざまな土地で、途轍もない数の人が病気に苦しみ、連日多くの人びとが病に冒されています。しかしこれからは、前ほど多くの人が死ぬことはないでしょう。これは疫病の悪性が衰えたためです。」加えて博士は言った。「いまやこの疫病はすでに峠を越えて、去りつつある。そうわたしは希望しています。いや、希望というより、強く信じています。」まさに博士の言葉は的中し、翌週、つまり前述の九月の最終週には、週報の死者数がほぼ二千人も減少したのだった。

確かに、まだペストの勢いは盛んで、恐るべきものがあった。その翌週の週報を見ても六四六〇名、さらに翌週も五七二〇名が亡くなっていた。だがそれでも、この友人の言うとおり死者は減っていたし、本当に病気の人びとが今までより容易に恢復し、その人数も増えていくように見えた。そしてこれが真実でなかったならば、ここロンドンの惨状はどれほどだったろうか。友によれば、当時の感染者は少なくとも六万人いた。そのうち二〇四七七人が死に、四万人近くが恢復したのは、いま述べたことから分かる。*しかしながら、もしも疫病の勢いが変わっていなければ、このうち五万人は死んでいた確率が高いし（それ以上とまでは言わないにしても）、さらに五万もの人が病気になっていただろう。なにしろこの時期、ひとことで言うなら、全市民が集団で病みつつあり、もはや誰ひとり逃れられるとは思えなかったのだ。

しかし、さらに数週間が経過すると、友人の見立ての正しさがはっきりしてきた。週報の数字の減少は続き、十月の次の週には一八四九人も少なくなった。つまりペストによる死者の数は、いまや二六六五名だけになった。その翌週にはさらに一四一三名の減少が見られた。とはいえまだ、病気の人はたくさんいた。いや、たくさんどころか、その数の多さは尋常ではなかった。しかも毎日、たくさんの人が病気になっていた。ただし、（すでに見たとおり）病気の悪性は弱まっていた。

性急すぎる喜び

ロンドン市民というのは、実に軽率な人たちである。もっとも、世界中のどこでも人間の性質など変わらないかもしれないが、これはぼくが追究すべき問題ではない。ともあれ、ぼくはここロンドンではっきりと目にしたのだ。疫病が市民を怯えさせた当初、彼らは互いを避け、互いの家に近づかず、さらには説明しようのない、そして(当時のぼくの考えでは)不必要な恐怖に駆られて、ロンドンからも逃げ出した。それがいまや、こんなうわさが飛び交うようになった――疫病はかつてほど感染力が強くないし、感染しても死ぬ危険は少なくなった。しかも実際に病気になった人たちが日々恢復する姿も目につくようになった。こうなると、市民は軽はずみな勇気を発揮して、もはや自分の身も疫病も一切気にしなくなったので、誰もがペストのことを普通の発熱と同じくらい、いや事実はそれ以上に警戒しなくなった。彼らはいまや、身体に腫脹や悪性の吹き出物のある人たちとも平気で会っていたが、その患部はまだ膿んでいて、まさに病毒を垂れ流していた。いや、会うだけでなく飲食も共にし、さらには相手の家を訪れ、患者が病に伏せる寝室に入ることさえあったと聞いている。

これはとても理性ある行動とはいえまい。友人のヒース博士も認めたし、実際の経験からも明らかなのだが、疫病の感染力は衰えていなかったし、病気になる人の数も変わらなかった。ただしこの友人は、かなり多くの発病者が死ななくなったのは確かだ、とも言っていた。それでも、ぼくが思うに依然たくさんの人が亡くなっていたし、運よく助かるとしても、疫病そのものが実におぞましかった。膿を孕んだ腫脹はズキズキと痛んだし、病気であるかぎり、前ほどでないにしても、死の危険が無くなったわけではない。こうしたことに加え、治癒までに要する時間の異様な長さ、この病気の忌まわしさ、その他さまざまな事情を考え合わせれば、この災厄を生き延びた者が患者との危険な接触を思いとどまり、これまでどおり感染に警戒すべきなのは明らかだった。

いやもうひとつ、疫病に感染すること自体がおぞましいと思える要因があった。それは、腫脹を潰して膿を出すために、町医者が塗布した腐食剤が引き起こす、火で焼かれるような激痛のことだ。この処置を施さなくては、流行の終息期にあっても、死ぬ危険性は非常に高かった。さらに、腫脹そのものがあたえる苦痛も耐え難かった。これについては、流行の最盛期の例をいくつか話したけれども、そのときみたいに患者が絶叫し、錯乱することはなかったが、それでも彼らは言葉にならないほどの責め苦に苛まれた。事実、このとき病気になった人たちは、なるほど命こそ助かったとはいえ、自分にもう危険は去ったと吹きこんだ連中を激しく非難し、早まって愚かにもみずから病魔の手中に飛びこんだことをひどく後悔していた。

だが、市民の不注意な行動はここで終わらなかった。このように警戒心をかなぐり捨てた人たちのなかには、もっとひどい症状に苦しむ人たちも実に大勢いたのである。多くの人が助かったとはいえ、多くが亡くなってもいた。そして不注意による被害が世間に広がったために、埋葬される死者の数が予想に反してなかなか減らなくなってしまった。なにしろ、週報で最初に死者の大幅な減少が記録されると、早くも疫病終息のうわさが稲妻のようにロンドンを駆け抜け、市民の頭はこの報せでいっぱいになっていた。かくしてこの次の二回の死亡週報では、数の減り方が鈍ってしまった。その理由はきっと、人びとがかつての警戒心と慎重さを失い、それまで控えていた外出も解禁して、さっさと危険に飛びこんだせいに違いなかった。この人たちは、もう自分が病気になることはないし、もしなったとしても死にはしない、と思いこんでいたのだ。

こうした人びとの向こう見ずな風潮について、医師たちは懸命に反対し、さまざまな手引きを印刷して、市街地《シティー》と郊外の至るところに配布した。病人が減ったからといって、慎重さを失ってはいけない、依然として日常生活では細心の注意を払うように、と勧告する内容だった。さらに、ロンドン全市で疫病がぶり返す恐れがあると警告し、もしもぶり返すことがあれば、これまで経験したあらゆる疫病の被害よりも危険で、多くの死者を出すことになる、と述べていた。これを市民に説明し、納得してもらうため、実にいろいろな理由や根拠を挙げていたが、ここで繰り返すのはあまりに長くなるのでやめておく。

しかしこれはまったく効果がなかった。思いあがった者たちは、最初の喜びにどっぷり浸かっていて、死亡週報の数字がどんどん減るのを見る嬉しさに圧倒されていたので、新たな恐怖を語る声が決して届くことはなく、死の苦しみが去ったと信じるばかりで、なにも聞く耳を持たなかった。この人たちに語りかけたところで、厳しい東風*にそうするのと同じく、突っぱねられるだけだった。代わりに連中は店を開き、街なかを歩きまわり、商売に勤しみ、街で挨拶してきた人とは誰であろうと言葉を交わした。用事があろうとなかろうと関係なく、相手の健康を訊ねもせず、また相手が健康ではないと分かっているときでも、感染を気にすることさえなかった。

この性急で思慮を欠いたふるまいのせいで、非常に多くの人が命を失った。せっかく細心の注意を払って自宅に引きこもり、まるで全人類を避けるかのように外に姿を見せず、そのおかげで、また神の御心にもかなったため、あの疫病の激しい流行を生き延びることができたというのに。

軽率さの代償

このような、せっかちで愚かと言うしかないふるまいが目に余るようになると、ついには聖職者も警告を発するようになり、その愚かさと恐ろしさを市民に教え諭した。これでいささか市民は頭を冷やし、もっと慎重に行動するようになったが、今回のうわさからはもうひとつの変化も生じていて、こちらには聖職の手も及ばなかった。すなわち、うわさが発生するや、それはロンドンだけではなく地方にも広がり、似たような変化を人心にもたらしたのだ。ロンドンを遠く離れた地で、長い避難生活を送っていた人たちは、もう戻りたくて仕方なかったので、病気の危険や将来の不安など顧みず、大群となって都会に押し寄せた。そして、まるですべての危険が去ったかのように、平気で街なかに出没したのである。その光景は本当に驚くべきものだった。いまだに千人から千八百人が毎週死んでいるというのに、人がこの町にぞろぞろと集まって、みんな健康だと言わんばかりなのだから。

この結果、十一月の第一週には、週報に載る死者がふたたび四百人も増加した。そして医師たちの言葉を信じるならば、その週にはおよそ三千人が発病し、しかもそのほとんどがロンドンへの帰還者だったという。

オールダーズゲートから南に延びるセント・マーティン・ル・グランド通りで床屋を営んでいた、ジョン・コックという男がこの典型である。つまり、ペストが衰えたころ性急に帰還した人の典型ということだ。このジョン・コックは、家の者をみんな引き連れてロンドンを立ち去ったが、しっかりと自宅を封鎖してから出発し、他の多くの人たちと同じく地方に引っこんでいた。やがて十一月になって、ペストがかなり弱まり、ある週の死者がすべての病気を合わせて九〇五名にまで減ったのを知ると、思い切って自宅に戻った。彼の家には十名の人間がいた。すなわち、彼と妻、五人の子供、ふたりの弟子、そしてひとりの女の使用人だった。家に帰ってから一週間もしないうちに、彼は自分の店を開けて商売を再開したが、疫病がこの家に侵入し、およそ五日のうちに、一人を除いて全員が死んでしまった。彼自身、妻、五人の子供みんな、そして二人の弟子。使用人の女だけがひとり生き残った。

しかし他の者たちは、日ごろのおこないからはとても期待できないほど、神の恵みを受けたのだった。というのも、すでに述べたように疫病の悪性が消耗し、感染力もかなり削がれていたところに、季節が急に冬めいてきたのだ。空気は冷たく澄みわたり、霜の降りるほど寒さの厳しい日もあった。この傾向はさらに強まり、いまや病気に感染していた者のほとんどが恢復し、ロンドンの町が健全さを取り戻しはじめた。いや実際には、十二月に入っても疫病が少しぶり返して、週報の死者数が百名ほど増えることもあった。それでも数値はふたたび下がりはじめ、ごく短いあいだに物事が元の調子を取り戻そうとしていた。そして驚いたことに、まったく突然、この町がふたたび人であふれ返るようになった。もはや他所《よそ》から来た人には、あれだけの命が失われたことなど分からなくなり、家屋を見ても住む人のいないものはなくなった。空き屋はほとんど、いやまったく目につかず、仮にあったとしても、借り手は簡単に見つかった。

ロンドンが新たな容貌を示すのに応じて、人びとの気質も一新された、と言えるならそうしたいものだ。確かに、多くの人が救済のありがたさを心に刻みつけ、このような危険なときに護ってくださった天の助けに深い感謝を捧げていることは、疑いようがない。実際、ロンドンの人口密集ぶりと、少なくとも疫病に襲われた時期の市民の信仰心の篤さからすれば、そのような町で神の救済もなく疫病が終息したと判断するのは、およそ慈悲を知らない者だけだろう。しかし同時に、個々の家族や人間に現れた変化を除けば、市民の日常的なふるまいは以前とまったく同じで、違いらしい違いは見られなかったのも、認めなければならない。

むしろ世相は悪くなった、まさにこのときからロンドン市民のモラルが低下した、と指摘する人もいた。嵐が去ったあとの船乗りのように、潜り抜けた危機のせいで市民の心は頑《かたく》なになった、以前と比べてより意地が悪く、無感動になり、悪事や不道徳なことを、厚かましくも、また非情にもおこなうようになったというう。だが、ぼくはそこまで悪化したとも思わない。とはいえ、この都市におけるさまざまな機能が次第に回復し、以前のような日常を取り戻すまでの経緯を詳細に語ったら、かなり長大な歴史物語になるので、これ以上はやめておく。

いまではイングランドのいくつかの場所が、それまでのロンドンと同じくらい激烈な疫病の流行に見舞われていた。ノリッジ、ピーターバラ、リンカン、コルチェスターなど、東部の都市が襲われた。するとロンドンの行政府は、これらの都市と関わる際の市民の行動について、規則を定めようとした。先方の町の人びとがロンドンに来るのを禁止したくても、無駄なのは明らかだった。ばらばらに訪れる人たちの出身地を見分けることなど不可能だからである。いろいろ協議を重ねた結果、市長《ロード・メイヤー》と区長会議はこれをあきらめた。彼らにできるのは、こうした感染者のいる地域から来たのが明らかな人たちを、決して家に迎え入れてはいけないし、そもそも交流を避けるべきだ、と市民に対して警戒を呼びかけることだけだった。

しかし、こうした当局の呼びかけも、空気に語りかけるのと変わりはなかった。このときロンドンの市民は、自分たちが完全にペストから解放された、もうどんな警告も聞かなくてよい、と思っていたからだ。どうやら彼らは、空気が恢復したと思いこんでいたらしい。そして空気というのも、天然痘にかかった人間と同じで、二度感染することはあり得ないと信じ切っていたようなのだ。これは例の思いつきの再現だった。すなわち、疫病の種はすべて空気中を漂っていて、病人から健康な者への感染など起こらないというものだ。こんなでたらめが人びとのあいだで強く支持されてしまったがゆえに、彼らはみんな、病気でも健康でも関係なしに、誰とでも交流しはじめた。イスラム教徒は、すべてが神に予定されているという教説を鵜呑《うの》みにして、伝染病にはまったく注意を払わないというが、そのイスラム教徒さえも、このときのロンドン市民ほど頑迷にはなれなかったろう。完璧に健康なまま、いわゆる健全な空気の土地からロンドンに戻ってきた人たちが、疫病の症状が現れてまだ恢復もしていない人たちと同じ家、同じ部屋、いや同じベッドにまで平気で潜りこんだのだから。

こうした無謀な豪胆さのせいで、命という代償を払った人たちも実際にいた。数え切れないほどの人が病気になり、医師たちはいままで以上に忙しくなった。ただ、恢復する患者の数が増えたことだけは前と違っていた。要するに、多くが恢復したとはいえ、毎週の死者が多くても千人から千二百人だったこの時期の方が、毎週五千から六千人が死んでいたころよりも、疫病に感染し発病する人の数が多かったのだ。健康と疫病に関する深刻で危険な状況を、当時の市民は実にまったく気にかけていなかった。そしてこの者たちは、彼らの幸福のために警告をあたえる人びとの意見に、おとなしく従うことなど毛頭できなかったのだ。

災害の爪痕

このように避難者がぞろぞろとロンドンに戻ってくると、とても奇妙なことが分かった。この人たちが友人の消息を訊ねたところ、いくつかの家では全員がこの世を去っていたが、そのゆかりの品がなにひとつ残っていなかったのだ。あるいはごくわずかな物が残っていても、所有権を持つ人が見つからず、向こうから現れることもなかった。実は、こういう家で遺品として見つかるはずだった物は、たいてい着服されるか盗まれてしまい、あちこちに散逸していた。

こういう事情で放棄された財産は、国民全体の相続人である国王に渡るということだった。その後、国王はこうした物品をすべて神への捧げ物として市長《ロード・メイヤー》と区長会議に下賜し、このころ非常に数の多かった貧民の支援に充てさせたと聞いているが、おそらく一部の物品はそのように用いられただろう。確かにペストが猛威をふるったころは、すべてがすぎ去ったいまと比べて、救済を必要とする患者や困窮する人びとの数がずっと多かったけれども、そのころ各地から寄せられていた義捐金や支援物資が、いまでは一切途絶えてしまったので、貧民の苦しみは前よりもはるかに大きくなっていた。主な問題は解決したと思った人びとは、支援の手を引っこめていた。ところが一部の人はまだ大いに助けを必要としていて、実際にこのころ貧しい人びとの置かれた境遇は悲惨きわまりなかった。

いまやロンドンは健全さをかなり取り戻したとはいえ、まだ外国貿易が再開する兆しはなかった。外国もかなり長いあいだ、わが国の船が向こうの港に入るのを認めようとしなかった。このうちオランダとは、双方の政府の意見の食い違いから、前年に戦争に突入していた。結果、この方面の交易は完全に停止したままだった。いや、他にもスペインとポルトガル、イタリアと北アフリカ沿岸のバーバリー地方、さらにはハンブルクとバルト海沿岸のすべての港町も問題で、これらの国・地域は、いずれもかなり長いあいだわが国を避け、何ヶ月にもわたって貿易を再開してくれなかった。

死者の埋葬地とその現在

すでに話したように、疫病が大量の人間の命を奪い去ったために、市街地《シティー》の外にある教区のすべてではないにせよ、その多くが新たに死者を埋葬する土地を掘らねばならなかった。ムーアゲートの北にあるバンヒル・フィールズ墓地*についてはすでに触れたが、他にもそういった場所があり、そのなかには今日まで墓地として使われ続けているものもある。しかし、もはや墓地でなくなった場所もあり、正直に言えばいささか違和感を覚えるのだが、そこはのちに別の用途で使われたり、上に建物ができたりした。埋葬されていた亡骸は眠りを妨げられ、痛めつけられ、掘り起こされた。なかにはまだ腐肉が骨に絡みついている遺体もあった。これらは牛馬の糞やゴミのように、別の場所に片づけられた。こうした埋葬地のうち、ぼくに調べのついたものは次のとおりである。

（一）オールダーズゲートより北のゴズウェル街の先で、かつてロンドンを守っていた堡塁あるいは砦*の残骸のある、マウント・ミル近くの一画。ここにはさまざまな教区から大勢が埋葬された。オールダーズゲート教区、クラーケンウェル教区、さらにはロンドンの外で出た遺体まで送られた。この土地は、のちに薬草園に変わり、さらにあとで、ある建物の敷地となったと聞いている。

（二）市街地《シティー》より北東のショアディッチ教区を走るホロウェイ小路の突き当たりにあって、あのころ黒い堀《ブラック・ディッチ》*と呼ばれていた堀を越えた一画。ここはその後、豚を飼育するための庭とか、その他の一般的な用途で用いられたが、墓地としてはまったく使われなくなった。

（三）ビショップスゲート街にあるハンド小路を北上した突き当たり。当時ここは青々と草木が茂っていたが、特にビショップスゲート教区で使用するために公有地となった。しかし、市街地《シティー》から来た荷馬車も死者をここに運んでいた。なかでも、ロンドンの壁のすぐ外にあったセント・オールハロウズ・オン・ザ・ウォール教区からは多くが運ばれた。この場所について話すとき、ぼくは残念な気持ちをとても抑えられない。ぼくの記憶では、確かペストが終息して二、三年がすぎたころ、サー・ロバート・クレイトン*がこの土地の所有者となった。真偽のほどは定かでないが、この土地になんらかの権利を持つ者がすべてペストに命を奪われたため、相続人のいなくなった土地は国王陛下のものとなり、次いでサー・ロバート・クレイトンへとチャールズ二世陛下から下賜されたと伝わっている。しかし、どのようにサー・ロバートの手にわたったにせよ、確かなのは、彼の指示によってこの土地が建設用地として貸し出され、次々に建物が作られたことだ。最初にそこに現れたのは、いまも建っている美しい豪邸で、ちょっとした通りに面していた。これが現在のハンド小路だが、小路と言いながら、その道幅は大通りにもひけを取らない。この豪邸から北に向かう路地に沿って、まさにあの哀れな人びとの埋められた場所に住宅が建てられていった。基礎工事のために地面を掘ると遺体が現れたが、まだ元の姿を留めているものもあって、女性の頭部は長い髪からはっきり見分けられたし、他にも肉がまだ溶け切らず残っている遺体もあった。当然ながら、住民はこれに激しく抗議をしたし、疫病がぶり返す恐れがあると指摘する人も出てきた。これ以降、人間の骨や肉は見つかり次第この土地の奥まった場所に運ばれ、そのために掘った深い穴にそのまま投げこまれた。ここにはいまでも建物がなく、場所を特定できる。ローズ小路を北上した突き当たりの角に、かなり前に建てられた非国教徒の集会場があるが、ちょうどその入口の向かいにあって、また別の住宅へと通じる細い道に、この穴の跡が見られる。跡地は杭に囲まれて、残りの通路から独立しているが、この小さな区画には、あの一年間に死の車《デッド・カート》によって墓場に運ばれた、およそ二千もの死者の骸骨が深い眠りについているのだ。

（四）　このほかに、ムーアゲートの外に広がるムーアフィールズの、現在オールド・ベスレムと呼ばれる通りに入るあたりにも埋葬地*があった。ここはそれからかなり拡張された。ただし、すべての土地がこのときに公有化されたわけではなかった。

（注：この記録の著者もまた、この地の下に眠っている。数年前に他界した姉がここに埋葬されたので、彼自身がそれを望んだのである。）

（五）　ステップニー教区は、ロンドンの東側から北側に広がり、遠くショアディッチ教区の教会墓地の端に及ぶ広範囲の教区だったが、死者を埋葬するための土地を、この教会墓地の近くに持っていた。まさにその理由から、この土地には建物が建たなかったが、どうやらのちに教会墓地の一部として組みこまれたようだ。またこの教区では、他にもスピトルフィールズに二つの埋葬地を持っていた。その片方には、あとで礼拝堂あるいは会堂が建ったが、これは教区が広すぎて礼拝の場所が足りないせいだった。もう片方の埋葬地はホワイトチャペルのペティコート小路にあった。

当時ステップニー教区の使っていた埋葬地は、他に五つもあった。そのひとつは、現在シャドウェル教区のセント・ポール教会が建つ場所で、別のひとつには、いまウォッピング教区のセント・ジョン教会がある。ただし、どちらの教区もこの時代にはなく、これらの埋葬地はステップニー教区に属していた。*

もっとたくさん名前を挙げることはできるけれども、ぼくが特によく知っていて、作られた経緯を記録に残す意味があると思えるものは以上である。総じて言えるのは、この苦難の時代、これほど短期間で死んだ途方もない数の人びとを埋葬するために、市街地《シティー》の外の教区のほとんどが、新たな墓地を手に入れるのを余儀なくされていたことだ。しかしなぜ、死者の眠りを妨げないために、こうした土地を通常の用途から外す配慮をしなかったのだろう。これはぼくには答えられないけれども、率直に言って間違いだったと思う。もっとも、誰を責めるべきかは分からないが。

言い忘れてしまったが、このころクエーカーも自分たちを埋葬するための墓地*を設け、いまでも利用している。また彼らは専用の死の車《デッド・カート》も持ち、同胞の死者をその家から運んでいた。有名なソロモン・イーグルは、前に話したとおり、神の審判としてペストが来ると予言し、裸で通りを疾走しながら、「お前たちの罪を罰するため、それはもう来ているのだ」と人びとに触れまわっていた。ところがペストが発生した翌日に、この男の妻が亡くなり*、クエーカーの死の車《デッド・カート》に載せられて、できたばかりの墓地に運ばれる最初の遺体のひとつとなってしまった。

帰還者への風当たり

疫病流行の時期には、他にもたくさん注目すべきできごとがあったので、この記録に盛りこんでもよかったかもしれない。とりわけ、市長《ロード・メイヤー》と当時はオックスフォードにあった宮廷とのあいだでどんなやり取りがあったのか、そしてこの危機的な状況における国民生活について、政府が折りに触れどんな指示を出したのかは、紹介すべきかもしれない。しかし実際のところ、宮廷は今回ほとんど関わらなかったし、そのわずかな関わりにしても、あまり重要ではなかったので、わざわざ場所を割いて言及するだけの意味があるとは思わなかった。例外は、ロンドン市民に毎月一日の断食を指示したことと、貧しい者たちの救済のために王室からの義捐金を送ったことだが、どちらも前に触れている。

病気で苦しむ患者を放って逃げ出した医師たちは、轟々《ごうごう》たる非難を浴びていた。いまやその医師がふたたびロンドンに現れたが、誰ひとりとして診察を頼まなかった。こうした医師は脱走者と呼ばれ、その戸口にはしょっちゅう次のような張り紙がされた。「医者貸します！」そのため、こうした医師の多くは、しばらくのあいだなにもせずに様子を窺うしかなかった。それが嫌なら住まいを引き払い、新たに知り合いのいない土地で開業しなければならなかった。同じことは聖職者にも起きた。彼らに寄せられた反感は実に厳しく、戯《ざ》れ歌や誹謗文書がばら撒かれ、教会の入口にはこんな文句が張り出された――「説教壇貸します」。ときにはもっとひどい、「説教壇売ります」というのもあった。

疫病流行という惨事に見舞われ、それがどうにか終息したのに、かつてこの国の平和を大いに掻き乱した元凶である不和と抗争、誹謗と中傷の精神は終息しなかったのは、決して軽視できない、悲しいできごとだ。それはまだ遠くない過去に、あらゆる人びとを内戦の流血と破滅に巻きこんだ、古い対立の残り火だと言われていた。けれども、王政復古後の大赦令*によって、内紛そのものが休止を告げられていたし、政府も平和な家庭を営み、寛容な人格を養うよう、あらゆる機会を捉えて全国民に推奨していた。

にもかかわらず、それは実現しなかった。とりわけロンドンでペストが終息すると、流行時に市民が置かれた苦境も、そんななかで互いを労《いたわ》る様子も見てきた人びとは、これからはもっと心を寛《ひろ》く持ち、他人をとがめたりはしない、と揃って心に誓ったというのに。本当に、あのころの市民生活を見た人は誰でも、ついにぼくらは心を入れ替えて、一つになれると信じたはずだった。だが予想に反し、それは実現しなかった。不和は解消されず、国教会と長老派が並び立つことはなかった。本来の教区司祭の去った説教壇では、国教会に従わずに資格を剝奪されていた、非国教徒の牧師が代わりを務めることがあったが、ペストが去ったら、まもなく立ち退《の》かねばならなかった。これはやむを得ないかもしれない。しかしこのとき、国教会が早々に牧師に嚙みつき、法による処罰まで口にして圧力をかけたのは、いったいどういう了見だろうか。病めるときはその説教をありがたがり、恢復すればたちまち迫害するというのは、国教会を奉じるぼくらでさえ、あまりに冷酷だと思うし、決して容認できることではない。

だが、これは政府が主導したことで、ぼくらがなにを言おうと止められはしなかった。ただ、自分たちは関わっていないので答えられない、と非国教徒の批判をかわすしかなかった。

その一方で非国教徒も、国教会の聖職者を糾弾していた。自分だけ避難して職務を放棄した、危機に瀕し、慰めがもっとも必要なときにロンドン市民を見捨てた、などの批判だが、これもぼくらは決して容認できない。すべての人間が同じ信仰を持つわけでもなければ、同じ勇気を持つわけでもない。それに好意を忘れず、寛容さを旨として物事を判断せよ、と聖書も説いているではないか。*

ペストとは打ち勝ちがたい敵であり、恐怖という武器で襲いかかるので、誰もがその衝撃に耐え、抗うだけの防備を整えているわけではない。なるほど、とても多くの聖職者が、堅忍不抜の精神を発揮すべきときにあっさり身を引き、自分の命こそ大事と逃げ出したのは間違いない。けれども、かなりの数の聖職者が留まったのも本当で、そのうち多くは災厄のなかで、義務を果たしながら斃《たお》れていた。

非国教徒で、職を解かれていた聖職者が何人か留まったのも確かなことで、その勇気は讃えるべきだし、高く評価すべきだ。しかしこれは、どこでもあった話ではない。非国教徒の牧師の全員が留まって、誰ひとり地方に避難しなかったとまでは言えないし、同じように、国教会の聖職者の全員が疎開したと言うこともできない。疎開した聖職者についても、副司祭などの代理に、できるならば重要な礼拝を司り、病人たちを慰問してほしい、と頼んでから出発する人もいた。だから全体を見れば、どちらの側にも寛大に接すべき理由があったし、さらには、この一六六五年のような時代は、歴史の上でも未曾有の危機であり、このような場合、どれだけ勇猛果敢な人でも、気持ちが揺らがずにはいられないことも、考慮すべきだったろう。しかしぼくが話したいのはこんなことではなかった。ただ、両方の宗派の聖職者が、勇気と信仰への情熱を発揮して、危険を顧みず、苦境に喘ぐ哀れな市民に身を捧げたことだけを述べるつもりで、どちらかにその職務を果たさなかった者がいることなど記録したくなかった。ところが、ぼくらのなかに冷静さを欠く人がいるために、書きたくもないことまで書かねばならなくなった。ロンドンに留まった人びとの一部は、それを誇らしげに触れまわった上に、退散した聖職者を罵倒し、臆病者、悩める信徒を捨てた薄情者、聖書の言うところの「雇い人」*などの烙印を押した。だが、寛大な心を持つ、すべての善良な人たちに、ぼくはこうお勧めしたい。どうか当時を振り返ってくださいと。そしてあのころの恐怖について、よく考えてくださいと。そうすれば、誰でも分かるはずなのだ。あれに耐えられるのは、普通の能力ではないことを。それは戦場で先陣を切ったり、騎兵隊に突撃するのとは訳が違うのだ。切りこむ相手は、「蒼ざめた馬」にまたがる「死」*そのものだったのだから。留まることは、まさに死ぬことで、とりわけ八月の後半から九月のはじめの状況を見れば、死よりもましな結末など思いもよらなかった。当時、そう予想するだけの根拠は十分揃っていた。まさかあのように疫病が急な終息へと向かい、たった一週間で二千人も死者が激減するなど、誰も予想しなかった。いや、誰もそれを願うことさえできなかったと言ってもよい。なにしろあのときは、莫大な数の人びとが発病し、それが世間にも知られていたのだから。しかも、それまで長いあいだ耐え抜いてきた人の多くが、急にばたばた斃れたのも、ちょうどこのときだった。

それだけではない。もしも神が、誰かに他の人よりも力をあたえたのだとすれば、果たしてそれは、打撃に耐える強さを自慢し、同じ神の恩恵にあずからなかった人を罵るためだろうか。むしろその人たちは、自分の同胞よりも有用な人間としてくれた神に、謙虚に感謝すべきではなかったか。

職務に身を捧げた人びと

聖職者だけでなく、医師、外科の専門医、薬剤師、行政官、さまざまな立場の役人など、職務を果たすために自分の命を顧みず、他人の役に立ったあらゆる人びとの名誉のために、次のことを記録しておきたい。

このような市内に留まった人たちのすべてが、全力を尽くして職務に身を捧げたのは間違いのない事実であり、どの立場だろうと、必ず何人かは、わが身を顧みなかっただけでなく、この悲惨なできごとの犠牲となったということを。

ぼくはあるとき、こうした人びとのリストを作成しようとした。つまり、いま挙げたさまざまな職種や地位の人たちのなかで、いわば殉職した方々のリストである。けれども、一介の私人では、詳細を正確につかむのは不可能だった。ただ、九月に入るまでに市街地《シティー》と特別行政区《リバティーズ》では聖職者が十六名、区長が二名、医師が五名、外科の専門医が十三名亡くなったことくらいは覚えている。しかしこの九月こそ、前に述べたとおり、非常に感染が拡大し、危機的な状況だったのだから、いまのが完全なリストであるわけがない。より身分の低い人たちについては、ステップニーとホワイトチャペルの二教区で、四十六名の治安官と警官が亡くなったようだ。しかし、これ以上リストを並べることはできない。なぜなら、九月に疫病がぼくらを猛然と襲撃すると、数える術がなくなってしまったからだ。もはや死者は数えられるものではなかった。なるほど死亡週報を発行して、七千とか八千とか、好きな数を唱えることはできた。しかし間違いなく、死者は最初から山積みで、山のまま地に埋められていた。そこに数える暇などなかったのだ。当時ぼくよりも頻繁に外出し、こうした事情にも詳しい人たちの言葉を信じるならば——といっても、ぼくはあのころ用事らしい用事などなかったのだから、それにしてはよく出歩いたものだけれど——ともあれ、その人たちを信じるならば、あの九月の最初の三週間に埋葬された者の数は、毎週二万人に届きそうな勢いだった。他にもたくさん、この数値は正しいと断言する人がいるのだが、それでもぼくは、公表された数値を尊重したいと思う。毎週七千から八千というのは、ぼくがこれまで語ってきた、当時の恐怖のほどを十分に立証してくれる数字だ。それに、すべての記述で慎重を期し、なるべく事実を誇張しないよう努めたと言う方が、著者であるぼくには納得がいくし、読者であるみなさんにも説得力があるだろう。

これだけの理由があれば、みんなが恢復したとき、それまでの苦難を忘れることなく、慈善と同情の精神を発揮してくれる、と期待してもいいはずだ。まさか留まる勇気の有無で人間の価値が決められるとは思わなかった。まるで神の裁きを前に逃げ出したのはすべて臆病者といわんばかりじゃないか。それに留まったなかに、勇気を示したのは単に無知のおかげで、造物主の裁きなど鼻で嗤っている連中がいなかったと言えるだろうか。そのように神を蔑ろにするのは罪であって、真の勇気とは言えない。

また、次のことも記録しておかねばならない。治安官や警官、市長《ロード・メイヤー》や区長の部下、さらには教区委員などの役人たちは、貧民を世話する任務についていたのだが、たいていは誰にも劣らない勇気を持って職務に励んでいた。いや、彼らの勇気は他の誰より大きかっただろう、誰よりも危険な仕事に従事し、誰よりも長い時間を貧民のなかですごしていたのだから。貧民たちは普通より疫病にかかりやすい上に、いちど感染すれば、世にも悲惨な窮状に追いこまれていた。しかし同時に言っておかないといけないのは、こうした役人の非常に多くが命を落としたことだ。実際、死なずにすむ可能性はかなり低かった。

あやしい薬

この本でぼくは、あの悲惨な時期に、ぼくらがよく飲んでいた薬品や調剤について、ひとことも触れてこなかった。ぼくら、というのは、ぼくみたいにしょっちゅう外出して街なかを歩きまわっていた人間のことだ。薬については、藪医者のみなさんが大著や小著でさんざん語っているが、この人たちの話はもう十分だろう。しかし、いま付け加えておきたいのは、正規の医師会が日々さまざまな調剤の仕方を公表していたことだ。これは会に属する医師たちが治療のなかで考案したものだが、いまも出版されたものを入手できる。だからここで同じことを書くのは止めておこう。

ひとつ話さずにはいられないのが、ペストに最もよく効く予防薬を見つけたと触れまわった、藪医者の身に起きたことである。その予防薬たるや、持ち歩くだけで疫病に感染しなくなる、いや少なくとも感染の危険を大幅に下げるという。予想に違わず、この男は出歩くときは必ずその**最高の予防薬**をポケットに忍ばせていたのだが、あえなく疫病にかかり、二、三日で息を引き取った。

ぼくはいわゆる薬嫌いとか、薬の否定派というわけではない。それどころか、親友のヒース博士の指示を重んじていたことは、何度も話したとおりだ。だがそれでも、ぼくが薬にほとんど頼らなかったのも事実である。ただし、嫌な臭気を放つものに出くわしたときや、墓場、あるいは死体の間近を通ったときのために、強い香りを放つ調剤を常に用意していた。こういう薬をみんなが持っていたことも、前に記したはずである。

ぼくはまた、当時少し流行ったのだが、いつでも活発な生気を保つために、アルコールを用いた強壮剤や薬効のあるワインなどを飲むこともなかった。ある博学な医師*がこうした薬を飲みすぎた結果、疫病がすっかり去ってからも止められなくなり、その後の人生を愚かな酔っ払いとしてすごしたそうだ。

薬について、ぼくの友人の医師は、かつてこんなことを語っていた。「確かに、疫病に対して効能のある物質と、その調合法はいくつかあります。それをもとに、独自の工夫を加えたりしながら、医師はかぎりない種類の薬を作れるのですが、それはちょうど、鈴の演奏家がたった六つの鈴から、音の配列を変えて何百種類もの楽曲を奏でるようなものです。こうして調合された薬品は、実際にどれもよく効きます。ですから、この悲惨な世の中に、薬の大群が押し寄せているのは不思議じゃありません。ほとんどすべての医師が、自分の判断や経験にもとづいて、違うものを処方したり、調合しています。ですが、ロンドン中の医師のあらゆる処方箋をよく確かめてみれば、どれも成分は同じで、違うのは個々の医者がほんの思いつきで加えたものだけなんです。だから人それぞれ、自分の体質や生活習慣、そして自分の症状をいくらか考慮して、一般的な調合薬をもとに自分用の薬を指定することもできます。大して変わりはないのに、ある人はある薬がもっともよく効くと言い、別の人は別の薬を薦めているだけなのですから。その名も『赤玉ペスト治療薬』という薬こそ、最高の調合薬だと考える人もいるし、『ヴェネツィア解毒剤』*を飲めば、感染を防ぐには十分だと考える人もいます。わたしは、このどちらも正しいと思います。つまり、『ヴェネツィア解毒剤』の方は、疫病を予防するため事前に飲むのがよいし、『赤玉ペスト治療薬』の方は、疫病の侵入を許したとき、それを退治するために飲むのがよいでしょう。」この所見に従って、ぼくは何度も「ヴェネツィア解毒剤」を飲んではたっぷり汗を掻いた。いろんな薬があったが、これだけで誰にも負けない有効な疫病対策になると考えていた。

　ロンドンは藪医者や贋薬売りにあふれていたけれど、ぼくは誰にも耳を貸さなかった。そしてペストの流行が終わってから二年間、街にこういう連中がいるのを見ることも、うわさを聞くこともほとんどなかったが、あれはどういうことだったのだろうと、よく不思議な気分になる。あの連中はすべて疫病にかかって一掃されたんだと想定して、こう主張する人がいた。ほら見ろ、神罰が下ったんだ、わずかな金を巻き上げるためだけに、哀れな民を「滅びの穴」*へと陥れたせいだと。しかしぼくは、そこまで言い切ることもできない。あの連中が次々に疫病の犠牲となったのは確かで、ぼくが調べた範囲でも多くが分かっている。けれども、全員が片づけられたというのは大いに疑問だ。むしろ連中は地方に逃れ、その土地の人びとの不安につけこんで、疫病の来る前に一仕事やっていたんじゃないだろうか。

　しかしはっきりしているのは、ロンドンの街なかやその周辺では、ああいう連中が長いあいだひとりも姿を見せなかったということだ。もっとも、ペスト流行のあとで、身体を清めるための調合薬と称する、さまざまな薬を売りこむため、広告を出す医者が何人も現れた。一度は病気になったが治癒した人は、これを飲まないといけないという。しかし生憎だが、当時のもっとも著名な医師たちは、ペストそのものに十分な浄化作用があるという見解で一致していたようだ。病魔の手から無事に逃れた人たちは、身体から何か他のものを洗い清めるような薬をまったく必要としない。患者の皮膚にできたさまざまな腫れ物が医師に潰されたあと、開いた傷口から膿が流れ出るので、患者の身体はもう十分に浄化されている。このとき、他の病気や病気の種もすっかり排出してくれる、ということだった。権威ある医師たちがこういう見解を表明した以上、藪医者たちがどこに行っても、ろくに相手にされなかった。

予言と風説

もっとも、ペストが衰えたあと、ちょっとした騒ぎがあったのも事実である。市民を怖がらせ、混乱させるための陰謀だ、と想像した人もいるが、ぼくにはなんとも言えない。ともあれ、いついつまでにペストが戻ってくる、という予告をする人が時折見られた。すでに話した裸のクエーカー、有名人のソロモン・イーグルは、災いの到来を日々予言していた。他にも、ロンドンはまだ十分に罰を受けていない、もっと痛ましく厳しい衝撃が控えている、と告げる者たちがぞろぞろと現れた。その人たちは、この程度で止めていれば、あるいはもっと詳しく、翌年にはロンドンが大火によって破壊されることまで告げていればよかったのだ。そうしていれば、実際に市民の目の前で火災が発生したとき、この予言者たちの能力を一方《ひとかた》ならず信用したことを、後悔しなくてよかったはずだ。少なくとも市民は予言に驚異を覚え、そこにどんな意味がこめられているのか、彼らがどこから先見の明を授かったのか、もっと真剣に探究しただろう。ところが、この人たちは揃ってペストの再発について語ったので、市民のあいだにどこか不安な空気がずっと漂っていた。そこで誰かが急に亡くなりでもすれば、またある週の発疹チフスの死者が増えでもしたら、たちまちざわつきはじめ、ペストの死者が増えた日には、大変な動揺が起きたものだった。実はこの年の終わりまで、常に二百名から三百名がペストで死んでいた。本当に、なにかある度にぼくらは怯えていた。

大火の前のロンドン市街地《シティー》を覚えている人は、いまニューゲート市場*と呼ばれている場所が、あのころまだなかったのを知っているだろう。代わりに、いま腹吹き街《ブロウ・ブラダー》*の名で呼ばれる通りの真んなかに——ところでこの名前は、ここで羊を屠殺して捌いていた食肉業者に由来するのだが（どうやらこの人たちは管から息を吹いて肉を膨らませ、実際よりも肥って肉厚に見せていたらしい。それで市長《ロード・メイヤー》に罰せられたそうだ）——話を戻すと、この通りの中央を、道のはじまりからニューゲートまで、肉を売る露店がずっと二列に並んでいた。

まさにこの肉屋街で、二人の買物客がばったり倒れて死んでしまった。すると、この肉はすべて疫病で汚染されているといううわさが立った。みんなが怖じ気づいたらしく、二、三日は市場が機能しなかったのだが、やがて、それが根も葉もないうわさだと明らかになった。だが、一度心が恐怖に取り憑かれると、誰も打ち勝つことはできない。

しかし、ありがたい神の思し召しによって、冬らしい天候が続いたおかげで、ロンドンの町は健全さを取り戻し、翌年の二月までには、誰もが疫病がすっかり片づいたと見なすようになり、ようやく絶え間のない不安感から解放された。

家屋の浄化

ただ、専門家のあいだでなかなか結論が出ない問題が生じ、はじめは市民も少し困惑させられた。それは、ペストに見舞われた家と家財を浄化するにはどうすればよいか、ペストの流行時には空き屋にされていたこういう家を、ふたたび人が住めるようにするにはどうするか、という問題だった。医師たちは、多種多様な芳香剤や調合薬を処方して、それぞれが別の薬を勧めたものだから、市民はいろいろな医師の意見を聞いて、多額の、ぼくに言わせれば無駄な出費をする羽目になった。それほど金のない人たちも、できるだけのことをしようと、昼夜を問わず窓を開けっ放しにして、硫黄、ピッチ、火薬の類を部屋で燃やした。ただし、前に話したせっかちな連中、ペストが衰えると大急ぎで危険も顧みずに自宅に戻った人たちは、家も家財もほとんど、いやまったく気にせず、特になにもしなかった。

だが一般的に言えば、人びとは用心を怠らず、自宅の空気を入れ替えて清潔にするための対策を実行していた。たとえば、密閉した部屋で芳香剤や香木、安息香、松脂や硫黄を焚いたあとで、火薬を爆発させて一気に換気する人がいた。昼も夜もずっと、しかも何日もぶっ通しで盛んに火を焚く人もいた。同じ考えから、二、三の市民はわざと自宅に火をつけた。おかげで家はすっかり灰になり、ばっちりと浄化できた。具体的には、ラトクリフで一軒、ホウボンで一軒、それとウェストミンスターで一軒が、このようにして全焼した。その他にも二、三軒、同様の放火があったが、家が燃え尽きる前に幸運にも消火された。確かテムズ街に住んでいたある市民の召使いは、主人の家から疫病の種を取り除こうと、大量の火薬を運びこんだのはよかったが、とんでもないヘマをやらかして、家の屋根の一部を吹き飛ばしてしまった。まだこのころは、ロンドンが大火事によって浄《きよ》められるに至らなかったが、それも遠い先の話ではなかった。ほんの九ヶ月のうちに、すべてが灰燼《かいじん》に帰すのを目撃するのだから。何人かの似非《えせ》学者の主張では、この大火の折りに、はじめてペストの種が完全に消滅したというが、これはここで話すのも馬鹿らしい思いつきである。ペストの種が家に残っていて、大火がなければ消滅しなかったというならば、それまで疫病が再発しなかったのはどういうことなのか。ロンドン郊外と特別行政区《リバティーズ》、さらにはステップニー、ホワイトチャペル、オールドゲート、ビショップスゲート、ショアディッチ、クリップルゲート、セント・ジャイルズという大きな教区は大火の被害に遭わなかったが、ペストが猛威をふるったとき、多くの犠牲者を出した地域でもある。では、この地域の家屋にはまだ疫病の種が残ったままなのか。

しかし、この問題については、ぼくの見たままを記すだけにしておこう。当時、自分の健康に普段よりも多くの注意を払っていた人びとが、「自宅の浄化」と呼ばれた特殊な対策を講じ、そのため高価な物が大量に燃やされたのは確かである。こうして、望みどおり彼らの家が浄化されたのはもちろんだが、実に気持ちよく健全な香りで空気が満たされたので、ここだけの話、高い金を負担した人たちだけでなく、周りの人たちもそのご利益《りやく》にあずかっていた。

宮廷と海軍

とはいえ、結局のところ、前に述べたように大急ぎでロンドンに戻ってきたのは貧しい人たちで、実は金持ちはそれほど慌てなかった。確かに、仕事のある人たちは上京したが、その多くは町に家族を連れてこなかった。彼らが家族を呼んだのは、春がめぐり、ペストがもう戻ってこないと確信できる状況になってからだった。

宮廷は、クリスマスがすぎたころに早くも戻ってきたが、貴族など上流の人びとは、宮廷から重んじられている人や、行政上の役職に就いている人を除けば、すぐには戻らなかった。

ここで注目しておきたいのは、ロンドンや他の都市でペストが猛威をふるったというのに、艦隊の船上ではまったく被害が出なかったことだ。ある時期には、水兵を補充するため、テムズ川の港や、普通の路上でさえも、強制的な徴兵*がひときわ大規模におこなわれていたというのに。しかし、それはこの年のはじめのことで、まだペストはほとんど流行していなかったし、ロンドンのなかで、よく水兵が徴用される地域では、まだなにも被害が出ていなかった。当時の市民にとって、オランダと戦争するのはまったく嬉しくなかったし、水兵たちもあまり気乗りしないまま軍務に就き、無理やり引っ張りこまれたことで不満をこぼす者も多かった。しかし結果的には、強制されて幸運だった水兵もかなりいたことになる。この人たちは、あの大惨事に巻きこまれたら、きっと命を失っていただろう。もっとも、夏のあいだ軍務に就いていた彼らが、そのとき家族を襲った不幸を、後で嘆いたとしても無理はない。いざロンドンに帰ってみると、家族の多くが墓に入っていたのだから。それでも、ほとんど無理やりだったとはいえ、病魔の手から引き離してもらったことで、彼らは神に感謝するのも忘れなかった。この年のわが国とオランダとの戦争は実に激しく、一度は極めて大きな海戦*において、オランダ軍を打ち破った。もっとも、こちらも相当な数の兵士と何隻かの軍船を失った。しかし先ほど述べたように、ペストは艦隊では発生しなかったし、テムズ川に軍船をつなぐために水兵がロンドンに戻ってきたときには、疫病の最悪のときはすぎていた。

ペスト終息

この憂鬱な年の記録を終えるにあたり、いくつかの例によって、ある事実をお伝えできたら嬉しく思う。すなわち、この恐るべき惨禍から救出されたことで、われらをお護りくださる神への感謝がロンドンにあふれたのを物語る実例である。救われたときの状況、さらには、神のおかげで逃れることのできた敵の強大さを考えれば、全国民が感謝を捧げて当然だと思われる。実際、とても驚くべき状況で救いの手がさしのべられたことは、前にその一部をぼくが示したとおりだ。みんなが大変な苦境に置かれているさなかで、疫病が終わるんじゃないかという希望が全市民を不意打ちしたので、いっそう歓喜が増したのだった。

神が直々に手を下すのでなければ、何者も、全能者を除いて何者も、こんなことはできなかった。疫病にはどんな薬も歯が立たず、死神が街の隅々を荒らしていた。そしてあの勢いで進行していれば、数週間もすると、すべての市民と生きとし生けるものが、ここロンドンから一掃されたことだろう。どこを見ても絶望した人ばかりが目立つようになり、恐怖のあまり精神の麻痺する者が続出し、心の痛みに耐えかねて自暴自棄になる者たちもいた。すべての市民の顔には、どんな表情をしていても、死への恐怖が宿っていた。

まさにこの、「人間の与える救いはむなしいもの」*という言葉がふさわしく思えるとき、本当にそのようなときに、神は疫病の怒りを和らげてくださり、ぼくらはこれ以上ないほどの嬉しい驚きを覚えたのだ。しかもそれはおのずから弱まり、すでに話したとおり、悪性が衰えていた。まだ無数の人びとが病んでいたが、死ぬ者は少なくなった。そして事態が転じてから最初に出た週報では、一八四三人も死者数が減少した。なんという数だろう！

木曜日の朝、週報が発行されたとき、人びとの表情にまざまざと現れた変化は言葉にできそうにない。その表情を見れば、誰もが顔に嬉しい驚きと微笑みを秘かに宿しているのが感じられただろう。通りを行き交う市民は、互いの手を握り合った。それまで互いに道の同じ側を通ることとさえ稀だったというのに。通りがあまり広くないところでは、彼らは窓を開けて向かいの家に呼びかけ、元気かと訊ねてから、「ところでいい報せがあって、ペストが弱まったというんだが、知っていたかい?」と聞いたものだった。なかには、「いい報せ」と耳にした時点で、こう質問する者もいた。「いい報せたあ、なんだい?」これに対し、「ペストが弱まったんだ。週報に載る死亡者もだいたい二千人くらい減った」と答えると、「神に感謝します」と叫び、「そんなことは全然知らなかった」と言いながら、喜びのあまり声を挙げてむせび泣くのだった。人びとの喜びときたら大変なもので、まるで墓場から甦ったみたいだった。喜びのあまり彼らが繰り広げた、常軌を逸した行動の数々は、悲しみのあまりに及んだ異常な振舞いと同じくらいある。ここに記してもいいが、せっかくの喜びの品位を下げるのはやめておこう。

この変化の生じる直前、ぼくはすっかり落胆していたことを白状しなくてはいけない。一、二週間前に発病した人の数、さらには亡くなった人の数は途方もないものだったし、ロンドンじゅうで嘆きの声が響きわたっていた。もはや、死を免れたいと望んだだけで、正気を失ったと見なされるような状況だった。しかも、近所で感染者を出していない家はほとんどなく、ぼくの家くらいのものだった。この調子で行けば、いま健康な人も、遠くない先にみんな感染していたはずだ。ここ三週間で、どれだけ恐ろしい混乱にロンドンが呑みこまれていたか、およそ信じられないだろう。いつも非常に信憑性の高い統計を出してくれる、ある人物を信じるならば、この三週間のうちに少なくとも三万人が亡くなり、十万人近くが発病したそうだ。実際、発病者の数は驚くべきもので、まさに愕然とするほどだったから、それまでずっと勇ましく自分を鼓舞してきた人たちも、いまやすっかり絶望に沈んでいた。

市民が窮状に悶えていたさなか、ロンドンの町の状況が真に壊滅的と思われたまさにそのとき、いわば神が直《じか》に手を下して、この敵の怒りを鎮めてくださったのだ。その牙から毒が抜かれたのは奇蹟であり、他でもない医師までもが驚嘆した。どこに診察に出ても、患者たちの症状がよくなっていた。汗の掻き方が穏やかになる人もいれば、腫瘍が潰れた人や、悪性の吹き出物から膿が出て、周囲の炎症まで色が改善した人もいた。熱がすっかり引いたり、激しい頭痛が鎮まったり、その他にも改善の兆しが見られた。こうして数日のうちに、誰もが恢復に向かった。家族全員が病に伏し、牧師たちを呼んで一緒に祈ってもらい、いつ死んでもおかしくなかった人たちまで、生気を取り戻して治癒に向かい、誰ひとりとして死なずにすんだ。

このとき、なにか新しい特効薬が発見されたわけでもなければ、新たな治療法が開発されたわけでも、手術の技術が向上したわけでもなかった。つまり、内科や外科の医師の功績で、疫病が終息したわけではない。これは間違いなく、はじめにこの病を市民への裁きとして遣わした方の、隠れた見えない手のなせる業だった。無神論にかぶれた連中が、ぼくのこの考えをどう呼ぼうと知ったことじゃないが、これは決して狂信ではない。当時は、誰もが同じように神への感謝を抱いていた。病魔は衰え、その悪性は消滅した。なにが原因だろうと構わないし、合理的に説明したがる学者が自然に原因を求め、造物主への負い目をできるかぎり減らそうと躍起になるのも結構だ。しかし、ごくわずかでも宗教心を持っている医師であれば、これが紛れもなく超自然的な現象で、常識を逸脱していて、どんな説明もあたえられないと認めざるを得なかったのだ。

この現象は、目に見える形で、ぼくら全員が神に感謝すべきだと呼びかけているのだ。なにしろ、蔓延する疫病にあれほど怯えていたのだから——などとぼくが語りはじめれば、当時の雰囲気を知らない人からは、宗教家ぶった偽善の押しつけだと思われるかもしれない。これでは事実の記録どころか、教会の説教ではないか。できごとを観察して伝えるだけでいいものを、教師にでもなったつもりか、と。だから、もっと続けることもできるのだけれど、不本意ながらこの辺でやめておく。しかし、聖書にあるように、*癩《らい》病を患う十人の者が癒されたのに、キリストの元に戻って感謝を述べたのはたった一人だったのであれば、ぼくはその一人でありたいし、自分が救われたことをいつまでも感謝したいと思う。

　そしてまた、あのときどこを見ても、神への深い感謝が全身から溢《あふ》れるような人ばかりだったのも、否定できない事実なのだ。妄言や世迷い言を並べる口は、一切閉ざされた。*あの奇蹟を前にして心を入れ替えたものの、たいして時期をおかず元に戻ってしまった連中の口さえも、まだ閉ざされていた。あのときの印象はあまりに鮮烈で、どんなに堕落した人間でも、抗うことはできなかったのだ。

　路上を歩いていると、知り合いでもなければ、どこの誰かも分からない人が、驚きの感情をあらわにする場面にしょっちゅう出くわした。ある日のこと、オールドゲートから市街地《シティー》の外に出ると、とても多くの人びとが往来しているなか、ひとりの男がミノリーズ通り*の端から現れ、こちらにやってきた。市街地《シティー》の方、郊外の方と、しばらく通りを眺めてから、この男は両手をパッと広げ、「ああ、なんと見事な変わりようだ！まったく、先週ここを歩いたときには、ほとんど人の姿を見なかったのに。」すると、別の男がこの言葉にあいづちを打つのが聞こえた。「本当にすばらしい。まったく夢のようだ。」「これも神のおかげだ」と三人目の男が話しだした。「神に感謝しようじゃないか。これはすべて神のなさったことなのだから。人間の力も技も、とっくに尽きていたじゃないか。」この三人は知り合いではなかった。しかし、いまのようなやり取りは、日々街なかで繰り返されていた。また、身分の低い連中も、行動こそ慎重さを欠いていたが、救済してくださった神への感謝を口にしつつ、街を歩く姿が見られた。

　まさにこのとき、ロンドン市民は一切の不安を投げ捨てたが、それがあまりに性急だったことは、すでに話したとおりだ。実際のところ、頭に白い縁なし帽を被っている人がいても、首に布を巻いている人がいても、さらには股にできた腫物のせいで足を引きずっている人がいても、いまやぼくらは恐れずに、そのそばを通るのだった。ほんの一週間前には、このどれを見ても、心の底から震え上がったというのに。ところがいまでは、そういう人たちが通りに溢《あふ》れていた。しかしこの、見るも哀れな、恢復中の患者たちも、予想もしなかった救済に深く感銘を受けている様子だったことは、言っておかねばならない。そしてその多くが心から神に感謝していたという、ぼくの印象を明記しなければ、この人たちをまったく不当に扱ったことになるだろう。しかし、一般市民については、エジプトに囚《とら》われていたユダヤの民に関する次の言葉が、あまりにぴったり当てはまることも、認めなければならない。すなわち、エジプトの王《ファラオ》から救い出されたのち、ユダヤ人たちは奇蹟で干上がった紅海を渡ったが、ふと振り返ると、エジプト人たちが海に呑まれるのが見えた。そのとき「彼らは賛美の歌をうたった」が、「たちまち御業を忘れ去」ったという。*

これ以上書き進めることはできない。市民のあいだで感謝の思いが褪《あ》せ、昔の悪い習慣がなにからなにまで戻ってしまったことは、ぼく自身がつぶさにこの目で見た事実である。しかし、その原因がどこにあるのかを考えるという、愉快ではない作業に手をつけてしまえば、やかましい不平家か、ひょっとすると不当な非難をする輩と見なされてしまうだろう。だから、拙いけれども嘘偽りのない、ぼく自身の詩によって、この大災害の年の記録を締めくくろうと思う。この一節は、当時使っていた手帳の最後に、まさにその年に書き留めたものだ。

時は千六百六十五年

恐怖のペスト、ロンドンを襲う

消された命はざっと十万
それでもぼくは生きている！

Ｈ・Ｆ

訳注

略記について　本注釈では、特定の文献について以下のように略記した。

バックシャイダー（Backscheider）：Daniel Defoe, *A Journal of the Plague Year*. Ed. Paula R. Backscheider. New York: Norton, 1992.

ランダ（Landa）：Daniel Defoe, *A Journal of the Plague Year*. Ed. Louis Landa. Oxford: Oxford UP, 1990.

マラン（Mullan）：Daniel Defoe, *A Journal of the Plague Year*. *The Novels of Daniel Defoe*. Vol. 7. Ed. John Mullan. London: Pickering, 2009.

ODNB：*Oxford Dictionary of National Biography*. Ed. H. C. G. Matthew, et al. Online edition. Retrieved in 2017.

OED：*Oxford English Dictionary*. Second edition. Ed. John Simpson, et al. CD-ROM (v. 4.0.0.3). Oxford: Oxford UP, 2009.

ウォール（Wall）：Daniel Defoe, *A Journal of the Plague Year*. Ed. Cynthia Wall. London: Penguin, 2003.

World's Classics 新版：Daniel Defoe, *A Journal of the Plague Year*. Ed. Louis Landa. Revised by David Roberts. Oxford: Oxford UP, 2010.

聖書からの引用　基本的に新共同訳に依拠した。

九　乳児の高熱　原文は teeth ただ一語。当時の医学では、乳歯が生える際、顎に炎症を生じて死に至ることが頻繁にあると考えられていた。これはいわゆる「知恵熱」に当たる症状であろう。実際、今日でも「知恵熱」のことを英語で teething fever と呼ぶ。

一三「主人《マスター》は自力で助かるものだ」 キリストが磔《はりつけ》にされたとき、それを嘲笑う者たちが口にした言葉と似ている。新約聖書『マタイによる福音書』二七・四〇、『マルコによる福音書』一五・三〇、『ルカによる福音書』二三・三七、二三・三九参照。

一三 ノーサンプトンシャー州 ノーサンプトンシャー州のエットン(Etton)という町は、デフォーの父、ジェイムズ・フォーの出身地。

一三 オランダとの戦争 第一次英蘭戦争のこと。

一七 次のような詩句 ここと次の『詩編』からの引用は、原文のニュアンスを保つため、あえて既訳に依拠しなかった。

二〇 クリップルゲート教区 クリップルゲートは、もともと古代ローマ時代に築かれたロンドン市の城門のひとつを指した。この門の外に広がるセント・ジャイルズ教区(おそらく「セント・ジャイルズ・イン・ザ・フィールズ教区」という別の教区と区別するために、ここでは「クリップルゲート教区」と呼ばれている)でデフォーは生まれ育ち、また偶然にも同じ教区の一画で借金取りから逃れながら、孤独な死を迎えた。

二〇 宮廷 サミュエル・ピープスの日記によれば、六月二十九日には、宮廷がロンドンを脱出する準備が整っていたという。その後、ロンドン郊外のハンプトンコート宮殿やソールズベリーに移動し、最終的にオックスフォードに落ち着いたのは九月の最終週だった。国王チャールズ二世がロンドンのホワイトホール宮殿に戻ったのは、翌年の二月一日である。(Landa 255)

二二 法学院 ホウボンからテムズ川の北岸にかけて、グレイ法学院、リンカーン法学院、インナー・テンプル法学院、ミドル・テンプル法学院という四つの法学院があり、イギリスの法廷弁護士はこのいずれかに属することになっている。

二三 王室と君主制が復活した 一六六〇年の王政復古のこと。

二三 十万人以上 この数値の根拠は不明である。マラン(225)によれば、ペストに襲われる前のロンドンの人口は五〇万を少し超える程度だったという。

二四 エルサレムが古代ローマ人に包囲された 西暦七〇年に、ローマ皇帝ウェスパシアヌスの息子ティトゥス(後の皇帝)の軍勢がエルサレムを陥落させている。過越しの祭に関する記述は、このときの攻防を扱ったヨセフスの『ユダヤ戦記』

にも見られる。(Mullan 225)

二五 「血の畑《アケルダマ》」 イスカリオテのユダがイエスを売って得た金で購入された土地を指す。ただし、ユダ本人がその土地を買ったとされる(『使徒言行録』)ことも、ユダが捨てた金で祭司長たちが買ったとされる(『マタイによる福音書』)こともある。各々のエピソードを新共同訳から引いておく。「このユダは不正を働いて得た報酬で土地を買ったのですが、その地面にまっさかさまに落ちて、体が真ん中から裂け、はらわたがみな出てしまいました。このことはエルサレムに住むすべての人に知れ渡り、その土地は彼らの言葉で『アケルダマ』、つまり、『血の土地』と呼ばれるようになりました。」(『使徒言行録』一・一八～一九)、「ユダは銀貨を神殿に投げ込んで立ち去り、首をつって死んだ。祭司長たちは銀貨を拾い上げて、『これは血の代金だから、神殿の収入にするわけにはいかない』と言い、相談のうえ、その金で『陶器職人の畑』を買い、外国人の墓地にすることにした。このため、この畑は今日まで『血の畑』と言われている。」(『マタイによる福音書』二七・五～八)

二五 粘液質で憂鬱な 古い医学の四体液説によれば、粘液質が過剰になると無感覚や憂鬱を引き起こすと言われていた。また、憂鬱症もしくは心気症(hypochondria)は、女性のヒステリー(hysteria)に対応する男性の気の病と考えられていた。(Mullan 225–26)

二六 学説 マラン(226)によれば、彗星の運動が解明されるのはニュートンの『プリンキピア』(一六七八)以降なので、この場面が扱っている一六六四～六六年の天文学的知識を正確に反映した記述ではないようだ。

二七 この手の本 『リリーの予言暦』など三つは、実際によく読まれていた予言を含む暦である。『わが民よ』という作品は実在しないようだが、このタイトルは新約聖書『ヨハネの黙示録』一八・四から取られたもので、「彼女」とは、聖書の文脈ではバビロンを指し、いまはロンドンを指している。『正しい警告』と『イギリス国民の覚書』は、いずれもジョージ・ウィザー(George Wither)の著作を意識したものらしいが、実際は本書の扱う時代より前に出版されている。ただし『正しい警告』(*Fair Warning*)というタイトルは、この手の書物で一般によく見られるものである。

二七 「あと四十日すれば、ロンドンは滅びる」 旧約聖書『ヨナ書』三・四に、神に命じられたヨナが「あと四十日すれば、ニネヴェの都は滅びる。」と説いてまわったことが記されている。

二八 憂いを帯びた空想は…… この詩はデフォーの初期作品、『古い陰謀の新たな露見』(*A New Discovery of an Old Intrigue*, 1697)の一節に変更を加えたものである。

三〇「驚き滅び去る」 新約聖書『使徒言行録』一三・四一、「見よ、侮る者よ、驚け。滅び去れ。」から。

三三「立ち帰って生きる」 旧約聖書『エゼキエル書』三三・一一より、「わたしは悪人が死ぬのを喜ばない。むしろ、悪人がその道から立ち帰って生きることを喜ぶ」を参照。

三三「あなたたちは……」 新約聖書『ヨハネによる福音書』五・四〇。

三四 こういう連中の住まいの看板 「ベーコン修道士」は、中世イングランドの哲学者で、フランシスコ会の修道士ロジャー・ベーコン(一二二〇～九二)のこと。彼の名は、しばしば魔法や錬金術と関連付けられたが、例えば、魔法を用いて真鍮の首に言葉を喋らせたという伝説が残っている。「シプトンばあさん」は、伝説の魔女・予言者で、一六四一年に彼女の名前で出版された予言書は、一六六六年のロンドン大火を予言した、とデフォーの時代に見なされていた。最後のマーリンは、アーサー王伝説に登場する魔法使い。

三七 すべて上演が禁じられた バックシャイダー(28)によれば、劇場での公演は一六六五年六月五日に禁止された。王宮では十月十一日から芝居が演じられたが、公共の劇場が再開したのは一六六六年十二月だった。

三七 ニネヴェ 古代アッシリアの首都。紀元前六一二年に戦争で破壊された。現在のイラク北部、モスルの対岸にあった。

三八 ペスト酒 原語は Plague-Water. OED の定義を参考に訳した。なお、ランダ(262)によると、「ペスト酒」と呼ばれる薬を実際に医師会(College of Physicians)が推薦した記録がある。同様に、医師会は「ペストに効く国王陛下の至高の処方箋」や「ベーコン卿が処方し、エリザベス女王のお墨つきを得たペスト用水薬」なども薦めていたらしい。「ベーコン卿」とは、もちろん思想家のフランシス・ベーコン(一五六一～一六二六)のこと。

四一 ブルックス博士…… ここに名を挙げられている医師は、すべて十七世紀に実在し、ペストの治療に携わっている。このうち「ブルックス博士」(Dr Brooks)は正しくは「ブルック博士」(Dr Brooke)である。また「ホッジズ博士」ことナサニエル・ホッジズ(一六二九～八八)は、本書の扱う一六六五年のペスト流行に関する著作『ペスト論』(*Loimologia*)をラテン語で発表している。この英訳が一七二〇年に刊行され、デフォーは本書の執筆に際して参考にした。

四二　イエズス会の記号　ＩＨＳは、「イエス」をギリシャ文字で表記(ΙΗΣΟΥΣ)したときの最初の三文字をラテン文字化した記号。後に、ラテン語の Iesus Hominum Salvator（救い主イエス）の省略など、いくつかの解釈を施されている。左図のような形で、イエズス会のシンボルとしても用いられている。

四二　こんな印　印刷上の図案で、花型装飾活字(flower)と呼ばれるもののひとつである。ランダ(264)によれば、本書の出版者のひとり、ジェイムズ・グレイヴズ(James Graves)が一七二二年に刊行したペスト関連の冊子で、これと同じ図案が使用されている。

四八　バンヒル・フィールズ　シティから見て北方にある土地で、本書の時代よりあとに非国教徒の墓地が築かれ、デフォーその人のほか、ジョン・バニヤン(一六二八〜八八)、ウィリアム・ブレイク(一七五七〜一八二七)など著名な文学者の墓もある。

四八　以下の条例　マラン(230)によれば、ここに記載されている規則は、『とても貴重で珍しい著作集』(*A Collection of Very Valuable and Scarce Pieces*, 1721)という書物から、ほとんどそのまま取られたものである。

四八　郡代　原語は bailiff. 国王の命令を執行する者一般にも用いられるが、狭い意味では、hundred と呼ばれる、州の下位の行政区分を統括する者を指したので、いまは郡代と訳した。

五〇　外科医　前の条文に出てきた医師は Physicians であり、今度の外科医は Chirurgeons である。Physicians と Chirurgeons

（あるいはSurgeons）の違いは、後者がもっぱら手術など手仕事で治療をおこなったのに対し、前者は薬の処方もおこなった点にある。

五三　焚火でいぶし　ランダ(266, 278)によれば、火と煙が大気中の毒を中和するとの考えから、ペスト流行時の医師会は焚火の効能を認めていた。大砲を何発も撃つのも効果があるとされていた。実際に、街路のいたるところで昼夜を問わず火が焚かれた。この迷信は、そもそも「医学の父」ヒポクラテス(紀元前四六〇〜三七七ごろ)が火を用いてアテネをペストから救ったという伝説から来たものだった。

五七　芝居　マラン(231)によれば、一六六六年の六月から十二月にかけて、実際に劇場が閉鎖された。ペストの蔓延を防ぐために劇場を閉鎖するという処置は、エリザベス朝のころからおこなわれていた。

五九　補佐官《シェリフ》　イングランドでは、シェリフ(sheriff)は州の長官を指すことが多いが、州に相当すると見なされた都市にもシェリフが置かれた。ロンドン市街地《シティー》からは毎年二名のシェリフが選出され、市　長《ロード・メイヤー》（この役職については次の注を参照）の仕事を補佐した。

五九　市　長《ロード・メイヤー》の管轄する地区　「市長」と訳しているLord Mayorは、厳密にはロンドン市の中心をなす市街地(the City と呼ばれる。本訳書では「市街地《シティー》」と表記)の首長を意味するので、ロンドン市の一部でも市街地《シティー》の外であれば、「市長」の管轄外となる。

五九　塔の集落《タワー・ハムレッツ》　ロンドンの東側のうち、ロンドン塔の周辺を指す呼称で、十六世紀以降用いられた。ロンドン塔の副長官(Lieutenant of the Tower)の管轄下にあった。(Mullan 219)

六一　クリップルゲート外のセント・ジャイルズ　この教区は、前出では「クリップルゲート教区」と記されていた。二〇ページへの注(クリップルゲート教区)を参照。ロンドンの西の外れにある、セント・ジャイルズ・イン・ザ・フィールズ教区(ペストが最初に発生した地域)とは別なので注意。

六二　ハウンズディッチ通り　オールドゲートとビショップスゲートの外側を結ぶ通り。かつては市街地《シティー》を守る濠(ditch)があったが、名前のとおり犬(hounds)の死体や廃棄物が投げこまれるようになり、やがて埋め立てられた。ハウンズディッチ通りとホワイトチャペル通りの交差する角に、デフォー家の属する教区の教会があった。(Landa 293)

六三　長い杖　前述の条例のなかに(本訳書五三ページ)、「検死人、外科医、付添人および埋葬人が街路を通るとき、誰からもよく見えるよう、長さ三フィート[約九一センチ]の赤い棒もしくは杖をしっかり手で持つことを厳命する」とある。監視人も同様の杖を持っていたのだろう。

七〇　生地商組合の庭《ドレイパーズ・ガーデン》　スロックモートン通りは、王立取引所に近く、商業の盛んな地域だった。生地商組合の庭は広大で、スロックモートン通りから北のロンドン・ウォール通りまで続いていた。(Landa 293–94)　この庭は一般に開放されていて、デフォーが結婚して最初に住んだ家から数区画の距離にあった。(Backscheider 49)

七三　先の戦争　スペインとの戦い(一六五五〜五九)を指す。本作は主に一六六五年のできごとを扱っているので、すでに五年以上も経っていて、政体もクロムウェルの共和政からチャールズ二世の王政に変わっている。その前のオランダとの戦争(第一次英蘭戦争)は一六五二〜五四年に起きている(Backscheider 51; Landa 268; Mullan 232)。

七三　ウォッピング地区　ウォッピングとは、ロンドンのテムズ川北岸にある一地区を指す。水運が盛んだったので、長期の航海に出る船員用の保存食として、乾パンを売る店があったのは自然である。なお、スウィフトの『ガリヴァー旅行記』(一七二六)の主人公は、小人の国に漂着する航海に出る前、ウォッピングに住んで、主に船乗りを治療する医者(外科医)として働いていた。

七四　巨大な穴　この穴は、オールドゲートの外にあるセント・ボトルフ教会の墓地に実在した。この教会はデフォーが結婚式を挙げた場所でもある。(Mullan 232; Backscheider 53)

七五　ぼくの地元は長いあいだ……　実際の死亡週報によれば、オールドゲート教区で最初にペストによる死者が出たのは、一六六五年六月二十七日から七月四日の週だった。このときには、一三〇の教区のうち二三がすでにペストに冒され、毎週の死亡者数は全体で四七〇名だった。(Landa 268)

七五　オールドゲートとホワイトチャペル　この二つの教区は、ペストが猖獗《しょうけつ》を極めた一六六五年七月から九月における死者について、確かに最悪の数字を残しているが、全期間でペストにより亡くなった人の数はステップニー教区の方が多い。この年のステップニーでの死亡者は六五八三名、オールドゲートでは四〇五一名、ホワイトチャペルでは三八五五名だった(Landa 268)。

七六 「三修道女《スリー・ナンズ》」亭　この酒場兼宿屋は、オールドゲート教区に実在し、馬車の馬を替える設備もあって栄えていた(Mullan 219; Backscheider 53)。ネットの情報によれば、一九六〇年代までは存続していたらしい(http://deadpubs.co.uk/LondonPubs/Aldgate/ThreeNuns.shtml)。

七七 ミノリーズ通り　オールドゲート門とロンドン塔を結ぶ通りの名。本書の語り手H・Fの住む、ホワイトチャペル通りの近くにある。

七八 パイ亭　前に登場した「三修道女《スリー・ナンズ》」亭と同様、このパイ亭も実在する居酒屋兼宿屋だった。やはり規模の大きい店で、馬車の馬を替えることもできた。オールドゲートのセント・ボトルフ教会から進んだ場合、通りを斜めに渡ったところにあった。(Backscheider 55)

七九 〝きちんと巻かれた〟遺体　この箇所へのバックシャイダー(55)の注をそのまま訳しておく。「一六六五年には、粗布、リンネル、毛織物、あるいは帆布で遺体を包みこみ、その上と下をしっかり縛っていた(後に遺体はすべて毛織物に包んで埋葬するよう命じられる)。布の内側に花やハーブが巻かれることもあった。」

八〇 肉屋横丁《ブッチャー・ロウ》　オックスフォード新版(255, 258)によれば、ホワイトチャペルに肉屋横丁ができたのは一七二〇年で、ペスト流行時にはなかったという。ハロウ小路についても、一六七六年まで存在しなかったという説が紹介されている。

八四 気の毒な紳士　これは、「気の毒な紳士」ではなく、語り手に向けられた悪口だが(八一ページ)、原文どおりに訳出しておく。

八五 信徒用の個室　原語 separate pews. pew は通例「信徒席」と訳すが、OED によれば、かつては周囲を仕切られた個室状の席を意味していた。他方、今日私たちが「信徒席」で連想するような、礼拝堂に横に並べられた共用の座席の意味を持つようになったのは、十七世紀からだという。

八六 「こうしたことのために……」　これはエルサレムの人びとの堕落を預言者エレミヤが弾劾する場面からの一節である。なお、『新共同訳』によれば、この次の一節(『エレミヤ書』五・一〇)は、「ぶどう畑に上って、これを滅ぼせ。しかし、滅ぼし尽くしてはならない。つるを取り払え。それは、主のものではない。」となっている。

八七 義務　マラン(233)、バックシャイダー(60)ともに、この義務が『マタイによる福音書』五・四四節(「しかし、わたしは言っておく。敵を愛し、自分を迫害する者のために祈りなさい」)と『ルカによる福音書』六・二八(「悪口を言う者に祝福を祈り、あなたがたを侮辱する者のために祈りなさい」)を念頭に置いたものだと注をつけている。

八八　守衛《ウォーダー》　Warderとは、ロンドン塔を守る兵士のこと。正式にはYeoman Warderと呼ばれるこの役職は、ヘンリー七世が即位してチューダー朝を創始した一四八五年に創設された。十七世紀後半から、彼らは「ビーフイーター」(Beefeater)の愛称で呼ばれるようになった。(Mullan 233)　国王衛士(Yeoman of the Guard)は国王を護衛する兵士であり、こちらも一四八五年に設けられた。

八八　民兵　ペスト流行時、イングランドに常備軍は存在しなかった。その代わり、十六歳から六十歳のプロテスタント男性は民兵になることができた。州の統監(Lord Lieutenant: ただしロンドンの場合は市長《ロード・メイヤー》と長老会議)が各地の民兵団を統括した。いま「訓練を受けた民兵」と意訳したTraind-Band (Trained-Band; Train-Band)は、民兵のなかでも特に選抜されて、軍事訓練を受けた集団を指す。一六六二年に、州における選抜制度はなくなったが、ロンドンのTraind-Bandは一七九四年まで存続した。(Mullan 233; Backscheider 60)

八九　家を閉鎖されていなければ　閉鎖の必要性について、語り手の意見は二転三転するが、すべて原文どおりに訳し、特に整合性をつけなかった。

八九　まずエンジェル亭に、その次に白馬亭に……　エンジェル亭は、ロンドン市街地《シティー》の北西に広がるクラーケンウェル教区に実在した、歴史のある宿。白馬亭は諸説あるが、文脈上クラーケンウェルよりも北にあるのが自然なので、「今日のリヴァプール街(十八世紀にはブラック街と呼ばれていた)にあった宿」というマランの説が正しいように思われる。リヴァプール街(Liverpool Road)は地下鉄エンジェル駅の付近にあり、クラーケンウェルとイズリントンのあいだに位置している。次に出てくる斑牛亭はイズリントン付近にあり、十六、七世紀に活躍した廷臣・詩人のウォルター・ローリーが一時所有していた、あるいは滞在していたという伝承を持つ。(Backscheider 61; Landa 294; Mullan 217, 219)

八九　リンカーンシャー州　イングランド東部に位置する州。

九一　サリー　現在のサリー州はサザークよりずっと南にあるが、これはロンドンの発展とともに、元はサリーと呼ばれていた地域がロンドンに組みこまれていったためである。今日でもテムズ川南岸のロザーハイズ(Rotherhithe)にはSurrey

Quays(かつてはSurrey Docksと呼ばれていた)という地名があるし、サザークとロザーハイズの中間あたりにもSurrey Squareという広場が存在するが、これらはこの一帯がサリーの一部だった時代の名残だろう。

九二　一軒しかない　二三三ページには「ペスト療養所が「二軒しか利用されていなかった」とあるが、原文のまま訳出した。

九三　療養所　後にH・Fは、二軒のペスト療養所がオールド街の北とウェストミンスターにあったと述べている(本訳書二三三ページ)。地理的に考えると、このうちオールド街の北のペスト療養所が、ここで言及されているものと同じだろう。マランによれば(233)、実際はバンヒル・フィールズの他に、メリルボーン、ソーホー、ステップニーにもペスト療養所が建てられた。またランダ(265)は、少なくとも五軒はペスト療養所があったようだ、と述べている。

九六　ヒース氏　このヒース氏(Heath)については、注釈者によって説が分かれている。ランダ(271)は先行研究を参照し、これが本書で前に名前の挙がったナサニエル・ホッジズ(Nathaniel Hodges)のことだと述べている。ホッジズについては、三二三ページの注(ブルックス博士……)を参照。マラン(234)はこのランダの説に対し、「他のほとんどの研究者は、H・Fの医師の友人が虚構の人物だと考えている」と指摘する。その上で、フランク・バスティアン(Frank Bastian)が一九六五年に*Review of English Studies*の第十六巻で発表した説に触れている。それによると、コールマン街の教会の婚姻記録に、ジェフリー・ヒース(Jeaffrie Heath)なる名前の「教区の医師」の名があるという。しかし、本書のヒース医師は"physician"と記されているのに対し、ジェフリー・ヒースは"surgeon"であり、必ずしもデフォーがこの人物を念頭に置いたとは限らない。しかし他方で、コールマン街はH・Fの兄の店があったとされる通りで、本書と無関係とも言いがたい。バックシャイダー(66)は、このphysicianという肩書きにこだわり、当時の医師教会の名簿などを調べてもDr. Heathの名は見られないと指摘し、むしろここでデフォーは冗談を言っていると考える。その上で、ペストが流行しているときに患者の相手をせず、家に引きこもる金持ちの医者を諷刺したロバート・ヒース(Robert Heath)の詩を仄めかしているのではないか、あるいはこのHeathという名がhealthすなわち健康との語呂合わせではないか、と推察している。

九七　樹脂やピッチ、硫黄や火薬の類《たぐい》を燃やす　こういった刺激臭を発する煙によって、空気が浄化されると多くの学者が信じていた。焚火によって空気を浄化することの是非は、後にも問題となる(本訳書二二一、二八三ページ)。

九七 チェシャーチーズ　イングランド北西のチェシャー州と、その周辺で伝統的に生産されるタイプのチーズ。濃厚でやや硬く、崩れやすいのが特徴。

一二一 ジョン・ヘイワード　この John Hayward なる人物ついては、コールマン街のセント・スティーヴン教区における一六七三年の教区会議事録に、教会の使用人として同名の人物の名が見られることをランダ(273)が指摘し、マラン(234)とウォール(286–87)もそれを紹介している。また、バックシャイダー(74)は、フランク・バスティアンの『デフォーの前半生』(Frank Bastian, *Defoe's Early Life*, London: Macmillan, 1981, p. 27)を引き合いに出しながら、このヘイワードが仕立屋も営んでおり、コールマン街の近所にはデフォーの父が住んでいたことから、デフォーがこの人物を個人的に知っていて、彼自身の思い出を物語に反映させた可能性を示唆している。ランダによれば(273)、ヘイワードは一六八四年の十月五日に亡くなったと教会の記録のなかにあるので、ペストの流行(一六六五)後、二十年以上生きたという本書の記述は、少し誇張しているがほぼ正しい。

一二一 ニンニクとヘンルーダを口に含み、煙草をふかす　ここに挙げられた香草や煙草が、疫病への免疫をつけるものとして実際に推奨されていたことを、ランダ(273–74)とマラン(234)が(とりわけ前者は詳細に)指摘している。このうちヘンルーダ(Rue)と煙草については、スウィフト『ガリヴァー旅行記』(一七二六)で、すっかり人間嫌いになって馬の国から帰国したガリヴァーが、家族の体臭を嗅がずにすむように(本書のように口ではなく)鼻に「ヘンルーダかラベンダーか煙草の葉」を詰めている(Swift, *Gulliver's Travels*, Oxford UP, 2005, p. 276)。『ロビンソン・クルーソー』(一七一九)にも煙草は登場し、無人島で熱病にかかったクルーソーが、煙草の葉を燃やした煙を吸ったり、葉を浸したラム酒を飲むなどして荒療治を試みる場面がある(デフォー『ロビンソン・クルーソー』、河出文庫、一三七〜一三八ページ)。

一二二 酢　酢もペスト対策として実際に推奨されていたことが、デフォーの『ペストへのしかるべき備え』(*Due Preparation for the Plague*, 1722)に記されている(Defoe, *Due Preparation for the Plague, As Well for Soul As Body* 86; Mullan 234 で言及)。

一二三 ある笛吹きをめぐる話　ランダ(274)によれば、酔っぱらいが誤って埋葬される話は、本書より前の時代のロンドンにおけるペスト流行を扱った、トマス・デッカー『驚異の年』(Thomas Dekker, *The Wonderful Yeare*, 1603)にも見られ、その後もさまざまな形で書かれている。また、カイアス・ゲイブリエル・シバー（一六三〇〜一七〇〇）という彫刻家が、この笛吹きの奇蹟の生還を記念した彫像を製作し、トットナムコート街の庭（笛吹きが死の車に積まれたとされる場所の近く）に置かれていたと、バックシャイダー（75）が紹介している。ちなみに、このデンマーク出身の彫刻家は、俳優・劇作家・桂冠詩人にして、アレグザンダー・ポープ『ダンシアッド』（Alexander Pope, *The Dunciad*, 1728-43）で愚物の王に祭り上げられたコリー・シバー（一六七一〜一七五七）の父である。

一二三　マウントミル　オルダーズゲートという市街地の門から北に延びるゴズウェル街（Goswell Street）の一画（Landa 295）。ピーター・アクロイド『ロンドンの伝記』（Peter Ackroyd, *London: A Biography*, Anchor, 2003, p. 204）によれば、このゴズウェル街は、今日ではゴズウェル通り（Goswell Road）と呼ばれ、マウントミルズは、この通りと、そこから東に延びるレヴァー街（Lever Street）とが交差する地点の南側を指す。なお、次のURLで、マウントミルズにあったペスト患者を葬る穴の跡地の写真を見ることができる。http://www.burial.magic-nation.co.uk/bgstlukesnorth.htm.

一二五　ロンドン市庁の財政　大火の年、実はロンドン市の財政は破綻の危機にあったと、T. F. Reddaway, *The Rebuilding of London after the Great Fire* (reprinted 1951) を参照しつつ、ランダ（274）は述べている。また、デフォーの言及している建物の修復には、八年の歳月がかかっているという。

一二五　修復された例としては……　ここに挙がっている建築物について、基本的にマラン（235）に従って解説する。一四一一年建造のロンドン市庁舎《ギルドホール》は、一六六六年のロンドン大火で深刻な被害を受けたものの外壁は残り、一六七三年までに修復された。ブラックウェルホールはベイクウェルホールとも呼ばれ、市庁舎の東にあり、毛織物の市場だった。一六七〇年代に再建されたものの、一八二〇年に壊された。レドンホールはかつて邸宅だったが、一四〇〇年代にその穀物庫で食料や羊毛などの市場が開かれるようになった。大火で屋敷も市場も焼失したが、後に市場は復活した。王立取引所は一五七〇年創設。大火で崩壊した後、一六六九年に再開した。面する通りの名から「オールド・ベイリー」とも呼ばれる中央刑事裁判所は、ニューゲート刑務所の隣に一五三九年に建てられ、大火で焼失後、一六七四年に再建された。債務者監獄はウッド街とポウルトリ通りにあり、どちらも大火で焼失後に再建。ラドゲートは市街地《シティー》の西にあった門で、この上にはリチャード二世の時代から刑務所があった。大火のあと修復されたが、他の市街地《シティー》の門とともに一七六〇年に破壊された。ニューゲート刑務所は十二世紀から存在し、大火で全焼したのち、一六七二年に再建された。

一二五　新たに建てられたものは……　火記念塔《ザ・モニュメント》は、クリストファー・レンとロバート・フックの設計で、一六七七年に建てられた。ロンドンを流れるフリート川沿いの建物は大火で焼失し、再開発の過程で川はより深く、より広く改修された。ベスレム王立病院は古い精神病院で、むしろ「ベドラム」(Bedlam)の名で知られる。かつてビショップスゲート(市街地《シティー》の門のひとつ)の外にあったが、一六七五〜七六年にロバート・フックの設計した新しい建物に移転した。

一二五　孤児救済のための基金を崩して……　バックシャイダー(78)によると、この指摘は事実に基づいている。孤児救済基金とは、孤児の相続した財産を市街地《シティー》が管理し、彼らの養育に用いたもの。孤児が成年に達したとき、余剰の財産があれば受け取る権利が発生する。しかし基金が生む利子については、孤児が受け取ることはできなかった。そのため、この基金は市街地《シティー》の重要な資金源でもあった。大火からの復興のため、実際に市街地《シティー》は孤児救済基金を投入したが、一六八〇年には基金が破綻してしまった。

一二六　国王もまた……　ランダ(274)によれば、ペスト流行時に、国王チャールズ二世が貧民救済のため多額の金を投入した証拠はない。イギリス議会も、特に対策を講じなかった。

一二八　索具用の滑車の製造者　原語は Block-makers.　船の索具(綱)に取り付ける滑車(block: 写真参照)を作る職工のこと。

一二九　所属教区　原語は legal settlements(法的な居住権)。特定の教区に一定期間住んでいることや、税金を支払っている

ことなどの条件を満たす住民は、居住権を認められ、教区の救貧税から援助をもらうことができた。しかし、貧民の多くは職を求めて都市に移住してきており、税金も収めていないので、この恩恵を受けることができなかった。

一二一　民兵　二二九ページの注(民兵)を参照。

一二三　二ヶ月より二日不足　表を見ると、八月八日から十月十日までの集計だから、実際は二ヶ月よりも二日長く、この主張と齟齬を来している。

一二六　他人から伝え聞いた　「ぼくはこんな亡くなり方をした人をたくさん知っているし、死に場所も正確に覚えている」という直前の記述と矛盾するように思われるが、原文のとおりに訳出する。

一二六　ぼくの住んでいた大通り　現在もロンドンのイースト・エンドにある、ホワイトチャペル通りのこと。

一二九　狂信家のソロモン・イーグル　ソロモン・イーグルズ(Eagles)あるいはエックルズ(Eccles: 一六一七ごろ～八二)と呼ばれた、実在の音楽家・靴職人・クエーカーの伝道師を指す。バックシャイダー(85)、ランダ(258)によれば、エックルズがロンドンのスミスフィールドで開かれた縁日(聖バルトロメオ祭 Bartholomew Fair)で、燃え盛る硫黄を敷いたフライパンを頭に載せて裸で走りまわり、「悔い改めよ」とか「(旧約聖書『創世記』に出てくる)ソドムの町の滅亡を忘れるな」などと叫んだことがあった。ただし、バックシャイダーもランダも、この事件があったのは一六六二年、すなわちペスト流行の前だったとしている。これに対し、マラン(236)は、ODNBを典拠に、エックルズによる同様の行為は一六六五年にも見られたとしている。なお、本訳書二五ページには、「裸で、ただ腰に下着だけつけて走りまわり、昼も夜も叫んでいる者」の描写があるが、これもエックルズを意識したものだろう。

一三二　シリング銀貨が……　シリング銀貨は一二ペンス、グロート銀貨は四ペンス、ファージング銅貨は四分の一ペニーに相当する。

一三三　波止場の階段　原語はStairs(階段)。ロンドンのテムズ川沿いに見られる、道から川岸に下るための階段(Watermen's Stairsと呼ばれる)のことだろう。写真は、ウォッピングに現存する、こうした階段(訳者撮影)。

一三四　船頭　マラン(236)によると、原語のWatermanは、一般に川の対岸へ渡る小舟の船頭を指すが、テムズ川の川幅を考えると、この男の仕事は、むしろ岸から川に停泊している船に客を送り届けることだろう、という。

一三九　ビールに浸した保存用のパン　原語はShip Beer.　バックシャイダー(91)によると、パンをビールに浸すことで、より日持ちがすると考えられていたので、船上の保存食とされていたという。

一三九　プール　本書の語り手は、あとでこう定義している(二八〇ページ)。「船舶がロンドンに帰還した折に係留する、テムズ川の船だまりをプールと呼ぶ。これはロンドン塔から、ロザーハイズ付近の川の突端であるカコルズ・ポイントおよびライムハウスまでにおける、川の両岸をその範囲とする。」一般に川の流れが穏やかで深い場所をpoolというが、いまThe Poolは固有名詞化している。十八～十九世紀には、多数の交易船がここで積荷を降ろし、大変な賑わいを見せた。

一四一　とても安全に、またとても快適に暮らしていた　ランダ(276)によると、このような記述は、同時代のピープスの日記や、他の記録に見られないという。この印象的な場面はデフォーによる創作の可能性が高い。

一四三　スピトル・フィールズ　ペスト流行時と本書の刊行時とのスピトル・フィールズの違いについては、すでに言及されていた。「これはつまり、絹織物で有名なスピトル・フィールズの辺りだ。ただしこれは当時のスピトル・フィールズのことで、いまと比べると五分の四くらいの大きさしかなかった」(二四ページ)、および「注：今日スピトル・フィールズと呼ばれる商店街は、あのころ文字どおり広い空地だった」(一〇〇ページ)を参照。

一四八　2月28日から3月7日　原文には、「二月七日から三月七日」とあるが、誤植と思われる。

一四九　647　バックシャイダー（97）によれば、一六六四年の数値は、正しくは「産褥死二五〇、流産もしくは死産五〇三」である。ならば合計は七五三となり、本書の説明よりはいくらか一六六五年との差が少なくなる。

一五〇「その日に身重である女……」　新約聖書『マタイによる福音書』二四・一九、『マルコによる福音書』一三・一七、『ルカによる福音書』二一・二三に見られる。これは、キリストが世界の終わりと自分の再来について弟子に語った言葉の一部である。（Mullan 237）

一五三　ロンドンの東の端　少し前まで話題になっていたテムズ川の下流地域は、ロンドン全体の東側に位置していた。

一五三　三人の男たちの話　本訳書七二ページ参照。

一五四　犬や猫をすべて殺す　ランダ（277）によれば、ペストの際には通例ペットの殺処分が命ぜられた。野良犬、野良猫の処分は、教区の役人かそのために任命された役人が担当した。このあとデフォーの挙げる、四万匹の犬とその五倍の猫という数字は信憑性に乏しい、とランダは述べている。

一五八　サマリアの癩《らい》病患者　旧約聖書『列王記　下』七・三〜九節参照。バックシャイダー（101）による要約を転載しておく。サマリアの門前に来た四人の癩病患者が、そこで飢え死にするか、包囲されて干乾しにされている町に入るか、敵のシリア人（旧約聖書の記述はアラム人）の陣営に投降するかを思案した。最後の選択肢を選んだ彼らは、シリア人たちがすでに退却し、豊富な糧食が残っているのを見つけた。また、ランダ（277）は『ルカによる福音書』一七・一二も参照先として挙げているが、ここに出てくるサマリア人の癩病患者は、右記とは別人で、本文の文脈にも合わない。本訳書三一七ページ、および三四七ページの注（聖書にあるように）も参照。

一五九　法律　マラン（237）によれば、本書の舞台である一六六〇年代も、デフォーの時代も、浮浪者に関する法律によって、教区の義捐金に依存する浮浪者が他所から流れてきた場合、その者の最後の正式な居住地に連れ戻すことができた。また、バックシャイダー（102）によれば、浮浪者に関する法律は厳しく適用され、ときには旅芸人が捕まることもあった。捕まった者は鞭打たれ、投獄され、別の教区に強制的に移動させられた。

一六二　上檣帆《トゲルンスル》　topgallant sail とは、中檣帆《トップスル》の上に張る帆で、継ぎ足しマストにおいて下から三番目のマスト（上檣《トゲルンマスト》）にかける。このさらに上に張るのが最上檣帆《ロイヤルスル》である。

一六四　オールドフォード　ロンドン近くの村落で、セント・ポール大聖堂から約五・六キロ北東に位置する。リー川を渡る浅瀬(ford)から発達した町で、エセックス州からロンドンに向かうオールドフォード通りの終点でもある。(Landa 297; Backscheider 105)

一六四　これらの教区だけで……　ランダ(277)によると、これは言及された五教区で、八月の最初の三週間に、あらゆる死因で亡くなった人の合計数である。同じ地区、同じ期間のペストのみによる死者は三五七〇名だった。

一六六　ハックニー　この時代は州だったミドルセックス(一九六五年に、そのほぼ全域がいわゆる大ロンドン[Greater London]に組みこまれた)への入口で、デフォーの『グレート・ブリテン全島周遊記』(*A Tour thro' the Whole Island of Great Britain*, 1724–26)によると、ハマートンを含む十二の独立した居住地に分かれ、裕福な市民の別荘地として有名だった。ペストの流行したころには、ここまで発展していなかったものの、すでに行楽地として知られ、一六六四年にはサミュエル・ピープスがハックニーを訪れて、サクランボとクリームを賞味したという。(World's Classics 新版 257; Mullan 215–16)

一六六　スタンフォード・ヒル　ミドルセックスの町で、ロンドンのセント・ポール大聖堂からおよそ六・四キロ北東に位置している。一六〇三年、スコットランド王ジェイムズ六世は、このスタンフォード・ヒルからロンドンに入り、グレート・ブリテンのジェイムズ一世として即位した。(Landa 297) なお、デフォーが一七〇九年ごろから住んでいたストーク・ニューイントンは、スタンフォード・ヒルの約一キロ南にある。

一六六　大北方街道《グレート・ノース・ロード》　ロンドンからヨークを経由してエディンバラまでを結ぶ幹線道路で、現在のＡ１道路の前身にあたる。ただしスタンフォード・ヒルをＡ１道路は走っていないので、この地域については別の道だったのだろう(地図を見るかぎり、おそらく現在のＡ10道路である)。

一六九　イズリントン　当時は、ロンドンの北の郊外にある村で、交通の要衝だった。また、ロンドン市民に人気の行楽地でもあった。(Mullan 216)

一七〇　ホロウェイ　イズリントン北部にある地名で、大北方街道《グレート・ノース・ロード》の通り道でもある。

一七〇 板張りの川《ボーデッド・リヴァー》 ヒュー・ミドルトンによって一六〇八年から一三年にかけて作られた水路で、ロンドンへの水の供給を目的とした。正式には新しい川《ニュー・リヴァー》と呼ばれるが、一部では水を流す樋を木製のアーチで補強したので、板張りの川《ボーデッド・リヴァー》と呼ばれたという。（Landa 277 に加筆）

一七〇 ホーンジー ロンドンから六・四キロ北西に位置する町。『ペストの記憶』出版時にはまだ小さな村だった。（World's Classics 新版 258）

一七〇 ニューイントン ロンドンの北にある集落で、王政復古後、市街地《シティー》で活動できなくなった非国教徒の聖職者が集まった。デフォーと関係の深い地域でもあり、非国教徒だったデフォーは、ニューイントン・グリーンにあるチャールズ・モートンのアカデミーで高等教育を受け、三三六ページの注（スタンフォード・ヒル）でも指摘したとおり、一七〇九年ごろからストーク・ニューイントンに住んでいた。

一七〇 エッピングの森 ロンドンのセント・ポール大聖堂から約二〇・八キロ、スタンフォード・ヒルから約一四・三キロ北東にある森林で、かつては国王の狩猟場だったが、次第に治安が悪化し、追いはぎの跋扈《ばっこ》する危険地帯となった。一六九八年には、国王ウィリアム三世があやうく誘拐を免れるという事件さえ発生している。（World's Classics 新版 256）

一七二 ウォルサムストウ スタンフォード・ヒルから北東に約五・二キロ、リー川と沼地を越えたところにある町。

一七二 例の説明 具体的に書かれていないが、前に三人はエセックス州から来たと嘘をつくことになっていた。もしもこれも「説明」に入っているならば、彼らはこれからエセックス州に入るところなので無理がある。

一七九 ウォルサム ウォルサムストウとは別の町を指す。ウォルサムストウから北に一一・六キロほどにウォルサム・アビーという町があり、その近隣にもウォルサム・クロスという町がある。後の記述を見ると、「ウォルサム」はこれらとも別であるらしいが、だいたい同じ方角の町と見なして差し支えないようだ。

一八三 ロムフォード 原文には Rumford とあるが、Romford のことだろう（この綴りでラムフォードという発音もあるようだ）。ロムフォードは、ウォルサムストウとブレントウッドのあいだに位置する町で、現在はロンドン自治区のヘイヴァリングに属している。

一八四 同情を胸の奥にしまいこんで 原文（If you will shut up all Bowels of Compassion）は、新約聖書『ヨハネの手紙一』

三・一七「世の富を持ちながら、兄弟が必要な物に事欠くのを見て同情しない(shutteth up his bowels of compassion)者があれば、どうして神の愛がそのような者の内にとどまるでしょう」を踏まえた表現。(Mullan 237)

一八五　三十六ポンド　およそ一六・三キログラム。

一八五　二ブッシェル　およそ七二・七リットル。

一八七　古代イスラエルの民が……　旧約聖書『ヨシュア記』五・一一参照。「過越祭の翌日、その日のうちに彼らは土地の産物を、酵母を入れないパンや炒り麦にして食べた。」バックシャイダー(118)は、ここで古代ユダヤ人の出エジプトの旅と、本書の避難民の旅が重ねられていると指摘している。

一九〇　ウェア　ロンドンのセント・ポール大聖堂から北に約三六・七キロにある、ハートフォードシャー州の町。なお、三三七ページの注(ハックニー)で示したとおり、「ミドルセックス州」は、現在では大ロンドンに組み込まれている。

一九〇　ヘイノート　原文にはHenaltとあるが、現在はHainaultと綴られる。

一九一　大天使ミカエルの祝日《ミクルマス》　九月二十九日。イギリスでは四季支払い日(年四回の家賃等を支払う日)のひとつとして重要である。なお、本書の時代には旧暦(ユリウス暦)が使われていたので、ミクルマスは現在の暦(グレゴリオ暦)における十月十二日に当たる。確かに、急造の小屋では寒さをしのぎにくくなる季節だろう。

二〇五　ポートソークン区《ウォード》　かつてロンドン市街地《シティー》を構成していた二十五の区のひとつで、いちばん東にあり、市街地《シティー》の壁の内と外に広がっていた。管区《プリシンクト》は区《ウォード》の下位区分にあたり、ポートソークン区は五つの管区に分かれていた。なお、本書の語り手H・Fが属し、作者デフォーが結婚式を挙げた、オールドゲート外のセント・ボトルフ教会の管轄する教区《パリッシュ》と一部が重なっている。(Landa 297; Backscheider 128 に加筆)

二〇八　スティルヤード階段　スティルヤード(原文はStill-yardだが、Steelyardと表記されることが多い)とは、もともとドイツのハンザ同盟がロンドンでの交易の拠点としていた地域で、現在のキャノンストリート駅のあたりに位置していた。スティルヤード階段は、この付近のテムズ川沿いに作られた、道と波止場を上り下りするための階段であり、ロンドン橋から三百メートルほど上流にあった。三三四ページの注(波止場の階段)も参照。

二〇八　フォールコン階段　先述のスティルヤード階段より上流(すなわち西側)にある、テムズ川と川沿いの道とを結ぶ階段。現在のテート・モダン美術館のあたりで、さらに厳密にはファウンダーズ・アームズ(The Founder's Arms)という名のパブの付近である。ここには現在も、フォールコン階段の名残りといえる階段がある。
参考URL: http://alondoninheritance.com/londonpubs/the-founders-arms-falcon-stairs-a-brothel-and-confused-street-names/

二二一 ウェア川とかハックニー川　リー川のこと。

二二三 スワン小路　この前に二度「スワン小路」と呼ばれる通りが登場するが(本訳書一〇八、一一一ページ参照)、いずれも市街地《シティー》のコールマン街の近くにある。両者はおそらく同一の通りであろう。しかし今回のスワン小路は、本文の記述にあるとおり、市街地《シティー》北西のオールダーズゲートのさらに北に位置する、ゴズウェル街付近を走る別の通りである。World's Classics 新版(264)によれば、ジョン・ロック(John Rocque: 哲学者のLockeとは別人)による一七四六年のロンドン地図には、「スワン小路」という名の通りが十本記載されている。

二三一 取引所は閉鎖こそされなかったが　取引所は業務の減少により、八月二日にとうとう閉鎖され、九月二十七日ごろ再開した。(Backscheider 137)

二三一 火が消えていた　実際には、九月五日から三日間、ロンドンと郊外の至るところで昼夜ずっと火を燃やすように市長《ロード・メイヤー》が命令を発していた。その後、九月九日の午後に大雨が降り、ペスト予防の焚火はすべて消えてしまったという。(Landa 278)

二三二 犬の時節《ドッグデイズ》　だいたい七月三日から八月十一日ごろまでを指す。この時期、非常に明るい犬の星ことシリウスが太陽と同じ時間帯に昇るため、二つの星から発する熱のせいで暑いのだと信じられていた。また、この二つの星が同時に昇るときは、疫病など不吉なできごとが発生しやすいとも考えられていた。(Backscheider 138; Landa 279; Mullan 238)

二三三 「モーゼとアロン」　この「モーゼとアロン」について、ランダ(297)とマラン(238)は宿屋兼パブの看板だろうと推測しているが、バックシャイダー(138)はコーヒーハウスの看板と断言している。断言している方には根拠があると考えて、本訳書では後者の説を取った。

二三五 礼拝統一令　Act of Uniformity は、一六六二年五月二十九日に批准された法律で、イングランド国教会に忠誠を誓わない聖職者の聖職禄を剥奪するものだった。結果として、およそ千人もの教区教会の聖職者(イングランドとウェール

ズ全体の約十分の一)がその地位を追われた。(Mullan 238)

二二九　およそ四万人　ここで示されているのは、あらゆる死因による死亡者数であり、ペストを原因とする死者はこの五週間で三二三三二名だった。(Landa 279)

二三〇　「これで死の苦しみは免れる」　原文は特に引用符やイタリックを用いていないが、マラン(238)によれば、これは旧約聖書『サムエル記　上』一五・三二を踏まえた表現である。訳文では新共同訳の該当箇所を用いた。

二三〇　巨大な穴　この穴については七四ページおよび三一七ページの注(巨大な穴)参照。

二三三　療養所　ペスト療養所については、三三〇ページの注(療養所)を参照。

二三三　ウェストミンスター　当時はロンドンから独立して行政をおこなっていた。

二三七　自由市民《フリーマン》　都市の自治にかかわる特権を認められた市民。成功した商人だったデフォーの父、ジェイムズ・フォーはロンドン市街地《シティー》の自由市民《フリーマン》だった。

二三九　ステップニー教区　この表では、以下、しばらくステップニーだけわざわざ「ステップニー教区」(*Stepney* Parish)と記されているが、おそらくこれは、前に述べられたように、本書の出版時とペスト流行時とでは「ステップニー」の指す範囲が異なっていたためだろう(一四三ページ参照)。

二四五　もっとも著名な医師のひとり　ナサニエル・ホッジズのこと。三二四ページの注(ブルックス博士……)を参照。一晩で四千人が亡くなったという記述は、実際に彼の『ペスト論』に見られるが、事実かどうかはあやしい(Landa 279-80)。

二四八　トルコ的予定説　本訳書一六ページ参照。トルコなどのイスラム教徒は、人間の死は神によって定められているので、死を避けようとしても無意味だと信じ、彼らの国でペストが流行しても特に警戒しなかったために、被害が拡大したと本書の語り手は考えている。

二五二　ブルヘッドという居酒屋　本書刊行時の一七二二年には、グレースチャーチ街にブルズ・ヘッドという名の居酒屋があったが、ペストの流行した一六六五年にはまだなかったようだ。ただしこの付近であれば、チープサイドという名の大通りに同名の居酒屋があった。(Backscheider 155)

二六一　ヒース博士の意見　ペスト患者の息から感染するかどうか、かなりの論争があったが、デフォーも参考にしたと思しきナサニエル・ホッジズは、感染すると考えていた。実際、感染を主に媒介したのはノミだったが、ペストが肺を冒すと、患者の息によって、厳密には咳に含まれる唾液の飛沫から伝染することがあった。(Mullan 239)

二六一　顕微鏡　実際のところ、顕微鏡は一五九〇年代には発明されており、ロバート・フックの『顕微鏡図譜』(*Micrographia*)は、まさにペスト流行の年である一六六五年に刊行されていた。この本には、ノミなど昆虫の拡大図も収められている。もっとも、オランダのアントニ・ファン・レーウェンフックが顕微鏡の性能を向上させ、広く使用されるようにしたのは、一六七〇年代のことだった。(Mullan 239) ちなみに、レーウェンフックが顕微鏡で微生物を発見したのは一六七四年のことで、こうした業績が先述のフックに認められ、専門的な科学教育を受けていなかったにもかかわらず、彼は一六八〇年にイギリス王立協会の会員となった。

二六三　六十日《ソワサンティーン》　伝染病の地域から帰国する者を隔離すること、あるいはその期間をカランティーン(Quarantine)と呼ぶが、これはもともと隔離に四十日を費やしたので、四十を意味するラテン語をもとに作られた単語であるらしい。しかしデフォーはこれをフランス語由来の表現と考え、フランス語の soixante(六〇)に似せたソワサンティーン(Soixantine)なる語を自作した。OED によれば、本書のこの箇所でしか用いられていない単語である。(Mullan 239)

二七二「弱者を憐れむ人は……」　旧約聖書『箴言』一九・一七。

二七三　一七八〇〇ポンド　ランダ (281) もバックシャイダー (166) も、これは非現実的な数字だと指摘している。このうち後者は、クリップルゲートの教会でデフォーの姉たちが洗礼を受けているので、この数字は彼の家族が話していたものではないか、と推測している。

二七四　毎日二万人もの死者　ランダ(281)とマラン(240)によると、デフォーの情報源は、最初一六六五年に出版され、一七二一年に別の形で再版された、一六五六年にナポリを襲ったペストの記録だという(そうであるなら、本書の描くロンドンのペストより前のできごとなので、「その後いくつかの外国の都市で現実に起きた」という記述は不正確となるが)。また、デフォーの別の作品『ペストへのしかるべき備え』(一七二二)でも、ナポリで一日二万人が亡くなったことへの言及が見られるが、このときは多すぎる死者数への疑問を表明している。以上が各種の注の指摘だが、実は本書二七八ページでも、この一六五六年のナポリの疫病で一日二万人が犠牲となったという説が参照され、「まったくのでたらめ」

だと述べられている。

二七四　熾烈な戦争　第二次英蘭戦争（一六六五～六七）のこと。一六六七年には、オランダの名将ミヒール・デ・ロイテル率いる艦隊がイギリスのメドウェイ川に侵攻し、大打撃を与えた。

二七五　それに触るのは……危険だった　本書では、絹や羊毛がペスト菌を媒介するかのように書かれているが、商品がペストを運ぶというのは、当時広く信じられていた。一方で、これを否定する見解を発表する医師もいた（Landa 281-82）。実際のところ、ペストは元々クマネズミなど齧歯類の伝染病で、菌を媒介する特定のノミに血を吸われるか、肺ペストの人の唾液を吸い込むか、まれにペスト菌のいる物を食べることで人間にも感染する。つまり、羊毛から直接感染することはない。

二七六　スミルナとスカンデルーン　スミルナは現在のトルコのイズミルで、エーゲ海に面した港町。スカンデルーンは今日のイスケンデルンで、トルコ南部の地中海岸にある。

二七六　カージー織り　イギリスのサフォーク州にあるカージーという町から名前の取られた（ただしこの地が発祥かどうかは不明）、厚地で縮絨《しゅくじゅう》加工の施された紡毛《ぼうもう》織物。

二七六　アルガルヴェ王国　アルガルヴェはポルトガル本土の最南端にある地方だが、かつてはムーア人の支配を受け、ポルトガルの統治下に入ってからも名目上は独立した王国として扱われ、「アルガルヴェ王国」の名は一九一〇年まで用いられた。

二七六　七名のみ　ここでは珍しく、デフォーの示す数値と死亡週報とに齟齬がある。週報によれば、六月二十七日までに市街地《シティー》とウェストミンスターの特別行政区《リバティーズ》で百名の死者があり、次のステップニー、オールドゲート、ホワイトチャペルの三教区でも五名の死者があった。（Landa 282）

二八一　リン　現在は一般にキングズ・リンと呼ばれる町。次のウェルズも今ではウェルズ・ネクスト・ザ・シーと呼ばれている。またバーナムというのは、ノーフォーク北岸にある複数の隣接する村落の呼称であり、単一の町を指すものではない。ヤーマスの正式名称はグレート・ヤーマスであるが、地元を中心にヤーマスの呼称も広く用いられている。

二八一　ミルトン　テムズ川河口の町グレイヴゼンド（ケント州）の一部。フェイヴァーシャム（原文にはFeversham とあるが、

Faversham のことだろう）は、テムズ川の河口から南下し、少し内陸に入ったところにあるケント州の町。マーゲートは、東に突き出た形のケント州の東端にある港町。サンドイッチもケント州に属し、マーゲートよりもやや南下した沿岸部の町。ケント州もエセックス州もロンドンの東に位置し、前者が後者の南にある。

二八一　ベア波止場　ロンドン橋の東にあった波止場で、ロンドンの穀物取引の中心となる大きな市場があった。（Mullan 240）

二八四　一チョールダー　石炭や石灰の量を示す単位で、三二ブッシェルから四〇ブッシェル（一一六四〜一四五五リットル）に相当する。現在ではチョルドロン（chaldron）と呼ばれる。

二八四　スリー・クレインズの波止場　バックシャイダー（173）によると、この three cranes という名前は、波止場で使われていた三台の起重機《クレーン》に基づく。これに対しマラン（219）は、これが居酒屋の名前だと述べている。しかし実際はいずれも正解であるようだ。おそらく居酒屋は、もともと三台の起重機から命名されたのだろうが、屋号には三羽の鶴《クレーン》を用いていた。なお、マラン（219）、ランダ（298）によると、この居酒屋の方はサミュエル・ピープスの行きつけだったという。

二八五　セント・メアリ・ル・ボウ教会　ここは原文に地理的情報を補って訳した。「チープサイドにあるセント・メアリ・ル・ボウ教会」の原文は *Bow* Church である。ロンドンで *Bow* Church と呼ばれる教会としてはもうひとつ、市街地《シティー》の東端に位置するホワイトチャペルのさらに東側にあるボウ街にも、「セント・メアリ・アンド・ホーリー・トリニティ教会」が存在するので紛らわしいが、いまは市街地《シティー》内の話をしているので、チープサイドの方で間違いなかろう。実際、ランダ（298）、バックシャイダー（173）ともに、チープサイドの方を示唆しているが（マランには記述なし）、なぜか World's Classics 新版（255）は、おそらくボウ街の方だと述べている。チープサイドは市街地《シティー》を東西に走り、イングランド銀行とセント・ポール大聖堂とを結ぶ賑やかな通りである。なお、このチープサイドの教会は翌一六六六年のロンドン大火で焼失し、セント・ポール大聖堂の再建も担当した高名な建築家クリストファー・レンによって再建された。

二八六　果物を食べすぎてしまい　ここは『ロビンソン・クルーソー』（一七一九）で、ロビンソンが無人島に自生する葡萄を発見して喜んだあと、次のように「賢明な」判断をする箇所を思い起こさせる。「しかし経験から、葡萄を食べるのは慎重にすべきだと思った。北アフリカにいたころ、そこで奴隷にされていたイングランド人が、葡萄を食べて下痢と高熱を発症し、ばたばたと死んだのを思い出したのだ。だが、ぼくはこの葡萄のすばらしい食べ方を見つけた。それはつまり、日光にさらして乾かし、干し葡萄のように保存することだった。これで葡萄の獲れないときもおいしく食べられる上に、衛生上も安心だと思ったけれど、まさにそのとおりだった。」(河出文庫、一四六ページ)

二八九　いま述べたことから分かる　この三週間の死者数、八二九七、六四六〇、五七二〇を足すと二〇四七七になる。

二九二　東風　「馬耳東風」とでも訳したくなるところだが、李白の詩を元にしたこの慣用句は、春の気持ちのよい風が馬の耳を吹き抜けても馬には何の感動もない、といった意味であるのに対し、原文の「東風」(Eastwind)について、OEDは「イングランドとニューイングランドでは、荒涼とした、不快で健康を損なう」ものだとし、まさに本書のこの箇所を例に挙げている。

二九七　バンヒル・フィールズ墓地　ペスト流行時に設けられたバンヒル・フィールズの共同墓地について、本書ではこの前に明確な言及はない。もっとも、七四、二三〇ページにある「クリップルゲート教区のフィンズベリー・フィールズにある巨大な穴」は、地理的にみてこの墓地を指している可能性がある。ただし、別の可能性については三二六ページの注(巨大な穴)を参照。市街地《シティー》の内側の墓地とは異なり、この墓地は非国教徒の埋葬も受け容れた。非国教徒だった本書の著者デフォーも、ここに眠っている。デフォーの墓の近くには、やはり非国教徒の文学者であったジョン・バニヤン(一六二八～八八)とウィリアム・ブレイク(一七五七～一八二七)の墓もある。

二九八　堡塁あるいは砦　マウント・ミルには、十七世紀の内戦時に議会派の堡塁が置かれていた。

二九八　黒い堀《ブラック・ディッチ》　この地名は同時代の地図にないが、ランダ(299)によれば、ここで言及されているのはホーリーウェル・マウント(Holywell Mount)墓地のことで、実際には長く墓地として使われていたという。

二九八　サー・ロバート・クレイトン　クレイトン(一六二九～一七〇七)は高名な商人、銀行家にしてホイッグ党の政治家であり、ロンドンの区長(一六七〇～八三)、市長《ロード・メイヤー》(一六七九～八〇)、国会議員(一六七九～一七〇七の多くの期間)を歴任した。彼はイギリスにおける不動産業のパイオニアでもあった。デフォーは、一七〇二年のパンフレット『風紀の改善について』(*Reformation of Manners*)でクレイトンを批判したが、後の小説『ロクサーナ』(*Roxana*, 1724)では、

ヒロインの経済面での指南役として登場させている。(Landa 285; Mullan 240)

二九九　埋葬地　ランダ(299)によれば、この墓地はムーアフィールズの東側にあり、ペスト流行よりずっと前の一五六九年から利用されていて、ベツレヘム教会墓地と呼ばれていたという。

三〇〇　ステップニー教区に属していた　シャドウェルは一六七〇年、ウォッピングは一六九四年に独立した教区になった。

三〇〇　自分たちを埋葬するための墓地　諸版の注が、これをバンヒル・フィールズの共同墓地のことだと指摘しているが、そうだとすると二九七ページの「バンヒル・フィールズ墓地についてはすでに触れた」という記述と矛盾する。これは推測でしかないが、もともとこの段落は他の墓地の記述より前(二九七ページの「すでに話したように」より前)にあったのを、校正の段階で後ろに移したと想定すれば、矛盾は解決する。

三〇〇　この男の妻が亡くなり　ODNBによれば、ソロモン・イーグルの妻は一六六五年七月二十四日に亡くなっているが、死因はペストではなく水腫である(Mullan 241)。ソロモン・イーグルについては、三三四ページの注(狂信家のソロモン・イーグル)参照。

三〇二　大赦令　王政復古後の一六六〇年に出された法令で、イギリス内戦時に議会派に属し、国王と戦った者の多くに赦免をあたえたもの。

三〇三　聖書も説いている　マラン(241)は、聖書『ペトロの手紙一』四・八を参考に挙げている。「何よりもまず、心を込めて愛し合いなさい。愛は多くの罪を覆うからです。」英語版聖書(欽定訳)で「愛」にはCharityが充てられているが、本文「寛容さを旨として」の「寛容さ」も原語は同じである。

三〇四　「雇い人」　『ヨハネによる福音書』一〇・一一〜一三参照。「わたしは良い羊飼いである。良い羊飼いは羊のために命を捨てる。羊飼いでなく、自分の羊を持たない雇い人は、狼が来るのを見ると、羊を置き去りにして逃げる。──狼は羊を奪い、また追い散らす。──彼は雇い人で、羊のことを心にかけていないからである。」

三〇四　「蒼ざめた馬」にまたがる「死」　『ヨハネの黙示録』六・八参照。「そして見ていると、見よ、青白い馬が現れ、乗っている者の名は『死』といい、これに陰府《よみ》が従っていた。」

三〇七　博学な医師　ランダ(286)は、この医師がナサニエル・ホッジズではないかと推定している。一七二〇年に英訳された、その『ペスト論』(原書ラテン語、一六七一)では、ワインをペストの主要な治療薬のひとつだと述べている。

三〇八 「赤玉ペスト治療薬」……「ヴェネツィア解毒剤」 「赤玉ペスト治療薬」は、アロエと没薬《もつやく》(ミルラ)を調合した薬であり、「ヴェネツィア解毒剤」は、ヨーロッパ全土でペスト発生の度に用いられた薬で、ヴェネツィアで多く製造されたことからこの名がついた。さまざまな成分を調合しており、そのなかには蛇の毒や阿片も含まれていたという。(Landa 286; Backscheider 186)

三〇八 「滅びの穴」 旧約聖書『詩編』五五・二四より、「神よ、あなた御自身で/滅びの穴に追い落としてください/欺く者、流血の罪を犯す者を。」を参照。

三一〇 ニューゲート市場 ランダ(299)とマラン(217)によれば、ニューゲートには古くから市場があったが、食肉を主として扱う市場になったのはロンドン大火の後だという。ニューゲートの肉市場は、スミスフィールドの中央肉市場ができる一八六八年まで栄えた。

三一〇 腹吹き街《ブロウ・ブラダー》 ニューゲート街の東端とチープサイドの西端をつないでいた通り。

三一三 艦隊の船上ではまったく被害が出なかった ランダ(287)によれば、これは誤りで、当時海軍の要職にあったサミュエル・ピープスや、病気や怪我をした水兵の世話をする役職にあったジョン・イーヴリンの資料では、しばしば艦隊上でのペストの発生が記されている。

三一三 極めて大きな海戦 一六六五年六月十三日のローストフトの海戦。十七隻の艦船と二千人以上の戦死者を出したオランダ海軍に対し、イギリス海軍の被害は艦船一隻と死者三百~五百名と比較的軽微だった。

三一四 「人間の与える救いはむなしいもの」 旧約聖書『詩編』六〇・一三参照。「どうか我らを助け、敵からお救いください。/人間の与える救いはむなしいものです。」

三一七 聖書にあるように 『ルカによる福音書』一七・一一~一七参照。イエスがサマリアとガリラヤの間を通っていたとき、癩病を患う者十名が救いを求めたので、全員を癒したが、治癒してからイエスのもとに戻って感謝したのは、ひとりのサマリア人だけだった。

三一七 口は、一切閉ざされた 原文は their Mouths were stop'd. 意味を補って訳したが、おそらく新約聖書『テトスへの手紙』

一・一〇〜一一を意識した文章だろう。「実は、不従順な者、無益な話をする者、人を惑わす者が多いのです。特に割礼を受けている人たちの中に、そういう者がいます。その者たちを沈黙させねばなりません(Whose mouths must be stopped：欽定訳)。彼らは恥ずべき利益を得るために、教えてはならないことを教え、数々の家庭を覆しています。」

三一七 オールドゲート……ミノリーズ通り オールドゲート、ミノリーズ通りともに、語り手の住むホワイトチャペルの近所にある。なお、本書で語り手が死の車《デッド・カート》と遭遇する場面(七七ページ)でも、同じミノリーズ通りの端から死の車《デッド・カート》が現れており、印象的な対比がなされている。

三一八 「彼らは賛美の歌をうたった」が…… 旧約聖書『詩編』一〇六・一二〜一四を参照。「彼らは御言葉を信じ／賛美の歌をうたった。／彼らはたちまち御業を忘れ去り／神の計らいを待たず／荒れ野で欲望を燃やし／砂漠で神を試みた。」バックシャイダー(192)は、この詩全体が、イスラエルの民の歴史を救済と忘恩の連続として描き、最後に神の恩恵への感謝が記されていることから、本書の内容と適合すると指摘している。

訳者解題──武田将明

取り憑かれた著作

本書は、一六六五年にロンドンを襲ったペストの被害について、『ロビンソン・クルーソー』(一七一九年)の著者として有名なダニエル・デフォーが、架空の語り手を用いて記録した作品である。一六六五年のペストは、イギリス社会に大きなショックをあたえた事件であり、同時代から現代に至るまで、数多くの書物が出版されている。もしもこの災害に関する客観的な記録を求めるのであれば、宮崎揚弘『ペストの歴史』の第九章や、A・ロイド・ムートとドロシー・C・ムート(A. Lloyd Moote and Dorothy C. Moote)の『疫病大流行』などを参照すべきだし、同時代の資料であれば、本書でもしばしば引用されている「死亡週報」(“the Bill of Mortality”)や、デフォーも参照したナサニエル・ホッジズによる『ペスト論』(*Loimologia*, ラテン語の原著一六七二年、英訳一七二〇年)のほか、サミュエル・ピープス(Samuel Pepys)やウィリアム・ボグハースト(William Boghurst)といった人びとによる記録も残っている。しかし、こうした著作のどれも、本書『ペストの記憶』のようには読まれていない。つまり、歴史上の資料という役割を超えて、多くの読者の心を揺さぶるような価値を認められてはいない。

現代の観点から見れば、それは当たり前かもしれない。あの『ロビンソン・クルーソー』の著者が、疫病流行という大事件を描いた作品となれば、優れた文学作品に違いないと思いたくなるし、ひょっとしたら、書店でこの解説を読み始めたあなたもそのひとりかもしれない。では果たして、『ペストの記憶』の普遍的な価値は、その高度な文学性にあるのか。これは単純に答えられる問いではない。始めの数ページを読めば分かるように、本書は小説というより事実の記録、あるいはルポルタージュに近い。同様の構成をもつ文学作品に、アルベール・カミュの『ペスト』（一九四七年）があるが、この二十世紀の古典は、同時代のアルジェリアにおける疫病の記録という文体を取りながらも、医師のリウーや高等遊民のタルーなど個性のある登場人物を配しつつ、巧みに複数の物語を織り込んでいる。どれだけ事実らしく見えても、カミュの『ペスト』が緻密に構成されたフィクションであることを疑う人はいないだろう。

それと比べると、デフォーの『ペストの記憶』は乱雑にも思える。本書には、印象的な「キャラ」こそ何人も出てくる。教会の下働きのジョン・ヘイワード、狂信者ソロモン・イーグル、死体と間違えられた笛吹き男、そしてペストの猛威を逃れ、安住の地を求めて旅する「さすらい三人衆」など。しかし、彼らはいずれもペストの渦中にあるロンドンとその周辺を描出するための素材に止まり、自分の出番が終われば舞台を去ってしまう。ただひとり一貫して登場する、語り手のH・Fにしても、『ロビンソン・クルーソー』の主人公のような個性をあたえられていない。作中で彼は名乗ることさえ許されず、最後にようやく拙い自作の詩の作者として、イニシアルが記されるのみだ。

筋の展開にしても、時系列に沿ってはいるが、事前の構想があって書かれたものには思えない。本書でもっとも頻出する表現は、「これは後で述べる」と「すでに話したとおり」だろう。このうち前者については、どこで続きが述べられたのか最後まで分からないこともあるし、「さすらい三人衆」の場合のように、予告から本篇まで八十ページも開くこともある。後者についても、事前の意図があったというより、ある種の強迫観念に駆られて、家屋の閉鎖など特定の問題を繰り返し検討している印象が強い。良くも悪くも即興性の高い語り方なので、ときには文章が中途で放り出され、無理やり別の文とつながっていたり、代名詞がなにを受けているのか不明瞭なこともある。つまり、この作品に特有の性急さのために、芸術的な完成度がいくらか犠牲にされたように思えるのだ。なぜ、デフォーはこれほど急いでいたのか。

ひとつ指摘すべきは、一七二〇年から二二年にかけて、マルセイユなどフランスのプロヴァンス地方でペストの大流行があり、本書の刊行された一七二二年には、ロンドンにも累が及ぶ危険性があったことだ。なお、これはヨーロッパにおける最後のペスト流行だが、ロンドンには上陸しなかった。本書の扱っている一六六五年の大流行以降、ロンドンはペストの被害を免れている。話を戻すと、一七二〇年以降、大陸でのペスト流行に怯えるロンドン市民の心境を反映するかのように、ペストに関する著作が次々と世に現れた。二〇年には、ホッジズの『ペスト論』の英訳のほか、こちらも高名な医師のリチャード・ミードによる『ペスト感染に関する小論』(Richard Mead, *A Short Discourse concerning Pestilential Contagion*)も刊行されている。また、一七二〇年から二二年にかけて、ペストを題材にした聖職者による説教が十九種類も出版された。デフォー自身、本書の前に、『ペストへのしかるべき備え』(*Due Preparation for the Plague*, 一七二二年)という指南書を出している。『ペストの記憶』は、こうした時勢に対応した著作だった。

もうひとつ重要なのが、本書の刊行された一七二二年における、作者デフォーの異常ともいえる執筆欲である。「奇蹟の年」とも言われるこの一年に、彼は『モル・フランダース』(*Moll Flanders*)、本書『ペストの記憶』、『ジャック大佐』(*Colonel Jacque*)という三つの長篇小説を上梓し、それ以外に先述の『ペストへのしかるべき備え』と、『信仰にもとづいた求愛』(*Religious Courtship*)という道徳指南書《コンダクト・ブック》も出版している。しかも、一月に『モル・フランダース』、二月に『ペストへのしかるべき備え』と『信仰に基づいた求愛』の二冊、そして三月に本書と、とても常識では考えられないスピードで著作を発表しているのだ。もちろん、マルセイユでペストが発生した一七二〇年から、本書は準備されていたのかもしれないが、他に多くの著作を出している点からみても、この時期のデフォーは、いわば書くことに取り憑かれていたらしい。

つまり、みなぎる筆力を自覚する作家が、いま書かねばならないという強い思いで、構想を練り上げる暇も惜しんで没頭したのが本書である。ただし、これだけでは、なぜ本書が時代を超えて多くの読者に訴えるのかを説明できない。物語や人物造形の工夫とは異なる魅力があるとすれば、それはなにか。

真の語り手は誰か?

まず、先述のような語り口だからこそ、表現できることがあるのに注目したい。特定の問題が途中で放り出されたかと思うと、意外なところで呼び戻され、それが繰り返されるうち、読者も語り手とともに悩むようになる。それはまるで、幾度かの潜伏期間を経て、次第にロンドンの町を侵略したペストの不可解さ、不気味さを反復するかのようだ。また、この巨大都市の西の外れで猛威をふるったペストが、徐々にその活動地域を東に移したのと同じように、本書でも地域ごとに印象的な人物や逸話が次々と思い出されては消えていく。実は語り手のH・Fでさえも、退場への予告が本書のなかで記されている。すなわち、「この記録の著者」が、本書刊行時には、他でもないペストによる死者の埋葬地に眠っていることが、「原注」として示されているのだ(二九九ページ)。H・Fのような、ペスト禍を生き延び、その記録を残した(と本書で設定されている)者も、結局死を免れず、この世界を超越などできない。本書はそれを簡潔に、また冷徹に告げるのみである。

だから、作者デフォーがどこまで意識していたかは分からないが、H・Fという匿名の存在の奥にいる、本書の真の語り手はペストそのものだ、という見方も成り立つだろう。H・Fは、自分がペストに感染しなかったのは神の思し召しだ、とありがたがっているが、実は彼を選んだのはむしろ病魔の方かもしれない。少なくとも、ペストを扱った他のフィクション・ノンフィクションのどれも、本書のような不穏さを行間に湛えてはいないのである。

そうなると、何度も繰り返される「これは後で述べる」と「すでに話したとおり」は、語り手／作者の手を離れて暴走しそうになる物語を秩序立てようとする、必死の抵抗の痕跡かもしれない。さらに言えば、異常な執筆欲に駆られたこの時期のデフォーにとって、書くことは、いわば猛然と溢れ出す言葉を理解可能な文章に封じ込める作業だったのかもしれない。執筆欲に取り憑かれた作者と、疫病に魅入られたロンドンとの奇蹟的な一致によって本書が生まれた、というのはさすがに穿ちすぎだろうか。

生権力の露呈

いずれにせよ、本書の隅々まで、溢れ出すものと制御するものとが緊迫したせめぎ合いを演じているのは間違いない。ただ、ここで気をつけるべきは、この対立を安易にペスト(外的な暴力)と市民(内的な秩序)との闘争として解釈してはいけないことだ。むしろ本書の醍醐味は、ペストという圧倒的な暴力を囲いこみ、封じこめようと努める市の行政府が、市民を保護する側面と抑圧する側面を合わせ持つという、秩序の両義性にこそ認められる。市民の自由を制御せずに、ペストを管理することはできないのだ。

本書の語り手は、決して行政府の管理に反対するわけではない。むしろ、市長《ロード・メイヤー》をはじめ行政官の努力をしばしば賞讃している。本書における行政府とは、決して専制君主のように振る舞うものではない。実際、国王や首相といった国家権力はほとんど登場しない(史実では、ペスト対策に当たった貴族もいたが、それは無視されている)。ペストの発生後、早々にオックスフォードに避難した宮廷の無責任と無能ぶりに対し、ロンドン市の行政府の良心と有能さが強調される。ロンドン、とりわけその中心をなす市街地《シティー》では、都市の繁栄を担う中産市民が自治をおこなっていた。デフォー自身の父も、ロンドンで商人として成功し、自由市民《フリーマン》の地位をあたえられ、市街地の自治に関わっていた。ゆえに、本書における権力とは、無辜《むこ》の民を虐げて奢侈《しゃし》にふける暴君ではなく、町の秩序を守ろうと精励する市民の代表者である。

この点に注目して、ペストが猖獗《しょうけつ》を極めるさなかにあっても助け合い、町の秩序を保ったロンドン市民の人間愛と勤勉さを讃える物語として、本書を読んだ研究者もいる(後出の文献表のNovakとSchonhornなど)。しかし、すでに示唆したとおり、こうした読みは本書における秩序の両義性を見落としている。市民による、市民のための統治は、ペストという外敵からロンドン全体を守るためならば、何者かを犠牲にすることを決して厭わない。さらには、統治に疑問を抱かせるような、不都合なものは徹底して隠蔽する。

たとえば、本書で執拗に言及される、家屋閉鎖の問題。ある家で、一人でもペスト患者が出たら、その家の主人から召使いまで全員がそのまま閉じ込められ、一歩も外に出られないというのは、当事者からすれば理不尽極まりない。本書の語り手も、概して家屋閉鎖に批判的だが、同時に患者を隔離する措置の必要性は認めている。それだけでなく、ごねて期間限定にしてもらったとはいえ、家屋閉鎖を管轄する調査員の仕事を引き受けている(本書二〇五ページ)。このように、支配と被支配のあいだを揺れ動くH・Fの視点は、市民が市民を管理・監視することの問題点を暴きつつも、事態を権力と民衆の対立という枠に収めることも拒否する。その代わり、本書は一方で「さすらい三人衆」など、閉鎖と抑圧をかいくぐって生き延びる者のたくましさを描きつつ、他方で市街地を徘徊する病人の恐怖を描出することも忘れない(二〇六ページなど)。

自治・管理をめぐる、このような両義性は、行政によるもう一つの重要な施策、すなわち遺体の埋葬にもみることができる。ロンドン市当局は、ペストによる死者を夜間にすっかり回収し、日中の通りに遺体が放置されていることはなかった、と語り手は指摘する。家屋閉鎖のときと異なり、ここでは行政府の有能さが無条件で褒められているように思える。しかし同時に、本書を通じてもっとも印象的な場面の一つは、死者を大量に放り込むために掘られた巨大な穴を、語り手が訪問する箇所（七四ページ）ではないだろうか。ここを読めば、日中の整然とした市街地の陰に、遺体を物として投棄する酷薄な能率主義があることを痛感させられるはずだ。

　こうして明らかとなるのは、表面的な秩序を維持するために市民の身体を家庭のなかまで管理し、秩序を逸脱する存在（病人・死体）を徹底して排除するという、近代的な権力のあり方だ。この権力は、市民の生命を護ると言いながら、「穀潰《ごくつぶ》し」（二五五ページ）と呼ばれる貧民たちにもっとも危険な仕事を割り当て、その生命を犠牲にすることは厭わない。ミシェル・フーコーのいう生権力が、ここでは剝き出しにされている。なお、フーコーの権力論を『ペストの記憶』など十八世紀の作品に応用したジョン・ベンダー（John Bender）の『刑務所を想像する』や、デフォーの描く都市空間のアンビヴァレンスを指摘するシンシア・ウォール（Cynthia Wall）の『王政復古期ロンドンの文学的・文化的空間』といった研究書は、本書における権力の機能を理解する上で役に立つだろう。

　そしてこの、ペストという危機を背景に、近代市民社会の根本を抉り出した点にこそ、本書が現代人に強く訴える秘密がある。単にペストの被害を記録し、その悲惨さを訴えるだけであれば、『ペストの記憶』以前にも、ヨーロッパ各国で多数の著作があった。イギリスであれば、過去にトマス・デッカーの『驚異の年』（Thomas Dekker, *The Wonderful Year*, 一六〇三年）があり、フランスでも、ジャン＝バプティスト・ベルトランの『マルセイユのペスト年代記』（Jean-Baptiste Bertrand, *Relation historique de la peste de Marseille*, 一七二一年）が、本書の一年前に刊行されていた（ベルトランについては、文献表のゴードン（Gordon）の論文を参照）。

他にも、古代からルネサンスまで、さらにはイスラム世界でのペストに関する記述が、村上陽一郎『ペスト大流行』で紹介されている。しかし、これらの文書のどれも、いや、カミュの『ペスト』でさえも、市民社会が危機に瀕したときの行政と市民のふるまいを、本書のように生々しく描けてはいない。

とりわけ現代日本に住む人びとにとって、本書が三百年前のイギリスで書かれたことは、にわかには信じられないのではないか。行政府が毎週公表する死者の数に一喜一憂し、さらにはその数値を疑う市民たち。突然大量に現れた自称専門家たちの説く、真偽の定かでない対策。さっさと被災地を後にする人と、あえてそこに留まる人。さらには、避難者を忌避する自治体や、後日被災地に戻った避難者を排除する残留者。風評による経済被害。これらは、二〇一一年三月一一日に発生した地震と津波、そして原発事故のあと、私たちが見てきた光景の一部と重なる。ただし、勘違いしないでほしいのは、本書がはるか三百年後の原発事故を予見していたからすごいのではない、ということだ。そうではなく、一七二二年という、まだ世界が近代に入り始めたばかりの時期、アメリカ独立もフランス革命も経験していなかった時代に、すでに市民が市民を管理するという自律的な権力の抱え得る問題点を理解し、ペストという壊滅的な危機を媒介にして、その光と闇を描き切った点にこそ、本書の普遍的な価値があるのだ。

危機と文筆——デフォーの生涯

ここからは、必要なことをいくつか補足したい。まず、作者デフォーの人生については、本書の訳者による『ロビンソン・クルーソー』の翻訳(河出文庫、二〇一一年)に付された解説で手短にまとめられている。より詳しく知りたければ、塩谷清人『ダニエル・デフォーの世界』(世界思想社、二〇一一年)を繙くとよい。とはいえ、本書に関連することだけを列挙しておこう。

ダニエル・デフォーは、一六六〇年、すなわちイギリスで共和政(一六四九〜六〇)が終焉し、王政が復古した年に生まれている。父親のジェイムズ・フォー(James Foe)がロンドンの商人だったことは、すでに述べた。なお、デフォー(Defoe)という姓は、名前に高貴な感じを出そうと、後にダニエル・デフォー本人が改めたものである。イングランドでは、国教会という独自の宗派の信者が多数を占めているが、フォー家は長老派教会の非国教徒だった。すなわち、宗教的なマイノリティーに属していたために、ダニエル少年は社会からの差別に直面した。さらに、五歳のときにペストの流行、その翌年にロンドン大火を経験したことも、少年の心理に暗い影を落としただろう。

ただし、フォー一家はペスト流行時に地方へ避難しているので、本書の描く逸話は、どれもデフォー本人が目撃したものではない。しかし、父ジェイムズの兄、ヘンリー・フォー(Henry Foe)という人物は、ロンドンに残留していた。このヘンリー・フォーのイニシアルはH・Fであり、しかも本書の語り手と同じく馬具商人だったため、本書の語り手H・Fのモデルと多くの研究者から見なされている。本書の記述のいくらかは、このヘンリー伯父がダニエル少年に語ったことにもとづいているのかもしれない。一六七八年、十八歳のときには、いわゆるカトリック陰謀事件が起きている。カトリック信徒たちが政府転覆の陰謀を疑われ、処刑されたのだが、後に陰謀などなかったことが明らかとなった。ともあれ、カトリックと対立する宗派に属するデフォーは、外出時に常に武装するなど、警戒を余儀なくされた。やがて、カトリックのジェイムズ二世が王位に就く(一六八五年)と、二十五歳のデフォーはプロテスタントのモンマス公が率いる反乱軍に身を投じるが、あえなく蜂起は失敗し、彼自身あやういところで死を免れた。

このように、少年期・青年期のデフォーは、常に身の危険を感じつつ、しかし怯えるだけでなく、反撃する意志を育みながら成長した。一六八八年の名誉革命で件のジェイムズ二世がフランスに亡命し、プロテスタントのウィリアム三世が即位したことで、非国教徒の不安はとりあえず解消したものの、一六九七年の『企画論』(*An Essay upon Projects*)から本格的に始まる彼の著作活動の原点は、マイノリティーである自分が生存するための権利の主張だったことは間違いない。つまり彼は、文学者として歴史に名を残すことを目標にして、文筆の世界に入ったわけではなかった。だからこそ、芸術家志向の強い作家には書きにくい、本書のような作品を世に問うことができたともいえる。

また、デフォーがロンドンの商人階級の出身だったことも、その信仰と同じくらい重要である。名誉革命後、イングランドの政治・経済における中央集権化が進んだが、デフォーはこの傾向を推進するための著作を数多く執筆した。ひとことで言えば、ロンドンを中心とする経済大国として、プロテスタントのイングランド(あるいはスコットランドを含むグレート・ブリテン)が発展し、海外に植民地を建設して世界に覇を唱える、というのが、彼の理想とする国家像だった。しかし、「財政革命」(Financial Revolution)とも呼ばれる経済の急速な近代化はさまざまな歪みを生み、一七二〇年には、「南海泡沫事件」(South Sea Bubble)と呼ばれるバブル経済の破綻によって、イングランドは大きな打撃を受けた。本書刊行の二年前に起きたこのできごとは、近代都市が体現する、社会・経済の新しい秩序の意外な脆さをあばいたものとして、おそらく本書の主題に影響をあたえているだろう。

ちなみに、今日では誰もが小説家として知っているデフォーだが、そのほとんどの小説は、一七一九年から二四年の五年間に集中して書かれている。二四年以降も、『グレート・ブリテン全島周遊記』(一七二四年〜二六年)のほか、幽霊や悪魔に関する著作や、道徳指南書《コンダクト・ブック》などを精力的に執筆したが、一七三一年に借金取りの目を逃れ、家族と別居しているうちに亡くなった。

翻訳について

この翻訳についても若干記しておく。最初に依頼をいただいたのは、二〇一〇年だったと記憶する。その後、二〇一一年三月から、研究社のウェブサイト内で刊行されていた雑誌『Web英語青年』で翻訳の連載を始めた。あの原発事故の直後、流言蜚語《りゅうげんひご》が飛び交い、放射能の数値に関する政府発表への不信感も募るなか、本書は訳されていた。先ほど指摘した、本書の描くペスト渦中のロンドンと原発事故後の日本との一致は、当時の訳者が実感したことだった。初めの計画では二〇一二年に訳を終え、このころ研究社が企画した十八世紀イギリス文学の新訳シリーズ、『英国十八世紀文学叢書』中の一冊として世に出すつもりであった。ところが、学会の諸先輩方の手で、十八世紀文学の名作・話題作の清新な訳書が順調に上梓されたのに対し、本書の刊行はかくも遅れてしまった。関係者のみなさまには本当に申し訳なく思っている。

それでもどうにか訳了できたのは、二〇一五年九月から二〇一六年三月までの半年間、勤務先の大学から国外研修の機会をあたえられたからだ。このうち前半の三ヶ月は、ある事情から、アメリカ合衆国ルイジアナ州バトン・ルージュにある、ルイジアナ州立大学に滞在した。夜には武装強盗が徘徊するような地域(といっても、大学のごく近所だが)に住んでいたおかげで夜遊びもできず、本書の内容にふさわしい緊張感を抱きながら翻訳に集中させてもらえた。

訳文については、本書の語り手がデフォーの伯父をモデルにしているという説を意識して、伯父が甥っ子に事件を語り伝えるような雰囲気を醸し出すことを考えた。これには、行ったり来たりを繰り返す本書特有の語り口に対応したスタイルとして、文語よりも口語がふさわしいという判断もあった。もっとも、最初のウェブ連載版では、かなり大胆にお伽話《とぎばなし》風に訳していたのだが、まとめて読み返すと弛緩した感じを覚える箇所もあったので、全体に文章を引き締めた。さらに、理解の一助として、原文にない小見出しを加えた。

また、本書の表題はこれまで、『ペスト』(平井正穂訳)あるいは『疫病流行記』(泉谷治訳)などと記されてきた。*A Journal of the Plague Year* という原題を素直に訳せば、『ペスト流行の年の日誌』となるところだが、本書の内容は「日誌」という日本語に収まりきらない。そこで、"Memoirs of the Plague"「ペストの回顧録」という、原著の冒頭にあたかももう一つの表題のように記された言葉を参考に、『ペストの記憶』という訳題を編み出した。この表題は、伯父から甥への思い出語りという、本訳書のひそかな設定にも対応している。ちなみに、ピッカリング&チャットー版の編者ジョン・マランは、*A Journal of the Plague Year* より、"Memoirs of the Plague" の方が、本書の内容に合うと指摘している。

次に底本について。意外なことに、本書はデフォーの生前には一度も版を重ねていないため、英語圏で現在刊行されているどの本も、初版にもとづいて編集されている。なのでどれも本文に大きな違いはないのだが、先述のマランが編纂したピッカリング&チャットー版(二〇〇九年)を底本に選んだ。これは『ダニエル・デフォー著作集』の一冊であり、比較的権威があると思われたからだ。ただし、オックスフォード・ワールズ・クラシックス版、ノートン版、ペンギン版も、それぞれ第一線の研究者が編纂した信頼できる版なので、適宜参照した。これらの版の書誌情報は、訳注の冒頭に掲載している。

本書の既訳のうち、もっとも入手が容易なのは、中公文庫から出ている平井正穂訳(初出は一九五九年)だろうが、ほかに現代思潮社の泉谷治訳(一九六七年)、小学館の栗本慎一郎訳(一九九四年)がある。格調の高い平井訳、「です・ます」体で語りかける泉谷訳、要点だけを抜き出し、丁寧な注をつけた栗本訳、いずれも今回の翻訳で参考にさせていただいた。

これらの訳書のいずれも、ロンドンの地図を掲載している。そのすべてを拝見した上で、本書では、十七世紀から十八世紀にイギリスで刊行された地図をもとに、新たな地図を作成した。なるべく詳しく、かつ便利なものを目指したつもりである。なお、「さすらい三人衆」の行路を書いた図も作成したのだが、諸般の事情で掲載できなかったのは残念である。参考になりそうな情報を補足しておくと、三人衆が最後に滞在したエッピングの森は、ロンドンから北北東におよそ二三キロの地域にある。また、彼らはロンドン郊外のブロムリー近辺から、基本的にリー川に沿って北上して、ここに到達している。

本訳書を彩る絵画についても、ひとこと述べておきたい。先行する訳書のうち、平井訳と泉谷訳は、一九五〇年のフォールコン版に付されたレズリー・アトキンソン(Leslie Atkinson)による挿画を掲載している。たしかに本書の雰囲気を巧みに伝えてはいるが、初版とは無関係の絵なので収録しなかった。代わりに、先行訳では割愛されているが、初版の最後に掲載されている不死鳥《フェニックス》の絵を再録した。もちろんこれは、ペスト禍を克服したロンドンの寓意である。また、表紙絵については、本書の執筆された十八世紀イギリスの雰囲気をよく伝え、内容にも対応するものを探した結果、著名な諷刺画家であるジェイムズ・ギルレイが一七九八年に制作した作品を用いることにした。『幼いジャコバン主義を教育するヴォルテール』というタイトルから分かるように、実はこの絵はフランス革命の過激な暴力性を諷刺したもので、ペストと直接の関係はない。ただし、デフォーが本書で描き出した、市民による統治の光と影が、「啓蒙(Enlightenment)の世紀」とも言われる十八世紀を締めくくるフランス革命にも見られるのは確かで、その影を捉えたギルレイの絵は、少なくとも本書の雰囲気の一端に通じているだろう。

本書を翻訳する際、特に世話になった方々に、簡単ながら謝辞を述べておきたい。まずは、バトン・ルージュの家の隣人で、一緒にデフォーの「迷文」について悩んでくれたマイケル・ランド(当時はルイジアナ州立大の大学院生で、いまはモービル大学助教授)。次に、訳者がルイジアナに行くきっかけを作り、滞在中の生活をサポートしてくれた遠藤(武田)郁子。そして最後に、信じがたい遅延にも辛抱強く付き合い、表紙の絵をはじめ、さまざまな点で適切な助言をくださった研究社の星野龍さん。本当にありがとうございました。

ペスト・ツアー

最後に、読者のみなさんへのサービスとして、本書に出てくるロンドンの土地が現在どうなっているかを若干レポートしたい。実は、頑張れば一日でほぼすべてを見てまわれる。ペストの進行どおり、西から東に移動すれば効率がよいだろう。まずは、ペストの発生地点として名前の挙がっているロングエイカー通り。付録の地図Bを見ればお分かりのように、ここは十七世紀のロンドン市民にとってかなり西の外れにあったが、現在は洒落た大通りとなり、付近にはポール・スミスやケイト・スペードのショップができていた。この通りとドルリー小路が交差した地点を、ドルリー小路沿いに北上したところが、厳密なペストの発生地点とされる。小路《レイン》というにはあまりに広いこの通りには、ペストの二年前の一六六三年から現在まで続く劇場がある。二〇一二年の夏に、本解説の取材のため訳者が訪ねた際には、ロングエイカーとドルリー小路の交差点はこのようになっていた(写真1: 訳者撮影。以下も同じ)。

次に、本書に何度も登場するクリップルゲートのセント・ジャイルズ教会は、作者デフォーの親きょうだいと縁が深い。現在も残るこの教会のとなりには、バービカン・エステートという巨大な文化施設と高層住宅が広がり、敷地内には「デフォー・プレース」や「デフォー・ハウス」という場所がある(写真2)。ただし、ここにデフォー関連の施設はなく、セント・ジャイルズ教会の方にデフォーの胸像がある。ここをさらに北へ進むと、バンヒル・フィールズがある。本書ではペスト療養所、および死者を埋める穴と関連して登場するこの土地だが、現在はよく整理された墓地が広がり、ジョン・バニヤン(John Bunyan)、ウィリアム・ブレイク(William Blake)という、ピューリタン系の文学者の墓と並んで、デフォーの墓がある(写真3)。も

写真 1

写真 2

との墓石は小さく、デフォーの名のスペリングさえ間違っていたそうだが、これを憂えた人々が寄付金を集め、一八七〇年に現在の立派な墓石が建てられた。

最後にロンドンの東の外れ、いわゆるイースト・エンドに行けば、ショッピング・モールとして繁栄するスピトルフィールズを見ることができる。ここは普通の観光地としても楽しめる。旅の最後は、H・Fの住んでいたホワイトチャペルで迎えよう。広い通りに面した公園があり、市民の憩いの場となっている。ただし、単に休憩を取るだけでなく、公園の各所に設置された地域の歴史の説明を、じっくり読んでほしい。すると、ペスト流行後の十七世紀末には、この地域がフランスから亡命したユグノー（長老派教会系のプロテスタント）の居住区となり、十九世紀末には東欧からユダヤ人が多く移住し、さらに現代にはバングラデシュからの移民を多数受け容れていることが分かる。現在、イスラム教のモスクとなっている場所には、かつてユグノーの礼拝所があり、次にユダヤ教のシナゴーグがあったという。さらには、この公園が、一九七八年にベンガル人の商人が殺害された事件を忘れないように、また人種差別の解消を願って設けられたことも説明されている。公園を出て、H・Fの住居の近くと思われる場所を歩けば、標識には英語とベンガル語が併記されている。この、ロンドンの多様性を象徴する場所を語り手の住所として選んだデフォーの感性の鋭敏さには、まったく驚くほかはない。

写真３

かつて取材で訪ねたとき、歩道に漂うスパイスの香りを嗅ぎながら、しみじみそう思ったものだ。

主要文献表

Bender, John. *Imagining the Penitentiary: Fiction and the Architecture of Mind in Eighteenth-Century England*. Chicago: U of Chicago P, 1987.

Gordon, Daniel. "The City and the Plague in the Age of Enlightenment." *Yale French Studies* 92 (1997): 67–87.

Moote, A. Lloyd, and Dorothy C. Moote. *The Great Plague*: The Story of London's Most Deadly Year. Baltimore: the Johns Hopkins UP, 2004.

Novak, Maximilliam E. "Defoe and the Disordered City." *PMLA* 92.2 (1977): 241–52.

Schonhorn, Manuel. "Defoe's *Journal of the Plague Year*: Topography and Intention." *The Review of English Studies* 19.76 (1968): 387–402.

Wall, Cynthia. *The Literary and Cultural Spaces of Restoration London*. Cambridge: Cambridge UP, 1998.

カミュ、アルベール『ペスト』（原著一九四七年。宮崎嶺雄訳、新潮文庫、一九六九年）

塩谷清人『ダニエル・デフォーの世界』（世界思想社、二〇一一年）

デフォー、ダニエル『ロビンソン・クルーソー』（原著一七一九年。武田将明訳、河出文庫二〇一一年）

宮崎揚弘『ペストの歴史』（山川出版社、二〇一五年）

村上陽一郎『ペスト大流行——ヨーロッパ中世の崩壊』（岩波新書、一九八三年）

※本解説の内容は、訳者が以前発表した次の論文と内容の一部が重複していることをお断りしておく。Masaaki Takeda. "Autonomy and Ambiguity of the Trading Capital: Daniel Defoe's *Journal of the Plague Year*." *London and Literature: 1603–1901*. Ed. Barnaby Ralph, Angela Davenport, and Yui Nakatsuma. Newcastle upon Tyne: Cambridge Scholars Publishing, 2017, 49–64.)

本文中には今日の人権意識に照らして不適切とみなされうる表現もありますが、作品の時代背景と文化的価値を考慮し、そのままとしました。

《訳者紹介》

武田将明（たけだ・まさあき）　1974年生まれ。京都大学卒。東京大学大学院、ケンブリッジ大学大学院修了。Ph. D.（英文学）。現在、東京大学大学院総合文化研究科准教授。専門は18世紀イギリス小説。2008年に「囲われない批評 東浩紀と中原昌也」で第51回群像新人文学賞評論部門を受賞。訳書にデフォー『ロビンソン・クルーソー』（河出文庫）、サミュエル・ジョンソン『イギリス詩人伝』、ハニフ・クレイシ『言語と爆弾』（法政大学出版局）、共著に『イギリス文学入門』（三修社）、『『ガリヴァー旅行記』徹底注釈 注釈篇』（岩波書店）、『教室の英文学』（研究社）など。

KENKYUSHA

〈検印省略〉

ペストの記憶
（「英国十八世紀文学叢書」第三巻）

二〇一七年九月二九日　初版発行
二〇二一年四月二三日　五刷発行

著　者　ダニエル・デフォー
訳　者　武《たけ》田《だ》将《まさ》明《あき》
発行者　吉　田　尚　志
発行所　株式会社　研　究　社
〒一〇二―八一五二
東京都千代田区富士見二―十一―三
電話（編集）〇三―三二八八―七七一一
　　（営業）〇三―三二八八―七七七七
振替　〇〇一五〇―九―二六七一〇
http://www.kenkyusha.co.jp
装　丁　柳　川　貴　代
印刷所　研究社印刷株式会社
地図制作　株式会社明昌堂

定価はカバーに表示してあります。
万一落丁乱丁の場合はおとりかえ致します。

ISBN 978-4-327-18053-9　C0397
Printed in Japan